El príncipe oscuro

books4pocket

Christine Feehan

El príncipe oscuro

Traducción de Rosa Arruti

EDICIONES URANO

Argentina - Chile - Colombia - España
Estados Unidos - México - Uruguay - Venezuela

Título original: *Dark Prince*
Copyright © 1999 by Christine Feehan

© de la traducción: Rosa Arruti
© 2005 by Ediciones Urano
　　　　　　Aribau, 142, pral. – 08036 Barcelona
　　　　　　www.edicionesurano.com
　　　　　　www.books4pocket.com

1ª edición en books4pocket enero 2010

Diseño de la colección: Opalworks
Imagen de portada: Shutterstock
Diseño de portada: Estudio TGD

Impreso por Novoprint, S.A.
Energía 53
Sant Andreu de la Barca (Barcelona)

Fotocomposición: books4pocket

ISBN: 978-84-92801-08-4
Depósito legal: B-43.940-2009

Impreso en España – *Printed in Spain*

Este libro esta dedicado a mi madre,
Nancy King, por fomentar mi rica imaginación.

A mi querido esposo, Richard, mi verdadera alma gemela
ahora y siempre, en este mundo y en el siguiente.

Y a mi amiga, Kathi Firzlaff, quien adora a los personajes
de todos mis libros e insiste en que continúe
compartiéndolos con todos vosotros.

1

No podía seguir engañándose. Despacio, con cansancio infinito, Mihail Dubrinsky cerró aquella primera edición encuadernada en cuero. Era el fin. No lo soportaba más. Los libros que tanto adoraba no lograban vencer aquella absoluta y cruda soledad de su existencia. Su estudio estaba repleto de libros, cubrían tres de las cuatro paredes de la habitación del suelo al techo. Había leído cada uno de ellos, muchos los había memorizado a lo largo de los siglos. Ya no servían de consuelo a su mente. Los libros alimentaban su intelecto pero le rompían el corazón.

No intentaría dormir con el amanecer, al menos no el sueño curativo de renovación; buscaría el descanso eterno, y que Dios tuviera compasión de su alma. Quedaban pocos de su especie, desperdigados, perseguidos... ausentes. Lo había intentado todo: destreza física, técnicas mentales, toda nueva tecnología. Mihail había llenado su vida de arte y filosofía, de trabajo y ciencia. Conocía toda hierba curativa y toda raíz venenosa. Conocía las armas del hombre y había aprendido a convertirse él mismo en un arma. Y continuaba solo.

Su pueblo era una raza moribunda, y él les había fallado. Como líder, se había comprometido a encontrar la manera de salvar a quienes estaban bajo su tutela. Ya eran demasiados los varones que se convertían, que por pura desesperación entregaban sus almas y se volvían vampiros. No había mujeres para continuar la especie, para rescatarles de la oscuridad en la que habitaban. No había esperanza de continuidad. Los varones eran en esencia depredadores, la oscuridad crecía y se expandía por ellos hasta que no les quedaba emoción, sólo un oscuro mundo gris y frío. Cada uno de ellos precisaba encontrar la mitad que le faltaba, la pareja de vida que le devolviera a la luz definitivamente.

La pena le consumía, le abrumaba. Alzó la cabeza y soltó un aullido de dolor, como el animal herido que era. No soportaba más estar solo.

En realidad, el problema no es estar solo, el problema es sentirse solo. Uno puede estar solo en medio de una multitud, ¿no crees?

Mihail se quedó quieto, movió tan sólo los ojos con gran cautela, como un peligroso predador olisqueando el peligro. Inspiró a fondo, bloqueó su mente al instante mientras aguzaba todos los sentidos para localizar al intruso. No había nadie. No podía equivocarse. Él era el más viejo, el más poderoso, el más astuto. Nadie podía penetrar en su refugio, nadie podía aproximarse a él sin que lo supiera. Se sintió intrigado y rebobinó las palabras, escuchó la voz. Femenina, joven, inteligente. Permitió que su mente se abriera un poco, comprobó algunas vías, buscó pisadas mentales. *En mi caso ha sido así,* admitió. Se percató de que contenía la respiración, necesitaba aquella comunicación. Un ser humano. ¿Y qué importaba? Estaba interesado.

A veces me pierdo en las montañas para estar sola durante días, semanas, y no me siento sola. Sin embargo, en una fiesta, rodeada de un centenar de personas, estoy más sola que nunca.

Mihail sintió un nudo ardiente en las entrañas. Aquella voz que llenaba su mente era suave, musical, sexy en su inocencia. Hacía siglos que no sentía nada, su cuerpo no había deseado a una mujer durante siglos. Ahora, al oír aquella voz —la voz de una mujer humana— le asombró la excitación que se acumulaba en sus venas. *¿Cómo es que puedes hablarme?*

Lo lamento si es que te he ofendido. Mihail distinguió a la perfección que ella lo decía en serio, percibió su disculpa. *Tu dolor era tan agudo, tan terrible, que no podía pasarlo por alto. He pensado que tal vez te apeteciera charlar. La muerte no es una respuesta a la desdicha. Creo que eso ya lo sabes. En cualquier caso, si quieres lo dejo.*

¡No! Su protesta fue una orden, un mandato imperioso de un ser habituado a la obediencia instantánea.

Mihail captó su risa antes de que su mente registrara el sonido. Suave, despreocupada, incitante. *¿Estás acostumbrado a que te obedezcan todos cuantos te rodean?*

Absolutamente. No sabía cómo tomarse su risa. Estaba intrigado. Sentimientos. Emociones. Le invadieron hasta dejarle casi abrumado.

¿Eres europeo, verdad? Acaudalado, y muy, muy arrogante.

Se encontró sonriendo por la forma en que ella bromeaba. Él nunca sonreía. No en seiscientos años o más. *Todas esas cosas.* Esperó su risa otra vez, la necesitaba con el mismo ansia que un adicto necesitaba una droga.

Cuando llegó, sonó grave y divertida, tan acariciadora como el contacto de los dedos sobre la piel. *Soy americana. Como el agua y el aceite, ¿no te parece?*

Ahora tenía por donde cogerla, tenía una dirección. No permitiría que se alejara de él. *Es posible educar a las muje-*

res americanas con los métodos adecuados. Lo dijo arrastrando las palabras, de forma intencionada pues anticipaba su reacción.

Eres arrogante de veras. Le encantaba el sonido de su risa, lo saboreó, dejó que entrara en su cuerpo. Sintió el sopor de ella, su bostezo. Mucho mejor. Él le envió un leve empujón mental, muy delicado, quería que se durmiera para poder examinarla.

¡Para ya! La reacción de ella fue una rápida retirada, dolida y recelosa. Se replegó, bloqueó de golpe su mente, con tal rapidez que a él le sorprendió su habilidad y su fuerza, para lo joven que era tratándose de un ser humano. Y era humana. Estaba seguro de ello. Sabía sin necesidad de mirar que le quedaban exactamente cinco horas para la salida del sol. No es que no pudiera exponerse al sol más tardío o al más temprano. Analizó el bloqueo de ella, con cuidado de no alarmarla. Una débil sonrisa adornó su boca bien definida. Era fuerte, pero ni con mucho lo bastante fuerte.

El cuerpo de Mihail, músculo de duras fibras y fuerza sobrehumana, refulgió y se disolvió convirtiéndose en una débil bruma cristalina que se escurrió por debajo de la puerta para fluir hasta el aire nocturno. Unas gotas tomaron forma, se juntaron e interconectaron, y configuraron un gran pájaro alado. El ave inició el descenso, describió círculos y recorrió el oscuro cielo, en silencio, letal y hermoso.

Mihail se deleitó en el poder del vuelo, las ráfagas de viento contra su cuerpo, el aire nocturno que le hablaba y susurraba secretos, le traía el aroma de la caza, del hombre. Siguió el débil rastro psíquico de modo certero. Una humana, joven, llena de vida y risa, una humana con la que conectaba psíquicamente. Una humana llena de compasión, intelecto y fuerza. La muerte y la condenación podían esperar otro día mientras él satisfacía su curiosidad.

El mesón era pequeño, se hallaba en el extremo del bosque donde la montaña alcanzaba el límite de la vegetación arbórea. El interior estaba a oscuras, sólo unas pocas luces relucían débilmente en una o dos habitaciones y tal vez en un pasillo mientras los humanos descansaban. Se posó en el balcón de la ventana de ella, en el segundo piso, y se quedó quieto, como una parte de la noche. La luz en el dormitorio revelaba que no conseguía dormir. Los oscuros y ardientes ojos de Mihail la encontraron a través del cristal traslúcido, la encontraron y la reclamaron.

Curvilínea, de esqueleto menudo y pequeña cintura, tenía una tupida melena negra azabache que caía por su espalda y atraía la atención hasta su redondo trasero. Se le cortó la respiración. Era exquisita, hermosa: su piel de satén, los ojos increíblemente grandes, de un azul intenso, bordeados de pestañas espesas y largas. No se le escapó ni un detalle. Un camisón de encaje blanco se pegaba a su piel, se adhería a sus pechos altos, plenos, y dejaba al descubierto la línea de su garganta, sus hombros cremosos. Tenía pies pequeños, como sus manos. Tanta fuerza en un envoltorio tan pequeño.

Ella se cepillaba el pelo, de pie ante la ventana, mirando afuera con ojos que no veían. La expresión de su rostro era distante, había líneas de tensión en torno a su boca carnosa, sensual. Percibió el dolor en ella, y la necesidad del sueño que se negaba a llegar. Mihail se encontró siguiendo cada cepillada. Sus movimientos eran inocentes, eróticos. El cuerpo de él, aprisionado dentro de las formas del pájaro, se estremeció. Alzó el rostro reverente al cielo con agradecimiento. La pura dicha de sentir, tras siglos de no soportar ninguna emoción, era inconmensurable.

Cada acción con el cepillo levantaba sus pechos como una invitación, resaltaba su pequeña caja torácica y cintura estrecha. El encaje se ceñía a su cuerpo y revelaba el oscuro triángulo en la unión de las piernas. El ave clavó las garras profundamente en la baranda, dejando largas marcas en la blanda madera. Mihail seguía quieto observando. Ella era grácil, apetecible. Se percató de que su ávida mirada se recreaba en la suave garganta, en el pulso que latía de forma constante en su cuello. *Suya*. Apartó ese pensamiento de súbito y sacudió la cabeza.

Ojos azules. Azules. Sólo entonces comprendió que estaba viendo el color. Colores vivos, brillantes. Se quedó inmóvil. No podía ser. Los varones perdían la capacidad de ver otra cosa aparte del gris apagado al tiempo que perdían sus emociones. No podía ser. Sólo una compañera de vida podía devolver las emociones y el color a la vida del varón. Las mujeres carpatianas representaban la luz para la oscuridad del varón. Su otra mitad. Sin ella, la bestia consumiría poco a poco al hombre, hasta quedarse en completa oscuridad. No quedaban mujeres carpatianas que dieran a luz a compañeras para los varones. Las pocas mujeres que quedaban parecían engendrar varones únicamente. En apariencia era una situación imposible. Las mujeres humanas no podían convertirse sin perder el juicio, ya se había intentado. No era posible que esta mujer humana fuera su pareja de vida.

Mihail la observó apagar de repente la luz y tumbarse en la cama. Sintió la agitación en su mente, la búsqueda. *¿Estás despierto?* La pregunta de ella era vacilante.

Al principio él se negó a contestar, pues no le gustaba reconocer que necesitaba tanto aquello. No podía permitirse perder el control, no se atrevía. Nadie tenía poder sobre él. Y menos una jovencita americana, una mujer pequeña con más fuerza que sensatez.

Sé que puedes escucharme. Lamento haberme inmiscuido. Fue desconsiderado por mi parte, no volverá a suceder. Pero, para que lo sepas, mejor que no intentes ninguna otra exhibición de musculitos conmigo.

Se alegró de tener forma animal, así no podía sonreír. Ella no sabía a qué músculo se refería. *No me he ofendido.* La tranquilizó enviando el mensaje en tonos amables. Tenía que responder, casi era una obligación. Necesitaba el sonido de su voz, el suave susurro que rozaba su cabeza como los dedos la piel.

Ella se dio la vuelta y arregló la almohada, se frotó la sien como si le doliera. Agarró la delgada sábana con una mano. Mihail quería tocar esa mano, sentir el calor, la piel sedosa bajo la suya. *¿Por qué has intentado controlarme?* Era una mera pregunta intelectual, ella quería que fuera así. Él percibía que la había herido de alguna manera, la había decepcionado. Se movía inquieta, como si esperara a su amante.

La idea de ella con otro hombre le enfureció. Sentimientos después de cientos de años. Marcados, definidos, enfocados con claridad. Sentimientos reales. *Controlar forma parte de mi naturaleza.* Estaba lleno de júbilo, de dicha. No obstante, al mismo tiempo era demasiado consciente de ser más peligroso que nunca. El poder siempre necesitaba control. Cuanta menos emoción, más fácil contenerse.

No intentes controlarme. Había algo en su voz, algo que percibía más que identificaba, como si ella supiera que él era una amenaza. Y Mihail sabía que lo era.

¿Cómo controla uno su propia naturaleza, pequeña?

Mihail vio esa sonrisa que llenó su propio vacío, la vio mientras quedaba grabada en su corazón y pulmones, pro-

15

pulsaba su sangre a un ritmo vertiginoso. *¿Y por qué piensas que soy pequeña? Soy grande como una casa.*

¿Tengo que creerme eso?

La risa se desvaneció de su voz, de sus pensamientos, pero persistió en la sangre de Mihail. *Estoy cansada, y te pido disculpas una vez más. Me ha gustado hablar contigo.*

Pero... apuntó él con delicadeza.

Adiós. Terminante.

Mihail emprendió el vuelo y se encumbró en lo alto por encima del bosque. No era un adiós. No iba a permitirlo. No podía permitirlo. Su supervivencia dependía de ella. Algo, *alguien* había despertado su interés, su voluntad de vivir. Ella le había recordado que había algo como la risa, que había algo más en la vida que mera existencia.

Planeó sobre el bosque, por primera vez en siglos se maravilló de las vistas. La bóveda de ramas oscilantes, la manera en que los rayos de la luna se derramaban sobre los árboles y bañaban los arroyos de plata. Todo era tan hermoso... Había recibido un regalo inestimable. Una mujer humana había conseguido de algún modo esto con él. Si hubiera sido de su misma raza lo habría sabido al instante. ¿Era posible que su voz tuviera el mismo efecto sobre los otros carpatianos varones al borde de la desesperación?

En el santuario de su hogar, anduvo de un lado a otro con una energía inquieta que hacía tiempo que había olvidado. Pensó en su suave piel, qué tacto tendría bajo la palma de su mano, bajo su cuerpo, qué sabor. La idea de la sedosa masa de pelo rozando su cuerpo acalorado, la línea de su garganta vulnerable expuesta a él, le excitó. De forma inesperada, notó la tensión en su cuerpo. No la leve atracción física que había sentido de más joven, sino un ansia salvaje, exigente, despiadada.

Conmocionado por el giro erótico que empezaban a seguir sus pensamientos, se impuso una rígida disciplina. No podía permitirse una pasión real. Le conmocionó descubrir que era un hombre posesivo, mortífero en su fervor y excesivamente protector. Este tipo de pasión no podría compartirse con un ser humano; sería demasiado peligroso.

Esta mujer era libre, fuerte para ser mortal, chocaría con la naturaleza de él a cada momento. Él no era humano. Pertenecía a una raza de seres de instintos animales, marcados antes del nacimiento. Mejor mantener la distancia y satisfacer la curiosidad a nivel intelectual. Cerró cada puerta y ventana con meticulosidad, salvaguardó todo punto de entrada con sortilegios infranqueables antes de descender a su alcoba. La habitación estaba protegida incluso de amenazas más importantes. Si renunciaba a su existencia, sería por decisión propia. Se echó en la cama. A la profundidad a la que se encontraba, no había necesidad de tierra curativa; podía disfrutar de comodidades mortales. Cerró los ojos y pausó su respiración.

El cuerpo de Mihail se negaba a obedecer. Su mente estaba llena de imágenes de ella, de escenas eróticas, provocativas: echada en la cama, su cuerpo desnudo debajo del encaje blanco, los brazos estirados para recibir al amante. Maldijo en voz baja. No era su cuerpo el que la tomaba, sino que visualizaba a otro hombre. Un humano. La cólera le sacudió con virulencia, infalible.

Piel como el satén, cabello como la seda. Movió la mano. Creó mentalmente la imagen con precisión e intención mortíferas. Prestó atención a cada detalle, incluso a la tonta pintura en las uñas de los pies. Los fuertes dedos de Mihail describieron círculos sobre el pequeño tobillo, palparon la textura de su piel. La respiración se entrecortó en su garganta, su cuerpo se puso rígido de expectación. Deslizó la palma pantorrilla arriba, friccionando y provocando, subió un poco más hasta la rodilla, luego el muslo.

Mihail supo el momento preciso en que se despertó ella, con el cuerpo en llamas. El sobresalto de la muchacha le sacudió por dentro, igual que su miedo. Adrede, para enseñarle con quién estaba tratando, movió la palma por el interior del muslo, rozando, acariciando la piel.

¡Alto! El cuerpo de ella anhelaba aquel contacto, aquella posesión. Mihail podía oír los latidos frenéticos de su corazón, percibía la fuerza de la lucha mental que mantenía con él.

¿Te ha tocado otro hombre de este modo? Susurró las palabras a su mente, con sensualidad oscura, devastadora.

¡Maldito, para! Las lágrimas relumbraban como joyas en sus pestañas, en su mente. *Yo sólo quería ayudarte. Ya te he pedido disculpas.*

Subió un poco más la mano, porque tenía que hacerlo, y encontró calor y seda, diminutos rizos protegiendo el tesoro. Cubrió el triángulo con la palma de la mano, de un modo posesivo, y apretó el húmedo calor. *Vas a responderme, pequeña. Aún hay tiempo para que acuda a buscarte, para dejarte mi marca, para poseerte,* advirtió con voz muy suave. *Respóndeme.*

¿Por qué haces esto?

No me desafíes. Su voz ahora sonaba ronca, entrecortada por la necesidad. Movió los dedos, sondeó, encontró su punto más sensible. *Estoy siendo excepcionalmente amable contigo.*

Ya sabes que la respuesta es no, susurró derrotada.

Él cerró los ojos, era capaz de calmar los demonios enfurecidos que traspasaban dolorosamente su cuerpo. *Duerme, pequeña, nadie va a hacerte daño esta noche*. Interrumpió el contacto y se encontró con el cuerpo rígido, pesado, empapado en sudor. Ya era demasiado tarde para controlar a la bestia que había en él. Ardía en deseo, se consumía, sentía martillos neumáticos golpeando su cráneo, llamas lamiendo su piel y las terminaciones nerviosas. La bestia estaba desatada, hambrienta y aniquiladora. Había sido más que amable. Pero ella, de forma inadvertida, había liberado al monstruo. Confió en que fuera tan fuerte como parecía.

Mihail cerró los ojos lleno de desprecio por sí mismo. Siglos atrás había aprendido que de poco servía intentarlo, en esta ocasión no quería combatirlo. No era sólo una fuerte atracción sexual lo que sentía, era mucho más que eso. Era algo primario. Era una atracción entre algo en lo más hondo de él y algo en lo más hondo de ella. Tal vez ella ansiaba lo salvaje en él como él ansiaba la risa y la compasión en ella. ¿Importaba? No había escapatoria para ninguno de los dos.

Le tocó la mente con delicadeza antes de cerrar los ojos, luego permitió que su respiración se interrumpiera. Ella lloriqueaba en silencio, su cuerpo permanecía inmóvil, necesitado de los efectos del contacto mental con él. Estaba dolida, confundida y tenía un terrible dolor de cabeza. Sin pensar, sin motivo, Mihail la rodeó con la fuerza de sus brazos, acarició su pelo sedoso y le envió calor y consuelo. *Siento haberte asustado, pequeña, ha sido un error por mi parte. Duerme ahora, puedes sentirte a salvo.* Murmuró las palabras contra su sien, sus labios rozaron con delicadeza su frente, rozaron con ternura su mente.

Percibió la curiosa fragmentación de aquella mente, como si ella hubiera estado usando sus habilidades mentales para seguir una ruta retorcida y enferma. Era como si tuviera heridas abiertas, vivas, que necesitaban sanar. Estaba demasiado agotada tras la batalla mental al intentar combatirle. Mihail respiró con ella, por ella, despacio y con regularidad, siguió el compás de sus latidos hasta que ella se relajó, somnolienta y agotada. Él la mandó a dormir, una orden apenas susurrada, y las pestañas por fin descendieron. Se durmieron juntos, aunque separados, ella en su habitación, Mihail en su alcoba.

Los golpes en su puerta penetraron las profundas capas de sueño. Raven Whitney combatió la espesa bruma que mantenía sus ojos cerrados, su cuerpo pesado. Cundió la alarma. Era como si la hubieran drogado. Su mirada encontró un pequeño despertador en la mesilla de noche. Siete de la tarde. Había dormido todo el día. Se sentó poco a poco pues se sentía como si vadeara arenas movedizas. Los golpes en la puerta comenzaron de nuevo.

El sonido reverberó en su cabeza, atronó en sus sienes.

—¿Qué? —Se obligó a mantener la voz calmada, aunque su corazón aporreaba contra su pecho. Estaba en peligro. Necesitaba hacer las maletas a toda prisa, salir corriendo. Sabía lo inútil que iba a ser. ¿No era ella la que había rastreado a cuatro asesinos en serie siguiendo la pista mental de sus pensamientos? Pero este hombre era mil veces más poderoso que ella. En realidad le intrigaba que otra persona tuviera tales poderes psíquicos. Nunca antes había conocido a alguien como él. Quería quedarse y aprender de ese hombre, pero él era demasiado peligroso en su uso despreocupado del poder. Tendría que poner distancia, tal vez un océano, entre ellos para ponerse de veras a salvo.

—Raven, ¿te encuentras bien? —La voz masculina sonaba llena de preocupación.

Jacob. Había conocido a Jacob y Shelly Evans, hermano y hermana, la noche anterior en el comedor cuando entraron, recién bajados del tren. Viajaban con un grupo turístico de unas ocho personas. Ella estaba cansada y tenía un recuerdo borroso de la conversación.

Raven había venido a los Cárpatos para estar sola, para recuperarse de su última experiencia, la dura tarea de seguir la mente retorcida de un depravado asesino en serie. No quería la compañía de un grupo turístico, pero aun así Jacob y Shelly habían ido en su busca. La verdad es que les había borrado de su pensamiento con eficacia.

—Me encuentro bien —le respondió, aunque de bien nada. Se pasó una mano temblorosa por el pelo—. Estoy demasiado cansada, eso es todo. He venido aquí a descansar.

—¿No teníamos que cenar? —Sonaba quejumbroso, y eso la disgustó. No quería compromisos, y lo último que necesitaba era encontrarse en un concurrido comedor, rodeada de un montón de gente.

—Lo siento. En otra ocasión, tal vez. —No tenía tiempo para ser cortés. ¿Cómo podía haber cometido el mismo error que la noche anterior? Siempre era cauta, evitaba todo contacto, nunca tocaba a un ser humano, nunca se acercaba.

En cambio aquel desconocido irradiaba tanto dolor, tanta soledad... Por instinto había sabido que tenía poderes telepáticos, que su aislamiento excedía sobremanera el de ella, que su dolor era tan enorme como para considerar poner fin a su vida. Raven sabía lo que era el aislamiento, lo que era ser diferente. Y no fue capaz de mantener la boca cerrada; tenía que ayudarle si podía. Se frotó las sienes en un intento de aliviar el dolor que aporreaba el interior de su cabeza. Siempre le dolía después de usar los poderes telepáticos.

Se levantó con esfuerzo y se movió con lentitud hasta el cuarto de baño. Él la estaba controlando sin establecer contacto. Aquel pensamiento la aterrorizó. Nadie debería ser tan poderoso. Abrió la ducha a toda presión pues quería un chorro constante de agua para limpiar las telarañas.

Había venido aquí a descansar, a limpiar de su mente el hedor de la maldad, a sentirse limpia e íntegra de nuevo. Su don parapsicológico la consumía, y físicamente estaba agotada. Raven alzó la barbilla. Este nuevo adversario no la asustaba. Ella tenía control y disciplina. Y esta vez podía marcharse si le daba la gana, no había vidas inocentes en juego.

Se puso unos tejanos gastados y un jersey de ganchillo como gesto de desafío. Le había parecido que él era un europeo anticuado y que miraría con desagrado sus ropas estadounidenses. Se apresuró a hacer el equipaje sin orden ni concierto, arrojando ropas y maquillaje en la maltrecha maleta lo más deprisa que pudo.

Consultó el horario de trenes con consternación. No había servicio en dos días. Podría usar su encanto para rogar a alguien que la llevara, pero eso significaría encontrarse en los reducidos confines de un coche durante un periodo de tiempo prolongado. Aunque lo más probable era que aquello fuese menos malo.

Oyó una risa masculina, grave, divertida, burlona. *¿Vas a intentar huir de mí, pequeña?*

Raven se dejó caer sobre la cama, el corazón empezó a latirle con fuerza. Su voz era terciopelo negro, un arma en sí misma. *No te hagas ilusiones, tipo importante. Soy una tu-*

rista, estoy de viaje. Se obligó a mantener la mente calmada a pesar de sentir el roce de sus dedos en la cara. ¿Cómo hacía aquello? Era la más leve de las caricias, pero la sentía hasta en la punta de los pies.

¿Y a dónde estabas pensando viajar? Él se estiraba perezoso, su cuerpo descansado después de dormir, la mente revivida con sensaciones. Disfrutaba entrenándose con ella.

Lejos de ti y de tus juegos estrambóticos. Tal vez Hungría. Siempre he querido ir a Budapest.

Pequeña mentirosa. Piensas en regresar corriendo a tus Estados Unidos. ¿Juegas al ajedrez?

Ella pestañeó al oír esa extraña pregunta. *¿Ajedrez?* Repitió.

La diversión masculina podía ser muy fastidiosa. *Ajedrez.*

Sí. ¿Y tú?

Por supuesto.

Juega conmigo.

¿Ahora? Empezó a hacerse una trenza con su pesada masa de pelo. Había algo cautivador en esa voz, fascinante. Le tocaba la fibra sensible, infundía un terror en su mente.

Primero tengo que alimentarme. Y tú tienes hambre. Percibo tu dolor de cabeza. Baja a cenar y nos reuniremos a las once esta noche.

Ni hablar. No voy a quedar contigo.

Estás asustada. Estaba claro que era una pulla.

Ella se rió de él, el sonido envolvió todo su cuerpo en llamas. *Es posible que a veces haga tonterías, pero nunca he sido tan idiota.*

Dime cómo te llamas. Era una orden, y Raven se sintió forzada a obedecer.

Obligó a su mente a quedarse en blanco, a ser una pizarra borrada. Dolía, lanzaba dardos de dolor por su cabeza, le retorcía el estómago. Él no iba a obligarla a contestar a algo que ella hubiera dicho voluntariamente.

¿Por qué te enfrentas a mí si sabes que soy el más fuerte? Te haces daño, te desgastas, y al final yo ganaré de todos modos. Noto los efectos que tiene sobre ti esta manera de comunicarse. Soy capaz de ordenar tu obediencia a un nivel muy diferente.

¿Por qué fuerzas algo que yo te hubiera dado sólo con pedirlo?

Raven pudo apreciar su perplejidad. *Lo siento, pequeña. Estoy habituado a salirme con la mía con el mínimo esfuerzo.*

¿Incluso a costa de la más sencilla cortesía?

A veces es más conveniente.

Ella dio un golpe en la almohada. *Necesitas refrenar esa arrogancia. Sólo porque poseas poder no significa que tengas que hacer tanto alarde.*

Olvidas que la mayoría de humanos no pueden detectar un empujón mental.

Eso no es excusa para que pases por alto la voluntad de los demás. Y, además, no es un empujón; das una orden y exiges obediencia. Eso es peor, porque convierte a la gente en ovejas. ¿No crees que estoy en lo cierto?

Me estás dando una reprimenda. El tono no era tan suave esta vez, como si la mofa masculina se estuviera agotando.

No intentes obligarme.

Esta vez hubo amenaza, un peligro tranquilo acechaba en la voz de Mihail: *No voy a intentarlo, pequeña. Puedes estar segura de que puedo obligarte a obedecer.* Su tono era sedoso y despiadado.

Eres igual que un niño malcriado que quiere salirse con la suya a toda costa. Raven se levantó, apretándose la almohada contra su estómago quejoso. *Me voy a cenar. La cabeza me va a estallar. Y tú puedes poner la tuya en remojo en un cubo y calmarte.* No mentía, el esfuerzo de pelearse con él a su nivel la estaba poniendo enferma. Se acercó con cautela hacia la puerta, temerosa de que él la detuviera. Se sentiría más segura entre gente.

Tu nombre, por favor, pequeña. Lo pidió con grave cortesía.

Raven se encontró sonriendo a pesar de todo.

Raven. Raven Whitney.

Pues, bien, Raven Whitney, come y descansa. Regresaré a las once para nuestra partida de ajedrez.

El contacto quedó interrumpido de forma abrupta. Raven soltó el aliento poco a poco, demasiado consciente de que debería sentir alivio, no pérdida. Había seducción en esa voz hipnótica, en su risa masculina, en la conversación en sí. Raven padecía la misma soledad que él. Y no se permitía pensar en la manera en que su cuerpo había cobrado vida en contacto con sus dedos. Ardía en deseos. Necesitaba. Y él sólo le había tocado con su mente. La seducción iba más allá de lo físico, era algo profundo, elemental, algo que no sabría determinar con precisión. Le llegaba al alma. Aquella necesidad que percibía en él. Su oscuridad. Su terrible y angustiosa soledad. Ella también necesitaba. Alguien que comprendiera lo que era estar sola, tan temerosa de tocar a otro ser, temerosa de estar cerca. Le gustaba su voz, su elegancia a la antigua, la tonta arrogancia masculina. Quería sus conocimientos, su destreza...

Le temblaba la mano al abrir la puerta, y una vez en el pasillo tomó aliento. Sintió que recuperaba de nuevo su cuerpo, se movió con ligereza y fluidez, obedeciendo sus instrucciones. Bajó por la escalera y entró en el comedor.

Varias mesas estaban ocupadas; estaba claro que había más gente que la noche anterior. Por lo general, Raven evitaba los lugares públicos todo lo posible, no quería preocuparse por protegerse de emociones no deseadas. Inspiró hondo y entró.

Jacob alzó la vista con una sonrisa de bienvenida y se levantó como si esperara que se uniera al grupo de su mesa. Raven se obligó a devolverle la sonrisa, inconsciente del aspecto que mostraba, inocente, sexy, del todo inalcanzable. Cruzó la estancia, saludó a Shelly y le presentaron a Margaret y Harry Summers. Amigos estadounidenses. Intentó que no se le notara la inquietud en la cara. Sabía que su imagen había cubierto todos los diarios e incluso había aparecido en televisión durante la investigación del último asesino. No quería que la reconocieran, no quería revivir la horrible pesadilla de la mente retorcida y depravada de aquel hombre. No quería comentarios sobre algo tan horrible durante la cena.

—Siéntate aquí, Raven. —Jacob apartó para ella una silla de respaldo alto.

Evitando con sumo cuidado el contacto con la piel, Raven permitió que la acomodaran. Era un infierno estar tan cerca de mucha gente. De niña la abrumaba el bombardeo de emociones a su alrededor. Casi se vuelve loca hasta que aprendió a protegerse, a crear una pantalla. Funcionaba, a menos que el dolor o la angustia estuvieran demasiado concentrados, o que tocara físicamente a otra persona. O si se encontraba en presencia de una mente muy enferma y perversa.

En este preciso momento, en medio de la conversación, con todo el mundo pasando en apariencia un buen rato, Raven experimentaba los síntomas clásicos de la sobrecarga. Fragmentos de vidrio perforaban su cráneo, su estómago protestaba irritado. Era imposible comer un solo bocado.

Mihail inspiró el aire nocturno, se movió con lentitud por la pequeña ciudad, en busca de lo que necesitaba. No una mujer. No podría soportar tocar la carne de otra mujer. Estaba excitado, le faltaba poco para volverse peligroso en su estado altamente sexual. Podría perder el control. De modo que tenía que ser un hombre. Se movió entre la gente con facilidad, devolvió el saludo a los conocidos. Era respetado, admirado.

Se situó tras un joven fuerte, en buena forma física. Su olor hablaba de salud, sus venas estaban a reventar de vida. Tras una conversación breve y fácil, Mihail dio su orden en voz baja y apoyó un brazo amistoso sobre su hombro. En lo más profundo de las sombras inclinó su cabeza oscura y se alimentó a conciencia. Tuvo cuidado de controlar las emociones con firmeza. Le caía bien este joven, conocía a su familia, o sea, que no podía cometer errores.

Al levantar la cabeza, le invadió la primera oleada de angustia de ella. *Raven*. Había buscado de forma inconsciente su contacto, había tocado la mente de ella con suavidad para asegurarse de que seguía con él. Preocupado, concluyó deprisa su tarea, liberó al joven de su trance e implantó la conversación como si no se hubiera interrumpido. Entre risas amigables, aceptó el apretón de mano con cordialidad y estabilizó al joven cuando se notó un poco mareado.

Mihail abrió su mente, se concentró en el hilo y lo siguió. Habían pasado años —tenía las habilidades oxidadas— pero aún podía «ver» si lo deseaba. Raven estaba sentada a una mesa con dos parejas. Su apariencia externa era hermosa, serena. Pero él sabía ir más allá. Podía sentir su confusión, el dolor incesante en su cabeza, su deseo de levantarse de un brinco y escapar corriendo de todo el mundo. Sus ojos, zafiros brillantes, eran unas sombras angustiadas en la palidez de su rostro. Tensión. A Mihail le admiró su fuerza. No había derrame telepático, nadie con capacidades telepáticas aparte de él podría advertir su desazón.

Y entonces el hombre sentado a su lado se inclinó hacia delante, le miró a los ojos, con un crudo anhelo en su rostro y deseo en sus ojos.

—Ven a dar un paseo conmigo, Raven —le sugirió y movió la mano desde la mesa para apoyarla justo encima de su rodilla.

Al instante, el dolor en la cabeza de Raven se intensificó, estalló en su cerebro, lo atravesó tras los ojos. Ella sacudió la pierna para apartar la mano de Jacob. Los demonios brincaron en ese instante, entraron en cólera, se desataron. Mihail jamás había sentido una furia parecida. Se apoderó de él, le poseyó, se convirtió en él. Que alguien pudiera herirla de ese modo, con tal despreocupación, sin tan siquiera darse cuenta ni importarle. Que alguien pudiera tocarla, a ella, tan vulnerable y desprotegida. Que un hombre se atreviera a ponerle las manos encima. Se precipitó por el cielo, y el aire frío avivó su ira.

Raven percibió la fuerza de su cólera. El aire de la habitación se enrareció, en el exterior se levantó viento, formando remolinos endiablados. Las ramas espoleaban las paredes exteriores, el viento sacudía las ventanas con mal presagio. Varios camareros se santiguaron mientras miraban con temor la negra noche, de pronto sin estrellas. De modo inesperado, la habitación se sumió en un extraño silencio, como si todo el mundo contuviera de forma colectiva la respiración.

Jacob soltó un resuello y se llevó ambas manos a la garganta, se la sujetó como si tirara de unos dedos fuertes que le estrangularan. Su rostro primero se puso rojo, luego moteado, los ojos se le salían de las órbitas. Shelly soltó un grito y un joven camarero fue corriendo a asistir al hombre que se asfixiaba. La gente se había puesto en pie y estiraba el cuello para mirar.

Raven se obligó a mantener calmado su delgado cuerpo. El nivel de emociones se estaba elevando demasiado como para permanecer indemne. *Suéltale.* Le respondió un silencio. Jacob, pese a que el camarero situado tras él le oprimía la boca del estómago aplicando desesperado la técnica Heimlich, cayó de rodillas, con los labios azules y los ojos entornados hacia la parte posterior de su cabeza. *Por favor, te lo pido, por favor. Suéltale. Hazlo por mí.*

De repente, Jacob inhaló, fue un terrible sonido espasmódico. Su hermana y Margaret Summers estaban de cuclillas a su lado, con lágrimas en los ojos. De manera instintiva, Raven se movió hacia ellos.

¡No le toques! La orden fue escueta, sin coacción mental, pero más terrorífica que si la hubiera obligado a obedecer con sus poderes.

Raven se sentía sitiada por la emoción de todos los presentes en la sala. El miedo de Shelly, el horror del mesonero, la reacción conmocionada de los demás estadounidenses. Todo aquello la abrumaba, vapuleaba su estado ya frágil. Pero fue la rabia devastadora de Mihail la que disparó agujas por toda su cabeza. El estómago le dio un vuelco, sintió un retortijón y casi se dobla, buscó con desesperación el lavabo de señoras.

Si alguien la tocaba o intentaba acudir en su ayuda, podría volverse loca.

—Raven. —La voz sonó afable, sensual, acariciadora. La calma en el ojo de la tormenta. Terciopelo negro, hermoso y relajante.

Un murmullo de curiosidad llenó el comedor cuando Mihail entró con aire resuelto. Tenía una dura arrogancia, un aire de dominio completo. Era alto, moreno, con buena musculatura, pero eran sus ojos, ardientes de energía, de oscuridad y un millar de secretos, los que atraían de inmediato la atención. Esos ojos podían fascinar, hipnotizar, igual que el poder de su voz. Se movía con intención, hacía que los camareros se apartaran corriendo de su camino.

—Mihail, qué placer que esté con nosotros —dijo el posadero con un jadeo de sorpresa.

Él dedicó a la mujer una rápida mirada, sus ojos recorrieron su figura bien dotada.

—He venido por Raven. Tenemos una cita esta noche —dijo con voz suave, imperiosa, y nadie se atrevió a discutir con él—. Me ha desafiado a una partida de ajedrez.

El mesonero hizo un gesto de asentimiento cuando ella mostró una sonrisa.

—Que se diviertan entonces.

Raven se balanceó, apretándose el estómago con las manos. Su ojos color zafiro eran enormes, le llenaban la cara mientras él se iba acercando. Se puso a su lado antes de que ella pudiera moverse y tendió las manos para poder sostenerla.

No. Cerró los ojos, aterrorizada de que le tocara. Ya estaba bastante sobrecargada, no sería capaz de aguantar las emociones embriagadoras que él irradiaba.

Mihail no vaciló, la cogió entre sus brazos y la atrapó contra su duro pecho. Su rostro era una máscara de granito mientras se daba media vuelta y la sacaba de la habitación. Tras ellos se elevó un murmullo, susurros.

Raven se puso en tensión, esperando la artillería sobre sus sentidos, pero Mihail cerró su mente y ella sólo fue consciente de la fuerza enorme de sus brazos. La sacó a la noche, moviéndose con fluidez, facilidad, como si aquel peso no tuviera importancia.

—Respira, pequeña, será de ayuda. —Había un matiz burlón en la afabilidad de su voz.

Raven hizo lo que le sugería, demasiado agotada como para luchar. Había venido a este lugar salvaje, solitario, para curarse, y en vez de eso estaba más fragmentada aún. Abrió los ojos con cautela, y le miró entre sus largas pestañas.

Su pelo era del color de los granos oscuros de café, un expreso oscuro, peinado hacia atrás y recogido en la nuca. Su rostro era el de un ángel o un demonio, fuerza y poder, con una boca sensual que insinuaba crueldad. Sus ojos de párpados caídos eran de obsidiana negra, hielo negro, pura magia negra.

No podía leerle, no podía sentir sus emociones ni oír sus pensamientos. Eso no le había sucedido nunca.

—Déjame en el suelo. Me siento ridícula así en tus brazos, como si fueras un pirata. —Se encaminaba con sus largas zancadas al interior del bosque. Las ramas oscilaban, los arbustos susurraban. El corazón de Raven latía descontrolado. Entró en tensión y le empujó los hombros, forcejeando de modo inútil.

Los ojos de Mihail recorrieron su cara con gesto posesivo, pero ni aminoró el paso ni le contestó. Era humillante que ni siquiera diera muestras de advertir su resistencia.

Raven soltó un leve suspiro y permitió que su cabeza cayera hacia atrás contra su hombro.

—¿Me has rescatado o me has secuestrado?

Una fuerte dentadura blanca relució volviéndose hacia ella, con sonrisa de depredador, divertimento masculino.

—Tal vez un poco de ambas cosas.

—¿Adónde me llevas? —Se puso una mano en la frente, pues no quería una batalla, ni física ni mental.

—A mi casa. Tenemos una cita. Me llamo Mihail Dubrinsky.

Raven se frotó la sien.

—Esta noche tal vez no sea el momento ideal. Me siento... —Se calló, al advertir algo por un instante, una sombra en movimiento que les seguía el paso. Casi se le para el corazón. Miró a su alrededor y alcanzó a ver una segunda sombra, luego una tercera. Se agarró al hombro de él—. Bájame, Dubrinsky.

—Mihail —corrigió, sin tan siquiera aminorar la marcha. Una sonrisa suavizó los extremos de su boca—. ¿Ves los lobos? —Ella notó el gesto de indiferencia en sus amplios hombros—. Mantén la calma, pequeña, no van a hacernos daño. Éste es su hogar, también el mío. Tenemos un acuerdo y vivimos en paz.

De algún modo, ella le creyó.

—¿Vas a hacerme daño? —Hizo la pregunta en voz baja pues necesitaba saberlo.

Sus ojos oscuros volvieron a alcanzar su rostro, pensativos, depositarios de mil secretos, inequívocamente posesivos.

—No soy un hombre que vaya a lastimar a una mujer de la manera que imaginas. Pero estoy seguro de que nuestra relación no siempre será cómoda. Te gusta desafiarme. —Contestó con toda la franqueza de que era capaz.

Aquellos ojos le hacían sentirse como si le perteneciera, como si él tuviera derecho sobre ella.

—Te equivocaste con Jacob, ¿sabes? Podrías haberle matado.

—No le defiendas, pequeña. He permitido que viviera para complacerte, pero no tendría inconveniente en acabar la faena. *Sería agradable. Ningún hombre tiene derecho a ponerle la mano encima a la mujer de Mihail y hacerle daño como aquel humano había hecho. Su incapacidad para ver el dolor que te estaba provocando no absolvía su pecado.*

—No hablas en serio. Jacob es inofensivo. Se sentía atraído por mí —intentó explicar ella con amabilidad.

—Ni me menciones su nombre. Te tocó, te puso la mano encima. —De repente se paró, allí en el corazón del bosque, tan salvaje e indómito como la manada de lobos que les rodeaba. Ni siquiera respiraba fatigosamente, pese a haber recorrido varias millas con ella en brazos. No había compasión en sus ojos negros cuando bajó su mirada sobre ella—. Te ha ocasionado gran dolor.

A Raven se le cortó la respiración mientras él bajaba su oscura cabeza hacia ella. Su boca se quedó inmóvil a escasos centímetros, pudo sentir el calor de su respiración sobre la piel.

—No me contradigas en esto, Raven. Ese hombre te tocó, te hizo daño, y no veo motivos para que siga existiendo.

Los ojos de Raven estudiaron sus rasgos duros, implacables.

—Hablas en serio, ¿verdad? —No quería sentir el calor que se propagaba por ella al oír sus palabras. Jacob le había hecho daño, el dolor era tan intenso, que la había dejado sin aliento y, de alguna manera, aunque nadie más lo sabía, Mihail se había dado cuenta.

—Del todo en serio. —De nuevo empezó a moverse con sus zancadas largas, dejando camino atrás con rapidez.

Raven estaba callada, intentaba desentrañar el enigma. Conocía el mal, lo había perseguido, se había sumergido en él, en la mente obscena y depravada de un asesino en serie. Este hombre hablaba de matar de forma despreocupada, y sin embargo no percibía asomo de maldad en él. Presentía que corría peligro, un grave peligro, al lado de Mihail Dubrinsky. Un hombre con poder ilimitado, arrogante en su fuerza, un hombre que creía tener derecho a ella.

—¿Mihail? —Su figura delgada empezó a temblar—. Quiero regresar.

Los ojos oscuros se volvieron de nuevo a su rostro y advirtieron las sombras, el temor que no desaparecía de su mirada azul. El corazón de Raven latía con fuerza, su delgado cuerpo temblaba en sus brazos.

—¿Regresar a qué? ¿A la muerte? ¿Al aislamiento? No tienes nada con esa gente y lo tienes todo conmigo. Regresar no es la respuesta. Más tarde o más temprano no serás capaz de aguantar sus exigencias. Te arrebatan pedazos de alma sin parar. Estás mucho más segura bajo mi tutela.

Ella empujó la pared de su pecho, descubrió que sus manos quedaban atrapadas contra el calor de su piel. Él se limitó a asirla con más firmeza, y su diversión infundió calor a la frialdad de sus ojos.

—No puedes pelear conmigo, pequeña.

—Quiero regresar, Mihail. —Se esforzó en mantener la voz controlada. No estaba segura de decir la verdad. Él la conocía. Conocía lo que sentía, el precio que pagaba por su don. La atracción entre ambos era tan fuerte, que apenas podía pensar con claridad.

La casa surgió alzándose en la oscuridad, amenazadora, una masa de piedra llena de recovecos. Raven enroscó un dedo en su camisa. Mihail sabía que no era consciente de ese gesto nervioso, tan revelador.

—Estás a salvo conmigo, Raven. No permitiría que nadie ni nada te hiciera daño.

Ella tragó saliva con nerviosismo mientras él abría las pesadas puertas de hierro de un empujón y ascendía por la escalera.

—Sólo tú.

Mihail permitió que su barbilla rozara lo alto del pelo sedoso de ella y notó la sacudida en el núcleo de su cuerpo.

—Bienvenida a mi hogar. —Pronunció las palabras con delicadeza, la envolvió con ellas como si fueran luz de lumbre o del sol. A continuación, muy despacio, a su pesar, permitió que los pies de Raven tocaran el umbral.

Mihail se estiró para abrir la puerta, luego se hizo a un lado para cederle el paso.

—¿Entras en mi casa por tu propia voluntad? —preguntó formalmente mientras sus ojos le quemaban el rostro, lo recorrían y se detenían en su carnosa boca antes de regresar a sus grandes ojos azules.

Raven tenía miedo; Mihail podía leer su rostro con facilidad. Ella era un ser salvaje cautivo, deseaba confiar pero era incapaz de hacerlo, allí atrapada, arrinconada, pero aún así dispuesta a luchar hasta su último aliento. Le necesitaba casi tanto como él la necesitaba. Tocó el marco de la puerta con la punta de un dedo.

—Si digo que no, ¿me llevarás de regreso a la posada?

¿Por qué quería estar con Mihail si sabía que era alguien tan peligroso? Él no la estaba «empujando»; ella estaba dotada de suficiente talento como para saberlo. Aunque parecía tan solo, tan orgulloso, sus ojos ardían sobre ella con necesidad insaciable. No respondió, no intentó convencerla, se limitó a permanecer en silencio, esperando.

Raven soltó un leve suspiro, pues se sabía derrotada. Nunca había conocido a otro ser humano con quien pudiera sentarse y hablar, incluso a quien pudiera tocar, sin el bombardeo de pensamientos y emociones. Eso en sí mismo era un tipo de seducción.

Se dispuso a atravesar el umbral. Mihail la cogió por el brazo.

—Por tu propia voluntad. Dilo.

—Por mi propia voluntad. —Entró en la casa bajando la mirada. Y Raven se perdió la expresión de dicha salvaje que iluminó los rasgos oscuros y cincelados de él.

2

La pesada puerta se cerró detrás de Raven con un golpe irrevocable. Ella se estremeció y se frotó los brazos con nerviosismo. Mihail la envolvió con una capa, que la rodeó de calor, de su masculino aroma a bosque. Cruzó a zancadas el suelo de mármol para abrir de par en par las puertas que daban a una biblioteca. En cuestión de momentos había encendido un crepitante fuego. Indicó una silla cerca de las llamas. Era una antigüedad de respaldo alto y cojines mullidos, pero, cosa curiosa, no estaba gastada.

Raven estudió la estancia con asombro. Grande y con un hermoso suelo de madera noble, cada pieza del parqué formaba parte de un mosaico más grande. En tres lados había estanterías que iban del suelo al techo, abarrotadas de libros, la mayoría de ellos encuadernados en cuero, muchos muy antiguos. Las sillas eran cómodas, y la mesita en medio de ellas una antigüedad en perfecto estado. El tablero de ajedrez era de mármol, con piezas talladas de un modo excepcional.

—Bebe esto.

Ella casi se muere del susto cuando él apareció a su lado con una copa de cristal.

—No bebo alcohol.

Él sonrió con una sonrisa que aceleró el corazón de Raven. Su agudo sentido olfativo ya había procesado esa información específica sobre ella.

—No es alcohol, es un preparado de hierbas para el dolor de cabeza.

La inquietud la invadió con violencia. Qué locura haber venido aquí. Era como intentar relajarse con un tigre salvaje en la misma habitación. Podría hacerle cualquier cosa y nadie acudiría en su ayuda. Si la narcotizaba... Sacudió la cabeza con decisión:

—No, gracias.

—Raven. —Su voz sonaba grave, acariciadora, hipnótica—. Obedéceme.

Ella se encontró rodeando la copa con los dedos. Quiso oponerse a la orden, y el dolor le atravesó la cabeza obligándola a gritar.

Mihail se encontraba a su lado, erguido sobre ella, y le colocaba la mano en torno al frágil cristal.

—¿Por qué me desafías por una cosa tan trivial?

Las lágrimas le quemaban la garganta a Raven.

—¿Por qué tienes que obligarme?

La mano de él encontró el cuello de Raven, lo rodeó y le levantó la barbilla.

—Porque sientes dolor y deseo aliviarlo.

Ella abrió los ojos llena de asombro. ¿Podía ser tan sencillo? ¿Le dolía y él quería que se sintiera mejor? ¿Era de verdad tan protector o disfrutaba imponiendo su voluntad?

—La elección es mía. La voluntad consiste en esto.

—Veo el dolor en tus ojos, lo percibo en tu cuerpo. Puesto que sé que puedo ayudarte, ¿sería lógico que te permitiera continuar padeciendo sólo para que demuestres algo? —Había una perplejidad genuina en su voz—. Raven, si quisiera hacerte daño, no me haría falta drogarte. Permite que te ayude. —Desplazó el pulgar sobre su piel, ligero como una pluma, sensual, siguiendo el pulso en su cuello, la línea delicada del mentón, la plenitud de su labio inferior.

Ella cerró los ojos y dejó que le pusiera la copa en la boca, que inclinara el contenido agridulce sobre su garganta. Raven sentía que estaba poniendo su vida en manos de él. Había demasiada posesión en su contacto.

—Relájate, pequeña —dijo con voz suave—. Háblame de ti. ¿Cómo es que puedes oír mis pensamientos? —Sus fuertes dedos encontraron las sienes de Raven e iniciaron un ritmo sosegador.

—Siempre he podido hacerlo. Cuando era pequeña, suponía que todo el mundo podía hacer lo mismo. Pero era terrible conocer los pensamientos más íntimos de la gente, sus secretos. Oía y sentía cosas a cada minuto del día. —Raven nunca hablaba con nadie de su vida, de su infancia, y menos con un completo desconocido. Sin embargo, Mihail no le parecía un desconocido. Se le antojaba parte de ella. Una pieza que faltaba en su alma. Parecía importante decírselo—. Mi padre pensaba que yo era un bicho raro, una niña endemoniada, hasta mi madre me tenía miedo. Aprendí a no tocar nunca a la gente, a evitar las multitudes. Era mejor estar a solas, en lugares solitarios. Era la única manera de mantener la cordura.

Encima de su cabeza, una dentadura reluciente mostró la amenaza de un depredador. Mihail hubiera querido encontrarse a solas con el padre de Raven durante unos pocos minutos, para enseñarle lo que era de verdad un demonio. Le interesaba lo que explicaba, aunque le alarmaba que sus palabras pudieran provocar tanta rabia en él. Le enfurecía saber que ella llevaba tanto tiempo sola, que había soportado dolor y soledad pese a estar también él en el mundo. ¿Por qué no había acudido en busca de ella? ¿Por qué su padre no la había querido y mimado como debiera?

Las manos de él estaban haciendo milagros, se deslizaban hasta la nuca, con dedos fuertes, hipnóticos.

—Hace pocos años, un hombre empezó a asesinar familias, niños pequeños. Yo vivía por entonces en casa de una amiga del instituto y, cuando regresé del trabajo, los encontré a todos muertos. Cuando entré en la casa percibí la maldad del asesino, conocí todos sus pensamientos. Me puso enferma, las cosas terribles que rondaban por su cabeza, pero yo fui capaz de seguirle la pista, y al final guié a la policía hasta él.

Las manos de Mihail descendieron por toda la longitud de su espesa trenza hasta encontrar el lazo, y soltó la pesada masa de seda, introduciendo sus dedos para desenredar los mechones aún húmedos de la ducha de hacía varias horas.

—¿Cuántas veces lo hiciste? —Ella iba desvelando cosas. Los detalles del horror y el dolor, los rostros de las personas a quienes ayudaba mientras observaban su trabajo, conmocionados, fascinados, pero de cualquier modo mostrando rechazo hacia su habilidad. Él vio esos detalles, fue partícipe de su mente, leyó los recuerdos para conocer su verdadera naturaleza.

—Cuatro. Perseguí a cuatro asesinos. La última vez me desmoroné. Era alguien tan enfermo, tan malvado. Me sentí impura, como si nunca fuera a sacármelo de la cabeza. Vine aquí con la esperanza de encontrar un poco de paz. Decidí que nunca volvería a hacer nada igual.

Mihail, por encima de su cabeza, cerró los ojos durante un momento para calmar su mente. Que ella hubiera llegado a sentirse impura... Alcanzaba a ver dentro de su corazón y su alma, distinguía cada uno de sus secretos, sabía que Raven era luz y compasión, valor y amabilidad. No debería haber visto las cosas que había visto de joven. Esperó a que su voz pudiera sonar calmada y tranquilizadora.

—¿Y tienes esos dolores de cabeza si utilizas la comunicación telepática? —Ante el gesto solemne de asentimiento, continuó—: Y aun así, cuando me has oído sufrir, no te has protegido y te has acercado a mí, a sabiendas del precio que ibas a pagar.

¿Cómo podía explicarlo? Era como un animal herido, irradiaba tanto dolor que le habían saltado las lágrimas sin poder contenerlas. Su soledad era la de ella. Su aislamiento, el de ella. Y había percibido una determinación en Mihail: poner fin a su dolor, a su mera existencia. No podía permitir que eso sucediera, pese al coste que suponía para ella.

Mihail exhaló lentamente, asombrado y conmocionado por la naturaleza de Raven, tan generosa. Ella vaciló mientras intentaba expresar en palabras por qué había tratado de ayudarle, pero él ya sabía que darse a los demás formaba parte de esa hermosa mujer. También sabía por qué la llamada había sido tan fuerte: ese algo en él que la buscaba, había encontrado lo que necesitaba. Aspiró su aroma, lo incorporó a su cuerpo, disfruto de su visión y su olor en su casa, el tacto de su cabello sedoso en sus manos, su piel suave bajo las puntas de sus dedos. Las llamas de la chimenea encendían luces azules en su pelo. La necesidad se apoderó de Mihail con violencia, con dureza y urgencia y, por doloroso que fuera, disfrutó del hecho de poder sentir.

Se sentó al otro lado de la mesita, enfrente de Raven, y su mirada se perdió perezosa y posesiva sobre ella, sobre sus curvas seductoras.

—¿Por qué llevas ropas de hombre? —preguntó.

Raven se rió, con un sonido suave y melodioso, y su mirada se iluminó traviesa.

—Porque sabía que eso te enojaría.

Él echó hacia atrás la cabeza y se rió también. Una risa increíble, real y genuina. Había felicidad en él e indicios de afecto. No recordaba esos sentimientos, pero las emociones eran marcadas y claras, eran un dulce dolor en su cuerpo.

—¿Es necesario enojarme?

Ella arqueó una ceja mirándole, al tiempo que se percataba de que el dolor de cabeza había desaparecido por completo.

—Es tan fácil —bromeó Raven.

Él se inclinó un poco más.

—Mujer irreverente. Tan peligroso, querrás decir.

—Mmm, también eso, tal vez. —Se llevó la mano al pelo y se lo retiró de la cara. El acto era un hábito inocente, increíblemente sexy, que atrajo la mirada de Mihail a la perfección de su rostro, la plenitud de sus pechos, la línea suave de su garganta—. ¿Así que eres muy bueno jugando al ajedrez? —desafió con insolencia.

Una hora más tarde, Mihail se recostaba hacia atrás en su asiento para observar el rostro de ella estudiando el tablero. Fruncía el ceño llena de concentración, intentando explicarse una estrategia poco familiar. Raven intuía que su adversario la estaba llevando a una trampa, pero no conseguía descubrirla. Era paciente y concienzuda y en dos ocasiones le había puesto en problemas por el simple hecho de estar él demasiado seguro de sí mismo.

De pronto abrió mucho los ojos, y una sonrisa lenta curvó su tierna boca.

—Eres un diablo astuto, ¿eh que sí, Mihail? Pero creo que tu ingenio puede meterte en algún problema.

Él la observó con los párpados caídos. Sus dientes relucían blancos bajo la luz del fuego.

—¿No he mencionado, señorita Whitney, que la última persona lo bastante impertinente como para derrotarme al ajedrez fue arrojada a la mazmorra y torturada durante treinta interminables años?

—Claro, ¿qué tendrías por entonces, dos años? —bromeó, con los ojos pegados al tablero.

Mihail tomó aliento de repente. Se había encontrado cómodo en presencia de ella, se sentía aceptado sin reservas. Pero era obvio que creía que él era mortal, con unos poderes telepáticos superiores. Mihail estiró el brazo por encima del tablero para hacer un movimiento y vio en los ojos de Raven que ella caía en la cuenta.

—Creo que tenemos jaque mate —dijo con voz sedosa.

—Lo tenía que haber sabido: no podía fiarme de un hombre que anda por el bosque rodeado de lobos. —Le sonrió—. Buena partida, Mihail. He disfrutado muchísimo. —Raven se hundió otra vez en los cojines de la silla—. ¿Puedes hablar con los animales? —preguntó con curiosidad.

A Mihail le gustaba verla a ella en su casa, le gustaba la manera en que el fuego fulguraba con tonos azules en su cabello y la forma en que las sombras se pegaban con tal encanto a su rostro. Había memorizado cada centímetro de su cara y sabía que si cerraba los ojos, la imagen continuaría allí, unos pómulos altos, delicados, nariz pequeña y boca exuberante.

—Sí. —Respondió con sinceridad, pues no quería mentiras entre ellos.

—¿Habrías matado a Jacob?

Sus pestañas eran preciosas y atrajeron su atención.

—Ten cuidado con lo que preguntas, pequeña —advirtió.

Raven recogió las piernas bajo su cuerpo y le contempló con la mirada fija.

—¿Sabes, Mihail? Estás tan habituado a utilizar tu poder que ni siquiera te paras a pensar si está bien o está mal.

—No tenía derecho a tocarte. Te estaba haciendo daño.

—Pero él no lo sabía. Y tú no tenías derecho a tocarme, pero de todos modos lo hiciste —indicó sensata.

Los ojos de él relumbraron con frialdad.

—Tenía todo el derecho. Me perteneces —dijo con calma y voz suave, pero con un indicio de advertencia—. Y aún más importante, Raven, yo no te hice ningún daño.

A ella se le entrecortó la respiración. Se humedeció los labios con la lengua, con un pequeño gesto delicado.

—Mihail —la voz sonaba vacilante, como si escogiera las palabras con cuidado—. Me pertenezco a mí misma. Soy una persona, no algo que puedas poseer. En cualquier caso, vivo en Estados Unidos. Voy a regresar pronto allí y mi intención es coger el próximo tren para Budapest.

La sonrisa de él era la de un cazador. Rapaz. Durante un momento el hogar destelló rojo, de modo que sus ojos brillaron como los de un lobo en la noche. No dijo nada, se limitó a observarla sin pestañear.

Ella levantó la mano hasta la garganta en un gesto defensivo.

—Es tarde, debería marcharme. —Podía oír los latidos de su propio corazón. ¿Qué quería ella de él? No lo sabía; sólo sabía que ésta era la noche más perfecta y terrorífica de su vida y que quería volver a verle. Él se había quedado del todo inmóvil, amenazador en su quietud absoluta. Ella esperó sin respirar. El miedo la estaba asfixiando, propagaba temblores por su delgada figura. El miedo a que él la dejara marchar; el miedo a que la obligara a quedarse. Cobró aliento—. Mihail, no sé qué quieres. —Tampoco sabía lo que quería ella.

Entonces él se levantó con una combinación de poder y gracilidad. Su sombra la alcanzó antes que el propio Mihail. Su fuerza era enorme, pero sus manos eran delicadas cuando la puso en pie. Subió las manos por sus brazos, las apoyó ligeramente en sus hombros, acariciando con los pulgares su cuello. El contacto disparó una ondulación de calor por el abdomen de Raven. Ella era tan pequeña a su lado, tan frágil y vulnerable...

—No intentes dejarme, pequeña. Nos necesitamos el uno al otro. —Inclinó su oscura cabeza hacia abajo y le rozó los párpados con la boca, lanzando pequeños dardos de fuego que lamieron su piel—. Me haces recordar lo que es vivir —susurró con su voz cautivadora. Encontró con su boca la comisura de los labios de ella y una sacudida de electricidad hizo saltar chispas por todo su cuerpo.

Raven estiró una mano para tocar la línea ensombrecida de su mentón y colocarla sobre los fuertes músculos de su pecho en un intento de poner distancia entre ellos.

—Escúchame, Mihail. —Su voz sonaba ronca—. Ambos sabemos lo que es la soledad, el aislamiento. Supera mi imaginación el hecho de que pueda encontrarme tan cerca de ti, tocarte físicamente y no sentirme abrumada por cargas no deseadas. Pero no podemos hacer esto.

La diversión hizo aparición en el fuego oscuro de sus ojos, un indicio de ternura. Sus dedos la rodearon por el cuello, hasta la nuca.

—Oh, yo creo que sí. —La voz de terciopelo negro era pura seducción; la sonrisa, francamente sensual.

Raven sintió su poder incluso en la punta de los pies. Su cuerpo ya no tenía esqueleto, era líquido, suspiraba. Estaba tan cerca de Mihail que se sentía parte de él, rodeada por él, envuelta por él.

—No voy a acostarme con alguien a quien no conozco sólo porque me sienta sola.

Él soltó una risa suave, grave y divertida.

—¿En eso estás pensando? ¿Que vas a dormir conmigo porque te sientes sola? —Su mano volvía a estar en su garganta, de nuevo la acariciaba, la rozaba calentando su sangre—. Es por esto por lo que harías el amor conmigo. ¡Esto! —Su boca se pegó a la de ella.

Rojo incandescente. Relámpagos azules. La tierra se movió y se tambaleó. Mihail arrastró la delgada figura de Raven contra su largo cuerpo masculino y agresivo, su boca dominante la atrajo a un mundo de pura sensación.

Raven no podía hacer otra cosa que pegarse a él, el ancla segura en una tormenta de emociones turbulentas. Un gruñido resonó en la profundidad de la garganta de Mihail, animal y salvaje como el de un lobo excitado. Raven estaba en llamas, ardía y necesitaba, era seda incandescente en sus brazos, y su cuerpo maleable, calor líquido. Se movía contra él sin cesar, los pechos le dolían, los pezones presionaban de forma erótica el fino hilo de su jersey.

Él le rozó el pezón con el pulgar a través de la labor de ganchillo, disparando ondas de calor por todo su cuerpo, debilitando sus rodillas hasta que sólo se sostuvo gracias a la dura fuerza de sus brazos. La boca de Mihail volvía a moverse; su lengua era una llama lamiendo su pulso.

Y luego vino el calor incandescente, cauterizador, su cuerpo se estremecía de necesidad, ardía en deseo por él. Las oleadas de pasión la vencían. La boca de Mihail en su garganta producía una combinación de placer y dolor tan intenso que no sabía dónde empezaba uno y acababa otro. Le inclinó la cabeza hacia atrás con el pulgar, dejó su cuello expuesto, y la boca se aferró a su piel, movía la garganta como si la devorara, como si se alimentara de ella, se la bebiera. Quemaba, pero saciaba su propio anhelo.

Mihail susurró algo en su lengua nativa y levantó un poco la cabeza, interrumpiendo el contacto. Raven sintió que un líquido caliente caía por su cuello hasta su pecho. La lengua de Mihail siguió el rastro y recorrió la prominencia cremosa de su pecho. Entonces la cogió por la cintura, consciente de pronto de la manera en que su propio cuerpo exigía un alivio. Tenía que conseguirla como pareja. Su cuerpo lo reclamaba, ardía en deseos.

Raven se agarró a su camisa para no caerse. Él maldijo en voz baja, con elocuencia, una mezcla de dos lenguas, furioso consigo mismo mientras la acunaba entre sus brazos con gesto protector.

—Lo siento, Mihail. —Raven estaba consternada, aterrorizada por su debilidad. La habitación daba vueltas, era difícil concentrarse. Le palpitaba y ardía el cuello.

Él inclinó su oscura cabeza para besarla con delicadeza.

—No, pequeña, me estoy moviendo demasiado rápido. —Todo en su naturaleza, la bestia y el hombre de siglos de edad, reclamaba con furia que la tomara, que la retuviera, pero él quería que Raven acudiera por propia voluntad.

—Me siento rara, mareada.

Se había descontrolado un poco la bestia, ávida por dejar su marca en ella, ávida de su dulce sabor. Su cuerpo ardía, exigía un alivio. La disciplina y el control se enfrentaron a su naturaleza depredadora e instintiva, y ganaron. Respiró hondo y la llevó a la silla situada junto al fuego. Ella se merecía el cortejo, conocerle poco a poco, llegar a sentir afecto si no amor, antes de unirla a él. Una humana. Una mortal. No estaba bien. Estaba mal. Era peligroso. Mientras la dejaba sobre los cojines, captó la primera señal de alboroto.

Se volvió en redondo, sus rasgos apuestos ahora eran sombríos y amenazadores. Su cuerpo perdió la postura protectora, de súbito se volvió intimidador y poderoso.

—Quédate aquí —ordenó en voz baja. Se movió con tal rapidez que se desdibujó. Cerró las puertas de la biblioteca y se volvió hacia la puerta de entrada. Mihail envió una llamada silenciosa a sus centinelas.

En el exterior aulló un lobo, un segundo respondió, luego un tercero, hasta que se formó un coro al unísono. Cuando el ruido decayó, Mihail se mantuvo a la espera. Su rostro era una máscara de granito implacable. La bruma avanzaba desde el bosque, zarcillos de neblina que se desplazaban y se unían para formar una masa fuera de su casa.

Levantó un brazo y se abrió la puerta de entrada. La niebla y la bruma se deslizaron al interior y se aglutinaron en charcos hasta que el vestíbulo quedó lleno de aquello. Poco a poco, las neblinas se enlazaron, los cuerpos fulguraron y se volvieron sólidos.

—¿Por que me molestáis esta noche? —reprendió en voz baja, con un peligroso brillo en sus ojos oscuros.

Un hombre dio un paso adelante, agarrando con firmeza a su esposa. Se la veía pálida y agotada, y era obvio que estaba embarazada.

—Buscamos tu consejo, Mihail, y te traemos noticias.

Dentro de la biblioteca, Raven notó que el miedo la invadía con brusquedad. La emoción percutía en su cabeza, la inundaba, la sacaba de las pesadas telarañas de aquel estado parecido al trance. Alguien estaba afligido, lloraba, sentía un dolor penetrante como un cuchillo. Se puso de pie tambaleante y se agarró al respaldo de la silla. Las imágenes se colaban en ella. Una joven de piel pálida, blanca, y una larga estaca sobresaliendo en su pecho, sangre corriendo a ríos, la cabeza separada de su cuerpo, algo nauseabundo colocado en su boca. Un asesinato ritual, simbólico, una advertencia de que podrían repetirse. Un asesino en serie, aquí, en esta tierra de paz.

Raven soltó un jadeo, se tapó los oídos con ambas manos como si eso pudiera detener de algún modo las imágenes que entraban en su mente. Durante un momento no pudo respirar, no podía hacerlo, sólo quería que acabara. Miró a su alrededor con ojos desorbitados, vio una puerta a su derecha que llevaba en dirección contraria a tanta emoción abrumadora. Ciegamente, se puso a andar tambaleante, débil, desorientada y mareada. Salió de la biblioteca dando un traspiés, necesitada de un poco de aire fresco. Lejos de los detalles de horror y muerte, tan gráficos en las mentes de los recién llegados.

El temor y la rabia de las visitas eran algo con vida propia. Eran animales heridos, dispuestos a destrozar y desgarrar como venganza. ¿Por qué la gente era tan peligrosa? ¿Tan violenta? No tenía respuesta, ya no quería tenerla. Había dado varios pasos por el pasillo cuando surgió una figura. Un hombre algo más joven que Mihail, con ojos centelleantes y pelo ondulado castaño. Su sonrisa burlona, escondía una amenaza; se dirigía hacia ella.

Una fuerza invisible le golpeó directamente en el pecho, derribándole hacia atrás y estrellándole contra la pared. Mihail hizo aparición, una sombra oscura y malévola. Se erguía sobre Raven y la empujó detrás de él con un movimiento protector. Esta vez el bramido gutural fue el rugido desafiante de una bestia.

Raven percibía la terrible cólera de Mihail, cólera mezclada con dolor, unas emociones tan intensas que estremecían el mismísimo aire. Le tocó el brazo, intentó rodearle la gruesa muñeca con sus dedos, pero tan sólo eran un diminuto elemento disuasorio para la violencia que le sacudía. Notó la tensión en sus venas como algo vivo.

Oyó un jadeo colectivo, perceptible, y Raven se percató de que ella era el centro de atención del grupo. Había una mujer y cuatro hombres. Todos los ojos se concentraban en sus dedos alrededor de la muñeca de Mihail como si hubiera cometido algo terrible, un acto criminal. El cuerpo más grande de Mihail se desplazó para defenderla por completo de su escrutinio. No hizo ninguna tentativa de apartar su mano. En todo caso, movió su cuerpo con gesto protector, haciéndola retroceder un poco más contra la pared hasta que obstruyó del todo su visión.

—Está bajo mi protección. —Fue una declaración. Un reto. Una promesa de venganza inmediata y feroz.

—Como lo estamos todos —dijo la mujer en voz baja y apaciguadora.

Raven se tambaleó, se sostenía tan sólo gracias al muro. Las vibraciones de furia y pena la asaltaban hasta el punto de desear chillar. Profirió un sonido, como un hilo, un único sonido de protesta. Mihail se volvió al instante y la rodeó con los brazos, envolviéndola al máximo.

—Guardad vuestros pensamientos y emociones —dijo a los demás entre dientes—. Es muy sensible. La acompañaré hasta el mesón y regresaré para comentar con vosotros esa noticia tan perturbadora.

Raven no tuvo posibilidad real de ver a los demás mientras él se la llevaba a grandes zancadas hasta el pequeño coche que esperaba en el garaje. Sonrió con cansancio, apoyando la cabeza en el hombro de Mihail.

—Este coche no me parece el apropiado para ti, Mihail. Tus ideas sobre las mujeres son tan arcaicas que en una vida anterior debes de haber sido el «señor del castillo».

Él le dirigió una rápida mirada. Deslizó sus ojos sobre la palidez de su rostro, se detuvo en la marca en el cuello, visible a través de su larga melena. La verdad, no había sido su intención dejar una marca, pero ahora estaba ahí, su señal de propiedad.

—Voy a ayudarte a dormir esta noche. —Lo dijo como una declaración.

—¿Quién era esa gente? —preguntó, sabiendo que él no quería que hiciera preguntas. Estaba muy cansada, incluso mareada. Se frotó la cabeza y deseó por una vez en su vida ser normal. Quizás él pensara que era de las que siempre se desmayaban.

Hubo un breve silencio. Mihail dejó ir un hondo suspiro.

—Mi familia.

Raven sabía que decía la verdad, aunque él lo desconocía.

—¿Por qué alguien iba a hacer algo tan terrible? —Volvió el rostro hacia él—. ¿Esperan que tú sigas la pista del asesino, que le detengas? —En su voz había un dolor intenso, dolor por él. Preocupación. El sufrimiento de Mihail era intenso, dejaba traslucir culpabilidad y la necesidad de violencia.

Él consideró sus preguntas en su mente. Ella ya sabía, por consiguiente, que un miembro de su familia había sido asesinado. Lo más probable era que hubiera captado los detalles en la cabeza de alguien. Pero estaba preocupada y sufría por él. Sin condena alguna. Preocupación, así de sencillo. Mihail notó cierto alivio en la tensión de su cuerpo, notó el calor ondulante en su estómago.

—Intentaré mantenerte todo lo lejos posible de este lío, pequeña. —Nadie se preocupaba por él, por su estado mental o por su salud. Nadie sentía nada por él. En su interior, algo pareció ablandarse y fundirse. Ella se estaba haciendo un lugar dentro de él, en lo más hondo, allí donde él la necesitaba.

—Tal vez no debiéramos vernos durante unos días. Nunca en mi vida he estado tan cansada. —Intentó ofrecerle una salida cortés. Raven se miró las manos. También quería darse una salida a sí misma. Jamás había estado tan cerca de alguien, tan a gusto, como si le conociera de siempre. No obstante, le aterrorizaba que él asumiera el control sobre ella—. Y creo que a tu familia no le entusiasma ver a una americana contigo. Somos demasiado... cómo decirlo, explosivos juntos —concluyó compungida.

—No intentes dejarme, Raven.. —Detuvo el coche delante del mesón—. Conservo lo que es mío, y no te equivoques: tú eres mía. —Era una advertencia y una súplica al mismo tiempo. Mihail no tenía tiempo para palabras consideradas. Quería ofrecérselas. Dios sabía que se las merecía. Pero los demás esperaban y sus responsabilidades eran una pesada losa para él.

Raven levantó la mano hasta la línea de su mentón y se lo frotó con dulzura.

—Estás acostumbrado a salirte con la tuya. —Había una sonrisa en su voz—. Puedo ir a dormir sola, Mihail. Lo he estado haciendo durante años.

—Necesitas dormir tranquila, profundamente, sin que nadie te moleste. Lo que has «visto» esta noche te obsesionará si no te ayudo. —Le acarició el labio inferior con el pulgar—. Podría eliminar el recuerdo si quisieras.

Raven se daba cuenta de que él quería hacerlo pues creía de veras que sería lo mejor para ella. Se percataba de lo difícil que era pedirle que ella tomara la decisión.

—No, gracias, Mihail —dijo con recato—. Creo que preservaré todos mis recuerdos, los buenos y los malos. —Le besó en la barbilla, se desplazó por el asiento hasta la portezuela—. ¿Sabes?, no soy una muñeca de porcelana. No voy a romperme porque vea algo inconveniente. He perseguido asesinos en serie con anterioridad. —Le sonrió, con ojos tristes.

Él le encadenó la muñeca con un asimiento inquebrantable.

—Y casi te destruye. Esta vez no.

Raven bajó sus largas pestañas, ocultando su expresión.

—Esa decisión no depende de ti. —Si los otros le convencían de que les ayudara con su talento en la persecución de asesinos dementes, los más malvados del mundo, ella no le dejaría solo. ¿Cómo podía hacerlo?

—No estás asustada de mí como debieras estarlo —gruñó él.

Raven le dedicó una rápida sonrisa y tiró de la muñeca para recordarle que la soltara.

—Creo que sabes que lo que hay entre nosotros no valdría nada si me obligaras a hacer tu voluntad en todo.

La mantuvo retenida un instante más, recorriendo su frágil rostro con sus ojos oscuros, peligrosos y posesivos. Ella tenía tal fuerza de voluntad... Estaba asustada, pero le miraba a los ojos y le plantaba cara. Aquello la enfermaba; perseguir tanta maldad la llevaba al borde de la locura, pero lo hacía una y otra vez. El asesino era aún una sombra en su mente. Vislumbró su decisión de ayudarle, también el temor a él y a sus increíbles poderes, pero no iba a dejarle enfrentarse a solas al horrible asesino. Mihail quiso mantenerla a salvo con él en su guarida. Casi con reverencia, recorrió con los dedos su mejilla.

—Vete antes de que cambie de idea –ordenó, soltándola de forma abrupta.

Raven se alejó despacio, intentando sobreponerse al desfallecimiento que se había apoderado de ella. Tuvo cuidado de caminar erguida, pues no quería que él supiera que sentía su cuerpo pesado como el plomo, que cada movimiento le era costoso. Caminó con la cabeza alta y mantuvo adrede la mente en blanco.

Mihail la observó mientras entraba en el mesón. Vio que se llevaba la mano a la cabeza, que se frotaba la sien y la nuca. Seguía aturdida por la sangre que él le había tomado. Eso había sido egoísta, casi una bajeza, no obstante, no había podido refrenarse. Ahora ella lo pagaba. Le dolía la cabeza por el bombardeo de emociones. Incluidas las de él. Toda su gente tendría que ser más cuidadosa a la hora de escudar sus mentes.

Mihail levantó su larga figura del vehículo, se movió hacia las sombras aguzando sus sentidos para verificar que se encontraba a solas. Adoptó la forma de bruma. En la densa niebla pasaba inadvertido, y podía filtrase con facilidad por debajo de la ventana de Raven, sin el cerrojo echado. La observó dejándose caer sobre la cama. El rostro pálido, la mirada angustiada. Se echó hacia atrás la melena de pelo negro y se tocó la marca como si le doliera. Le llevó unos minutos quitarse los zapatos, como si la tarea fuera demasiado ardua.

Mihail esperó hasta que ella se tiró boca abajo, vestida del todo, sobre la cama. *Vas a dormir*. Le dio la orden con energía, esperando que la cumpliera.

Mihail. Su nombre reverberó en su cabeza, con suavidad, con somnolencia y un atisbo de diversión. *Por algún motivo sabía que te saldrías con la tuya*. No se opuso, sino que se sometió por propia voluntad, con una sonrisa curvando su suave boca.

Le quitó la ropa y metió el delgado cuerpo debajo de las colchas. Protegió la puerta con un sortilegio poderoso que mantendría lejos incluso a los más fuertes de sus hombres, y qué decir de algún patético asesino mortal. Cerró con pestillo las ventanas y aplicó la misma protección en cada posible punto de entrada. Con suma delicadeza le rozó la frente con sus labios y luego estiró la mano para tocarle la marca en el cuello antes de dejarla.

Los otros se quedaron callados cuando entró en su casa. Celeste sonrió con vacilación y puso una mano protectora sobre el hijo que llevaba en la matriz.

—¿Se encuentra bien, Mihail?

Él asintió con brusquedad; por extraño que pareciera estaba agradecido por su interés. Nadie le cuestionaba, pero su comportamiento era por completo atípico en él. Fue directo al grano.

—¿Cómo es que el asesino encontró a Noelle sin protección?

Los presentes se miraron unos a otros. Mihail les había inculcado que jamás olvidaran el menor detalle a la hora de salvaguardar su seguridad.

—Noelle tuvo el bebé apenas hace dos meses. Estaba tan cansada todo el tiempo. —Celeste intentó excusar su desliz.

—¿Y Rand? ¿Dónde está? ¿Por qué dejó a su agotada esposa sin protección mientras dormía? —preguntó Mihail en un tono suave pero peligroso.

Byron, el hombre que había tenido problemas antes, se agitó incómodo.

—Ya sabes cómo es Rand. Siempre va detrás de las mujeres. Dejó a la criatura con Celeste y se fue de ronda.

—Y se olvidó de proporcionar la protección conveniente a Noelle. —La indignación de Mihail era más que evidente—. ¿Dónde está?

La pareja de Celeste, Eric, respondió en tono grave.

—Ha sido una locura, Mihail. Tuvimos que acudir todos nosotros para someterlo, pero ahora duerme. El niño está con él en la profundidad de la tierra. Les sentará bien la curación.

—No podíamos permitirnos perder a Noelle. —Mihail mantuvo a raya su pena, no era el momento—. Eric, ¿puedes mantener a Rand bajo control?

—Creo que deberías hablar tú con él —respondió Eric con franqueza—. La culpabilidad le está volviendo loco. Casi arremete contra nosotros.

—Vlad, ¿dónde está Eleanor? Corre peligro, en su estado avanzado. Tenemos que protegerla igual que haremos con Celeste —dijo Mihail—. No podemos permitirnos la pérdida de ninguna de nuestras mujeres y, desde luego, de ningún niño.

—Está a punto de cumplir, me inquietaba que viajara —suspiró Vlad—. Se encuentra a salvo y bien protegida por el momento, pero creo que esta guerra vuelve a empezar.

Mihail tamborileó con el dedo sobre la mesa.

—Tal vez sea significativo que tengamos a tres de nuestras mujeres a punto de dar a luz por primera vez en una década. Tenemos pocos niños y con mucha diferencia de años. Si los asesinos han conseguido enterarse del estado de nuestras mujeres, estarán asustados de que nos estemos multiplicando, cobrando fuerza de nuevo.

Mihail lanzó una rápida mirada al más musculoso de los hombres.

—Jacques, no tienes ninguna compañera de la que responsabilizarte. —Había un leve dejo de afecto en su voz, afecto que nunca había sentido o mostrado antes, un afecto que tal vez no era consciente de si alguien más lo mostraba. Jacques era su hermano—. Tampoco Byron tiene pareja. Los dos daréis la voz a todos los demás. No os dejéis ver, alimentaos sólo cuando estéis bien protegidos, dormid en lo más profundo de la tierra, y emplead siempre las protecciones más poderosas. Debemos vigilar a nuestras mujeres para mantenerlas a salvo, sobre todo las que están embarazadas. No atraigáis la atención de ninguna manera.

—¿Durante cuánto tiempo, Mihail? —La mirada de Celeste estaba ensombrecida, su rostro manchado de lágrimas—. ¿Cuánto tiempo debemos vivir de este modo?

—Hasta que yo encuentre a los asesinos y administre justicia. —Había una nota feroz, salvaje, en su voz—. Todos vosotros os habéis vuelto indulgentes por mezclaros tanto con los mortales. Estáis olvidando los dones que podrían salvaros las vidas —les reprendió con dureza—. Mi mujer es mortal, no obstante estaba enterada de vuestra presencia antes de que vosotros detectarais la de ella. Percibió vuestras emociones desprotegidas, supo de los asesinatos por vuestros pensamientos. Eso no tiene excusa.

—¿Cómo puede ser? —se atrevió a preguntar Eric—. Ningún mortal tiene tal poder.

—Es una telépata y su don es muy fuerte. Vais a verla a menudo por aquí: también la defenderemos, como a todas nuestras mujeres.

Los demás intercambiaron miradas confundidas, aturdidas. Según la leyenda, sólo los miembros más fuertes de su raza podrían ser capaces de convertir a un mortal. Era algo que no se hacía, así de sencillo, pues era demasiado arriesgado. Se había intentado hace siglos, cuando la proporción de mujeres se había visto diezmada y los hombres habían perdido toda esperanza. Pero nadie se había atrevido a intentarlo nunca más. La mayoría de ellos creía que era un mito creado para impedir que los carpatianos varones perdieran sus almas. Mihail era indescifrable, implacable, sus decisiones no se habían cuestionado en siglos. Resolvía las diferencias y les protegía. Perseguía a los varones que optaban por volverse vampiros, peligrosos tanto para los mortales como para los inmortales.

Ahora esto. Una mujer mortal. Estaban conmocionados y se les notaba. Se veían obligados a anteponer la vida de la mujer de Mihail a las suyas. Si él decía que estaba bajo su protección, hablaba en serio. Nunca había dicho nada que no pensara. Y si ella sufría algún mal, el castigo sería la muerte. Mihail era un enemigo salvaje, despiadado e implacable.

Mihail sentía el peso de su responsabilidad por la muerte de Noelle. Estaba enterado de la debilidad de Rand por las mujeres. Se había opuesto a su unión, pero no la había prohibido, como debería haber hecho. Rand no era la verdadera pareja de vida de Noelle. La química nunca hubiera permitido que una verdadera pareja engañara a su mujer. Noelle, su hermosa hermana, tan joven y radiante... La habían perdido para siempre. Había sido obstinada al querer a Rand porque era apuesto, no porque su alma se viera atraída por la de él. Habían mentido, pero él sabía que mentían. En última instancia consideraba responsabilidad suya que Rand hubiera continuado buscando la emoción con otras mujeres, y Noelle se había transformado en una mujer amargada, peligrosa. Su hermana tenía que haber muerto de forma instantánea, de otro modo él lo hubiera sentido, incluso estando profundamente dormido. Rand nunca debería haberse hecho cargo de una de sus mujeres. Si él lo hubiera pensado antes, a tiempo, cada uno habría encontrado su pareja de vida, pero Noelle era cada vez más peligrosa, y Rand empeoraba en su conducta promiscua. Era imposible que Rand obtuviera placer alguno de las mujeres con las que se acostaba, no obstante continuaba adelante, casi como si fuera un castigo por el riguroso control de Noelle sobre él.

Mihail cerró los ojos durante un momento para que la realidad de la muerte sin sentido de su hermana le empapara. La pérdida era intolerable, el dolor desenfrenado e intenso, mezclado con una furia gélida y una mortífera determinación. Inclinó la cabeza. Tres lágrimas de color rojo sangre surcaron su rostro sin control. Su hermana, la más joven de sus mujeres. Era culpa suya.

Sintió una agitación en la cabeza, calor, alivio, como si unos brazos le estuvieran rodeando por sorpresa. *¿Mihail? ¿Me necesitas?* La voz de Raven sonaba somnolienta, ronca, preocupada.

Aquello le conmocionó. Su orden había sido rotunda, mucho más fuerte que cualquier otra que hubiera usado con un humano, y de todas formas su dolor había penetrado en el sueño de ella. Echó un rápido vistazo a su alrededor, examinó los rostros de sus compañeros. Ninguno de ellos había advertido el contacto mental. Quería decir que, por muy desfallecida que se encontrara Raven, era capaz de concentrarse, canalizar y enviarle directamente cualquier flujo psíquico. Era una destreza que pocos de los suyos se habían molestado en alcanzar, al sentirse tan complacidos de que los humanos no pudieran sintonizar con ellos.

¿Mihail? En esta ocasión la voz de Raven sonó más fuerte, alarmada. *Voy junto a ti.*

Duerme, pequeña. Estoy bien, la tranquilizó, reforzando su orden con el tono de su voz.

Cuídate, Mihail, susurró ella con suavidad, sucumbiendo a su poder.

Mihail centró entonces su atención en los demás, que esperaban sus órdenes.

—Enviadme mañana a Rand. El niño no puede quedarse con él. Dierdre perdió otro niño hace un par de décadas. Aún llora por todas las pérdidas. Llevaremos al niño con ella. Tienn sabrá cuidar de ellos. Y nadie empleará ninguna unión mental hasta que sepamos si alguno de los adversarios posee el mismo poder que mi mujer.

La conmoción en sus rostros fue total. Ninguno de ellos consideraba a un humano capaz de ese tipo de poder y disciplina.

—Mihail, ¿estás seguro de que esta mujer no es la culpable? Podría ser una amenaza para nosotros. —Eric se aventuró a hacer aquella sugerencia con gran cautela, pese a que Celeste le clavó los dedos en el brazo como advertencia.

Los ojos oscuros de Mihail se entrecerraron un poco.

—¿Crees que me he vuelto perezoso, henchido de mi propio poder? ¿Me consideras tan torpe como para estar yo en su mente y no reconocer la amenaza para nosotros? Te advierto, estoy dispuesto a dejar de ser vuestro líder, pero no pienso retirarle mi protección. Si alguno de vosotros desea hacerle daño, que sepa que tendrá que enfrentarse conmigo. ¿Queréis que le pase a otro el manto del liderazgo? Estoy cansado de mis deberes y responsabilidades.

—¡Mihail! —La voz de Byron fue una inequívoca y rotunda protesta.

Los otros se apresuraron a expresar sus negativas, como niños asustados. Jacques fue el único que permaneció en silencio, con la cadera apoyada con gesto perezoso en la pared, observando a Mihail con una burlona y secreta media sonrisa. Él no le prestó atención.

—Ya casi amanece. Volved a tierra todos. Aplicad todas las medidas posibles de protección. Cuando os despertéis, inspeccionad vuestras viviendas, manteneos atentos a los intrusos. No paséis por alto el menor incidente. Debemos mantenernos bien comunicados y no dejar de vigilarnos unos a otros.

—Mihail, el primer año es tan crítico, muchos de nuestros niños no sobreviven. —Los dedos de Celeste se retorcían con nerviosismo en la mano de su marido—. No estoy segura de que Dierdre pueda soportar otra pérdida.

La sonrisa de Mihail fue considerada.

—Cuidará del niño como nadie, y Tienn será el doble de vigilante que cualquier otro. Él ha estado intentando que Dierdre conciba otro hijo y ella se ha negado. De esta manera, al menos, sus brazos no estarán vacíos.

—Y anhelará otro hijo —replicó Celeste con enojo.

—Si nuestra raza tiene que continuar, debemos tener hijos. Por mucho que yo desee tener uno, sólo nuestras mujeres pueden producir ese milagro.

—Es descorazonador perder tantos, Mihail —indicó Celeste.

—Para todos nosotros, Celeste, para todos nosotros. —Su tono era irrevocable, y nadie se atrevió a discutir o poner algo en duda. Su autoridad era absoluta, su furia y dolor no tenía límites. No sólo Rand no había sabido proteger a Noelle, una mujer joven, hermosa y radiante, sino que ella había perdido la vida por algún juego sádico entre Rand y Noelle. Sabía que él era igual de responsable que Rand del sino de Noelle. Su aversión por Rand iba dirigida de igual manera a sí mismo.

3

Raven se despertó poco a poco en una densa bruma, capas y más capas la cubrían. De algún modo, sabía que se suponía que no debería despertarse, no obstante era imprescindible hacerlo. Despertar. Logró abrir los ojos y volvió la cabeza hacia la ventana. La luz del sol entraba a raudales. Se incorporó hasta quedarse sentada y las colchas se deslizaron dejando al descubierto su piel desnuda.

—Mihail —susurró en voz alta— te tomas demasiadas libertades, no hay duda. —Se dirigió a él de forma automática, como si no pudiera negar aquella necesidad. Al percibir que estaba dormido, se retiró. El más leve contacto era suficiente. Él se encontraba a salvo.

Raven se sentía diferente, incluso feliz. Podía hablar con alguien, tocar a alguien, qué importaba que fuera una situación parecida a ir sentada en el lomo de un tigre hambriento. La libertad de relajarse en presencia de otra persona era una dicha. Mihail tenía responsabilidades importantes. No sabía quién era, sólo alguien importante. Era obvio que se sentía a gusto con sus dones, no como ella que aún se sentía una especie de monstruo de la naturaleza. Quería parecerse más a él: seguro, sin importarle lo que pensaran los demás.

Sabía muy poco de la vida rumana. Las poblaciones rurales eran pobres y supersticiosas. No obstante, era un pueblo cordial y artístico de verdad. Mihail era diferente. Había oído hablar de los carpatianos. No eran gitanos; se trataba de un pueblo con buena educación y dinero que vivía en lo más profundo de las montañas y bosques por decisión propia. ¿Sería Mihail su jefe? ¿Por eso era tan arrogante y distante?

Su cuerpo agradeció la ducha, que limpió la sensación de pesadez, de ofuscación. Se vistió con diligencia, con vaqueros, un suéter de cuello cisne y un jersey. Pese a que era un día soleado, en las montañas hacía frío, y su intención era hacer una pequeña excursión. Por un momento sintió un escozor, una palpitación, en el cuello. Apartó la ropa para examinar la herida. Era una marca extraña, como un mordisco amoroso de un adolescente, pero más intensa.

Se sonrojó al recordar cómo le había hecho la marca él. ¿Tenía que ser aquel hombre tan sexy por encima de todo? Podría aprender tanto de él. Había advertido que era capaz de escudarse del bombardeo omnipresente de emociones. Eso sería un milagro, ser capaz de sentarse sin preocuparse en una sala abarrotada y no sentir nada aparte de sus propias emociones.

Raven se puso las botas de montaña. ¡Un asesino en este lugar! Era un sacrilegio. Los lugareños tenían que estar muy asustados. Al atravesar el umbral de la puerta sintió un cambio curioso en el aire. Le dio la impresión de tener que atravesar alguna fuerza invisible. ¿Mihail otra vez? ¿Intentando encerrarla? Para nada. Si fuera capaz de algo así, las cerraduras no le hubieran permitido salir del dormitorio. Era más probable que quisiera protegerla, y no permitiera entrar a los demás. Mihail, deshecho por el dolor y la rabia de aquel atroz asesinato sin sentido, la había ayudado de todos modos a quedarse dormida. La idea de que se tomara la molestia de cuidarla y ayudarla le hizo sentirse apreciada.

Eran las tres de la tarde. La hora de comer ya había pasado hacía rato, pero era demasiado pronto para el turno de la cena, y Raven tenía hambre. En la cocina, la dueña fue tan amable de prepararle un tentempié campestre. La mujer no mencionó en ningún momento el asesinato de la noche anterior. De hecho, parecía por completo ignorar tales noticias. Raven se sintió reacia a mencionar el asunto. Era extraño, la dueña era amigable y simpática —incluso habló de Mihail, un amigo de hacía tiempo a quien se refería con respeto— y aun así Raven no fue capaz de decir una sola palabra sobre el asesinato y cómo había afectado a Mihail.

Una vez afuera, se colocó la mochila a la espalda. No percibía el horror del crimen por ningún lado. En el mesón, en la calle, nadie parecía más inquieto de lo habitual. No podía haberse equivocado, las imágenes habían sido fuertes, el dolor desmedido y muy real. La visión del propio asesino era muy detallada, no eran producto de su imaginación.

—¡Señorita Whitney! ¿Es Whitney, verdad? —Una voz femenina le llamó desde varios metros de distancia.

Margaret Summers se apresuró a acercarse a ella con la angustia en el rostro. Cerca de los setenta años, tenía aspecto débil, con pelo gris y ropa funcional.

—Querida mía, qué pálida estás esta mañana. Estábamos todos tan preocupados por tu estado. La forma en que ese joven se te llevó resultó intimidante.

Raven se rió en voz baja.

—Él resulta bastante intimidante, ¿verdad? Es un viejo amigo y se preocupa demasiado por mi salud. Créame, señora Summers, me cuida con toda atención. En realidad es un hombre de negocios muy respetable, pregunte a cualquiera en el pueblo.

—¿Estás enferma, pequeña? —preguntó Margaret solícita, acercándose más, con lo cual Raven se sintió amenazada.

—Me estoy recuperando —contestó Raven con firmeza, confiando en que fuera la verdad.

—¡Te he visto antes! —Margaret sonaba excitada—. Eres la extraordinaria joven que colaboró con la policía para atrapar al desalmado asesino de San Diego hace un mes más o menos. ¿Qué diantres estás haciendo en este lugar?

Raven se frotó la frente con la base de la mano.

—Ese tipo de trabajo consume a cualquiera, señora Summers. En ocasiones incluso caigo enferma. Fue una persecución larga, y necesitaba irme lejos. Quería ir a algún lugar remoto y hermoso, algún sitio empapado de historia. Algún lugar donde la gente no me reconociera y me señalara como un monstruo de la naturaleza. Los Cárpatos son preciosos. Puedo andar, estar tranquila y dejar que el viento despeje mi cabeza de todos los recuerdos de esa mente enferma.

—Oh, cielo. —Margaret estiró una mano preocupada.

Raven se apartó a toda prisa.

—Lo siento, me molesta tocar a la gente después de haber perseguido a un demente. Por favor, compréndame.

Margaret hizo un gesto de asentimiento.

—Por supuesto, aunque pude advertir que ese joven no daba importancia al hecho de tocarte.

Raven sonrió.

—Es un poco autoritario, y tiene esa tendencia al dramatismo, pero se porta muy bien conmigo. Hace tiempo que nos conocemos. Mihail viaja bastante, ya sabe. —La mentira pareció surgir de sus labios con facilidad. Se detestó por ello—. No quiero que los demás sepan quién soy, señora

Summers. Me desagrada la publicidad y ahora mismo necesito soledad. Por favor, no le diga a nadie quién soy.

—Por supuesto que no, querida, pero ¿te parece seguro salir por ahí toda sola? Por esta zona deambulan animales salvajes.

—Mihail me acompaña en mis pequeñas excursiones, y desde luego que no voy husmeando por el bosque de noche.

—Oh —Margaret parecía aplacada—. ¿Mihail Dubrinsky? Todo el mundo habla de él.

—Ya se lo he dicho, es demasiado protector. Y, por cierto, le gusta mucho cómo cocina la dueña —le confió con una risa al tiempo que cogía la cesta del tentempié—. Mejor me pongo en marcha o llegaré tarde.

Margaret se hizo a un lado.

—Ten mucho cuidado, cielo.

Raven se despidió con un ademán amistoso y se fue paseando sin prisas por el camino que llevaba al interior del bosque, y luego sendero arriba por las montañas. ¿Por qué se había visto impulsada a mentir? Le gustaba su soledad, nunca había sentido la necesidad de justificarse. Por algún motivo no quería hablar de la vida de Mihail con nadie, y mucho menos con Margaret Summers. La mujer mostraba demasiado interés por él. No era por nada que hubiera dicho, estaba en sus ojos y en su voz. Sabía que Margaret Summers seguía observándola con curiosidad, hasta que el camino dio un giro marcado y los árboles se la tragaron.

Raven sacudió la cabeza con tristeza. Se estaba convirtiendo en una ermitaña, no quería estar cerca de nadie, ni siquiera de una dulce anciana que se preocupaba por su seguridad.

—¡Raven! ¡Espera!

Cerró los ojos ante una nueva intrusión. Para cuando Jacob la alcanzó, consiguió poner una sonrisa en su rostro.

—Jacob, me alegra que te hayas recuperado de ese acceso de tos de anoche. Qué suerte que el camarero conociera la técnica Heimlich.

Jacob puso cara de pocos amigos.

—No me atraganté con un trozo de carne —dijo a la defensiva, como si ella le acusara de malos modales en la mesa—. Todo el mundo lo piensa, pero no es así.

—¿De veras? Por la manera en que el camarero te cogió... —Su voz se apagó.

—Bien, no te quedaste demasiado tiempo para enterarte —le espetó enfurruñado, juntando las cejas—. Permitiste que ese neandertal te llevara.

—Jacob —dijo ella con amabilidad—, no me conoces, no sabes nada de mí ni de mi vida, y ese hombre podría ser mi esposo. Me encontraba muy mal anoche. Siento no haberme quedado, pero en cuanto vi que estabas bien, pensé que no sería correcto ponerme a vomitar en medio del comedor.

—¿Cómo es que conoces a ese hombre? —quiso saber Jacob celoso—. Los lugareños dicen que es el hombre más poderoso de esta región. Es rico, posee todos los derechos sobre el petróleo. El clásico hombre de negocios, con mucho poder. ¿Cómo es que has conocido a un hombre así?

Estaba aproximándose demasiado a ella, y Raven de pronto se dio perfecta cuenta de lo solos que estaban, de lo aislado que era aquel entorno. Jacob tenía una mirada consentida, engreída, que retorcía su guapa cara aniñada. Percibía alguna otra cosa, una especie de excitación enfermiza, en los pensamientos de culpabilidad de él. Raven supo que ella era una parte importante de sus fantasías pervertidas. Jacob, un niño rico que creía tener derecho a cualquier juguete nuevo del cual se encaprichara.

Sintió un agitación en su mente. *¿Raven? Temes por tu seguridad.* Mihail estaba profundamente dormido, se esforzaba por salir a la superficie a través de las capas de letargo.

Ahora sí que estaba preocupada. Mihail era un interrogante en su mente. No quería saber qué iba a hacer, sólo sabía que se mostraba muy protector con ella. Por sí misma, por Mihail, por Jacob, tenía que hacerle entender a ese niño malcriado que no quería tener nada que ver con él. *Puedo ocuparme yo sola de esto*, fue su abrupto mensaje tranquilizador.

—Jacob. —Su voz sonaba paciente—. Creo que deberías marcharte, regresar al mesón. Creéme, no soy el tipo de mujer que se siente intimidada por una actitud como la tuya. Esto es acoso, y no tendré el menor reparo en presentar una queja ante la policía local, o como la llamen aquí. —Contuvo la respiración, pues sentía que Mihail estaba esperando.

—¡Bien, Raven, véndete al mejor postor! ¡Intenta encontrar un marido rico! Te utilizará y luego se deshará de ti. ¡Eso es lo que hacen los hombres como Dubrinsky! —gritó Jacob. Escupió unas cuantas palabras ofensivas adicionales y se largó pisando fuerte.

Raven soltó una lenta exhalación, agradecida. *Ves*, se obligó a incorporar una risa a sus pensamientos. *Me he ocupado del problema yo solita, por pequeña y femenina que sea. Asombroso, ¿no crees?*

De repente, al otro lado de una arboleda, fuera de la vista, Jacob gritó lleno de terror, y el sonido se desvaneció hasta quedar en un tenue gemido. El rugido de un oso enfurecido se entremezcló con el segundo grito de Jacob. Algo pesado atravesó con estrépito la maleza en dirección contraria a Raven.

Notó la risa de Mihail, grave, divertida, muy masculina. *Muy gracioso, Mihail.* Jacob transmitía miedo, pero no dolor. *Tienes un sentido del humor muy discutible.*

Necesito dormir. Deja de meterte en problemas, mujer.

Si no estuvieras en danza toda la noche, no tendrías que pasarte todo el día durmiendo, le reprendió. *¿Cómo haces el trabajo?*

Ordenadores.

Raven se encontró riéndose ante la idea de Mihail con un ordenador. No le pegaban los coches ni los ordenadores. *Vuelve a dormir, niño grande. Puedo ocuparme yo sola de las cosas a la perfección, muchísimas gracias, sin ningún machote que me proteja.*

Preferiría que regresaras a la seguridad de tu mesón hasta que me levante. Había un leve indicio de orden en su voz. Se esforzaba por suavizar sus modales con ella, o sea, que Raven tuvo que sonreír ante tal esfuerzo.

Eso no va a suceder, o sea, que aprende a vivir con ello.

Las mujeres americanas sois difíciles de verdad.

Ella continuó su camino montaña arriba, con la risa de él aún resonando en su cabeza. Dejó que la quietud de la naturaleza se filtrara en su mente. Los pájaros se cantaban quedamente entre sí; el viento susurraba a través de los árboles. Flores de todos los colores cubrían el prado, volviendo sus pétalos al cielo.

Raven continuó ascendiendo y encontró paz en su soledad. Se encaramó a una roca escarpada sobre un prado rodeado de bosques de espesos árboles. Se comió el tentempié y se recostó hacia atrás, deleitándose en el paisaje.

. . .

Mihail se sacudió, dejó que sus sentidos reconocieran el entorno. Estaba echado en la tierra, en la superficie, sin que le molestaran. Ningún humano se había acercado a su guarida. Faltaba menos de una hora para el anochecer. Se levantó con ímpetu de la tierra y salió a la bodega fría y húmeda. Mientras se duchaba —adoptaba las costumbres humanas de limpieza, pese a no hacerle falta—, su mente se acercó a la de Raven. Estaba dormitando en las montañas, sin protección, mientras oscurecía. Aquella mujer no tenía ni idea de cómo protegerse. Sintió ganas de sacudirla, bueno, más que eso, quería cogerla en sus brazos y abrazarla eternamente, a salvo.

Se abrió camino hasta el exterior, a la puesta de sol, y ascendió por las sendas de la montaña a la velocidad de los de su especie. El último sol le tocó la piel, calentó su frialdad, le dio vida. A pesar de que unas gafas oscuras especiales le protegían sus ojos ultrasensibles, sintió un pinchazo de desazón, como si un millar de agujas estuvieran esperando para penetrar en sus ojos. Mientras se aproximaba a la roca en la que dormía Raven, captó el aroma de otro carpatiano varón.

Rand. Mihail mostró los dientes. El sol se hundía por debajo del perfil de esas montañas, proyectaba una sombra oscura sobre las colinas onduladas y bañaba el bosque de secretos tenebrosos. Mihail salió al descubierto, con los brazos separados del tronco. Su cuerpo era una combinación de poder y coordinación, era pura amenaza, un demonio acechante, silencioso y letal.

Rand se encontraba de espaldas a él, se acercaba a la mujer tumbada en la roca. Al percibir el poder en el aire, se giró en redondo. El desconsuelo marcaba sus rasgos atractivos, los últimos acontecimientos habían hecho estragos en él.

—Mihail... —Su voz se quebró y bajó la vista—. Sé que nunca podrás perdonarme. Sabías que no era una verdadera pareja para Noelle. Ella no quería dejarme marchar. Me amenazó con quitarse la vida si la dejaba, si intentaba encontrar a otra. Como un cobarde, permanecí a su lado.

—¿Por qué te encuentro agazapado junto a mi mujer? —ladró Mihail. La furia crecía y el ansia de sangre adquiría vida propia, incontrolable, dentro de él. Las excusas de Rand le ponían enfermo, por mucho que tuvieran parte de verdad. Aunque Noelle le hubiera amenazado con exponerse al sol, él debería haberle planteado el asunto a Mihail. Tenía suficiente poder como para detener a Noelle en su destructiva conducta. Rand sabía bien que él era su príncipe, su jefe, y aunque no había compartido sangre con Rand, de todos modos podía leer el placer perverso del macho en su relación enfermiza con Noelle, la manera en que él la dominaba a ella, y aquella obsesión.

Detrás de ellos, Raven se movió. Se incorporó y se apartó el pelo como tenía por costumbre. Estaba adormilada, sexy, una sirena esperando a su amante. Rand volvió la cabeza para mirarla, y en su expresión había algo astuto y pícaro. Raven lo captó todo: la advertencia instantánea de Mihail para que permaneciera callada, el dolor desmedido de Rand, sus celos y antipatía hacia Mihail, la fuerte tensión entre ambos hombres...

—Byron y Jacques me dijeron que estaba bajo tu protección. No podía dormir y me he dado cuenta de que estaba sola sin vigilancia. Tenía que hacer algo o habría acabado por unirme a Noelle. —Había una súplica por ser comprendido, si no perdonado, aunque Raven no estaba convencida de que Rand fuera sincero en lo que decía. No sabía por qué. Por otro lado, su pena era real. Tal vez estaba desesperado por obtener el respeto de Mihail, pero sabía que no lo conseguiría.

—Entonces estoy en deuda contigo —dijo Mihail ceremonioso, esforzándose por controlar su desprecio por un hombre que era capaz de dejar sin vigilancia a una mujer que acababa de dar a luz a su hijo y atormentarla de forma intencionada con el aroma de otra mujer.

Raven bajó de su posición privilegiada: una mujer pequeña, frágil, con compasión en sus enormes ojos azules.

—Lamento mucho su pérdida —murmuró en voz baja, con cuidado de mantener la distancia. Este hombre era el marido de la víctima del asesino. Su culpabilidad y su dolor fueron llenando su cuerpo y acabarían torturándola. No obstante a ella le preocupaba Mihail. Algo no cuadraba con Rand. Era retorcido por dentro, no malvado, pero tampoco era honrado del todo.

—Gracias —dijo Rand, lacónico—. Necesito a mi hijo, Mihail.

—Necesitas la tierra curativa —arguyó Mihail con calma, implacable en su decisión, inclemente en su determinación. No iba a entregar a un precioso bebé indefenso a este hombre en su estado mental actual.

A Raven se le hizo un nudo el estómago, sintió un retortijón y el dolor alcanzó su corazón por la crueldad de esas palabras. Entendía sólo en parte lo que significaba el decreto de Mihail. Este hombre, llorando a su esposa asesinada, era privado de su hijo y aceptaba la palabra de Mihail como ley absoluta. Sintió su profundo dolor como si fuera suyo, pero por algún motivo no podía evitar estar conforme con la decisión de Mihail.

—Por favor, Mihail. Yo amaba a Noelle. —De forma instintiva, Raven supo que Rand no rogaba por su hijo.

La furia marcó de sombras los rasgos de Mihail, de crueldad su boca, y los ojos de un destello rojo.

—No me hables de amor. Baja a la tierra, cúrate. Encontraré al asesino y vengaré a mi hermana. No voy a permitir
que me afecten los sentimientos. Si no hubiera escuchado sus
súplicas, hoy aún estaría viva.

—No puedo dormir. Tengo derecho a ir de caza. —Rand
sonaba desafiante, malhumorado, como un niño que quiere
respeto e igualdad, pese a que sabe que nunca los tendrá.

Una mínima señal de impaciencia, de amenaza, cruzó los
rasgos inquietantes de Mihail.

—Entonces te lo ordeno y te concedo el descanso reparador que tu cuerpo y mente necesitan. —Su voz era más
suave y neutral que nunca. Si no hubiera sido por la furia que
ardía en sus ojos negros, Raven hubiera pensado que estaba
siendo amable y considerado con el otro—. No podemos permitirnos perderte, Rand. —Su voz se suavizó hasta sonar
como el terciopelo; se impuso con sugestión. *Vas a dormir,
Rand. Irás junto a Eric y dejarás que te prepare, que te vigi-
le. Permanecerás así hasta que dejes de ser una amenaza
para ti mismo y para los demás.*

Raven se quedó conmocionada y alarmada ante el poder
absoluto de su voz, el poder que ejercía como si fuera su obligación. La voz de Mihail por sí sola podía provocar un trance
hipnótico. Nadie ponía en cuestión su autoridad, ni siquiera
en una decisión tan grave como quedarse con el hijo de alguien. Se mordió el labio, confundida con sus sentimientos.
Tenía razón en lo del bebé. Percibía algo malo en Rand. No
obstante, que un hombre adulto obedeciera su orden —que
tuviera que obedecer sus órdenes— la asustaba. Nadie debería tener una voz así, un don así. Algo tan fuerte podía em-

plearse de forma incorrecta, podría corromper con facilidad a la persona que lo ejerciera.

Una vez que Rand se marchó, permanecieron de pie, mirándose en medio de la oscuridad creciente. Raven percibía el peso del descontento de Mihail, tan opresivo. Alzó la barbilla con aire desafiante y él se acercó; costaba creer lo rápido que se deslizó hasta su lado. De repente tuvo sus dedos en la garganta como si pudiera estrangularla.

—Nunca repetirás un acto tan imprudente.

Ella le miró pestañeando.

—No intentes intimidarme, Mihail, no va a funcionar. Nadie me dice lo que tengo que hacer o a dónde puedo ir.

Él desplazó los dedos hasta sus muñecas, las apretó y amenazó con romper sus frágiles huesos.

—No toleraré ninguna tontería que ponga tu vida en peligro. Ya hemos perdido a una de nuestras mujeres. No te perderé.

Su hermana, eso había dicho. La compasión batallaba con el instinto de conservación. La mayor parte de este enfrentamiento respondía a los temores de Mihail por su seguridad.

—No puedes ponerme en una caja y guardarme en un estante. —Lo dijo con toda la delicadeza que pudo.

—No hay nada que discutir en lo referente a tu seguridad. Hace un rato estabas a solas con un hombre que pensaba tomarte por la fuerza. Cualquier animal salvaje podría haberte atacado, y si no te encontrases bajo mi protección, Rand, en su estado actual, podría haberte hecho daño.

—Nada de eso ha sucedido, Mihail. —Le tocó la mandíbula con dedos cariñosos, apaciguadores, una caricia tierna—. Ya tienes suficientes cosas de las que preocuparte, suficientes responsabilidades, sin añadirme a mí como una más. Puedo ayudarte. Sabes que soy capaz de hacerlo.

Él le tiró de la muñeca y le hizo perder el equilibrio. Raven tuvo que apoyarse en la dura fortaleza de Mihail.

—Me vas a volver loco, Raven. —Levantó los brazos y atrajo hacia su cuerpo la blanda delgadez de ella. Su voz se transformó en una caricia de palabras arrastradas, cautivadoras, pura magia negra—. Eres la persona que anhelo proteger, sin embargo no quieres obedecer. Insistes en tu independencia. Todos los demás se apoyan en mi fuerza, y tu quieres ayudarme a mí, arrimar el hombro en mis obligaciones. —Acercó la boca a la de ella.

Se produjo aquel curioso desplazamiento del suelo bajo sus pies, el crepitar de la electricidad en el aire que les rodeaba. Las llamas lamieron su piel y calentaron su sangre. Los colores giraban y danzaban en su cabeza. La boca de Mihail, agresiva, varonil, dominante ante todo, reclamaba la suya, suprimiendo cualquier idea de resistencia por su parte. Abrió la boca para él, permitió su exploración a fondo, su asalto dulce y ardoroso.

Raven encontró los anchos hombros de Mihail con las manos, las desplazó poco a poco hasta rodearle el cuello. Su propio cuerpo parecía flexible, sin huesos, seda caliente. Él quería tumbarla sobre la blanda tierra, arrancarle las ofensivas ropas del cuerpo y hacerla suya de un modo irrevocable. Había demasiada inocencia en su sabor. Nadie se había ofrecido a compartir el peso de las incontables cargas que él sobrellevaba. Nadie, hasta la llegada de esta chiquita mortal tan delgada, había pensado siquiera en el precio que él pagaba de forma continuada. Una humana. Y tenía el coraje de plantarle cara. Y él no podía hacer otra cosa que respetarla.

Cerró los ojos y saboreó la sensación de tener el cuerpo de Raven contra el suyo, del hecho de poder quererla con tal intensidad. La abrazó. La deseaba, la necesitaba, ardía por ella, sin tan siquiera entender que una tormenta de fuego le consumiera de aquel modo. A su pesar, alzó la cabeza, con su cuerpo quejumbroso.

—Vayamos a casa, Raven. —Su voz era pura seducción.

Una sonrisa lenta curvó la tierna boca de ella.

—No creo que sea seguro. Eres el tipo de hombre sobre el que me advirtió mi madre.

Él seguía rodeando los hombros de Raven con un brazo posesivo, encadenándola a él. No tenía intención de permitir que volviera a irse de su lado. La guiaba con el cuerpo en la dirección que él quería. Caminaron juntos en un silencio cordial.

—Jacob no iba a hacerme daño —negó ella de pronto—. Yo lo hubiera sabido.

—No le estabas tocando, pequeña, por suerte para él.

—No hay duda de que es capaz de ser violento. Siempre es difícil evitar la violencia. —Le dedicó una rápida y traviesa sonrisa—. Se pega a uno como una segunda piel.

Él le tiró de su espesa trenza como represalia por sus mofas.

—Quiero que te instales en mi casa. Al menos hasta que encontremos a los asesinos y nos deshagamos de ellos.

Raven dio varios pasos en silencio. Había dicho *nosotros*, como si fueran un equipo. Eso le gustó.

—¿Sabes, Mihail? Algo me ha parecido de lo más extraño. En el mesón y en el pueblo, nadie parecía estar enterado del asesinato.

Él continuó jugueteando con el dedo sobre su delicado pómulo.

—Y tú no has dicho nada.

Le lanzó una mirada veloz desde debajo de sus largas pestañas para disipar sus dudas.

—Por supuesto. Los cuchicheos no forman parte de mis divertimentos.

—Noelle murió de forma cruel, sin sentido. Era la pareja de vida de Rand...

—Has empleado ese término antes. ¿Qué significa?

—Es como una esposa o un marido —explicó—. Noelle había dado a luz a un bebé tan sólo dos años antes. Estaba bajo mi responsabilidad. Noelle no debe ser pasto de cuchicheos. Nosotros mismos encontraremos a sus asesinos.

—¿No crees que si hay un asesino en serie suelto en un pueblo tan pequeño, la gente tiene derecho a saberlo?

Mihail eligió las palabras con cuidado.

—Los rumanos no están en peligro. Y este asesinato no es obra de un individuo. Los asesinos desean acabar con nuestra raza. Los carpatianos originales estamos casi extinguidos. Tenemos enemigos implacables que querrían vernos a todos muertos.

—¿Por qué?

Mihail se encogió de hombros.

—Somos diferentes. Tenemos ciertos dones y talentos. La gente tiene miedo a lo diferente. Tú deberías saberlo.

—Tal vez tenga un poco de sangre carpatiana en mí, una versión diluida —dijo Raven con un rastro de añoranza. Era agradable pensar en tener un ancestro con el mismo don.

El corazón de Mihail se conmovió. La vida de Raven tenía que haber sido terriblemente solitaria. Mihail quiso abrazarla, darle cobijo entre sus brazos, protegerla de todo lo desagradable en la vida. Era un aislamiento autoimpuesto. Raven no tenía otra opción.

—Nuestros derechos sobre el petróleo y los minerales en un país en el que la gente tiene muy poco son motivo de preocupación y envidias. Yo represento la ley para mi gente. Me ocupo de las amenazas a nuestra posición y a nuestras vidas. Un error de juicio por mi parte puso a Noelle en peligro y ahora es mi deber cazar a los asesinos y aplicarles nuestra justicia.

—Dime, ¿por qué no has llamado a las autoridades locales? —Ella se esforzaba por entender, tanteaba el terreno con cautela.

—Yo soy la única autoridad para mi gente. Soy la ley.

—¿Tú solo?

—Tengo otras personas que participan en la persecución, muchas de hecho, pero se encuentran bajo mi mando. Yo asumo toda la responsabilidad en todas las decisiones.

—¿Juez, jurado y verdugo? —conjeturó ella, aguantando la respiración mientras esperaba una respuesta. Sus sentidos no podían engañarla. Habría percibido algún rasgo maligno en él, por muy bueno que fuera el escudo que hubiera construido. Era imposible no cometer errores. No se percató de que habían dejado de caminar hasta que notó las manos de Mihail frotándole los brazos, calentando su cuerpo tembloroso.

—Ahora te doy miedo —dijo en voz baja, cansina, como si ella le hubiera herido. Y le hería. Mihail había querido infundir temor en ella, había provocado de forma deliberada su miedo, pero ahora, una vez alcanzado su objetivo, se dio cuenta de que no era para nada lo que deseaba.

La voz de Mihail le tocó la fibra.

—No te temo. —Negó con delicadeza, alzando el rostro para estudiarle a la luz de la luna—. Temo por ti. Tanto poder lleva a la corrupción. Tanta responsabilidad lleva a la destrucción. Tomas decisiones de vida o muerte que sólo Dios debería tomar.

Él acarició su piel sedosa, movió la mano para seguir el trazo carnoso de su labio inferior. Los grandes ojos de Raven eran enormes en su pequeño rostro; sus sentimientos quedaban desnudos bajo la mirada hipnótica de Mihail. En ellos había preocupación, compasión, un principio de amor y una inocencia dulce, muy dulce. Aquello le estremeció en lo más hondo: ella se preocupaba por él, se preocupaba.

Gruñó en voz alta, se volvió hacia ella. Raven no tenía ni idea de lo que le estaba ofreciendo a alguien como él. Mihail sabía que no era tan fuerte como para resistirse y se despreciaba por su egoísmo.

—Mihail. —Le tocó el brazo, propagando llamaradas que lamieron toda su piel y calentaron su sangre. No había comido, y la combinación de amor, deseo y hambre era explosiva, embriagadora, y muy, pero que muy peligrosa. ¿Cómo podía no amarla? Él estaba dentro de su mente, le leía los pensamientos, la conocía de una manera tan íntima. Era la luz en su oscuridad, su otra mitad. Aunque fuera algo prohibido, probablemente un error de la naturaleza, no podía evitar amarla—. Permíteme que te ayude. Comparte esta cosa tan terrible conmigo. No te aísles de mí. —Solamente el contacto de su mano, la preocupación en sus ojos, la pureza y verdad en su voz, provocaron una ternura desconocida en él.

La atrajo hacia sí, demasiado consciente de las exigencias de su cuerpo. Con un gruñido grave, animal, la alzó y le susurró una orden amable. Se movió con toda la velocidad de que fue capaz.

Raven pestañeó y se encontró de repente en el calor de la biblioteca de Mihail, cuyo hogar proyectaba sombras contra la pared, preguntándose cómo había llegado hasta allí. Aunque no recordaba haber caminado, se hallaba dentro de los muros de su casa. Mihail tenía la camisa desabrochada, mostraba sus músculos fibrosos. Tenía sus negros ojos fijos en ella; la observaba con una quietud, una vigilancia, que recordaba a un depredador. No hizo ningún amago de ocultar su deseo.

—Te doy una última oportunidad, pequeña. —Pronunció sus palabras con voz áspera, ronca, como si quebraran de forma dolorosa su garganta—. Encontraré las fuerzas para dejarte marchar, si lo dices. Ahora, ahora mismo.

Les separaba la longitud de la habitación. El aire se detuvo. Si ella llegaba a los cien años, este momento quedaría grabado para siempre en su mente. Mihail permanecía a la espera de su decisión: entregarse a él o condenarle al aislamiento eterno. Tenía la cabeza alzada con orgullo, su cuerpo endurecido e implacable, agresivamente varonil; los ojos le ardían de ansia.

Él anulaba todo pensamiento sensato de la cabeza de Raven. Si le condenaba, ¿no se estaba condenando a sí misma a una suerte similar? Alguien tenía que amar a este hombre, alguien tenía que cuidar de él, al menos un poco. ¿Cómo podía continuar tan solo? Él esperaba. Sin coacción, sin seducción, sólo con sus ojos, su necesidad, su aislamiento total del resto del mundo. Otros dependían de su fuerza, exigían sus habilidades, y aun así no le mostraban afecto alguno, no le agradecían su vigilancia incesante. Ella podría saciar aquel ansia como nadie. Lo supo de forma instintiva. No habría otra mujer para él. La quería. La necesitaba. Y ella no podría dejarle.

—Quítate el jersey —le dijo en voz baja. Mihail no tenía otra opción ahora; había descifrado la decisión en los ojos de Raven, en el suave temblor de su boca.

Ella retrocedió, abriendo mucho sus ojos azules. Con lentitud, casi a su pesar, se quitó el jersey, como si en algún lugar en lo más profundo de su ser, supiera que le estaba entregando algo más que su inocencia. Sabía que le estaba dando su vida.

—La camisa.

Raven se relamió los labios, humedeció su acabado satinado. La sacudida de respuesta en el cuerpo de Mihail fue salvaje, primitiva. Mientras ella se quitaba el suéter de cuello alto, él se llevó las manos a los botones de los pantalones. El tejido estaba tirante y restrictivo, y le hacía daño. Tuvo cuidado de emplear la forma humana de quitarse la ropa, pues no quería asustarla más.

La piel desnuda de Raven relucía con la luz del fuego. Las sombras rozaban los contornos de su cuerpo. Tenía un tórax estrecho, cintura ajustada, lo cual realzaba la plenitud generosa de sus senos. El hombre en Mihail inspiró de forma entrecortada, la necesidad hacía estragos; la bestia en su interior rugió, pidiendo la liberación.

Mihail dejó caer la camisa en el suelo, ya no era capaz de aguantar el contacto del tejido contra su piel ultrasensible. En su garganta creció un sonido, animal, bravío, una llamada furiosa y salvaje. Afuera, empezó a levantarse viento, se formaron unas nubes oscuras y amenazadoras ante la luna. De una patada, apartó a un lado las prendas humanas y mostró su cuerpo, músculo cincelado y necesidad ardiente.

A Raven le temblaba la garganta mientras se bajaba los tirantes de encaje del sostén y dejaba caer la prenda al suelo.

Sus pechos se impusieron de manera incitante, con pezones endurecidos y eróticos.

Él cruzó la longitud de la habitación de un solo salto fluido, sin importarle las explicaciones que tendría que dar más tarde. Un instinto antiquísimo estaba tomando posición. Le rasgó los ofensivos tejanos de un tajo y los arrojó a un lado.

Raven gritó, sus ojos azules se empañaban de miedo por su intensidad. Mihail la calmó con las manos, acariciando su cuerpo y al tiempo memorizando cada línea.

—No temas mi ansia, pequeña —le susurró en voz baja—. Nunca te haré daño. Algo así sería imposible. —Los huesos de Raven eran menudos, delicados, su piel una seda incandescente. Los dedos furtivos de él soltaron la masa de cabello, que rozó el largo y duro cuerpo de Mihail, perforando con flechas encendidas su entrepierna. Ese cuerpo se puso tenso, se rebeló. Dios, cuánto la necesitaba. Cuánto.

Rodeó su tersa nuca con asimiento inquebrantable y con el pulgar le inclinó la cabeza hacia atrás para dejar expuesta su garganta y levantarle el pecho hacia él. Movió la mano con lentitud, siguiendo la prominencia de los senos, la posó por un momento en su marca en el cuello, la señal palpitó y ardió, y luego regresó a la suavidad aterciopelada. Siguió cada línea de las costillas, alimentando su propia ansia y apaciguando los temores de ella. Mihail recorrió el estómago plano con delicados dedos y a continuación el resalte de los huesos de la cadera, hasta descansar en el triángulo de rizos sedosos situado en la unión de ambas piernas.

Raven había sentido antes su contacto, pero esto era mil veces más potente. Su mano había creado una necesidad desesperada, se sentía sumergida en un mundo de pura sensación. Mihail gruñó algo grave en su propio idioma y la llevó hasta el suelo delante de la chimenea. Su cuerpo agresivo la atrapó contra el piso, por un momento a ella le pareció un animal salvaje forzando a su hembra a someterse. Mihail no fue consciente hasta ese momento de que estaban a punto de desplomarse. Las emociones, la pasión y el deseo hacían que todo diera vueltas, y temió de verdad por ambos.

La luz de las llamas proyectaba una sombra demoníaca sobre él. Parecía enorme, invencible, un animal peligroso, cuando se agachó sobre ella.

—Mihail —pronunció su nombre en voz baja y estiró la mano para suavizar las líneas de sus rasgos crispados. Necesitaba que fuera más despacio.

Él le sujetó ambas muñecas con una mano y le estiró los brazos por encima de la cabeza, reteniéndolos ahí.

—Necesito tu confianza, pequeña. —Su voz era una combinación de ronca exigencia y magia de negro terciopelo—. Concédemela. Por favor, dámela.

Raven estaba asustada, tan vulnerable, estirada como para un sacrificio pagano, como una ofrenda a un dios muerto tiempo atrás. Los ojos de Mihail la devoraron, ardientes, relucientes, quemando su piel donde su mirada la tocaba. Raven permanecía quieta bajo su fuerza incompasiva, percibiendo la determinación implacable, consciente de que alguna terrible fuerza interior forcejeaba dentro de él. Su mirada azul vagaba por las líneas talladas en su rostro: la boca, tan sensual, capaz de tal crueldad; los ojos, ardientes de tan fiera necesidad. Raven movió su cuerpo, puso a prueba la fuerza de Mihail, a sabiendas de que sería imposible detenerle. Temía su unión porque no estaba segura de sí misma, no sabía qué esperar, pero creía en él.

La sensación del blando cuerpo indefenso de Raven retorciéndose bajo él sólo sirvió para inflamar aún más su pasión. Pronunció su nombre con un rugido y deslizó la mano por el muslo hasta encontrar el centro encendido de ella.

—Confía en mí, Raven. Necesito tu confianza. —Buscó el terciopelo con sus dedos, sondeó, reivindicó, produjo un torrente de líquido incandescente. Inclinó la cabeza para saborear su piel, la textura, el aroma de ella.

Raven soltó un suave grito cuando la boca encontró su pecho, cuando sus dedos ahondaron más a fondo en su núcleo. Una oleada de placer recorrió su cuerpo. Él se agachó un poco más y siguió el anterior recorrido de sus manos con la lengua. Con cada caricia, el cuerpo de Mihail se tensaba, el corazón se abría y la bestia encerrada se volvía más fuerte. Una compañera. Suya. Inspiró su aroma a fondo, la absorbió hasta la esencia misma de su propio cuerpo; la lengua se deslizó por ella con una caricia lenta y larga.

Ella volvió a moverse, aún con incertidumbre, pero se calmó cuando él alzó la cabeza y la miró con una absoluta posesión en su mirada. Le separó de forma intencionada las rodillas y dejó descubierta ante él la vulnerabilidad de Raven. Mihail le mantuvo la mirada, como advertencia, luego bajó la cabeza y bebió.

En algún lugar en lo más hondo de su ser, Mihail reconoció que ella era demasiado inocente para esta clase particular de salvajes relaciones amorosas, pero estaba decidido a que conociera el placer de su unión, el placer que le daba, no una mera sugestión hipnótica. Hacía demasiado que esperaba tener una pareja, siglos interminables de ansia y oscuridad y total desolación. No podía ser amable y considerado cuando todo su ser exigía que ella le perteneciera del todo y para siempre. Sabía que la confianza de Raven lo era todo. Su fe en él sería la salvaguarda para ella.

Raven se retorció y chilló. Mihail se le echó encima y saboreó el contacto de su piel, su suavidad, lo pequeña que era. Todo detalle, por pequeño que fuera, quedaba grabado en su mente, formaba parte del placer salvaje al que se entregaba.

Le soltó las muñecas y se inclinó para besarle la boca, los ojos.

—Eres tan hermosa, Raven. Sé mía. Sólo mía. —Presionó contra ella su cuerpo de músculo fibroso, inmóvil, increíble por su fuerza, tembloroso de necesidad.

—No podría haber nadie más, Mihail —respondió casi susurrando, y calmó con sus dedos la piel inflamada de él. Alisó las líneas de profunda desesperación de su rostro, se deleitó en el tacto de su cabello en la palma de la mano—. Confío en ti.

Mihail cogió sus finas caderas entre sus manos.

—Seré todo lo delicado que pueda, pequeña. No cierres los ojos, quédate conmigo.

Ella era líquido incandescente, estaba lista para él, pero, cuando Mihail introdujo su largo miembro en ella, notó la barrera protectora. Raven soltó un jadeo y se puso rígida.

—Mihail. —Había genuina alarma en su voz.

—Sólo un momento, pequeña, y luego te llevaré al mismísimo cielo. —Esperó a que le diera el consentimiento, esperó y ardió en agonía.

Los ojos azules brillaron, le miraron a él con extraordinaria confianza. Nadie de su raza ni de la de ella, durante siglos, le había mirado jamás como hacía ella en aquel instante. Mihail se propulsó hacia delante, se enterró en el apretado y tórrido receptáculo. Ella profirió un leve gemido, y él inclinó la cabeza para encontrar su boca, para borrar el dolor con la lengua. Se mantuvo quieto, captó los latidos combinados de ambos, la sangre canturreando en sus venas, el cuerpo de Raven ajustándose y acomodándose al de él.

La besó con ternura y delicadeza, abriendo su mente cuanto se atrevía, deseando fundirse con ella. Su amor era salvaje, obsesivo, protector. No lo ofrecía con facilidad, eso era cierto, pero se lo entregaba a ella por completo. Se movió entonces, despacio y con cuidado al principio, valorando su reacción en su rostro expresivo.

Las exigencias del cuerpo de Mihail empezaron a imponerse. El fuego lamía su piel y rugía en su vientre. Los músculos se contrajeron y flexionaron mientras pequeñas gotas de transpiración se formaban sobre su piel. Abrazó aún más a Raven, reivindicándola como suya, al tiempo que su cuerpo se enterraba en ella una y otra vez, con la intención de saciar un hambre inextinguible.

Raven movió las manos por su pecho, las agitó allí como si protestara. Él gruñó una advertencia, dobló su cabeza oscura para concentrarse en su pecho izquierdo. Piel suave de terciopelo, un ardiente y tórrido envoltorio. Él ardía en llamas, tomaba impulso y buscaba el alivio de la única manera posible. Eran uno sólo, ella era su otra mitad. Raven volvió a moverse, se apartó un poco de él. Un grito entrecortado, difícil de proferir, expresaba su miedo a las oleadas de placer que la consumían. Él gimió de nuevo, protestó como un animal, y hundió su fuerte dentadura en el hueco del hombro de Raven, clavándola al suelo de la biblioteca.

El fuego creció convirtiéndose en conflagración turbulenta, fuera de control. Un trueno retumbó y sacudió toda la casa cuando un rayo tras otro alcanzó la tierra. Él rugía, elevaba su grito a los cielos, mientras se llevaba a Raven con él más allá de la tierra. Continuó sin parar, el dolor tornándose placer, necesitando más y más. El semen se escapó de su cuerpo desencadenando un hambre sensual, voraz, la plena excitación de la bestia en él.

La boca de Mihail se deslizó por el hombro, siguió el rastro a lo largo de la garganta hasta encontrar el latido constante de su corazón bajo el pecho voluminoso e incitante. Acarició con la lengua el pezón endurecido y volvió a recorrer la prominencia del pecho, una, dos veces. Hundió a conciencia los dientes y se alimentó. Su cuerpo volvió a tomarla otra vez, con rapidez y excitación, insaciable en su frenesí sexual. El sabor de Raven era dulce y limpio, y creaba adicción. Él anhelaba más y más, su cuerpo crecía en poder y fuerza, cada vez con más impulso, enterrándose más a conciencia en ella, y llevándola a otro demoledor clímax.

Raven pugnaba consigo misma, pues no reconocía a Mihail en la bestia cuyas emociones eran puro hambre sensual y apetito voraz. Su cuerpo respondía a él, por lo visto su necesidad también era infinita. La boca de Mihail quemaba y torturaba su piel, alimentaba una convulsión vertiginosa e interminable. Notaba su propia debilidad, una curiosa euforia se apoderaba de ella, lánguida y erótica. Acercó la cabeza de Mihail a ella y se entregó a su terrible voracidad mientras su cuerpo se estremecía una y otra vez.

Aquella aceptación fue lo que devolvió la cordura a Mihail. Esta mujer no estaba en trance, se ofrecía de un modo voluntario porque sentía su necesidad furiosa, porque confiaba en que él se detuviera antes de hacerle daño, antes de matarla.

La lengua de Mihail lamió su pecho, cerró la herida. Alzó la cabeza, con los oscuros ojos de la bestia aún relucientes, el sabor de ella en la boca, en sus labios. Maldijo en voz baja, con amargura, con total desprecio por sí mismo. Ella se había entregado de buen grado; él la había tomado de forma egoísta; la bestia en él era tan fuerte que había cedido al éxtasis de unirse a su pareja de vida.

Acercó hacia sí el cuerpo inmóvil, lo acunó en sus brazos.

—No vas a morir, Raven. —Estaba furioso consigo mismo. ¿Había hecho esto adrede? En algún oscuro rincón de su mente, ¿quería que esto sucediera? Intentaría encontrar la respuesta a su pregunta durante alguna de las próximas noches. En aquel preciso momento, ella necesitaba sangre, y la necesitaba enseguida.

—Quédate conmigo, pequeña. Seguiré en este mundo por ti. Tendrás que ser fuerte por los dos. ¿Puedes oírme, Raven? No me dejes. Puedo hacerte feliz. Sé que puedo hacerlo.

Se hizo un corte abrasador en el pecho. Apretó la boca de Raven contra la oscura mancha carmesí que manaba libre por la incisión. *Vas a beber, obedéceme en esto.* Sabía que no era muy buena idea obligarla a beber directamente de su carne, pero necesitaba sostenerla, tenía que sentir su suave boca sobre su piel mientras tomaba su mismísima esencia, la sangre vital, y la introducía en su cuerpo famélico.

Notó su obediencia reacia, su cuerpo amenazaba con rechazar el fluido vital. Raven soltó un jadeo, intentó apartar la cabeza. Sin compasión, él la sujetó contra sí.

—Vas a vivir, pequeña. —*Bebe.*

Su voluntad era fuerte hasta lo indecible. Ni siquiera su gente requería tal esfuerzo para imponer obediencia. Por supuesto, su gente confiaba en él, quería obedecer. Aunque Raven no era consciente de que él la obligaba, algún sentido profundo de autoconservación combatía sus órdenes. No importaba. Su voluntad prevalecería. Siempre prevalecía.

Mihail la llevó a su alcoba. Machacó unas hierbas dulces, curativas, las esparció alrededor de la cama y cubrió su forma pequeña e inmóvil. La sumió en un sueño profundo. Dentro de una hora volvería a obligarla a beber. Durante un momento la estuvo mirando, notó la necesidad de gritar. Era tan hermosa, un tesoro precioso, singular, que había tratado con crueldad, en vez de protegerla de la bestia que había en él. Los carpatianos no eran humanos. Hacían el amor con una intensidad salvaje. Raven era joven, sin experiencia, una humana. No había sido capaz de controlar sus nuevas emociones en el ardor de la pasión.

Con dedos temblorosos, le tocó el rostro. Fue una leve caricia, luego se inclinó para besar su suave boca. Con un juramento, se dio media vuelta y salió de la habitación. Las protecciones eran las más fuertes que conocía, la dejaban encerrada e impedirían el acceso de todos y de todo lo demás.

La tormenta bramaba en el exterior, tan rugiente y turbulenta como su alma. Dio tres pasos a la carrera y se lanzó al cielo, se precipitó hacia el pueblo volando. Los vientos formaban remolinos y aullaban a su alrededor. La casa que buscaba no era más que una pequeña choza. Se plantó ante la puerta, con su rostro convertido en una máscara de tormento.

Edgar Hummer abrió la puerta en silencio y se hizo a un lado para dejarle entrar.

—Mihail. —La voz era amable. Edgar Hummer tenía ochenta y tres años, la mayor parte de esos años los había pasado al servicio del Señor. Se consideraba muy privilegiado al contarse entre los pocos amigos verdaderos de Mihail Dubrinsky.

Mihail llenó la pequeña habitación con su presencia, su poder. Estaba nervioso, sin duda muy afectado. Caminaba inquieto de un lado a otro, mientras la tormenta en el exterior aumentaba su furia, su fuerza.

Edgar se acomodó en la silla, encendió su pipa y esperó. Siempre había visto a Mihail totalmente calmado, sin emoción. Pero ese hombre que tenía delante era peligroso, un desconocido para él hasta entonces.

Mihail dio un puñetazo en la chimenea de roca, con lo que abrió una red de líneas por las piedras.

—Casi mato a una mujer esta noche —confesó con voz ronca, su oscura mirada herida—. Me habías dicho que Dios nos había hecho así con un propósito, que él nos había creado. Soy más animal que hombre, Edgar. No puedo continuar engañándome. Buscaré el descanso eterno, aunque se me niegue. Hay asesinos que matan a mi gente. No tengo derecho a dejarles hasta saber que estarán a salvo. Ahora mi mujer se encuentra en peligro, no sólo por mi causa sino por mis enemigos.

Edgar, con calma, dio una chupada a la pipa.

—Has dicho «mi mujer». ¿Amas a esa mujer?

Mihail hizo un ademán desdeñoso con la mano.

—Es mía. —Era una declaración, un decreto. ¿Cómo podía hablar de amor? Era una palabra insípida para lo que él sentía. Ella era pureza. Bondad. Compasión. Todo lo que él no tenía.

Edgar hizo un gesto de asentimiento.

—Estás enamorado de ella.

Mihail puso cara de pocos amigos.

—Necesito. Tengo hambre. Deseo. Así es mi vida —dijo atormentado, como si lo experimentara en ese momento.

—Entonces, ¿por qué sufres tanto, Mihail? La querías, tal vez la necesitabas. Supongo que la has tomado. Tenías hambre, y supongo que te has alimentado. ¿Por qué tienes que sufrir?

—Sabes que no está bien tomar la sangre de las mujeres por las que sentimos otros apetitos.

—Has dicho que hacía siglos que no sentías necesidad sexual. Que no puedes sentirla en absoluto —le recordó Edgar en voz baja.

—Me conmueve —confesó Mihail, con los ojos oscuros vivos de dolor—. La quiero a cada momento del día. La necesito. Dios, tengo que tenerla. No sólo su cuerpo, sino también su sangre. Me he vuelto adicto a su sabor. La ansío, toda ella, no obstante es algo prohibido.

—Pero ¿ya lo has hecho?

—Casi la mato.

—Pero no la has matado. Aún vive. Seguro que no es la primera vez que te alimentas en exceso. ¿Sufriste en las otras ocasiones?

Mihail se volvió.

—No lo entiendes. Es la manera en que sucedió, lo que hice después. Era lo que temía desde el momento en que oí su voz por primera vez.

—Si nunca antes había sucedido, ¿por qué lo temías?

Mihail bajó la cabeza, sus dedos formaron sendos puños.

—Porque la quería, no podía soportar renunciar a ella. Quería que me conociera, que conociera lo peor. Que viera todo lo que hay en mí. Quería ligarla a mí de tal manera que no pudiera apartarse de mi lado.

—Es humana.

—Sí. Tiene dones, se comunica mentalmente conmigo. Compasión. Es una belleza andante. Me dije a mí mismo que no iba a caer en esto, que no estaba bien, pero sabía que lo haría.

—Y a sabiendas de que ibas a hacer algo que creías que no estaba bien, lo has hecho de todos modos. Habrás tenido un buen motivo.

—Egoísmo. ¿No me oyes? Egoísmo: yo, yo, yo. Todo por mí mismo. Encuentro un motivo para continuar mi existencia y cojo lo que no me pertenece, a toda costa. Incluso ahora mismo, mientras hablo contigo, sé que no renunciaré a ella.

—Acepta tu naturaleza, Mihail. Acéptate tal y como eres.

La risa de Mihail sonó amarga.

—A ti todo te resulta tan fácil. Dices que soy uno de los hijos de Dios. Que tengo un propósito; debería aceptar mi naturaleza. Mi naturaleza consiste en coger lo que creo que es mío y retenerlo, protegerlo. Encadenarlo a mi costado si es necesario, no puedo dejarla marchar. No puedo. Es como el viento, sin trabas, libre. Si enjaulara el viento, ¿moriría?

—Entonces no lo enjaules, Mihail. Confía en que permanezca a tu lado.

—¿Cómo puedo proteger al viento, Edgar?

—Has dicho que no podías, Mihail. No que no querrías ni que no lo harás. Has dicho que no puedes, hay una diferencia. No puedes dejarla marchar.

—Por mí. ¿Y ella? ¿Qué opción le estoy ofreciendo?

—Siempre he creído en ti, en tu bondad y en tu fuerza. Es muy posible que la joven te necesite también. Durante mucho tiempo has tenido que oír las leyendas y mentiras que cuentan sobre los de tu especie y estás empezando a creer esas insensateces. Para un vegetariano auténtico, un devorador de carne puede ser repulsivo. El tigre necesita del ciervo para sobrevivir. Una planta necesita agua. Todos necesitamos algo. Sólo coges lo que necesitas. Arrodíllate, recibe la bendición de

Dios y regresa junto a tu mujer. Encontrarás una manera de proteger tu viento.

Mihail se arrodilló obediente, permitió que la paz del viejo y sus palabras le reconfortaran. Afuera, la furia de la tormenta amainó de súbito, como si hubiera gastado toda su fiereza y ahora le tocara descansar.

—Gracias, Padre —susurró Mihail.

—Haz lo que esté en tu mano para proteger a tu raza, Mihail. Ante los ojos de Dios, son hijos suyos.

4

Mihail rodeó la forma delgada de Raven con los brazos, la apretó con fuerza contra su dura figura. Su cuerpo se encorvó con gesto protector sobre el de ella. Estaba profundamente dormida; era muy ligera. Tenía la cara pálida y unas marcadas ojeras. Le susurró en voz baja:

—Lamento esto, pequeña, lamento haberte puesto en esta situación. Qué animal soy, sé que lo haría otra vez. No morirás; no voy a permitirlo.

Trazó una línea sobre la vena de su propia muñeca y llenó la copa que tenía al lado de la cama con el oscuro líquido rojo. *Escúchame, Raven. Necesitas esta bebida. Obedéceme de inmediato.* Le puso la copa en los pálidos labios y le hizo tragar parte del contenido. Su sangre era muy curativa, garantizaría que siguiera con vida.

Raven se atragantó, intentó apartar la cabeza como había hecho antes. *Obedéceme de inmediato. Vas a bebértelo todo.* Esta vez dio la orden con más energía. Ella detestaba el contenido, el cuerpo se esforzaba por rechazarlo, pero ganó la fuerza de voluntad de Mihail, como siempre.

¡Mihail! Oyó el grito desesperado en su cabeza.

Debes beber, Raven. Sigue confiando en mí.

Ella se relajó y volvió a hundirse en las capas de sueño, le obedeció a su pesar.

Mihail había captado un breve atisbo de sus pensamientos confundidos, el torbellino de emociones ansiosas. Ella creía que combatía una pesadilla. Tenía mejor color. Satisfecho, se tumbó a su lado. Ella recordaría el intercambio de sangre sólo como una parte de la pesadilla. Se apoyó en un codo para estudiar su rostro, las largas y espesas pestañas, la piel perfecta y sus altos pómulos. No era sólo su belleza, lo sabía, era lo que había dentro de ella, la compasión y la luz que permitían a Raven aceptar su naturaleza brutal, sin domar.

Que un milagro así pudiera producirse era algo que iba más allá de su imaginación. Justo cuando había decidido que iba a exponerse al sol sin más vacilación, le habían enviado un ángel. Una lenta sonrisa suavizó su boca. Su ángel se negaba a hacer lo que él le decía. Respondía mucho mejor cuando él recordaba pedirlo por favor. Llevaba demasiado tiempo acostumbrado a una obediencia total en todos quienes se encontraban bajo su protección. Tenía que recordar que ella era mortal, educada de una época diferente, con valores distintos. Los carpatianos de sexo masculino lo llevaban grabado antes de su nacimiento: su deber era proteger a mujeres y niños. Con pocas mujeres y sin niñas nacidas en los últimos siglos, era esencial proteger a cualquier mujer que tuvieran.

Raven era mortal, no era carpatiana. No tenía que ver con su mundo. Cuando se marchara, se llevaría el color y las emociones con ella. Se llevaría el aire que él respiraba. Cerró los ojos para no pensar en eso. ¿Dónde encontraría la fuerza para dejarla ir? Tenía tanto que hacer antes de la puesta del sol... Quería quedarse con ella, abrazarla, convencerla de que no le dejara, decirle lo que sentía su corazón, decirle lo que significaba para él, decirle que ella no podía dejarle, que era muy posible que él no sobreviviera. No sobreviviría.

Dejó ir un hondo suspiro y se levantó una vez más. Necesitaba reponer fuerzas, ponerse a trabajar. Volvió a machacar las hierbas curativas y luego sumió a Raven en un sueño aún más profundo. Era meticuloso en cuanto a las protecciones de su hogar, por lo que añadió una orden para las criaturas del bosque. Si alguien se acercaba a su guarida, si la amenazaba de algún modo, él lo sabría de inmediato.

Nada más oír la llamada de Mihail, Jacques y Byron se reunieron con él entre los árboles encima de la casa de Noelle y Rand. Tras descubrir el cadáver, el cuerpo se había quemado como correspondía, como tenían por costumbre.

—¿No has tocado nada más? —preguntó Mihail.

—Sólo el cuerpo. Todas sus ropas y objetos personales están como las encontramos. —Le tranquilizó—. Rand no regresó a la casa. Sabes que tendrán alguna trampa preparada para ti. Dejaron el cuerpo de forma deliberada como señuelo.

—Oh, estoy seguro de eso. Emplearán toda la tecnología moderna que tengan a su alcance: cámaras, vídeos... —Los rasgos sombríos de Mihail eran inquietantes—. Creen en todas las leyendas. Estacas, ajo, decapitaciones. Son tan predecibles y primitivos. —Había un gruñido en su voz, desprecio hacia los asesinos—. Se toman demasiadas molestias en aprender todo sobre nuestra especie antes de condenarnos a muerte.

Byron y Jacques intercambiaron una mirada de inquietud. Mihail podía ser letal cuando estaba de este humor. Desplazó a ellos los párpados caídos, ardiendo de furia.

—Quedaos aquí y observad. No os dejéis ver. Si tengo algún problema, salid entonces. —Vaciló—. Si algo sale mal, quiero pediros un favor.

Mijail estaba recurriendo a un antiguo protocolo. Byron y Jacques estaban dispuestos a dar la vida por él. Era un raro privilegio que el príncipe de su pueblo les pidiera un favor.

—Mi mujer duerme profundamente. Descansa en mi casa. Hay muchas defensas, y peligrosas. Debéis ser prudentes y tener sumo cuidado en desmontarlas con meticulosidad. Está ahí para sanarse, aprender a protegerse y, si lo decide así, quedarse bajo vuestra protección. Por nuestra línea de sangre, Jacques, tú heredarás la capa de líder. Creo que debería ofrecérsela en este momento a Gregori, para que tengas tiempo de acabar tu formación como líder. Si Gregori se negara a aceptar, y lo más probable es que lo haga, mi capa deber pasar a ti, Jacques. Encontrarás que no es de tu agrado, sospecho que ya te has percatado. Llegado el caso, tendrás que asegurarte la lealtad de Gregori y también la de nuestro pueblo. Harás todo esto por mí. Byron, vas a ayudar a Jacques igual que Gregori me ha ayudado a mí. Los dos juraréis lealtad a Gregori, si él acepta.

Ambos respondieron formalmente, pronunciaron las palabras que les vinculaban a ese juramento. Byron se aclaró la garganta.

—¿Ya has... quiero decir, es una de las nuestras? —Se atrevió a preguntar con gran cautela. Todos ellos sabían que los vampiros habían intentado la conversión de mujeres humanas. Dada la situación desesperada en que se encontraban, incluso habían comentado la posibilidad de intentarlo. El riesgo era superior a las ventajas. Las mujeres que se habían convertido habían enloquecido, habían asesinado a los niños pequeños, y al final había sido imposible salvarlas. Los carpatianos tenían habilidades innatas y también recibían una rígida disciplina. Se trataba en el acto y con severidad a los pocos que rompían las leyes. La raza respetaba todas las formas de vida. Por su tremendo poder, así tenía que ser.

Mihail sacudió la cabeza.

—Sé que es mi verdadera pareja. El ritual ha sido duro para ella. No tuve otra opción que reponerle la sangre. —Sus palabras fueron escuetas, hoscas, les desafiaban a continuar con las preguntas, pero advertían que sería por su cuenta y riesgo—. No la he unido a mí. Es mortal y eso estaría mal.

—Haremos lo que tu digas —reiteró Byron mirando intranquilo a Jacques, quien parecía más divertido que preocupado.

Mihail se disolvió sin esfuerzo y descendió con fluidez por las ramas del abeto. Una vez en el suelo adoptó la forma de lobo. La bruma no tenía olfato, o sea, que necesitaba las destrezas únicas de sus hermanos peludos. Encontraría el rastro y lo seguiría. Al fin y al cabo, ante todo y por encima de todo, era un depredador. Su perspicaz intelecto sólo servía para potenciar su pericia como cazador.

El lobo rodeó el claro con cautela, con el hocico cerca del suelo, examinando cada árbol en las proximidades de la casa. El lobo olió la muerte. Lleno sus orificios nasales de un olor penetrante, agrio. Empezó a recorrer el terreno siguiendo un entramado, cubriendo cada centímetro según su pauta de búsqueda, e identificó el olor de Rand, Eric y Jaques. Descubrió por dónde se habían acercado los asesinos a la casa. Cuatro hombres. Se detuvo en cada olor hasta grabarlo a fuego en su mente. Le llevó un tiempo desentrañar la macabra y atroz historia.

Los hombres se habían acercado a hurtadillas, incluso se habían desplazado a rastras en algunos momentos para guarecerse. El lobo siguió su recorrido, se apartaba de vez en cuando para examinar más terreno, en busca de trampas escondidas. Al llegar a la puerta se detuvo, describió un círculo con cautela y retrocedió un poco. De repente sus patas traseras se clavaron en el suelo y se lanzó contra una ventana, haciéndola añicos. Aterrizó dos metros dentro de la habitación. Bien adentro del lobo, la risa de Mihail era adusta y sin humor. Los cuatro asesinos habían regresado a la escena del crimen, de su espeluznante crimen, para instalar cámaras y capturar imágenes de su especie. Si los cuatro asesinos hubieran tenido agallas, se habrían quedado a esperar hasta que el cadáver fuera descubierto. Habían realizado su brutal tarea y habían salido corriendo como los cobardes que eran.

Notó la bilis en su garganta. El lobo sacudió la cabeza y gruñó en tono grave. Tres de los olores le resultaban desconocidos, el cuarto era muy familiar. Un traidor. ¿Cuánto le habían dado por traicionar a Noelle? El lobo volvió a saltar y atravesó con estrépito una segunda ventana. La cámara sólo registraría un gran lobo, un movimiento borroso de vidrios rotos y bruma, y de nuevo el lobo. Sólo Mihail, y unos pocos cazadores más, Jacques y Gregori, Aidan y Julian, eran capaces de tal velocidad a la hora de cambiar de forma.

Empezó a dar marcha atrás siguiendo el rastro de los asesinos. Un olor se separaba del resto, seguía una ruta sinuosa por el bosque y salía cerca del límite de vegetación, muy cerca de la cabaña de Edgar Hummer y la consulta del doctor Westhemer. El lobo se quedó entre los árboles y observó la casita situada detrás de la consulta con ojos crueles, rojos, impasibles. El lobo se volvió en redondo y regresó. Correteó y en un momento estuvo en el lugar donde los asesinos se habían separado, captando el rastro de los otros tres. Le llevó directo al mesón donde se hospedaba Raven.

Mihail se reunió con Byron y Jacques en lo alto del árbol.

—Tres de los asesinos se hospedan en el mesón. Los reconoceré cuando me halle cerca de ellos. Mañana acompañaré a mi mujer de vuelta para recoger sus cosas. Y mientras esté allí podré seguir su rastro. No hay manera de saber si ha habido más personas implicadas. Hasta que lo descubramos, tendremos que ser muy cautos. Han colocado una cámara de vídeo en la casa; el mecanismo que la activa se halla en la puerta. Es preciso que todo el mundo se mantenga alejado. —Mihail estuvo callado un largo momento—. ¿Se visita Celeste con el doctor Westhemer? —preguntó por fin en voz baja.

—Creo que se visita con la esposa de Hans Romanov. Trabaja con el doctor y es quien trae al mundo a la mayoría de bebés —respondió Jacques.

—¿Y Eleanor? —preguntó Mihail.

Jacques se agitó con incomodidad.

—Creo que también.

—¿Esta mujer asistió a Noelle en su alumbramiento?

Byron se aclaró la garganta.

—Noelle dio a luz en casa con la ayuda de Heidi Romanov. Rand estaba también, yo vine en cuanto él me llamó. Cuando la comadrona se marchó, Noelle sufrió una hemorragia. Rand tuvo que darle sangre. Me quedé con Noelle mientras Rand salía a cazar. Y no, la señora Romanov no vio nada de todo eso. No había nadie cerca, yo lo habría sabido.

—Fue Hans Romanov quien guió a los otros hasta Noelle. No sé si su esposa estaba implicada, pero alguien informó a los asesinos de que los carpatianos se estaban reproduciendo. —Mijail dio esta información en tono monocorde, sin alzar la voz. Los ojos le ardían, centelleantes, el cuerpo le temblaba de furia, abría y cerraba las manos, pero la voz estaba del todo controlada—. Es necesario saber si la mujer estaba comprometida.

—Tiene que estarlo —soltó Byron—. ¿Por qué esperamos?

—Porque no somos los animales bárbaros que esos malvados nos consideran. Tenemos que saber si la comadrona es una traidora. Y a ti no te corresponde administrar justicia, Byron. No es algo fácil de sobrellevar, quitar una vida. —Mihail había cargado con cada una de esas vidas a lo largo de los siglos, pero a medida que aumentaba su poder y responsabilidades, también crecía la facilidad a la hora de matar. A medida que sus emociones se iban desvaneciendo, sólo su fuerza de voluntad y su sentido del bien y del mal impedían que entregara su alma a los susurros insidiosos de la oscuridad que pugnaba por la supremacía.

—¿Qué quieres que hagamos? —preguntó Jacques.

—Eleanor y Celeste no están seguras en sus casas. Se acabaron las visitas a la comadrona. Lleva a Celeste a la casa que tengo encima del lago. Eric tendrá ocasión de estudiar arte antiguo, algo que tiene abandonado. Es un lugar fácil de defender. Eleanor no puede viajar tanto.

—Pueden quedarse en mi casa —ofreció Byron—. Les tendremos cerca si necesitan ayuda. —Eleanor era su hermana, y siempre la había querido muchísimo. Pese al hecho de que hacía tiempo que había perdido las emociones, recordaba lo que sentía.

—Es arriesgado. Si saben que sois familia y sospechan de ella, o si te han visto acompañando a Rand... —Mihail sacudió la cabeza pues no le gustaba la idea—. Tal vez debieran trasladarse a mi casa.

—¡No! —Su protesta simultánea fue instantánea y tajante.

—No, Mihail, no podemos arriesgarnos a dejar que te pongas en peligro. —Jacques sonaba espantado.

—Nuestras mujeres están por encima de todo, Jacques —les recordó Mihail con amabilidad—. Sin ellas, nuestra raza morirá. Podemos mantener relaciones con humanas, pero no podemos procrear con ellas. Nuestras mujeres son nuestros mayores tesoros. Cada uno de vosotros deberá aparearse y tener hijos. Pero aseguraros de escoger a vuestra verdadera pareja de vida. Todos sabéis cuáles son los signos: colores, emociones, un deseo incontenible por ella. El vínculo es fuerte. Cuando uno muere, por lo general el otro también decide morir. Es la muerte o el vampiro. Todos nosotros sabemos eso.

—Pero Rand... —continuó Byron.

—Rand se impacientó con la espera. Noelle estaba obsesionada con él, pero no eran una pareja verdadera. Creo que acabaron odiándose el uno al otro, atrapados en su relación enfermiza. Él sobrevivirá a su muerte. —Mihail consiguió que no se notara el asco en su voz. Las parejas verdaderas no conseguían sobrevivir mucho tiempo el uno sin el otro. Eso y la elevada mortandad de sus hijos se habían hecho notar a la hora de diezmar su raza. Mihail no estaba seguro de que ésta pudiera sobrevivir el próximo siglo. Por más que lo intentara, no encontraba la esperanza necesaria para evitar que los varones carpatianos se volvieran vampiros.

—Mihail —Jacques escogió las palabras con cuidado—, sólo tú y Gregori conocéis los secretos de nuestra raza. Sabes que Gregori elegirá llevar una existencia solitaria. Sólo tú puedes enseñarnos a los demás, guiarnos, ayudarnos a crecer.

Si queremos sobrevivir, volver a ser fuertes, no podemos hacerlo sin ti. Tu sangre es la vida para nuestro pueblo.

—¿Por qué me dices esto? —soltó Mihail, pues no quería oír la verdad.

Jacques y Byron intercambiaron una mirada prolongada, inquieta.

—Llevamos un tiempo preocupados por tu continuo retiro.

—Mi retiro ha sido inevitable, y para nada es asunto vuestro.

—Has preferido permanecer solo del todo, incluso entre aquellos de nosotros que llamas parientes de sangre —continuó Jacques.

—¿Qué es lo que intentas decir? —preguntó Mihail con brusquedad. Llevaba demasiado tiempo separado de Raven. Necesitaba verla, abrazarla, tocar con su mente la de ella.

—No podemos permitirnos perderte. Y si no deseas continuar viviendo, empezarás a correr riesgos cada vez mayores, te volverás menos cuidadoso —dijo Jacques arrastrando despacio las palabras.

Los ojos oscuros, inquietantes, de Mihail mostraron afecto y una sonrisa estiró las duras comisuras de su boca, suavizando sus facciones cinceladas con gran belleza.

—Pequeños diablejos. ¿Cómo os las habéis apañado para espiarme sin yo saberlo?

—La pareja alpha se preocupa además por ti —admitió Jacques—. Puesto que yo tengo tu sangre y estoy bajo tu protección, me aceptan y hablan conmigo. Te observan durante tus solitarios paseos y cuando corres con la manada. Dicen que no hay alegría en ti.

Mihail se rió en voz baja.

—Necesito una buena piel de lobo para este invierno. Sean cuales sean mis sentimientos, Noelle era nuestra hermana, pertenecía a mi gente. No descansaré hasta que los asesinos tengan que comparecer ante la justicia.

Jacques se aclaró la garganta, una mirada de gallito disipó la crueldad de sus oscuros rasgos.

—Supongo que esta mujer que ocultas no tiene nada que ver con tu repentino deseo de salir de noche.

La puntera de la bota de Mihail casi tira a Jacques de su posición en el árbol como represalia por su audacia.

Byron se agarró a la rama con fuerza:

—Eleanor y Vlad pueden quedarse conmigo. Será doble protección para ella y el niño que espera.

Mihail hizo un gesto de asentimiento. Aunque la decisión le incomodaba, se daba cuenta de que continuarían con sus protestas si él insistía en correr riesgos personales.

—Durante un par de días, hasta que encontremos una solución más segura.

—Cuídate mucho, Mihail —le advirtió Jacques.

—Dormid bien mañana —respondió—. Van por nosotros.

Byron se detuvo, alarmado de pronto.

—¿Cómo puedes bajar a la tierra a descansar si tienes a la mujer contigo?

—No pienso dejarla. —La voz de Mihail era implacable.

—Cuanto más profundo nos encontremos en la tierra, más nos costará oír tu llamada si te encuentras en peligro —recordó Jacques con tranquilidad.

Mihail suspiró.

—Vosotros dos sois insistentes como dos viejas tías. Soy muy capaz de proteger mi guarida. —Su cuerpo titiló, se dobló y se convirtió en un búho. Desplegó unas alas gigantes y se encumbró en el cielo para volver al lado de Raven.

Inspiró hondo, se llenó del aroma de ella, puro y limpio, y purgó lo desagradable de los descubrimientos de la noche. Su aroma estaba en la biblioteca, fundido con el suyo. Se metió en los pulmones sus olores combinados y se inclinó para recoger las ropas esparcidas por el suelo. La quería dentro de él, quería tocarla, pegar su boca a la de ella, unir la sangre de ambos, recitar las palabras rituales y así quedar unidos para toda la eternidad, tal y como había que hacerlo. La idea de que ella le ofreciera ese regalo, la aceptación de su ofrecimiento, era de veras excitante, y Mihail tuvo que permanecer quieto un momento hasta que las urgentes exigencias de su cuerpo se aliviaron de algún modo.

Se dio una buena ducha, que limpió su cuerpo de restos del lobo, de polvo y porquería, del olor de un traidor. Todos los carpatianos se tomaban la molestia de adquirir los hábitos de los mortales. La comida en las despensas y las ropas en los armarios. Lámparas en toda la casa. Todos ellos se daban duchas pese a no haber ninguna necesidad real, y la mayoría de ellos encontraban que era algo de lo que disfrutaban. Se dejó suelto el pelo color café y acudió al lado de Raven. Por primera vez se enorgulleció de su propio cuerpo, de la manera en que se endurecía y se tensaba con agresividad ante la visión de ella.

Estaba dormida, con el cabello derramado sobre la almohada como una cortina de seda. La manta se había escurrido y su largo pelo era lo único que cubría su pecho. La imagen era erótica. Estaba echada esperándole a él, le necesitaba incluso en su sueño. Mihail murmuró con suavidad la orden que la liberaba de su sueño inducido por el trance.

Raven relucía bajo la luz de la luna con su suave piel, color albaricoque. Mihail deslizó la mano sobre el contorno de la pierna. El contacto le provocó una sacudida interior. Le acarició las caderas, siguió la figura de su delgada cintura. Raven se agitó inquieta y cambió de postura. Mihail se estiró a su lado y la atrajo hasta la protección de sus brazos, luego apoyó la barbilla en lo alto de su cabeza.

La deseaba, de cualquier manera que él pudiera conseguirla, pero le debía cierta apariencia de franqueza. Al menos toda la que se atreviera a darle. Ella fue surgiendo poco a poco de las capas de sueño, se hundía en la fuerza de Mihail como si buscara reconfortarse de una pesadilla. ¿Cómo era posible que una humana entendiera las necesidades de un macho carpatiano en el frenesí sexual de un auténtico ritual de apareamiento? A lo largo de tanto tiempo se había asustado ante pocas cosas, pero lo que más temía era verse a sí mismo a través de sus ojos inocentes.

Supo por la respiración el momento en que se despertó definitivamente, y por su súbita tensión comprendió que se percataba de dónde estaba y con quién. Le había arrebatado la inocencia con brutalidad, casi la había dejado sin vida. ¿Cómo podía olvidar algo así?

Raven cerró los ojos en un intento desesperado de separar la realidad de la ficción, la verdad de la fantasía. Tenía el cuerpo irritado, tan sensible que le dolía. El cuerpo de Mihail contra el suyo parecía un mármol caliente, inamovible y agresivo, insoportablemente sexy. Podía oír los crujidos y susurros de la casa con agudeza, la oscilación de ramas fuera de la ventana. Empujó la barrera del pecho para intentar poner espacio entre sus cuerpos.

Mihail la abrazó con más fuerza y enterró el rostro en su pelo.

—Si tocas mi mente, Raven, sabrás lo que siento por ti. —Su voz sonaba ronca, vulnerable.

A su pesar, Raven notó que su corazón se ponía a funcionar.

—No quiero que te marches, pequeña. Ten valor para quedarte conmigo. Tal vez sea un monstruo, ya no lo sé. De verdad que no lo sé, sólo sé que necesito que te quedes conmigo.

—Podrías haberme hecho olvidar —comentó ella, más para sí que para él, más una pregunta que una afirmación. Él se había portado como un salvaje, pero Raven no podía decir que le hubiera hecho daño. Más bien le había elevado hasta las mismísimas estrellas.

—Pensé en ello —admitió a su pesar—, pero no quiero eso entre nosotros. Lamento no haber sido más cuidadoso con tu inocencia.

Raven detectó el dolor en su voz, y notó la respuesta en su propio cuerpo.

—Pero sí te has asegurado muy bien de que yo sintiera placer. —Éxtasis era la palabra. Un bautismo de fuego, un intercambio de almas, y él la había arrastrado con él en la tormenta de fuego. Y ella le deseaba otra vez, anhelaba su contacto, la fuerza impulsora del cuerpo de Mihail. Pero él era muy peligroso, peligroso de verdad. Ahora lo sabía. Sabía que era diferente, que algo vivía en su interior, más animal que hombre.

—Mihail. —Raven empujó la sólida barrera de su pecho. Necesitaba respirar, pensar sin sentir el calor de su piel y las demandas urgentes de su cuerpo.

—¡No hagas esto! —Su voz era una orden severa—. No me rechaces.

—Hablas de un compromiso con algo que va más allá de lo imaginable... —Raven se mordió el labio—. Mi hogar está muy lejos de aquí.

—Allí no hay más que dolor, Raven. —Rechazó aquella escapatoria sencilla para ambos—. Sabes que no sobrevivirás tú sola, y aunque tu intención es negarte a prestar tu capacidad cuando acudan a ti con otro crimen horrendo, sabes que tu corazón será incapaz de decir que no. No va contigo permitir que un asesino quede libre si cabe la posibilidad de salvar a la siguiente víctima. —Recogió con su mano la longitud sedosa de su cabello, como si eso pudiera sujetarla a él—. No pueden ocuparse de ti como yo.

—¿Y qué me dices de nuestras diferencias? Tienes esta actitud hacia las mujeres, como si fueran ciudadanos de segunda categoría y de poco talento. Por desgracia, tienes esa habilidad de imponer tu voluntad a cualquiera que se oponga a ti. Y yo lo haré. En todo momento. Tengo que ser yo misma, Mihail.

Él levantó el peso de la melena de la nuca y depositó un beso ligero como una pluma en la piel expuesta.

—Sabes que mi actitud hacia las mujeres refleja mi necesidad de protegerlas, no es que piense que son menos que yo. Oponte a mí todo lo que quieras. Adoro todo lo tuyo.

Rozaba con el pulgar la blanda prominencia de su pecho, calentando la sangre de Raven, propagando un estremecimiento de excitación por su columna vertebral. Raven le quería salvaje e indómito, quería que él la necesitara. Pero él mantenía tal control; percatarse de que podía hacerle perder ese control era un afrodisíaco muy potente.

Mihail inclinó la cabeza hasta el pezón endurecido que le llamaba. La lengua lo tocó con ternura, besó la punta de terciopelo y la absorbió dentro de la caverna húmeda y ardorosa de su boca. Raven profirió un sonido, un suave suspiro, y cerró los ojos. Su cuerpo tomaba vida, cada terminal nerviosa aullaba con su contacto. Se sintió flexible, sin huesos, sus cuerpos fundiéndose en el calor de él.

No era esto lo que quería. Las lágrimas le quemaban la garganta, le quemaban detrás de los párpados. No quería esto, pero lo necesitaba.

—No me hagas daño, Mihail —susurró las palabras contra los pesados músculos de su pecho. Era un ruego para el futuro. Raven sabía que él nunca le haría daño en lo físico, pero su vida juntos podría ser tempestuosa.

Mihail alzo la cabeza, se movió de tal manera que dejó inmovilizada a Raven con su peso. Sus ojos oscuros se desplazaron posesivos sobre su rostro pequeño y frágil. Lo tomó en su mano, le acarició la barbilla con el pulgar, a continuación el labio inferior.

—No me temas, Raven. ¿No sientes la fuerza de mis emociones, mi vínculo contigo? Daría mi vida por ti. —Puesto que quería verdad entre ellos, admitió lo inevitable—. No será fácil, pero superaremos los problemas entre nosotros. —Acarició su vientre plano y fue bajando la mano para recostarla entre los rizos de color negro medianoche.

Entonces ella le detuvo.

—¿Qué me sucedió? —Estaba confundida. ¿Se había desmayado? Todo estaba tan liado. Sabía con certeza que Mihail le había forzado a beber algún repugnante brebaje medicinal. Había dormido. Luego había habido pesadillas. Estaba acostumbrada a las pesadillas, pero ésta había sido horrible. Le habían pegado a un pecho desnudo, la boca sujeta a una herida terrible. Sangre que manaba como un río, y ella obligada a tragársela. Se atragantó, sintió náuseas, forcejeó, pero de algún modo, en ese mundo de pesadilla, no podía apartarse. Había intentado llamar a Mihail. Y luego había alzado la vista y ahí estaba él, con sus ojos oscuros y misteriosos, obligándola con la mano a mantener la cabeza en la herida de su pecho. ¿Era porque se encontraba en el corazón del país de Drácula y Mihail le recordaba a un príncipe sombrío, misterioso?

Raven no pudo contenerse: le pasó las puntas de los dedos por el pecho perfecto. Algo le había sucedido y sabía que aquello la había cambiado para siempre, que de algún modo ahora formaba parte de Mihail como él formaba parte de ella.

La rodilla de Mihail le separó las piernas con suavidad. Se puso una vez más encima, bloqueando todo con sus enormes hombros. Aquel tamaño y poder la dejó sin aliento, aquella fuerza y belleza. Con delicadeza, del modo que tendría que haberlo hecho la primera vez, la penetró.

Raven soltó un jadeo. Nunca se acostumbraría a la manera en que la llenaba, la estiraba, la forma en que podía convertir su cuerpo en fuego líquido. Si la primera vez había sido salvaje, en esta ocasión fue tierno y delicado. Cada caricia profunda generaba un fuerte anhelo, unas ganas incontenibles de acariciar los músculos cincelados de su espalda, de mover la boca hasta su cuello, su pecho.

Mihail continuaba con control, pero tenía que aplicar su extraordinaria disciplina. Le estaba volviendo loco con su boca, la sensación de los dedos sobre su piel. Raven se ajustaba a él por completo, el terciopelo ardiente se aferraba a él, alimentaba el fuego. Notaba la bestia en su interior luchando por liberarse, el hambre rugiendo con furia, el cuerpo moviéndose con rapidez, con más dureza, enterrándose en ella, fundiendo sus cuerpos, sus corazones. Abrió la mente, buscó la de ella. La necesidad de Raven le impulsó a continuar. Le clavó las uñas en la espalda mientras una oleada tras otra de sensaciones invadían su cuerpo. Mihail cedió al fuego antes de que la bestia pudiera liberarse. Se hundió en ella y sintió su cuerpo ajustándose ardiente y con fuerza a él. Se permitió un grave gruñido de total satisfacción.

Mihail se echó sobre el delgado cuerpo de Raven, aún unido a ella, saciado por el momento. Entonces notó las lágrimas en su pecho, levantando la cabeza poco a poco, se inclinó para poder saborearlas.

—¿Por qué lloras?

—¿Cómo encontraré alguna vez la fuerza para dejarte? —murmuró en tono quedo, doloroso.

La mirada de Mihail se oscureció de un modo peligroso. Se dio media vuelta, sintió lo incómoda que estaba ella con su propia desnudez y la cubrió con una manta. Raven se sentó, se apartó la espesa melena del rostro con ese gesto suyo, sexy y curiosamente inocente, que a él le encantaba. Sus ojos azules parecían recelar de veras.

—No vas a dejarme, Raven. —Su voz sonó mucho más áspera de lo que pretendía. Con gran esfuerzo, se obligó a suavizarla. Ella era joven y vulnerable, tenía que recordarlo por encima de todo. No tenía ni idea del coste que supondría para ambos la separación—. ¿Cómo puedes compartir lo que acabamos de tener e irte sin más?

—Sabes por qué. No finjas que no. Siento cosas, las percibo. Todo esto es demasiado estrambótico para mí. No conozco las leyes de este país, pero cuando asesinan a alguien, lo habitual es notificarlo a la autoridad y a la prensa. Y eso es sólo una cosa, Mihail. Ni siquiera hemos comentado algunas cosas que eres capaz de hacer... como estrangular casi a Jacob, por el amor de Dios. Es demasiado complicado para mí, y los dos lo sabemos. —Se tapó un poco más los hombros con la manta—. Te deseo, ni siquiera puedo pensar en estar sin ti, pero no estoy segura de lo que está sucediendo aquí.

Él le acarició todo el pelo con una mano turbadora, los dedos separaron la masa sedosa en pequeños mechones por toda la espalda, hasta la base de la columna. Su contacto la fundió por dentro, erizó su cuerpo de arriba abajo. Raven cerró los ojos, formó un ovillo apoyando la cabeza en las rodillas. No estaba a su altura, en absoluto.

Mihail llevó su mano hasta la nuca de Raven con dedos tranquilizadores.

—Ya nos hemos comprometido el uno con el otro. ¿No lo sientes, Raven? —Susurró aquellas palabras, una mezcla ronca de calor y sensualidad. Sabía que estaba luchando contra el instinto de Raven, su sentido innato de autoconservación. Escogió sus palabras con cuidado—. Sabes quién soy, qué hay en mi interior. Si la distancia nos separara, seguirías necesitando mis manos sobre ti, mi boca en la tuya, mi cuerpo en ti, una parte de ti...

Las palabras por sí solas calentaron la sangre de Raven, alimentaron el anhelo en lo más profundo. Raven se tapó la cara, avergonzada de sentir tal necesidad por alguien que, en definitiva, era un desconocido total.

—Me voy a casa, Mihail. Estoy tan absorta en ti, estoy haciendo cosas que nunca pensé fueran posibles. —No era sólo físico, deseó que así fuera. No quería sentir la soledad de Mihail en ella, su magnificencia, su increíble voluntad y energía para mantener a salvo de todo peligro a quienes lideraba. Pero lo sentía. Podía notar su corazón, su alma, su mente. Se había comunicado con él sin hablar en voz alta, había compartido su mente. Sabía que estaba en ella.

Él le rodeó los hombros con el brazo y atrajo su cuerpo acurrucado a su lado. ¿Para reconfortarla o para retenerla? Raven tragó las lágrimas que le quemaban. En su cabeza penetraba un torrente de sonidos, crujidos, susurros. Se llevó las manos a los oídos para bloquearles la entrada.

—¿Qué me está sucediendo, Mihail? ¿Qué hemos hecho que me ha cambiado de tal modo?

—Eres mi vida, mi compañera, la mitad que le faltaba a mi ser. —Volvió a acariciarle el cabello con infinita ternura—. Mi gente se empareja para toda la vida. Soy un carpatiano genuino, pertenezco a la tierra. Tenemos dones especiales.

Raven volvió la cabeza, le estudió con sus enormes ojos azules.

—Capacidad telepática. La tuya es muy fuerte, mucho más fuerte que la mía. Y tan desarrollada. Me asombra, las cosas que puedes hacer.

—El precio por tener estos dones es alto, pequeña. Estamos malditos por la necesidad de una pareja con quien compartir el alma. Una vez que esto ocurre, y créeme, el ritual puede ser brutal para una mujer inocente, no podemos alejarnos de nuestra compañera. Nacen pocos hijos, muchos se pierden durante el primer año y la mayoría de los que nacen son varones. Tenemos la suerte y la desgracia de la longevidad. Para quienes somos felices, la vida es una bendición; para el que está solo y atormentado, la vida es una maldición. Se convierte en una larga eternidad de oscuridad, una existencia estéril y cruda.

Mihail le cogió la barbilla con la palma de la mano y la inclinó para que no pudiera escapar a sus ojos oscuros, hambrientos. Inspiró hondo y dejó ir un prolongado suspiro.

—No tuvimos relaciones sexuales, pequeña, no hicimos el amor. Lo nuestro fue parecido a un auténtico ritual de apareamiento carpatiano, en la medida de lo posible, teniendo en cuenta que no tienes nuestra sangre. Si me dejas... —Su voz se apagó, y sacudió la cabeza. Necesitaba unirla a él de un modo irrevocable. Tenía las palabras en su mente, en su corazón. La bestia sentía una violenta necesidad de pronunciarlas. Nunca se escaparía, y no obstante no podía hacerle eso a ella, decir las palabras a una mortal. No tenía ni idea de lo que le sucedería.

A Raven le dolía el punto situado sobre su pecho izquierdo, incluso le escocía. Bajó la vista, vio la evidencia oscura de la marca que él le había dejado, la tocó con las puntas de los dedos. Recordaba la sensación de su dentadura sujetándola contra el suelo, su fuerza, el gruñido de advertencia que retumbó en su garganta como el de un animal. Había tomado su cuerpo como si le perteneciera, un poco salvaje, un poco brutal, aun así algo en ella había respondido al ansia feroz y a la necesidad que había en él. Al mismo tiempo, había sido tierno, se había preocupado de garantizar su placer antes que el suyo, tan concienzudo con su tamaño y la fragilidad de sus pequeños huesos. Su mezcla de ternura y naturaleza salvaje era irresistible, y ella sabía que ningún otro hombre podría tocarla como él. Sólo existiría Mihail para ella.

—¿Me estás diciendo que eres de otra raza, Mihail? —Se esforzaba por que todo encajara.

—Creemos que pertenecemos a otra especie. Somos diferentes. Lo ocultamos bien de todos modos, tenemos que hacerlo, pero podemos oír cosas que los humanos no pueden, hablamos con los animales, compartimos nuestras mentes así como nuestros cuerpos y nuestros corazones. Entiéndelo, esta información en manos equivocadas nos condenaría a todos. Mi vida está literalmente en tus manos. *En más de un sentido.*

Ella captó el eco de su pensamiento antes de que él lo censurara.

—¿Te habrías detenido si yo hubiera caído en el pánico?

Él cerró los ojos, avergonzado.

—Me gustaría mentirte, pero, no, no lo habría hecho. Te habría tranquilizado, me habría asegurado de que me aceptabas.

—¿Me lo habrías ordenado?

—¡No! —negó con vehemencia. No habría ido tan lejos. De eso estaba seguro. Estaba convencido de poder convencerla para que le aceptara.

—Estos dones... —Raven se frotó la barbilla contra las rodillas—. Tienes más fuerza física que cualquier ser humano que haya conocido. Y el salto en la biblioteca... me recordaste a un gran gato montés, ¿también eso es parte de tu herencia?

—Sí. —Volvió a enredar la mano en su pelo y se acercó una buena cantidad de melena a la cara para así aspirar el cabello y absorberla a ella. La fragancia de él aún persistía en Raven, se quedaría con ella. Un dejo de satisfacción adornó sus ojos inescrutables.

—Me mordiste. —Se tocó primero el cuello, luego el pecho. Un dolor dulce y ardiente la invadió con el recuerdo de un Mihail salvaje en sus brazos, el cuerpo frenético de necesidad, la mente, un deseo turbulento y rojo, la boca moviéndose con ansia, hambrienta sobre ella.

¿Qué le sucedía? ¿Por qué ahora ella deseaba más? Había oído hablar de mujeres tan cautivadas por el sexo que se

convertían virtualmente en esclavas. ¿Era eso lo que le estaba pasando? Agitó una mano como si quisiera protegerse de él.

—Mihail, todo esto va demasiado rápido. No puedo enamorarme en dos días, decidir mi vida en unos minutos. No te conozco, incluso me das un poco de miedo, lo que eres, el poder que ostentas.

—Decías que confiabas en mí.

—Así es. Eso es lo que me vuelve loca. ¿No te das cuenta? Somos tan diferentes. Tú haces cosas extrañísimas, aun así yo quiero estar contigo, oír tu risa, discutir contigo. Quiero ver tu sonrisa, la manera en que se iluminan tus ojos, el ansia y necesidad que hay en ti cuando me miras. Quiero acabar con esa frialdad en tus ojos, la mirada distante, ausente, cuando tu boca se endurece y tienes un aspecto cruel y despiadado. Sí, confío en ti, pero no tengo motivos para hacerlo.

—Estás muy pálida. ¿Cómo te encuentras? —Quería decirle que era demasiado tarde, que habían ido demasiado lejos, pero sabía que eso sólo aumentaría su resistencia y desasosiego de un modo innecesario.

—Estoy rara, tengo el estómago un poco revuelto, como si tuviera que comer algo, pero la idea de comer me da náuseas. Me diste uno de tus brebajes de hierbas, ¿verdad?

—Bebe agua y zumos durante unos días, un poco de fruta. No comas carne.

—Soy vegetariana. —Miró a su alrededor—. ¿Dónde está mi ropa?

Él sonrió de forma inesperada, con una perfecta sonrisita varonil.

—Me dejé llevar y te destrocé tus tejanos. Quédate conmigo esta noche, y así mañana te compro ropa nueva.

—Ya es casi la mañana —indicó, pues no tenía ganas de acostarse con él otra vez. No podía tumbarse a su lado sin arder en deseos por él.

—Además, necesito una ducha. —Antes de que él tuviera oportunidad de protestar, salió de la cama y consiguió envolverse con una colcha anticuada.

Mihail sonrió en secreto. Que se sintiera segura, a él no le costaba nada. No iba a dejar la casa de ninguna de las maneras, no con los asesinos instalados en el mesón. Para sacarse de la cabeza la imagen de ella desnuda bajo el chorro de agua, se concentró en los detalles de las emociones de Raven antes de sacarla a la fuerza del comedor, allí en el mesón.

¿Qué había provocado su frenética angustia aquella noche? Estaba literalmente enferma, con un terrible dolor de cabeza. Ella pensó que esa reacción la había provocado el enfado de Mihail, pero él estaba enfadado por la angustia de ella. La había sentido antes de que aquel humano zoquete le pusiera su impura mano encima.

Mihail le tocó la mente porque tenía que hacerlo. Encontró lo que esperaba, lágrimas y confusión. Su cuerpo estaba cambiando, había cambiado en cuanto la sangre de él empezó a correr por sus venas. La leyenda exigía que un humano y un carpatiano intercambiaran sangre en tres ocasiones para lograr la conversión. La sangre que él le había dado en la copa no contaba, porque no la había tomado directamente de su cuerpo. No había sido su intención convertirla, arriesgarse a que ella se convirtiera en una vampiresa trastornada. La verdad era que se había sobrepasado de un modo peligroso. Volvería a hacerlo. Tenía que durar una eternidad.

Aunque Raven había oído sus palabras, todas ellas ciertas, él sabía que no tenía ni idea de la situación real. Oiría susurros de todas las habitaciones en el mesón, sabría cuándo entraba una abeja en el comedor de la planta baja. El sol le resultaría molesto a la vista y se quemaría con facilidad. Los animales le revelarían sus secretos.

La mayoría de alimentos le sentarían mal. Pero sobre todo, le necesitaría a él cerca, necesitaría tocarle la mente, sentir su cuerpo, arder con él. Ella ya lo sentía, y lo combatía de la única manera que sabía: luchar para liberarse de él, luchar para entender lo que le estaba sucediendo.

Raven inclinó el cuerpo contra el vidrio del plato de ducha. Sabía que no podía ocultarse en el baño como una niña que se ha escapado de casa, pero él era tan poderoso, tan persuasivo... Quería suavizar esas líneas de tensión que rodeaban su boca, quería bromear con él, discutir con él, oír su risa. Aún sentía una debilidad peculiar, aún estaba un poco mareada.

—Vamos, pequeña. —La voz de Mihail la envolvió con una caricia de terciopelo negro. Su brazo se introdujo en la ducha de cristal y cerró el agua. La sujetó por la muñeca y la sacó de la seguridad de la gran ducha, cubriendo luego su delgado cuerpo con una toalla.

Raven se escurrió el largo pelo, mientras un rubor se apoderaba de todo su cuerpo. Mihail se sentía muy cómodo, no le importaba su desnudez. Había algo indomable y magnífico en su fuerza primitiva, la forma casual en que él lo aceptaba. Le frotó el cuerpo con una gran toalla de baño, friccionó su piel hasta que estuvo caliente y sonrosada. La toalla frotó sus pezones sensibles, se demoró en la redondez de su trasero, se deleitó en la línea de su cadera.

Pese a la resolución de Raven, su cuerpo cobró vida bajo aquellas atenciones. Mihail le tomó el rostro, se inclinó para rozarle los labios con la boca, ligera como una pluma, tentadora.

—Ven a la cama —susurró guiándola hacia allí.

La agarró por la muñeca y desequilibró su cuerpo lo suficiente como para que chocara contra él. El cuerpo se fundió con Mihail, sus suaves pechos se pegaron a su voluminoso músculo, la evidencia del deseo de Mihail presionaba contra su estómago. Sus muslos eran dos fuertes columnas soldadas a las de ella.

—Podría amarte toda la noche, Raven —murmuró sugerente contra su garganta. Movió las manos por su cuerpo y dejó un incendio en su estela—. Quiero amarte toda la noche.

—¿Es eso lo que propones? Está amaneciendo. —Las manos de Raven decidían por sí mismas y encontraban cada uno de los músculos definidos con las puntas de los dedos.

—Entonces pasaré el día haciéndote el amor. —Susurró las palabras contra su boca, se inclinó más para mordisquear las comisuras del labio inferior—. Te necesito conmigo. Persigues las sombras e iluminas la terrible carga que amenaza con asfixiarme.

Ella pasó rozando el duro borde de su boca.

—¿Es esto posesión o es amor? —Raven hundió la cabeza y apretó la boca contra el hueco de su esternón, para deslizar luego su lengua sobre la piel ultrasensible situada sobre su corazón. No había ninguna marca, ninguna cicatriz, pero el trayecto de su lengua siguió la línea exacta de la herida anterior, aquel punto en el que la había obligado a aceptar su sangre vital. Raven estaba fundida con él, leía su mente y sus fantasías eróticas, a las que quería dar vida.

Las entrañas de Mihail reaccionaron con ardor, su cuerpo respondió con fiera agresión. Raven sonrió ante la idea del largo y musculoso cuerpo de él ardiendo contra su piel. Se sentía desinhibida cuando se tumbó a su lado, tan sólo con el intenso deseo de arder de nuevo juntos.

—Respóndeme, Mihail, la verdad. —Con las yemas de los dedos rozó la punta aterciopelada y a continuación rodeó el voluminoso miembro, disparando su ansia por todo el cuerpo. Estaba jugando con fuego, pero él no tenía fuerzas para detenerla; él no quería detenerla.

Mihail le introdujo las manos en el pelo mojado y cerró los puños.

—Las dos cosas —consiguió decir entre jadeos.

Cerró los ojos cuando ella movió la boca sobre su vientre, dejando un rastro de fuego. Allí donde ella le tocaba, a continuación llegaba su boca caliente y húmeda. Él la acercó un poco más, la instó a colocarse encima. Notaba la boca caliente que se ajustaba sobre él, le volvía loco. Se le escapó un gruñido grave, amenazador, y la bestia se estremeció de placer, pues necesitaba aquella satisfacción primitiva.

Las puntas de los dedos se pasearon ligeros, con erotismo, por las duras columnas de sus muslos y catapultaron el fuego en una espiral hasta su vientre. La mente de Mihail se empañó, se fundió con la de ella aún más, en una neblina roja de deseo y necesidad, amor y ansia. Anhelaba su contacto, sus manos, su boca sedosa que le transformaba en una llama viva.

Mihail la atrajo sobre él cogiéndola con manos que parecían correas, aunque ponía gran esfuerzo en controlar su fuerza. Tomó su boca, se acopló a sus labios y danzaron con hambre palpitante, ella cada vez más pegada a él, deslizando su cuerpo contra él, con fricción y excitación.

—Dime que me quieres. —Desplazó la boca sobre la garganta, aproximándose al pecho dolorido. Cada fuerte lengüetada provocaba una descarga de calor líquido como respuesta.

—Sabes que es así. —Se pegó a Mihail y enroscó la pierna en la de él.

Raven apenas podía respirar a causa de la necesidad, intentaba acercarle aún más, adentrarse en el cobijo de su cuerpo, su mente, sentir su cuerpo dentro de ella, para que él tomara posesión como se suponía que debía hacer, sentir su boca en su pecho, arrastrándola a su mundo.

—Todo —dijo con voz ronca, mientras sus dedos hurgaban en el nido de diminutos rizos con caricias y roces—. Únete a mí a mi manera.

Ella se movía contra su mano con ansia.

—Sí, Mihail. —Estaba frenética por lograr alivio, frenética por darle a él alivio. La consumía la misma neblina roja, no podía separar el amor del deseo, o el ansia de la necesidad. Ardía por él de un modo doloroso, tanto corporal como mental, incluso su alma sufría aquel tormento, incapaz de determinar donde se acababan las emociones salvajes y desinhibidas de él y donde empezaban las suyas propias.

Mihail la levantó con facilidad con su enorme fuerza, la deslizó de un modo lento y erótico sobre su duro vientre hasta dejarla ejerciendo presión sobre la furiosa punta de terciopelo. El calor de Raven le abrasó, fue una invitación. Ella le rodeó el cuello con los brazos, las caderas con las piernas, y se abrió a él. Muy despacio, él bajó su cuerpo sobre el suyo, y la empaló en la gruesa longitud de fuego de modo que ella rodeó su miembro con tal humedad y presión que él se estremeció, más allá del placer, en una especie de cielo e infierno eróticos.

Raven le clavó las uñas en los hombros.

—¡Para! Eres demasiado grande para hacerlo así. —La alarma se extendía por su rostro.

—Relájate, pequeña. Nos pertenecemos el uno al otro, nuestros cuerpos están hechos el uno para otro. —Se introdujo un poco más y empezó a moverse con un ritmo prolongado y lento, sin dejar de acariciarla y apaciguarla con las manos.

Él se movió un poco para poder ver bien el rostro de Raven, mientras su cuerpo la reivindicaba con movimientos profundos, seguros y posesivos. Sin ser consciente, las palabras brotaron de su alma:

—Te declaro mi pareja de vida. Te pertenezco. Consagro a ti mi vida. Te brindo mi protección, mi lealtad, mi corazón, mi alma y mi cuerpo. Asumo todo lo tuyo bajo mi tutela. Tu vida, tu felicidad y bienestar serán lo más preciado, antepuesto siempre a mí. Eres mi compañera en la vida, unida a mí para toda la eternidad y siempre bajo mi cuidado. —Con estas palabras, un carpatiano varón unía a su pareja a él para toda la eternidad. Una vez pronunciadas, ya nunca podía escapar. Mihail no tenía pensado atarla a él intencionadamente, pero todos sus instintos, todo lo que era, sacaron aquellas palabras de su alma, y así sus corazones se fundieron en uno, como se suponía que debía ser. Sus almas por fin se unieron, al igual que sus mentes.

Raven permitió entonces que las palabras de él y la fuerza ardiente con que la poseía la calmaran. Su cuerpo parecía fundirse en torno a Mihail. Éste la elevó aún más e inclinó la cabeza para lamerle el pezón, mientras le cogía el pequeño trasero con gesto posesivo. Ella echó la cabeza hacia atrás, dejando flotar el cabello alrededor de ambos, sobre ellos, rozando sus pieles desnudas hasta que la carne les ardió. Sentía que de verdad se encontraba en el lugar que le correspondía. Se sentía libre e indómita. Se sentía parte de él, su otra mitad. No podía haber nadie más aparte del hombre que tanto la ansiaba. Que la necesitaba con tanta desesperación, que conocía bien su particular clase de existencia solitaria.

Él se empleó más a fondo aún, con más dureza, y se volvió para poder tumbarla de costado en el extremo de la cama, de tal modo que pudo acercarlos cada vez más al borde. Mihail sintió el cuerpo de Raven que se tensaba, se comprimía, tiraba de él, una vez, y otra. Ella gritó de placer, su cuerpo entero se disolvía en el de él. Había tantísimo placer, oleada tras oleada, hasta que pensó que ya no podía aguantar más.

Mihail inclinó su oscura cabeza sobre ella, le brindó la oportunidad de detenerle. Su cuerpo continuó enterrándose en ella, mientras los ojos oscuros mantenían cautiva la mirada azul. Hipnóticos, suplicantes, tan necesitados. Raven arqueó el cuerpo hacia él, empujó el pecho hacia delante con gesto de invitación, ofreciendo saciar su hambre.

El suave gruñido de satisfacción retumbó en su garganta y transmitió un estremecimiento de excitación por la sangre de Raven. El cuerpo de Mihail era ahora agresivo, le levantaba las caderas con las manos para tener mejor acceso. Raven sintió el roce de sus suaves labios sobre su pecho, su corazón. La lengua se deslizó sobre la piel, sobre la marca, erótica y cálida. La asaltó de forma poderosa, la llenó, la estiró. Luego hundió los dientes en la carne.

Raven gritó cuando el calor incandescente abrasó su pecho. Atrajo la cabeza de Mijail hacia ella para sentir el remolino de emociones que le recorría tumultuoso mientras el fuego no paraba de crecer, llamas cada vez más elevadas, hasta que pensó que ambos arderían. La boca de Mihail se movió sobre su piel, la devoró mientras la poseía, consumiéndoles a ambos. La sensación no se parecía a nada que hubiera experimentado antes, erótica y ardiente.

Raven se oyó a sí misma pronunciando a gritos su nombre con dicha, dejándose llevar, clavándole las uñas en la espalda. Sentía un deseo primitivo de encontrar con su boca el fuerte músculo en el pecho de él. Explotaban juntos, se desintegraban, volaban hasta el sol. Mihail alzó la cabeza para proferir un rugido gutural y hundió la cabeza para seguir alimentándose.

Esta vez fue cuidadoso, tomó sólo lo justo para un intercambio. Su cuerpo aún seguía unido a ella. Hizo una última y rápida pasada con la lengua para cerrar la herida y curar incluso el pinchazo más pequeño. Mihail le estudió el rostro. Pálida. Amodorrada. Dio la orden, con el cuerpo endurecido y entusiasmado por todo lo que estaba haciendo.

El cuerpo de Raven aún estaba tenso de vida y aceptaba las penetraciones largas, posesivas. Mihail se hizo un corte en el pecho y pegó la blanda boca de ella a su piel ardiente. Era el éxtasis, sufrió convulsiones casi de dolor. La bestia en él echó hacia atrás la cabeza y rugió de placer y satisfacción, el terrible hambre saciado al menos por un tiempo.

Cogió la cabeza de Raven por la nuca con su gran mano y la sostuvo muy cerca, acariciándole la garganta, saboreando la sensación de ella alimentándose. Era puro erotismo, pura belleza. Cuando tuvo la certeza de que ella había bebido suficiente para un intercambio, suficiente para reponer lo que él había tomado, habló en voz baja, a su pesar. Le acarició la larga melena, le permitió volver a la superficie.

Ella le miró pestañeando, un ceño estaba arrugando su frente.

—Lo has hecho otra vez. —Apoyó la cabeza con gesto cansado sobre la colcha—. O eso, o cada vez que nos dejamos llevar yo acabo desmayada. —Saboreó el débil regusto a cobre en su boca.

Antes de que tuviera ocasión de identificar lo que era, Mihail la besó, la lengua recorrió sus dientes, el paladar, explorando, sondeando, acariciando la suave piel con las manos.

—No me puedo mover —admitió Raven con una sonrisa.

—Echaremos un sueñecito y nos enfrentaremos al mundo más tarde —sugirió con una voz de pura magia negra. La acunó en sus brazos con gran ternura, la colocó bien en la cama y la cubrió con la manta. Las largas pestañas atraparon y mantuvieron la mirada fascinada de él. Mihail le acarició la garganta, recorrió el valle entre sus pechos. Aún estaba tan sensible, él podía notar el estremecimiento de su contacto, algo que le inundó de afecto.

—Si de verdad quería que me amaras, debería haber presentado más resistencia.

Mihail se sentó en el borde de la cama, cogió la masa de pelo en sus manos y empezó a entretejer con dulzura gruesos mechones para formar una larga y floja trenza.

—Si llegas a presentar más resistencia, pequeña, mi corazón nunca no lo hubiera aguantado. —Sonaba divertido.

Raven rozó con la punta de los dedos la piel desnuda del muslo de Mihail, pero no alzó las largas pestañas. Él permaneció sentado un buen rato en el extremo de la cama, contemplando simplemente cómo se quedaba dormida. Era tan pequeña, tan humana... y aun así había cambiado su vida de la noche a la mañana. Y él se la había apropiado. Había tomado su vida. No era su intención pronunciar las palabras rituales, se había visto tan obligado como sus propias presas cuando exponían sus gargantas a él.

Raven podía decir que él era un desconocido, pero estaban el uno en la mente del otro, compartían el mismo cuerpo y se ofrendaban la vida uno al otro. El intercambio de sangre mientras hacían el amor era la confirmación definitiva de su compromiso. Cada uno de ellos ofrecía de un modo literal su vida, juraba entregar su propia vida para salvaguardar al otro. Era un ritual hermoso, erótico. Era una unidad de mente, corazón, alma, cuerpo... sangre.

Los carpatianos defendían sus lugares de descanso de cualquier intruso, incluidos todos los de su raza. Eran vulnerables durante el sueño y en el trance de su pasión sexual. La decisión de tomar una pareja no era un acto consciente; era todo instinto, un ansia y una necesidad. Lo sabían. Reconocían a su otra mitad. Mihail había reconocido a Raven como la suya. Él se había opuesto al ritual de su unión y aun así su instinto animal había superado las convenciones civilizadas. Había arrastrado a su otra mitad hasta su mundo y ahora era por completo responsable de todas las consecuencias.

La luz empezaba a filtrarse desde el piso superior. Mihail acabó de proteger su casa contra los intrusos. La siguiente noche sería larga. Se le había acumulado el trabajo, tenía que salir a cazar. Pero tenía este momento de paz y satisfacción.

Mihail se metió en la cama al lado de Raven, la atrajo hacia si, deseoso de sentir cada centímetro de su cuerpo. Ella murmuró su nombre somnolienta, y se acurrucó contra él con la confianza inocente de una niña. Al instante el corazón le dio un vuelco, le invadió un peculiar afecto y deleite. Paz.

La tocó porque podía. Tomó la plenitud de un seno con su mano, rozó un pezón con la boca, ligera como una pluma. Una sola vez. Tras depositar un beso en la línea vulnerable de su garganta, dio orden de dormir profundamente y reguló su respiración para unirse a ella.

5

Raven volvió a la superficie atravesando capa tras capa de sueño; se sintió como si estuviera caminando por arenas movedizas. *¡Lo has hecho otra vez!* Fue pura rabia lo que la despertó del todo y la obligó a incorporarse deprisa. Estaba sola en la habitación. La habitación de él.

La risa burlona, masculina, reverberó en la mente de Raven. Arrojó la almohada contra la pared y deseó darle con ella. Había perdido otro día. ¿En qué se estaba convirtiendo? ¿En su esclava sexual?

La idea tiene posibilidades, caviló él.

¡Sal de mi cabeza!, soltó llena de indignación. Luego se estiró con languidez, con la cualidad perezosa, felina, de sus movimientos. Su cuerpo irritado le dolía de un modo delicioso, por todas partes, un recordatorio íntimo de la posesión por parte de Mihail. No podía estar enfadada con él; su escandaloso comportamiento le hacía reír. ¿Cómo podía molestarse si el cuerpo le dolía como le dolía?

Cuando se levantó para darse una ducha, vio ropas dobladas para ella en el extremo de la cama. Mihail ya había salido a comprar. Raven se encontró sonriendo; la complació de un modo absurdo que él se hubiera acordado. Pasó el dedo por la falda, por el suave tejido azul medianoche y la blusa a juego. *No me has comprado tejanos*. No pudo evitar tomarle el pelo.

A las mujeres no les corresponde llevar ropas de hombres. Ni se inmutó.

Raven se metió en la ducha, se soltó la gruesa trenza para poder enjabonarse el pelo con el champú. *¿No te gusta cómo me sientan los tejanos?*

La risa de él sonó a diversión profunda y genuina. *Es una pregunta tendenciosa.*

¿Dónde estás? Sin percatarse, estaba lanzando una invitación voluptuosa. Se tocó la marca sobre el pecho con un sutil movimiento del dedo. El contacto hizo que su sangre ardiera y la marca palpitara.

Tu cuerpo necesita descanso. No es que haya sido exactamente el más delicado de los amantes, ¿verdad? Por su tono se burlaba de sí mismo, en su mente había culpabilidad.

Raven se rió en voz baja. *No tengo muchas referencias para juzgarte, ¿no es cierto? No ha habido un desfile de hombres en mi vida.* Su risa suave le rodeó a él como unos brazos amorosos. *Si te parece, siempre puedo buscar a alguien para poder comparar,* sugirió con dulzura.

Sintió el roce de unos fuertes dedos en la garganta, rodeando la frágil columna. ¿Cómo hacía eso? *Qué miedo, machote. Alguien tiene que traerte a patadas y chillando hasta este siglo.*

Los dedos entonces le rozaron el rostro, le acariciaron el labio inferior. *Me amas tal y como soy.*

Amor. La sonrisa se desvaneció de su blanda boca al oír aquella palabra. No quería amarle. Ya tenía demasiado poder sobre ella. *No puedes retenerme aquí, Mihail.* Obsesión era la palabra adecuada, no amor.

Conejito. No hay cadenas ni puertas, y el teléfono funciona a la perfección. Y me amas, no puedes evitarlo. Soy perfecto para ti. Espabila, tienes que comer.

Eres un fastidio. Mientras se secaba el pelo, se percató de cuánto más fácil era la comunicación telepática. ¿Cuestión de práctica? Las sienes ya no le dolían por el esfuerzo. Inclinó un momento la cabeza para escuchar los sonidos de la casa. Mihail vertía líquido en una copa, podía oírlo a la perfección.

Se vistió despacio, con gesto pensativo. Su capacidad telepática aumentaba, sus sentidos se agudizaban. ¿Era sólo por estar en compañía de Mihail o había algo en los brebajes que siempre le hacía tragar? Era tanto lo que quería aprender de él... Tenía un gran talento extrasensorial.

La falda se balanceó alrededor de sus tobillos con un leve susurro sexy y la blusa se adaptó a sus curvas. Tenía que admitirlo: el atuendo le hacía sentirse femenina, como la elección de bragas de encaje y sujetador a juego.

¿Te vas a sentar ahí y pasar la noche soñando conmigo?

¡Noche! Mejor que no vuelva a ser de noche otra vez, Mihail. Me estoy convirtiendo en una especie de topo. Y no te hagas ilusiones, no soñaba contigo. Supuso un gran esfuerzo mentir con tal descaro, se sintió orgullosa.

¿Y piensas que me creo tus tonterías? Él se reía otra vez, y Raven se percató de que no podía evitar ceder a su propio sentido del humor.

Encontró el camino a través de la casa, maravillándose con las obras de arte, las esculturas. Afuera, el sol ya había desaparecido tras las montañas. Raven soltó un pequeño suspiro de resignación. Mihail había instalado una pequeña y antigua mesa de hermosa talla en el porche exterior de la cocina. Volvió la cabeza al aproximarse ella con una sonrisa afectuosa en los ojos que apartó toda sombra. El abdomen de Raven se fue llenando de un calor que luego recorrió en estado líquido todo su cuerpo.

Mihail inclinó su oscura cabeza hacia ella y le rozó la boca con los labios.

—Buenas noches. —Le tocó el pelo, le pasó los dedos por el lado del rostro con una larga caricia. Ella permitió que la acomodara en la mesa, maravillada de su cortesía galante, un tanto anticuada. Le colocó un vaso de zumo delante.

—Antes de que me vaya a trabajar, creo que podríamos recoger tus cosas del mesón. —Sus largos dedos seleccionaron un bollo relleno de arándanos y lo trasladaron al plato de anticuario. Estaba exquisito, pero Raven se quedó tan consternada con sus palabras que, durante un momento, sólo pudo mirarle con sus ojos azules enormes.

—¿Qué quieres decir con eso de recoger mis cosas? —No se le había ocurrido que él pudiera esperar que vivieran juntos en la misma casa. Su casa.

Mostraba una leve sonrisa, traviesa y sexy.

—Puedo seguir trayéndote cosas nuevas.

A Raven la tembló la mano. La puso en su regazo, fuera de la vista.

—No voy a mudarme aquí contigo, Mihail. —La idea le asustaba. Era una persona muy reservada, que necesitaba mucho tiempo a solas. Él era el ser más abrumador que había conocido. ¿Cómo podría aclarar las cosas con él tan cerca a todas horas?

Mihail alzó una ceja.

—¿No? Has aceptado nuestras costumbres, hicimos el ritual necesario. Para mí, para mi gente, eres mi pareja, mi mujer. Mi esposa. ¿Acaso las mujeres americanas tienen por costumbre vivir separadas de sus esposos?

En su voz se detectaba un dejo crispante de divertimento masculino y burlón, ese tono que a ella siempre le producía ganas de arrojarle algo. Tenía la impresión de que se estaba riendo de ella en secreto, que se divertía con su cautela.

—No estamos casados —dijo con decisión. Era difícil pasar por alto la manera en que brincaba su corazón de dicha por las palabras que él decía.

Por el bosque flotaban zarcillos de niebla que avanzaban sinuosos alrededor de los gruesos troncos de los árboles y se extendían por el aire a pocos pies del suelo. El efecto era misterioso, pero precioso.

—A los ojos de mi gente, a los ojos de Dios, sí lo estamos. —Había en la voz una resolución implacable, un tono «aquí se hace lo que yo diga» que le puso el vello de punta.

—¿Y qué pasa con mis ojos, Mihail? ¿Mis creencias? ¿No cuentan nada? —cuestionó beligerante.

—Veo la respuesta en tus ojos, la siento en tu cuerpo. Tu lucha no es necesaria. Sabes que eres mía...

Ella se levantó a toda prisa y apartó la silla.

—¡No le pertenezco a nadie, y menos aún a ti, Mihail! No puedes decretar lo que va a ser mi vida y esperar que acepte tus planes. —Raven descendió corriendo los escalones hasta el camino que se internaba serpenteante por el bosque—. Necesito un poco de aire. Me estás volviendo loca.

Mihail se rió en voz baja.

—¿Tanto te temes a ti misma?

—¡Vete al diablo, Mihail! —Raven se fue por el sendero y empezó a caminar deprisa antes de que él tuviera ocasión de encandilarla. Y sabía bien que podía hacerlo. Eran sus ojos, la forma de su boca, la pequeña sonrisa que le dedicaba cuando la provocaba de un modo intencionado.

La bruma era muy densa, el aire húmedo y saturado. Con su agudo oído, alcanzaba a oír cualquier crujido entre los arbustos, cualquier oscilación de las ramas, el batir de alas en el cielo.

Mihail avanzaba a zancadas tras ella.

—Tal vez sea un diablo, pequeña. Estoy seguro de que se te ha pasado por la cabeza.

Ella le lanzó una mirada fulminante por encima del hombro.

—¡Deja de seguirme!

—¿No soy un caballero obligado a acompañar a su dama a casa?

—¡Deja de reírte! Si te ríes de mí una vez más te juro que no seré responsable de lo que haga. —Raven fue consciente entonces de las figuras sigilosas, los ojos ardientes que la seguían. El corazón le dio un vuelco, luego empezó a latir con fuerza—. ¡Pues bien! Muy bien, Mihail. Llama a los lobos y que me coman viva. Me parece una idea muy propia de ti. Tan lógica.

Él le mostró sus relucientes dientes blancos como un depredador hambriento y se rió tranquilo, con aire burlón.

—No son los lobos quienes te encontrarán deliciosa.

Raven cogió una rama rota y se la arrojó.

—¡Deja de reírte, hiena! Esto no es gracioso. Sólo tu arrogancia ya es suficiente para hacerme vomitar. —Necesitó todo su autocontrol para no echarse a reír. El muy bestia era demasiado encantador, por suerte para él.

—Tus expresiones americanas son un poco subidas de tono, pequeña.

Ella le arrojó otra rama, luego continuó con una pequeña roca.

—Alguien tiene que darte por fin una buena lección.

Raven parecía un hermoso lanzallamas, todo chispas y flamas. Mihail inspiró despacio y con cuidado. Era suya, toda ella fuego y furia, independencia y coraje, pasión encendida. Le fundía el corazón, entraba en su alma con su suave risa. Sentía su mente, aunque ella estaba tomando grandes precauciones para no permitírselo.

—¿Y te crees que eres tú quien va a hacerlo? —bromeó.

Otra roca llegó volando hasta su pecho. Él la atrapó con facilidad.

—¿Crees que me asustan los lobos? —le preguntó ella—. El único lobo grande y malo que hay por aquí eres tú. Llama a todos tus lobos. ¡Adelante! —Ella fingió mirar hacia el interior oscuro y secreto del bosque—. Venid por mí. ¿Qué os ha dicho?

Mihail le separó los dedos con los que ella agarraba la rama, como si fuera un garrote, y le obligó a dejarla caer. Le rodeó la cintura con el brazo y atrajo su cuerpo menudo y blando contra su silueta mayor, dura como la roca.

—Les he dicho que sabías a miel caliente. —Le susurró las palabras con su voz aterciopelada de brujo. La volvió con sus brazos y tomó su precioso y pequeño rostro en las manos—. ¿Dónde está todo ese maravilloso respeto que se merece un hombre tan poderoso como yo?

Le rozó el carnoso labio con el pulgar, con su sensual caricia. Raven cerró los ojos ante lo inevitable. Quería llorar. Sus sentimientos por él eran tan fuertes, la garganta le dolía y le ardía. Mihail le frotó los ojos con sus labios, saboreó una lágrima y buscó refugio en la dulzura de su boca.

—¿Por qué ibas a llorar por mí, Raven? —Murmuró las palabras contra su garganta—. ¿Es que todavía quieres huir de mí? ¿Soy tan terrible? Nunca permitiría que ninguna criatura viviente, hombre o animal, te hiciera daño, no si está al alcance de mi mano impedirlo. Pensaba que nuestros corazones y mentes estaban en el mismo lugar. ¿Me equivoco? ¿Es que ya no me quieres?

Sus palabras le desgarraron el corazón.

—No es eso, Mihail, eso nunca —negó enseguida, temerosa por la posibilidad de haberle herido—. Acabas con todas mis buenas intenciones. —Le acarició el rostro con la punta de los dedos, con reverencia en su contacto—. Eres el hombre más fascinante que he conocido. Siento que éste es mi lugar, aquí contigo, como si te conociera de siempre. Pero eso es imposible, con el poco tiempo que hemos estado juntos. Sé que si pusiera cierta distancia entre nosotros podría pensar con más claridad. Todo ha sucedido demasiado rápido. Es como si estuviera obsesionada contigo. No quiero cometer un error que nos haga sufrir a los dos.

Él le cogió la mejilla.

—Sufriría más si te separaras de mí, si me dejaras solo otra vez después de haberte encontrado.

—Sólo quiero un poco de tiempo, Mihail, para pensar las cosas a fondo. Me asusta, lo que me pasa contigo. Pienso en ti a cada minuto, quiero tocarte, sólo por saber que puedo hacerlo, sentirte bajo mis dedos. Es como si te introdujeras en mi cabeza y mi corazón, incluso en mi cuerpo, y no puedo sacarte. —Lo dijo como una confesión, bajando la cabeza avergonzada.

Mihail le cogió la mano, tiró de ella para que caminara a su lado.

—Así le sucede a mi gente, eso es lo que sentimos por una pareja. No es siempre cómodo, ¿verdad? Nos apasiona la naturaleza, somos muy sexuales y muy posesivos. Todo lo que tú sientes, yo lo siento también.

Raven le apretó la mano y luego le dedicó una pequeña sonrisa vacilante.

—¿Me equivoco al pensar que me retienes aquí de forma deliberada?

Mihail encogió sus anchos hombros.

—Sí y no. No quiero obligarte a hacer algo en contra de tu voluntad. ¿Qué si quiero que te quedes? Raven, creo que somos compañeros de vida, unidos de modo irrevocable, más que mediante vuestra ceremonia de matrimonio. Sin ti me encontraría muy incómodo aquí, tanto física como mentalmente. No sé cómo reaccionaría a tu contacto con otro hombre y, con franqueza, me asusta pensarlo.

—Venimos de verdad de dos mundos diferentes, ¿no lo crees así? —preguntó ella con tristeza.

Mihail se llevó su mano a la boca.

—Existe una cosa que se llama acuerdo mutuo, pequeña. Podemos movernos entre los dos mundos o crear uno nuestro.

Sus ojos azules se desplazaron sobre él con una débil sonrisa en los labios.

—Eso suena bien, Mihail, tan actual, pero de algún modo creo que lo más probable es que sea yo quien transija.

Con su extraña cortesía a la antigua, Mihail sostuvo una rama para que ella pasara por debajo. El sendero era una gran elipse que llevaba de regreso a su casa.

—Tal vez tengas razón —de nuevo la diversión masculina en su voz—, pero, por otro lado, controlar y proteger siempre ha formado parte de mi naturaleza. No dudo que eres más que una novia para mí.

—Entonces ¿por qué vamos de regreso a tu casa en vez de ir al mesón? —preguntó ella, con una mano apoyada en la cadera y una sonrisa danzando en sus ojos azules.

—De cualquier modo, ¿qué ibas a hacer allí a estas horas de la noche? —Su voz era puro terciopelo, más incitante que nunca—. Quédate conmigo esta noche. Puedes leer mientras trabajo y te enseñaré la manera de construir mejores protecciones para blindarte de las emociones no deseadas de quienes te rodean.

—¿Y qué me dices de mi oído? Los brebajes medicinales que me preparas han aumentado mi capacidad de audición hasta el absurdo. —Arqueó una ceja cuando le miró—. ¿Tienes idea de qué más puede pasarme?

Le rozó la nuca con los dientes y sus dedos pasaron sobre su pecho con gesto posesivo.

—Tengo todo tipo de ideas, pequeña.

—Apuesto a que sí. Creo que eres un auténtico maníaco sexual, Mihail. —Raven se escabulló de su abrazo—. Pienso que me has puesto algo en la bebida que me ha convertido también a mí en una maníaca sexual. —Se sentó a la mesa, cogió con calma el vaso de zumo y le miró con fijeza—. ¿Es así?

—Bebe eso poco a poco —le ordenó distraído—. ¿De dónde sacas esas ideas? He tenido sumo cuidado contigo. ¿Has notado alguna imposición por mi parte?

Raven descubrió que se sentía reacia a beber.

—Siempre me haces dormir. —Raven olisqueó con cautela el zumo. Manzana pura y nada más. No había comido ni bebido en casi veinticuatro horas, de modo que ¿por qué se resistía?

—Necesitabas dormir —respondió él sin remordimientos. La observó con sus ojos inquietantes, de halcón—. ¿Le pasa algo al zumo?

—No, no, por supuesto que no. —Se llevó el vaso a los labios, notó que su estómago se retorcía protestón. Dejó el vaso en la mesa con el contenido intacto.

Mihail dejó ir un leve suspiro.

—Sabes que tienes que alimentarte. —Se inclinó hacia ella—. Qué sencillo sería si me permitieras ayudarte, pero has dicho que no debería hacerlo. ¿Tiene esto algún sentido?

Raven apartó su mirada de la de él, sus dedos toqueteaban nerviosos el vaso.

—Tal vez tengo un principio de gripe. Llevo unos días sintiéndome rara, mareada y débil. —Apartó el vaso.

Mihail volvió a empujarlo hacia ella.

—Lo necesitas, pequeña. —Le tocó el delgado brazo—. Ya eres bastante pequeña. No creo que perder peso sea una buena idea. Bebe un poco.

Ella se metió una mano entre el pelo. Quería complacerle pues sabía que tenía razón, pero su estómago insistía en rebelarse.

—No creo que pueda, Mihail. —Alzó la mirada con gesto de preocupación—. De verdad, no es que intente hacerme la rebelde, es que creo que no me encuentro bien.

El rostro de Mihail, sombrío y sensual, había adoptado un leve gesto de crueldad. Se inclinó sobre ella, dobló los dedos en torno al vaso de zumo. *Vas a beber.* La voz tenía un timbre grave e intenso, no toleraba discusión alguna, era imposible desobedecer.

—Retendrás el zumo, tu cuerpo lo aceptará. —Habló con suavidad en voz alta, rodeando sus hombros con brazos protectores.

Raven le miró pestañeante, luego contempló el vaso vacío en la mesa. Sacudió la cabeza despacio.

—No puedo creer que seas capaz de hacer eso. No recuerdo haberlo bebido y ya no me encuentro mal. —Miró a otro lado, observó el oscuro misterio del bosque. La bruma atrapaba la luz de la luna, refulgía y brillaba.

—Raven. —Le acarició la nuca con la mano.

Ella se inclinó hacia él:

—Ni siquiera sabes lo especial que eres, ¿verdad? Lo que tu puedes hacer supera cualquier cosa que haya visto en el pasado. Me asustas, de verdad.

Mihail apoyó el pecho contra el poste, con un aturdimiento genuino en el rostro.

—Mi deber y mi obligación es cuidar de ti. Si necesitas la curación del sueño, entonces debo facilitártela. Si tu cuerpo necesita beber, entonces, ¿por qué no voy a ayudarte? ¿Por qué esto debe asustarte?

—En realidad no lo entiendes, ¿verdad? —Raven fijó su mirada en una voluta que la intrigaba de forma especial—. Eres un líder aquí. Es obvio que tus destrezas son muy superiores a las mías. No creo que llegue a adaptarme a tu vida. Soy una solitaria, no la primera dama.

—Tengo grandes responsabilidades. Mi gente cuenta conmigo para que continúe llevando nuestras actividades económicas sin contratiempos, para que persiga a los asesinos que matan a nuestra gente. Incluso piensan que debería descubrir sin ayuda de nadie por qué perdemos tantos de nuestros hijos en el primer año de vida. No hay nada especial en mí, Raven, excepto que tengo una voluntad de hierro y estoy dispuesto a asumir estas cargas. Pero no tengo nada para mí mismo, nunca lo he tenido. Tú me das un motivo para continuar. Eres mi corazón, mi alma, el mismo aire que respiro. Sin ti, no tengo nada aparte de oscuridad, vacío. Sólo porque tenga poder, porque sea fuerte, no significa que no pueda sentirme completamente solo. La existencia en solitario es fría y desagradable.

Raven se puso una mano en el estómago. Mihail parecía tan remoto, tan solo. Ella detestaba verle así en silencio, recto y orgulloso, esperando a que ella le retorciera el corazón. Tenía que darle alivio y él lo sabía. Él leía su mente, sabía que ella no soportaba la soledad de sus ojos. Raven cruzó la distancia que les separaba. No dijo nada. ¿Qué podía decir? Se limitó a apoyar la cabeza en su corazón y deslizó los brazos en torno a su cintura.

Mihail la rodeó con los brazos. Le había arrebatado la vida, sin que ella lo supiera. Y ahora le estaba consolando, afirmaba que era un hombre especial, magnífico a sus ojos, aunque desconocía su crimen. Estaba ligada a él, no podría estar lejos demasiado tiempo. No sabía cómo explicárselo sin revelar más cosas sobre su raza de las convenientes por cuestión de seguridad. Ella pensaba que no podía estar a la altura de él. Raven le hacía sentirse humilde y avergonzado de sí mismo.

Tomó el rostro de ella y le acarició con el pulgar la delicada línea del mentón.

—Escúchame, Raven. —Le dio un beso en lo alto de su sedosa cabeza—. Sé que no te merezco. Piensas que en cierto modo eres menos que yo, pero en verdad, estás muy por encima, no tengo derecho ni siquiera a tenderte la mano.

Cuando ella se agitó como si quisiera protestar, Mihail la abrazó con más fuerza.

—No, pequeña, sé que es verdad. Te veo con claridad, tú en cambio no tienes acceso a mis pensamientos y recuerdos. No puedo renunciar a ti. Ojalá fuera un hombre más fuerte, mejor de lo que soy, para conseguir renunciar a ti, pero no puedo. Lo único que puedo es prometerte que haré todo lo que esté en mis manos para hacerte feliz, para proporcionarte todo lo que precises. Pido tiempo para aprender tus costumbres, para cometer errores. Si lo que necesitas es oír palabras de amor —desplazó la boca a un lado del rostro para encontrar la comisura de sus labios—, yo te las puedo decir con toda sinceridad. Nunca he querido tener una mujer. Nunca he querido que nadie tenga ese tipo de poder sobre mí. Nunca he compartido con ninguna mujer lo que he compartido contigo.

El beso fue de una ternura infinita, una llama humeante, abrasadora, que sabía a amor y a anhelo.

—Siempre estarás en mi corazón, Raven; distingo mejor que tú las diferencias entre nosotros. Sólo pido una oportunidad.

Ella se volvió en sus brazos y apretó su cuerpo contra el de Mihail con cariño.

—¿De verdad crees que podemos conseguir que esto funcione? ¿Podemos encontrar un terreno de encuentro?

En realidad ella no tenía ni idea del riesgo que él correría. Una vez viviera con Mihail, él nunca podría buscar la seguridad y el refugio de la tierra. No podría dejarla sin su protección ni siquiera durante un día. Desde el momento en que se fuera a vivir con ella, el peligro se multiplicaría por diez. Los asesinos no diferenciarían entre ellos. Raven estaría condenada a sus ojos. Además de todos sus crímenes, él la estaba arrastrando a un mundo peligroso.

Llevó la mano a su nuca. Tan frágil, tan pequeña.

—Nunca lo sabremos hasta que lo intentemos. —La rodeó con los brazos, la mantuvo cerca, como si nunca fuera a soltarla.

Raven percibió una súbita tensión en su cuerpo. Mihail alzó la cabeza vigilante como si olisqueara el viento, como si escuchara la noche. Ella se encontró haciendo lo mismo, inspirando hondo, esforzándose por oír la profundidad del bosque. Lejos, los aullidos distantes, débiles, de la manada de lobos flotaban en la brisa como llamándose entre ellos, llamando a Mihail.

Raven, consternada, echó la cabeza hacia atrás.

—¡Te hablan a ti! ¿Cómo lo sé, Mihail? ¿Cómo puedo saber algo así?

Él le alborotó el pelo con cariño.

—Con que gente más rara te mueves.

Recibió una carcajada de respuesta. Cautivó su corazón, le dejó vulnerable, al descubierto.

—¿Qué es esto? —Raven le tomó el pelo—. ¿El señor de la mansión adopta el argot de los noventa?

Él le sonrió con gesto travieso, aniñado.

—Tal vez sea yo quien se mueve con gente rara.

—Entonces tal vez quede alguna esperanza para ti. —Le besó la garganta, la barbilla, la línea obstinada de su mentón oscurecido de azul.

—¿Te he dicho lo guapa que estás con esa ropa? —Le rodeó los hombros con los brazos, la volvió hacia la mesa—. Estamos a punto de recibir visitas. —Con movimientos reposados, se sirvió medio vaso de zumo en la copa situada en su lado de la mesa, redujo a migajas un pequeño trozo de pastelito y lo espolvoreó por encima de sus platos.

—¿Mihail? —La voz de Raven sonaba cautelosa—. Ten cuidado si empleas tu contacto mental. Creo que, aparte de mí, hay otra persona con capacidades telepáticas.

—Toda mi gente tiene esa capacidad —respondió él con cautela.

—No como tú, Mihail. —Frunció el ceño y se frotó la frente—. Como yo.

—¿Por qué no me has mencionado esto antes? —preguntó en voz baja, aunque por el tono pedía una explicación—. Sabes que están asediando a mi gente, asesinan a nuestras mujeres. Seguí la pista de tres de los asesinos hasta el mismísimo mesón en el que estás hospedada.

—Porque no estaba segura, Mihail. Nunca toco a la gente. Durante años, me he obligado a mí misma a no tener contacto, a no permitir que nadie me toque. —Se metió la mano en el pelo, un pequeño ceño le torcía el gesto—. Lo siento. Debería haber mencionado algo sobre mis sospechas, pero no estaba segura.

Mihail suavizó la línea de su frente con la punta de un dedo cariñoso, rozó su boca con ternura.

—No quería arremeter contra ti pequeña. Tenemos que hablar de todo esto en cuanto tengamos ocasión. ¿Puedes oírlo?

Ella se concentró en los sonidos de la noche.

—Un coche.

—A un kilómetro de distancia o poco más. —Inspiró el aire de la noche con sus pulmones—. El padre Hummer y dos desconocidos. Mujeres. Llevan perfume. Una es mayor.

—En el mesón sólo hay ocho huéspedes más, sin contarme a mí. —A Raven le costaba respirar—. Venían juntos en un grupo turístico. Una pareja mayor de Estados Unidos, Harry y Margaret Summers. Jacob y Shelly Evans son hermano y hermana, de Bélgica. Hay cuatro hombres que proceden de diferentes sitios, de algún lugar del continente. La verdad, no he hablado mucho con ellos.

—Cualquiera de ellos podría ser un asesino —dijo con gesto grave. Le complacía en secreto que no hubiera prestado excesiva atención a los otros hombres. No quería que mirara a otros hombres, nunca.

—Creo que lo hubiera sabido, ¿no te parece? —preguntó—. Trato con asesinos más de lo que me gusta. Sólo una de esas personas tiene capacidades telepáticas, y desde luego no son superiores a las mías.

Ahora oían el coche con claridad, pero la densa bruma les impedía verlo. Mihail le alzó la barbilla con dos dedos.

—Estamos ya unidos al modo de mi gente. ¿Pronunciarías los votos según vuestras costumbres?

Los ojos azules de Raven se abrieron llenos de consternación, ojos en los que un hombre podía hundirse. Ojos que un hombre podía mirar durante una eternidad. Una leve sonrisa masculina estiró los labios de Mihail. La había impresionado.

—Mihail, ¿me estás pidiendo que me case contigo?

—No estoy seguro de saber cómo se hace. ¿Tengo que ponerme de rodillas? —Ahora le sonreía abiertamente.

—¿Me estás proponiendo que nos casemos mientras se aproxima un coche lleno de asesinos?

—Aspirantes a asesinos. —Dio muestras de su conocimiento del lenguaje actual con una pequeña sonrisa conmovedora—. Di que sí. Sabes que no tienes posibilidades de resistirte. Di que sí.

—¿Después de que me hicieras beber ese asqueroso zumo de manzana? Me echaste los lobos encima, Mihail. Sé que hay una larga lista de pecados que podría recitar ahora.— Sus ojos chispeaban con malicia.

Mihail la atrajo hacia sus brazos, contra los voluminosos músculos de su pecho, adaptándola perfectamente a la base de sus caderas.

—Ya veo que esto va a requerir un esfuerzo de persuasión. Movió los labios sobre su rostro como una antorcha, se pegó a su boca y meció la mismísima tierra.

—Nadie debería ser capaz de besar de ese modo —susurró ella.

Volvió a besarla, con una dulzura incitante, deslizando la lengua por la de ella de un modo sensual, pura magia, pura promesa.

—Di que sí, Raven. Siente cuánto te necesito.

Mihail la atrajo hacia sí para que la dura evidencia de su deseo se marcara con claridad contra el estómago plano de ella. Le tomó la mano y la bajó para cubrir su doloroso bulto, frotándole la palma arriba y abajo, atormentándoles a los dos. Abrió su mente para que ella pudiera sentir la intensidad de su ansia, el ardor de su pasión, la corriente de afecto y amor que la rodeaba, que les rodeaba. *Di que sí, Raven*, le susurró en la cabeza, pues necesitaba que ella lo deseara a su vez, le aceptara para bien o para mal.

Llevas tanta ventaja que es injusto. Su respuesta mantenía un tono de diversión, era una miel caliente derramándose con amor.

El coche se asomó despacio entre la bruma y se detuvo bajo una bóveda de árboles. Mihail se volvió para mirar a los forasteros y, de manera instintiva, interpuso su cuerpo como protección entre Raven y los tres visitantes.

—Padre Hummer, qué sorpresa tan agradable. —Mihail tendió una mano de bienvenida al sacerdote pero su voz sonaba mordaz.

—¡Raven! —Shelly Evans se adelantó con rudeza al sacerdote y se fue corriendo en dirección a Raven, aunque devoraba con los ojos a Mihail.

Él detectó la oleada de consternación en los ojos de Raven antes de que Shelly la alcanzara y le echara los brazos para abrazarla con fuerza. Shelly no tenía ni idea de que Raven podía leer su envidia y su atracción sexual por Mihail. Advirtió la repulsa natural de Raven al contacto físico, al interés de la mujer, a las fantasías sobre Mihail, pero consiguió poner una sonrisa y devolverle el abrazo.

—¿Qué es todo esto? ¿Ha sucedido algo? —preguntó Raven en tono amable, separándose con cortesía de la mujer más alta.

—Bien, querida —dijo con firmeza Margaret Summers, fulminando con la mirada a Mihail mientras se aproximaba a Raven—. Insistimos al padre Hummer en que nos trajera aquí para interesarnos por ti.

Justo en el instante en que la delgada y arrugada mano le tocó el brazo, Raven reconoció el impulso en su mente. Al mismo tiempo se le revolvió el estómago y le dio un vuelco. Fragmentos de cristal perforaron su cráneo, seccionando su mente. Por un momento, no pudo respirar. Había tocado la muerte. Se apartó al instante y se limpió la palma en el muslo.

¡Mihail! Se concentró por completo en él. *Me encuentro mal.*

—¿No les informó la señora Galvenstein de que Raven estaba sana y salva bajo mi tutela? —Mihail interpuso su cuerpo con amabilidad pero con firmeza entre Raven y la mujer de mayor edad. Había notado el torpe intento de la mujer de sondearles cuando pasó rozándole. La dentadura de él relució inmaculada—. Por favor, entren en mi casa y pónganse cómodos. Creo que empieza a hacer frío afuera.

Margaret Summers miraba por aquí y por allá, observó la mesa con las dos copas, las migas del pastel y los dos platos. Sus ojos se clavaron en Raven, como si intentara ver su cuello a través del tejido del vestido.

Mihail rodeó a Raven por el hombro y la atrajo hasta la protección curativa de su cuerpo. Borró su sonrisa mientras observaba cómo la señora Summers retenía a Shelly hasta que el padre Hummer les precedió por el interior de la casa. Eran tan predecibles. Inclinó la cabeza. *¿Te encuentras bien?*

Voy a vomitar. El zumo de manzana. Le miró con gesto acusador.

Permíteme que te ayude. No se enterarán. Dio una suave orden y la besó con ternura. *¿Mejor?*

Ella le tocó la mandíbula para transmitirle con los dedos lo que sentía. *Gracias.* Se volvieron los dos juntos para hacer frente a las visitas.

Margaret y Shelly observaban con asombro la casa de Mihail. Era rico, y el interior de su morada apestaba a dinero: mármol y madera noble, colores suaves, cálidos, obras de arte y antigüedades. Era obvio que Margaret estaba sorprendida y a la vez impresionada.

El padre Hummer se sentó cómodamente en su sillón favorito.

—Creo que hemos interrumpido algo importante. —Parecía satisfecho de sí mismo y divertido por algo que sólo sabía él; sus ojos apagados brillaban cada vez que encontraban la negrura de la mirada sin fondo de Mihail.

—Raven ha aceptado convertirse en mi esposa. —Mihail se llevó los dedos de ella al calor de su boca—. No he tenido tiempo para entregarle su anillo. Han llegado antes de que pudiera ponérselo en el dedo.

Margaret tocó la Biblia gastada que reposaba sobre la mesa:

—Qué romántico, Raven. ¿Están planeando casarse por la Iglesia?

—Por supuesto que la muchacha tiene que casarse por la Iglesia. Mihail tiene firmes creencias y no consideraría otra opción —dijo el padre Hummer reprendiéndola de forma afable.

Raven mantenía la mano dentro de la de Mihail mientras se sentaban juntos en el sofá. Los apagados ojos de Margaret eran tan penetrantes como garras.

—¿Por qué lo has estado ocultando, querida mía? —Disparaba su mirada por todas partes, en un intento de sonsacar secretos.

Mihail se agitó, luego se inclinó hacia atrás con aire perezoso.

—No es que «ocultarlo» sea el término correcto. Telefoneamos a la señora Galvenstein, la dueña de su hotel, y le hicimos saber que Raven se quedaba aquí. Sin duda se lo habrá dicho.

—Lo último que supe de Raven es que se había ido hacia el bosque para reunirse allí con usted y celebrar una comida campestre. Yo sabía que ella estaba enferma y eso me preocupaba, de modo que me enteré de su nombre y pedí al padre que nos acompañara hasta aquí. —Su penetrante mirada descansó en un espejo antiguo de plata.

—Siento haberla afligido, señora Summers —dijo Raven con dulzura—. He tenido una gripe terrible. Si hubiera sabido que alguien estaba preocupado, hubiera llamado —añadió de forma harto significativa.

—Quería verlo con mis propios ojos. —Margaret apretó los labios con cabezonería—. Ambas somos estadounidenses y me siento responsable de ti.

—Le agradezco su preocupación, señora. Raven es la luz de mi vida. —Mihail se inclinó hacia delante con su sonrisa de predador—. Me llamo Mihail Dubrinsky. Creo que no nos han hecho el honor de presentarnos.

Margaret vaciló. Luego, levantando la barbilla, puso la mano en la de él y balbució su nombre. Mihail irradiaba buena voluntad y amor, sazonados juguetonamente por una saludable dosis de deseo hacia Raven.

Shelly se presentó con entusiasmo.

—¿Señor Dubrinsky?

—Mihail, por favor. —Su encanto era tan intenso que Shelly casi se cae de la silla.

Ella se contoneaba mucho y cruzaba las piernas para ofrecerle mejor visión.

—Mihail, entonces. —Shelly le dedicó una sonrisa coqueta—. El padre Hummer nos ha dicho que es una especie de historiador y que conoce todo el folclore del país y alrededores. Estoy preparando un trabajo sobre folclore. En concreto, sobre si hay algo de cierto en las leyendas locales. ¿Sabe alguna cosa sobre vampiros?

Raven pestañeó, intentó no estallar en carcajadas. Shelly hablaba muy en serio, y había caído víctima del magnetismo de Mihail. Iba a sentirse muy violenta si Raven se reía. Se concentró en el pulgar de Mihail que le acariciaba la parte interior de la muñeca. Le ayudaba a sentirse más fuerte.

—Vampiros. —Mihail repitió el término con total naturalidad—. Por supuesto, la zona más popular de los vampiros está en Transilvania, pero nosotros tenemos nuestras propias historias. Por todos los Cárpatos hay leyendas extraordinarias. Hay una ruta turística, que sigue los pasos de Jonathan Harker hasta Transilvania. Estoy seguro de que disfrutará con ella.

Margaret se inclinó hacia delante.

—¿Cree que hay algo de cierto en esas historias?

—¡Señora Summers! —Raven mostró su conmoción—. ¿No lo creerá usted, verdad?

El rostro de Margaret se arrugó, sus labios se fruncieron de nuevo con expresión agresiva.

—Siempre he creído que hay algo de verdad en casi todas las historias que se transmiten a lo largo de los siglos. Tal vez se refiera a eso la señora Summers —dijo con amabilidad Mihail.

Margaret asintió con la cabeza, se relajó visiblemente, y obsequió con una sonrisa benevolente a Mihail.

—Me alegra que estemos conformes, señor Dubrinsky. Un hombre de su posición sin duda debe ser una persona de mente abierta. ¿Cómo tanta gente a lo largo de los siglos podría repetir historias similares sin que la leyenda encierre alguna verdad?

—¿Un muerto viviente? —Raven alzó las cejas—. No sé cómo sería en la Edad Media, pero yo sin duda me enteraría si los muertos empezaran a andar por ahí llevándose a los niños.

—Eso es verdad —admitió Mihail—. No tengo conocimiento de que haya habido demasiadas muertes inexplicables en los últimos años.

—Pero los lugareños cuentan historias sobre algunas cosas bastante extrañas. —Shelly se resistía a abandonar sus ideas.

—Por supuesto que las cuentan. —Mihail sonrió con sumo encanto—. Va muy bien para los negocios. Hace pocos años... ¿cuándo fue, padre? ¿Recuerda cuando Swaney quería animar el negocio turístico y se perforó el cuello con un par de agujas de tejer y llamó a los periódicos para que le hicieran fotos? Se colgó una ristra de ajos del cuello y recorrió el pueblo andando, afirmando que el ajo le ponía enfermo.

—¿Cómo sabe que no era cierto? —quiso saber Margaret.

—Se le infectaron los pinchazos. Se descubrió que era alérgico al ajo y no le quedó otra opción que confesar. —Mihail sonrió con malicia a las dos mujeres—. El padre Hummer le impuso penitencia. Swaney rezó el rosario treinta y siete veces seguidas.

El padre Hummer echó hacia atrás la cabeza y se rió con ganas.

—Sin duda atrajo la atención de todo el mundo durante unos días. Llegaban periodistas de todas partes. Fue todo un espectáculo.

Mihail sonrió.

—Por lo que recuerdo, pasé tanto tiempo fuera del despacho que luego tuve que trabajar hasta tarde para poner mis asuntos al día.

—Incluso tú tuviste suficiente sentido del humor para apreciar su pequeña aventura, Mihail —dijo el padre Hummer—. Llevo mucho tiempo aquí, señoras, y jamás me he topado con un muerto viviente.

Raven se pasó una mano por el pelo frotándose la cabeza dolorida. Las astillas de vidrio no descansaban. Siempre asociaba ese tipo de dolor a la exposición prolongada a una mente enferma. Mihail acercó su mano y se la pasó con ternura por la sien, luego descendió por la piel suave.

—Se hace tarde, y Raven aún está un poco griposa. ¿Tal vez podamos continuar esta charla otra tarde?

El padre Hummer se levantó al instante.

—Claro, Mihail, y me disculpo por entrometernos en un momento tan inoportuno. Las damas estaban muy inquietas y parecía la forma más conveniente de aliviar sus temores.

—Raven puede regresar con nosotros —ofreció Margaret solícita.

Raven sabía que nunca sobreviría a un trayecto en coche con aquella mujer. Shelly asintió entusiasmada con la cabeza, dedicando a Mihail su mejor sonrisa.

—Mil gracias, Mihail. Me encantaría seguir conversando con usted y tal vez tomar algunas notas.

—Por supuesto, señorita Evans. —Mihail le tendió su tarjeta de presentación—. Ahora mismo estoy agobiado de trabajo y Raven y yo queremos casarnos cuanto antes, pero haré todo lo posible para encontrar algún momento. —Acompañaba a sus invitados hasta la puerta empleando su gran masa muscular y su cautivadora sonrisa para impedir que alguien tocara a Raven—. Gracias, señora Summers, por ofrecerse a cuidar de Raven por mí, pero antes nos han interrumpido y mi intención es asegurarme de que ella no se va sin ponerse ese anillo de suma importancia en su dedo.

Cuando Raven se movió para salir de detrás de su espalda, Mihail la interceptó con un movimiento tan grácil y sutil que apenas se notó. Deslizó la mano por su brazo y le cogió la frágil muñeca.

—Gracias por venir —se despidió en voz baja desde detrás de él, temiendo que si levantaba más la voz su cabeza se fragmentaría en mil pedazos.

Cuando las visitas se marcharon, Mihail la atrajo a sus brazos con gesto protector, su rostro se había convertido en una máscara de sombría amenaza.

—Cuánto lamento, pequeña, que hayas tenido que soportar algo así. —La metió en la casa y se fue hacia la biblioteca.

Raven alcanzó a oír las palabras balbucidas en voz baja en su idioma. Estaba maldiciendo, y aquello le hizo sonreír.

—No es mala, Mihail. Es una fanática, una mujer retorcida. Fue como tocar la mente de un cruzado exaltado. Ella piensa que lo que hace está bien. —Se frotó la parte superior de la cabeza contra la forma rígida de su mentón.

—Es deleznable —escupió las palabras—. Es obscena. —Con ternura dejó a Raven en su confortable sillón—. Ha venido aquí a examinarme, ha traído un sacerdote a mi casa intentando burlarme. El roce mental que he notado ha sido torpe e inepto. Emplea su don para señalar a los demás, para que los maten. Ha leído solo lo que le he permitido leer.

—¡Mihail! Cree en vampiros. ¿Cómo es posible que piense que tú eres un muerto viviente? Tienes dones inusuales, pero no te veo asesinando a un niño para seguir con vida. Vas a la iglesia, llevas un crucifijo. Esta mujer está como una cabra. —Se frotó las vapuleadas sienes en un esfuerzo por calmar el dolor.

6

Mihail se elevaba sobre ella, una sombra oscura con una de sus infusiones de hierbas en la mano.

—¿Y si yo fuera uno de esos míticos vampiros, pequeña, y te tuviera prisionera en mi guarida?

Ella sonrió al ver su rostro serio, el dolor en sus ojos inquietantes.

—Te confiaría mi vida, Mihail, vampiro o no. Y te confiaría la vida de mis hijos. Eres arrogante y a veces autoritario, pero nunca podrías ser malvado. Si eres un vampiro, entonces el vampiro no es lo que cuenta la leyenda.

Mihail se apartó, pues no quería que ella viera lo mucho que significaban aquellas palabras para él. Una aceptación tan incondicional, tan total. No le importaba que ella no supiera lo que estaba diciendo. Sentía la sinceridad de sus palabras.

—La mayoría de la gente tiene un lado oscuro, Raven, y yo más que otros. Soy capaz de una violencia extrema, de crueldad incluso, pero no soy un vampiro. Soy un depredador, por encima de todo, pero no un vampiro. —Su voz sonaba ronca, entrecortada.

Raven avanzó para salvar la distancia que les separaba, para tocarle el extremo de su boca y suavizar una línea profunda.

—En ningún momento he pensado tal cosa. Parece que creas en la existencia de seres tan terribles. Mihail, si tal cosa existiera, yo sabría que tú no eres uno de ellos. Siempre te juzgas con demasiada dureza. Yo percibo la bondad en ti.

—¿Puedes? —preguntó en tono grave—. Bebe esto.

—Mejor que no me haga dormir. Voy a volver al mesón, a mi cama, en algún momento de la noche —le dijo con firmeza mientras le cogía el vaso. La voz sonaba burlona, pero había angustia en sus ojos—. Percibo la bondad en ti, Mihail. La veo en todo lo que haces. Siempre antepones a los demás.

Él cerro los ojos con expresión de sufrimiento.

—¿Eso es lo que crees, Raven?

Ella estudiaba el contenido del vaso, preguntándose por qué le dolían aquellas palabras.

—Lo sé. Yo he hecho con anterioridad el trabajo que a ti te piden, pero no me encomendaban seguir y llevar al asesino ante la justicia. Eso debe absorber todo tu tiempo.

—Tienes demasiada buena opinión de mí, pequeña, y te agradezco la fe que me profesas. —Le rodeó la nuca con la mano—. No estás bebiendo. Irá bien para el dolor de cabeza. —Encontró las sienes con los dedos y su magia calmante—. ¿Cómo puedes volver a ese mesón si ambos sabemos que los asesinos están instalados allí? La mujer mayor es la que les guía hasta nuestra gente. Ella ya está intrigada contigo.

—No puede pensar que yo sea un vampiro, Mihail. ¿Por qué iba a estar yo en peligro? Podría serte incluso de ayuda. —Una sonrisa traviesa curvó su tierna boca—. La verdad, oigo mucho mejor últimamente. —Hizo un brindis con el vaso y bebió el preparado.

—No hay nada que discutir cuando tu seguridad está en cuestión. No permitiré que te entrometas en esta batalla. —Era evidente por su negra mirada que estaba preocupado.

—Acordamos transigir. Tu mundo y el mío. Tengo que ser yo misma, Mihail. Tengo que tomar mis propias decisiones. Sé que nunca me dejarías pasar por el tormento de perseguir al asesino yo sola. Quiero ayudarte, estar ahí por ti. En eso consiste el compañerismo.

—Estar separado de ti, incluso en circunstancias normales, ya me supondría un tormento. ¿Cómo voy a tolerar que estés bajo el mismo techo que los asesinos de mi hermana?

Ella intentó bromear un poco, quería que la oscuridad se esfumara de su mirada.

—Haz contigo mismo uno de los trucos para dormir o enséñame a hacerlo. Me encantará poderte dejar fuera de combate.

Mihail hizo un amago de rodearle la garganta con la mano.

—Apuesto a que sí. ¿Qué tal tu cabeza, pequeña? ¿Ya está mejor?

—Mucho mejor. Dime, entonces, ¿qué sabes hasta este momento? —Raven le observó mientras él recorría el suelo de madera noble con energía inquieta—. Yo también he hecho esto. No soy una aficionada, no soy estúpida. Aunque la señora Summers parezca una dulce anciana, está muy enferma. Si ella identifica a personas como vampiros y se rodea de seguidores fanáticos, mucha más gente podría sufrir. Y esa gente tiene que creer en la señora Summers. Mataron a la mujer...

—Noelle —apuntó él en voz baja—. Se llama Noelle.

Raven le miró el rostro, su mente inundó la de él de afecto y consuelo.

—Noelle —repitió él con ternura— murió a la manera clásica de acabar con los vampiros. Estaca, decapitación, ajo.

Son un grupo de verdaderos enfermos. Al menos tenemos algo por donde empezar. Creo que no nos equivocamos si suponemos que el señor Summers está implicado. Por lo tanto, ya tenemos dos.

—Esa tonta de Shelly está ciega. La están utilizando para que les ayude con sus preguntas ridículas. No está implicada de forma directa, no confían en que ella mantenga la boca cerrada. Su hermano le ha inculcado la idea de estudiar folclore y este viaje se supone que es un viaje de investigación para ella. Él la maneja con facilidad. —Se pasó la mano por el espeso pelo. Necesitaba alimentarse pronto. Había en él una ira oscura y fría. Avanzaba por todo su cuerpo, de un modo peligroso y mortífero. Jacob no tenía escrúpulos, por lo visto ni siquiera con su hermana. Y había mirado a Raven con lascivia.

Raven alzó la vista y encontró unos ojos que la observaban sin pestañear. Eran oscuros, inescrutables, ojos de cazador. Un hormigueo de inquietud descendió por su columna. Notó que la mano le temblaba mientras se alisaba la falda.

—¿Qué pasa? —A veces Mihail le parecía un desconocido, no el hombre afectuoso que ella conocía, con risa y ternura en su mirada excitada, sino alguien calculador y frío, alguien más letal y astuto que cualquiera que ella pudiera imaginar. De forma automática, extendió su mente hacia él.

¡No! Él interpuso un férreo bloqueo al instante.

Las pestañas de Raven se agitaron intentando contener un acceso de lágrimas. El rechazo era doloroso y, viniendo de Mihail, resultaba un infierno.

—¿Por qué me dejas fuera? Me necesitas. Sé que es así. Estás tan deseoso de ayudar a todo el mundo, de serlo todo para los demás... Se supone que yo soy tu compañera, que lo

soy todo absolutamente para ti. —Ella se aproximó con lentitud y cautela.

—No sabes qué podría suceder, Raven. —Retrocedió un
paso de la tentación, lejos del dolor de ella.

Raven sonrió.

—Tú siempre me ayudas, Mihail. Cuidas de mí. Te estoy
pidiendo que confíes en mí lo suficiente para dejarme ser lo que
necesitas que sea. —Mihail permitió que su bloqueo mental se
fragmentara, pedazo a pedazo. Ella percibió dolor mezclado con
rabia por el asesinato sin sentido de Noelle, y miedo por su seguridad. Amor, fuerte y creciente, un anhelo, sexual y físico.
Pura necesidad. Resultaba indiscutible: alguien tenía que
amar y consolar a este hombre.

—Necesito que hagas lo que te pido —dijo con desesperación, combatiendo a la bestia que alzaba la cabeza con
hambre.

La risa de Raven era suave, tentadora.

—No, no es así. Demasiada gente piensa que tu palabra
es ley. Necesitas que alguien te desafíe un poco. Sé que no vas
a hacerme daño, Mihail. Percibo el miedo que te tienes a ti
mismo. Crees que hay algo en ti que yo no puedo amar, una
especie de monstruo que te asusta que yo vea. Te conozco mejor que tú mismo.

—Eres tan imprudente, Raven, y tan inconsciente del peligro. —Cogió el respaldo de la silla con tal fuerza que la madera amenazó con desintegrarse. De hecho, sus dedos quedaron grabados en ella para siempre.

—¿Peligro, Mihail? —Ladeó la cabeza y su pelo cayó
resbalando sobre su hombro. Ella se llevó las manos al botón
superior de la blusa—. Nunca supondrás ningún peligro para
mí, aunque estés enfadado. El único peligro ahora mismo es

el que corre mi ropa. —Retrocedió un paso riéndose de nuevo, dejando que el sonido le animara, encendiera la mecha en lo más profundo de Mihail.

El calor formó una espiral, se desenrolló, la necesidad le golpeó, con fuerza y urgencia. El hambre le desgarró, una bruma roja cegadora.

—Tú, pequeña, estás jugando con fuego, y yo estoy perdiendo del todo el control. —Era una última intentona de salvarla. ¿Por qué ella no se percataba de lo egoísta que era en realidad? ¿No se daba cuenta de que se había apropiado de su vida y de que ya nunca iba a soltarla? Él era el monstruo que ella no conseguía ver. Tal vez con el resto del mundo la fría lógica y la justicia dominaban en él, pero no con Raven. Con ella imperaban emociones con las que ni estaba familiarizado ni podía controlar. Hacía cosas que le parecían desaprensivas. Le dejó ver la violencia en su mente, desgarrándole la ropa y tomando su cuerpo sin pensar y sin control.

Ella le respondió mentalmente con afecto y amor, con un cuerpo ansioso por el suyo, receptiva, aceptando su lado violento. Tenía una total confianza y fe en los sentimientos de Mihail por ella, en su compromiso con ella.

Juró en voz baja, se desgarró las ropas que coartaban su cuerpo y saltó sobre ella como un gato montés al ataque.

—Mihail, me encanta este vestido —susurró contra su garganta, mientras su risa continuaba desbordando la mente de él. Risa. Dicha. Nada de miedo.

—Sal de esa maldita cosa —le dijo con voz ronca, sin percatarse de que estaba confirmando la fe que ella tenía en él.

Raven se tomó su tiempo, bromeó con él toqueteando los botones, pidiéndole que buscara el cierre de la falda.

—No sabes lo que estás haciendo —protestó él con voz irregular, pero movía las manos con ternura sobre el cuerpo de ella mientras la despojaba de sus ropas con cuidado, hasta que sólo fue piel de satén y largo pelo sedoso.

Mihail le rodeó la nuca con fuertes dedos. La notaba tan pequeña y frágil, con su piel caliente. Tenía un evocador aroma de mujer, como miel silvestre, una bocanada de aire fresco. La acorraló contra la estantería, moldeando con las manos su cuerpo, acariciando la blanda prominencia de su pecho, absorbiendo su contacto bajo su piel, sus tejidos, sus mismas entrañas. Bajó la cabeza y encontró con la lengua la oscura punta de un pezón. El demonio en su interior retrocedió ante el tacto de su piel suave, ante la aceptación de la naturaleza de él. No se lo merecía.

El cuerpo de Raven se debilitó con el primer contacto de su boca, tan ardiente y exigente, pegada a su pecho. La librería que tenía ella detrás la sostenía, empujaba la piel desnuda de su trasero. La excitación se apoderó de su cuerpo, la anticipación. Los ojos de Mihail la devoraban con tal hambre, con tal posesión. Con tanta ternura. Eso fundía el corazón de Raven. Sólo pensar que él pudiera sentir tanto por ella le provocaba ganas de llorar. La mirada de Mihail se perdía por todas partes, y aquello encendía la piel de ella, su cuerpo anhelaba doliente el contacto.

Estiró la mano para soltarle el pelo, quiso llenarse las manos con el cabello de Mihail, deleitarse en su habilidad para pasar las puntas de los dedos sobre los voluminosos músculos de él. Podía sentirle temblar bajo las manos acariciadoras, sentir el desenfreno en él que buscaba desatarse. Despertó algo salvaje en ella. Quería sentirle en sus brazos, temblando por ella, sus duros músculos contra su piel suave, su cuerpo invadiendo el de ella. Le transmitió las imágenes eróticas que danzaban en su cabeza mientras saboreaba la piel con su tierna boca.

Las manos de Mihail estaban en todas partes, igual que las de ella. La boca ardía como el fuego, igual que la de ella. Su corazón latía con fuerza y el de Raven seguía el ritmo. La sangre bombeaba como lava fundida. Los dedos de él encontraron la humedad y la abrieron. Mihail la llevó hasta el suelo y le levantó las caderas para poder acoplarse a la perfección. La sangre palpitaba en sus orejas, cada emoción se sumaba al remolino en una tormenta violenta de necesidad. Cuanto más fuerte y más a fondo embestía, más blanda y receptiva se volvía ella. El cuerpo de Raven estaba caliente, ceñido, aceptaba el suyo, tomaba su tormenta.

El hambre bramaba de forma peligrosa. Mihail anhelaba su dulce sabor, quería el éxtasis del intercambio ritual. Si volvía a alimentarse... Rugió ante aquella tentación. Nunca sería capaz de detenerse, sería necesario reponer la sangre. No podía hacer eso. Raven tenía que tomar la decisión de formar parte plenamente de su mundo. El riesgo era demasiado grande. Si no sobrevivía, él la seguiría hasta lo desconocido. Sabía con exactitud a qué se referían los antiguos cuando decían que una pareja no podía sobrevivir al fallecimiento del otro. No querría sobrevivir en el mundo sin ella. No habría Mihail sin Raven.

Su cuerpo, sus necesidades, su emociones heridas, volvían a cobrar fuerza, le impulsaban al mismísimo borde de su control. Nunca conocería tal profundidad de sentimientos, tal amor absoluto por otro. Ella lo era todo. Su aire. Su aliento. Su corazón. La boca de Mihail encontró la de ella, con besos largos, embriagadores, y avanzó hacia la garganta, hacia su pecho, y encontró la marca. El mismo sabor. Sólo uno.

Raven se movió en sus brazos, movió la cabeza para facilitarle el acceso, las manos se enredaron en su pelo.

—Mejor me caso contigo, Mihail. Me necesitas con desesperación. —Él alzó la cabeza, le miró a la cara, tan hermosa mientras él le hacía el amor, aceptándole, a él y sus necesidades. El corazón de Raven envolvía el suyo con amor, su mente sosegaba la suya, le alimentaba, bromeaba con él, igualaba el desenfreno. Mihail enmarcó el rostro de ella entre sus manos, los ojos negros siguieron observando los azules violetas, que absorbían sus sentimientos. Entonces él sonrió.

—Mihail —protestó Raven mientras él salía de su cuerpo.

La puso boca abajo y atrajo las caderas hacia él. Cuando la penetró, sujetándola por la cintura con las manos, se sintió exultante. ¡Ella estaba salvada! La dicha se apoderó de Mihail y se entregó al placer absoluto del cuerpo de Raven. Se movía, ella se movía. Se ceñía a él de un modo increíble, ardiendo de fogosidad, suave como el terciopelo. La combinación era explosiva.

Los lobos habían dicho que él ya no sabía lo que era la dicha, pero Raven la había devuelto a la vida. Su cuerpo cantaba de dicha, resplandecía de júbilo. En dos ocasiones sintió que ella se tensaba, latía, y de todos modos él continuó, quería que sus cuerpos siguieran unidos toda la eternidad. La última sombra que cubría el alma se disipaba. Esta menuda y hermosa mujer le había dado eso. Él marcaba el ritmo de ambos, deleitándose con la manera en que el cuerpo seguía su guía. Notó cómo su cuerpo se comprimía, oyó el grito que se repetía una y otra vez, los suaves sonidos maullantes que llevaron a Mihail al límite. Su propio cuerpo estalló en llamas, les llevó a ambos al cielo de tal manera que Raven gritó su nombre como el ancla a la que aferrarse.

Mihail la sujetó con manos delicadas mientras la ayudaba a tumbarse. Acarició su pelo sedoso, se inclinó para besarla con ternura.

—No tienes ni idea de lo que has hecho por mí esta noche. Gracias, Raven.

Ella cerró los ojos, las pestañas reposaron formando dos medias lunas oscuras contra la suave piel. Sonrió.

—Alguien tiene que enseñarte lo que es el amor, Mihail. No posesión ni propiedad, sino verdadero amor incondicional. —Alzó la mano y, aun con los ojos cerrados, las puntas de los dedos encontraron de modo certero las líneas que rodeaban su boca—. Tienes que acordarte de jugar, reír. Tienes que aprender a gustarte más a ti mismo.

Los duros extremos de su boca se suavizaron, se curvaron.

—Suenas como un sacerdote.

—Espero que lo confieses: te aprovechaste de mí —bromeó ella.

A Mihail se le atragantó la respiración. La culpabilidad le invadió. Se había aprovechado de ella. Tal vez no la primera vez, cuando perdió el control después de tanto aislamiento. Había sido necesario hacer el intercambio para salvarle la vida. Pero la segunda vez había sido puro egoísmo. Lo que quería era el torrente sexual, la conclusión total del ritual. Y había pronunciado las palabras ceremoniales. Estaban unidos. Lo sabía, creía que era lo correcto, sentía esa sanación en su alma que sólo una verdadera pareja era capaz de conseguir.

—¿Mihail? Te estaba tomando el pelo. —Las largas pestañas fluctuaron, se elevaron lo justo para que los ojos pudieran confirmar lo que le decían los dedos siguiendo la línea de su ceño.

Le atrapó un dedo con los dientes, acarició con la lengua la piel. La boca de Mihail ardía con erotismo, sus ojos la quemaban con la mirada. Un calor de respuesta se apoderó de la mirada de Raven. Se rió en voz baja.

—¿Lo tienes todo, verdad? Encanto, eres tan sexy que deberían encerrarte, y tienes una sonrisa hermosa por la que muchos hombres matarían. O las mujeres, como prefieras mirarlo.

Él se inclinó para besarla, una mano atrapó su pecho con gesto posesivo.

—Olvidas mencionar lo buen amante que soy. Los hombres necesitan oír esas cosas.

—¿De veras? —Arqueó una ceja mientras le miraba—. No me atrevo. Ya eres demasiado arrogante para mí.

—Estás loca por mí. Lo sé. Leo las mentes. —De pronto puso una sonrisa traviesa, de muchacho.

—La siguiente vez que me hagas el amor, ¿crees que deberíamos decidirnos a ser más convencionales y encontrar una cama? —Se sentó con cautela.

Mihail la rodeó con el brazo para ayudarla.

—¿Te he hecho daño?

Ella se rió un poco.

—¿Estás de broma? Creo que no me vendría nada mal sumergirme en un baño caliente.

Él le frotó la parte superior de la cabeza con la barbilla.

—Creo que puedo ocuparme de eso, pequeña. —Debería haberse percatado antes de que el suelo de madera no sería el lugar más cómodo—. Tienes esa tendencia a dejarme sin ninguna idea cuerda. —Fue su disculpa mientras la levantaba en brazos. Sus largas zancadas la llevaron a través de la casa hasta el baño principal.

Los ojos de Raven se llenaron de afecto, se fundieron en una sonrisa tan cariñosa que a él se le cortó la respiración.

—Y tú tienes tendencia a ser un poco primitivo, Mihail.

Él le soltó un gruñido y, bajando la cabeza poco a poco hasta ella, pegó la boca a sus labios. La mezcla de ternura y hambre era tal, que Raven volvió a morirse por él. Con mucho cuidado, Mihail la dejó en el suelo y le cogió el rostro en su mano.

—Nunca me cansaré de ti, Raven, nunca. Pero a ti te hace falta hundirte en la bañera y a mí me hace falta alimentarme.

—Comer. —Ella empezó a llenar la bañera de agua caliente y vaporosa—. En inglés, usamos la palabra *comer*. No soy la mejor cocinera del mundo, pero te prepararé algo.

Los dientes blancos relucieron como los de un predador mientras encendía las velas para Raven.

—No estás aquí para hacer de esclava, pequeña. Al menos no en el sentido doméstico. —Sus ojos le observaban sin pestañear mientras ella se anudaba el pelo en lo alto de la cabeza. La ponía nerviosa, pero de cualquier modo, el cuerpo de Raven notó un hormigueo bajo el calor de su mirada. Él le tendió una mano para ayudarla a entrar en la gran bañera. En el momento en que sus fuertes dedos rodearon los suyos, Raven tuvo la sensación peculiar de ser capturada.

Se aclaró la garganta y luego introdujo con cuidado su cuerpo en el agua humeante.

—Entonces, ¿crees en la fidelidad? —Intentaba hablar en tono despreocupado.

Una sombra oscura atravesó sus marcados rasgos.

—Un verdadero carpatiano de mi raza no siente la versión superficial, infantil y vulgar del amor humano. Si alguna vez estuvieras con otro hombre, yo lo sabría, lo sentiría, percibiría tus pensamientos, tus emociones. —Descendió su dedo por el delicado pómulo—. No querrías enfrentarte al demonio que hay en mí, pequeña. Soy capaz de una tremenda violencia. No te compartiré con nadie.

—Nunca me harás daño, Mihail, no importa que sea lo que te enfade —dijo Raven con suavidad, con completa convicción.

—Siempre estarás a salvo conmigo —admitió él—, pero no puedo decir lo mismo de la persona que amenazara con arrebatarte de mi lado. Toda mi gente tiene poderes telepáticos. Una emoción fuerte como la pasión sexual es imposible de ocultar.

—Quieres decir que los que os casáis...

—Que tomamos una pareja para toda la vida —corrigió.

—¿Qué nunca cometéis infidelidades? —preguntó con incredulidad.

—No con una verdadera pareja de vida. Ha habido ocasiones... —Mihail apretó el puño con fuerza. Pobrecita Noelle, tan obsesionada con tener a Rand—. Los pocos que traicionan a la pareja escogida no sienten como es debido, de otro modo sería imposible la traición. Por ello es tan importante conocerse de un modo absoluto en mente, corazón, alma y cuerpo. Como sé que sucede contigo. —Las palabras rituales podían unir a dos que aún no eran uno. El emparejamiento de por vida unía dos mitades del mismo todo, pero no encontraba la manera de expresar algo en términos que ella entendiera.

—Pero, Mihail, yo no pertenezco a tu gente. —Empezaba a caer en la cuenta de que había diferencias aparte de las costumbres, y tendría que descubrirlas y tenerlas en consideración.

Él machacaba unas hierbas en un cuenco para verter la mezcla en el agua del baño. Le ayudaría con la irritación.

—Tú también lo sabrías si yo tocara a otra mujer.

—Pero tú podrías hacérmelo olvidar —reflexionó ella en voz alta, y un pequeño frunce estiró las comisuras de sus labios. Notaba cómo empezaba a acelerarse su corazón, la duda repentina en su mente.

Él se agachó junto a la bañera, tomó su rostro con dedos delicados.

—Soy incapaz de traicionarte, Raven. Podría obligarte a obedecer por tu seguridad o para protegerte, por tu vida y salud, pero no para traicionarte y salirme con la mía.

Ella se tocó con la punta de la lengua el carnoso labio inferior.

—No me obligues a hacer nada a menos que me lo pidas como lo hiciste cuando me encontraba mal.

Mihail disimuló una sonrisa. Ella siempre intentaba sonar tan dura, un pequeño cartucho de dinamita, con más coraje que sensatez.

—Pequeña, sólo vivo para hacerte feliz. Y bien, ahora tengo que salir un rato.

—No puedes ir solo en busca de los asesinos. Lo digo en serio, Mihail, es demasiado peligroso. Si es eso lo que vas a hacer...

Él la besó con una risa sincera.

—Negocios, Raven. Date un buen baño, echa un vistazo por la casa, mis libros, cualquier cosa que te plazca. —Le sonrió con gesto juvenil—. Tengo una pila de trabajo junto al ordenador, por si te animas a intentar ayudarme con las adquisiciones.

—Justo lo que tenía planeado para pasar la velada.

—Una última cosa. —Mihail casi ya había salido y volvió con la misma rapidez. Le cogió la mano izquierda—: Tu gente reconocerá esto como una señal clara de que estás comprometida.

Raven disimuló una sonrisa. Él tenía esa noción tan desarrollada del territorio, como el sentido de un animal salvaje. Como los lobos que vagaban con libertad por su bosque. Tocó el anillo con dedo reverente. Era una antigüedad de oro y un rubí rojo intenso rodeado de diamantes.

—Mihail, esto es precioso. ¿Dónde has encontrado algo así?

—Ha pertenecido a mi familia desde generaciones. Si prefieres otra cosa... algo más moderno... —Le quedaba como si hubiera sido creado para su dedo.

—Es perfecto y lo sabes. —Lo tocó con veneración—. Me encanta. Vete ya, pero vuelve pronto. Descubriré todos tus secretos mientras estás fuera.

Mihail tenía hambre, necesitaba alimentarse. Se inclinó para frotarle la frente con la boca, con el corazón anhelante.

—Sólo por un día, pequeña, me gustaría tener una conversación normal y feliz contigo. Cortejarte de forma adecuada.

Ella inclinó la cabeza para mirarle, los ojos azules oscurecidos por la emoción.

—Tus atenciones ya están bien. Vete a comer y déjame en paz.

Mihail le tocó el pelo sólo una vez antes de salir.

Se movió entre la gente del pueblo, respirando el aire nocturno. Las estrellas parecían más brillantes, la luna una reluciente luz plateada. Los colores eran intensos y claros, los olores flotaban en la brisa. Briznas de bruma se desplazaban por aquí y allá en la calle. Tenía ganas de cantar. La había encontrado después de tanto tiempo y ella hacía que la tierra se moviera y que su sangre se calentara. Había devuelto la risa a su vida y le había enseñado lo que era el amor.

Se estaba haciendo tarde, las parejas se dirigían de regreso a sus casas. Mihail escogió un trío de hombres jóvenes. Estaba hambriento y necesitaba fuerza. La noche iba a ser larga. Su intención era confirmar o descartar a la señora Romanov como a uno de los asesinos. Las mujeres necesitaban una comadrona y una mujer desconsolada, doliente, era mejor que una que pudiera traicionarles a la primera oportunidad.

Atrajo hacia él al trío con una sola orden silenciosa, y se maravilló, como tantas veces antes, de lo fácil que era controlar a la presa. Se unió a la conversación, se rió con ellos, les hizo un par de confidencias sobre oportunidades jugosas en el mundo de los negocios. A sus veintipocos años, pensaban más en mujeres que en hacer dinero. Siempre le asombraba lo poco respetuosos que eran los seres humanos con sus mujeres. Tal vez no fueran capaces de entender lo que serían sus vidas sin ellas.

Les guió hasta la ubicación más segura entre los árboles oscuros y bebió hasta saciarse, con la precaución de no tomar más de la cuenta de ninguno de ellos. Acabó como lo hacía todo, con cuidado, sin dejar cabos sueltos. Por eso era el más viejo y el más colosal. Prestaba atención al menor detalle. Caminó con ellos durante unos pocos minutos más, para asegurarse de que estaban bien antes de despedirse con un saludo despreocupado y sensación de amistad.

Mihail se apartó de ellos y la sonrisa desapareció de sus labios. La noche encubría al cazador que había en él, el objetivo oscuro, terrible, que mostraban sus ojos, el gesto cruel en su boca sensual. Sus músculos se tensaron con puro poderío, se flexionaron y contrajeron con su enorme fuerza. Dobló una esquina y sencillamente desapareció. Su velocidad era increíble, sin comparación.

Su mente buscó la de Raven, anhelaba el contacto. *¿Qué estás haciendo toda sola en esa espeluznante y vieja casa?*

La suave risa de ella llenó de calor su absoluta frialdad. *Esperando a que mi gran lobo malo regrese a casa.*

¿Tienes la ropa puesta?

Esta vez su respuesta envió también unos dedos juguetones sobre su piel, que la tocaron de inmediato y calentaron su cuerpo. Afecto, risa, pureza. Detestaba encontrarse lejos de ella, detestaba la distancia que les separaba. *¡Por supuesto que llevo la ropa puesta! ¿Y si llegaran más visitas inesperadas? No puedo recibirles desnuda como si tal cosa, ¿verdad que no?*

Estaba bromeando, pero la idea de que alguien se acercara a su casa con ella allí sola, sin protección, le provocó un escalofrío de miedo que le atravesó. Era una emoción poco familiar y le costó identificarla.

¿Mihail? ¿Estás bien? ¿Me necesitas? Iré junto a ti.

Quédate ahí. Escucha a los lobos. Si te cantan, llámame enseguida.

Hubo un breve momento de vacilación que significaba que a ella le molestaba su tono. *No quiero que te preocupes por mí, Mihail. Ya hay demasiada gente exigiéndote cosas.*

Tal vez sea así, pequeña, pero tú eres la única que me importa de verdad. Y bebe otro vaso de zumo. Encontrarás más en la nevera. Rompió la comunicación, pero se dio cuenta de que sonreía con aquel breve intercambio. Si hubiera esperado lo suficiente, ella habría discutido aquella orden de alimentarse. A Mihail en realidad le gustaba irritarla de vez en cuando. Le gustaba la manera en que sus ojos azules se oscurecían hasta un tono zafiro, y cómo su voz, controlada con tal cuidado, adoptaba aquella inflexión airada.

¿Mihail? Le sorprendió la voz, baja y cálida, llena de diversión femenina. *Intenta hacer una sugerencia la próxima vez o pídelo, sin más. Vete a hacer lo que tengas que hacer, y yo iré a buscar un libro sobre modales en tu inmensa biblioteca.*

Él casi se olvida de que estaba agachado en la base de un árbol a no más de treinta metros de la cabaña perteneciente a Hans y a Heidi Romanov. Mihail consiguió contener la necesidad de echarse a reír. *No vas a encontrar ninguno.*

No me extraña, ¿por qué será? En esta ocasión fue Raven la que rompió la comunicación.

Durante un breve instante, él se permitió el lujo de dejarse envolver por su calor, risa y amor. No tenía ni idea de por qué Dios había escogido este momento, sus horas más bajas, para enviarle tal don. Lo que tenía que hacer era algo inevitable; la continuación de su raza así lo exigía. La fealdad brutal de todo aquello le llenaba de repugnancia. Tendría que regresar junto a ella con las manos manchadas de muerte, la muerte de más de un ser humano. No podía eludir todo aquello, no podía encargar el trabajo a otra persona. Lo que lamentaba no era tanto el hecho de dejar sin vida a los asesinos de Noelle, sino tener que pedir a Raven que viviera con sus actos. No sería la primera vez que le quitaba la vida a alguien.

Con un suspiro cambió de forma. El pequeño roedor se escurrió con facilidad entre las hojas del suelo para cruzar el espacio despejado que le separaba de la cabaña. Un aleteó llegó a sus oídos y el roedor se paralizó. Mihail siseó una advertencia, y el búho que se acercaba al ataque, se desvió. El roedor alcanzó la seguridad de la escalera de madera, agitó la cola y empezó a buscar una rendija o un agujero en la pared para poder entrar.

Mihail ya había captado dos olores reconocibles. Hans tenía invitados. El roedor se estrujó a través de un resquicio entre dos maderas putrefactas y se abrió camino hasta el interior de un dormitorio. En silencio, el animal se apresuró a cruzar el suelo hasta el umbral. Mihail permitió que los olores de la casa fueran procesados por el cuerpo del roedor. Avanzó con cuidado realizando pequeñas paradas y poniéndose en camino otra vez hasta que consiguió ubicarse en un rincón oscuro de la habitación.

Heidi Romanov estaba sentada en una silla de madera justo enfrente de él, y lloraba en voz baja, con un rosario sujeto en la mano.

Hans estaba de cara a tres hombres, con un mapa extendido entre ellos encima de una mesa.

—Te equivocas Hans, te equivocaste con Noelle —sollozó la señora Romanov—. Te has vuelto loco y has traído aquí a estos asesinos. Dios mío, has asesinado a una muchacha inocente, que acababa de ser madre. Tu alma está condenada.

—Cállate, vieja —gritó Hans con rudeza, con el rostro deformado por el fanatismo. Su cara estaba encendida de exaltación, como un cruzado librando una guerra santa—. Sé lo que vi. —Se santiguó también, lanzó miradas a izquierda y derecha cuando le pareció que una curiosa sombra parecida a la de una criatura alada cruzaba la cabaña.

Por un momento, todo el mundo en la habitación se quedó callado. Mihail saboreó el miedo, podía oír los repentinos latidos frenéticos de sus corazones. Dentro de la casa, Hans había colgado ristras de ajo en todas las ventanas y sobre las puertas. Se levantó de pronto despacio, humedeciéndose los labios secos, y agarró la cruz que le colgaba del cuello mientras se acercaba a la ventana para asegurarse de que la ristra estaba en su sitio.

—¿Qué me decís de eso? Esa sombra que acaba de pasar. ¿Seguís pensando que me he equivocado, sólo porque la encontramos en una cama en vez de durmiendo bajo tierra?

—No había nada, ni tierra, ni protecciones —tuvo que admitir un desconocido de pelo oscuro. Mihail reconoció el olor del hombre. Asesino. Uno de los del mesón. Dentro del roedor, la bestia desenfundó las garras y las flexionó. Habían asesinado a Noelle sin tan siquiera estar seguros de que ella era lo que buscaban.

—Sé lo que vi, Eugene —declaró Hans—. Después de que Heidi se fuera, la mujer empezó a perder sangre. Yo había ido a acompañar a Heidi a casa porque esos bosques son peligrosos. Quería comunicarle al esposo que más tarde volvería a traer a Heidi para que les echara una mano. Él estaba muy trastornado y no vio que yo miraba por la ventana. Lo vi con mis propios ojos. Ella bebió tanto de él, estaba débil y pálida. Me largué de allí y contacté de inmediato con vosotros.

Eugene asintió con la cabeza.

—Hiciste lo correcto. Vine lo antes que pude y traje a los demás. Si aprenden a parir, enseguida estaremos plagados de demonios de esos.

El hombre más corpulento de la habitación se agitó con incomodidad.

—Nunca he oído hablar de un vampiro que alimente a otro. Matan a otros seres vivos para engrosar sus filas. Duermen en la tierra y protegen sus guaridas. Actuasteis antes de que yo tuviera ocasión de investigar este caso a fondo.

—Kurt —protestó Eugene—, vimos la oportunidad y la aprovechamos. ¿Y cómo es que su cuerpo ha desaparecido de golpe? Después del asesinato, nos escapamos. Desde entonces nadie ha visto al marido y al niño. Sabemos que la mujer está muerta —la matamos—, pero nadie ha comunicado nada a las autoridades ni ha llorado su muerte.

—Tenemos que encontrar al marido y al niño —decretó Hans—. Y a cualquier otro. Tenemos que acabar con ellos. —Miró afuera con nerviosismo por el cristal combado. Soltó una exclamación de alarma—. Mira, Eugene... un lobo. Ese maldito Dubrinsky los protege en sus tierras. Algún día van a invadir nuestro pueblo y liquidarán a todos los niños. —Estiró el brazo para coger su viejo rifle apoyado contra la pared.

Eugene se levantó de un brinco.

—¡Espera, Hans! ¿Estás seguro de que es un lobo? ¿Un lobo de verdad? ¿Por qué iba a salir un lobo del bosque y mirar hacia tu casa?

—¿Quién es ese tal Dubrinsky que mantiene los lobos? —preguntó Kurt.

—¡Acude a la iglesia! —siseó Heidi, escandalizada por las insinuaciones—. Es un buen hombre, va a la iglesia cada domingo. El padre Hummer es uno de sus mejores amigos. A menudo cenan juntos y juegan al ajedrez, lo he visto con mis propios ojos.

Hans quitó importancia a su testimonio.

—Dubrinsky es el diablo en persona. Podéis comprobarlo, ahí fuera, en ese lobo apostado sigiloso entre los arbustos observando la casa.

—Ya os digo, no es natural. —Eugene bajó la voz—. Es uno de ellos.

—No es posible que se hayan enterado de que hemos sido nosotros —negó Hans, pero el miedo le traicionaba ya que le temblaban las manos. Apoyó el rifle en su hombro.

—Tendrás que darle con el primer disparo, Hans —le advirtió Eugene.

El roedor avanzó por el suelo de la habitación y se coló por la pequeña rendija. Mihail salió precipitadamente del cuerpo del roedor, su mente surgió a la noche con una advertencia, cambió de forma mientras corría y se convirtió en un gran lobo negro con ojos llameantes de venganza.

Recorrió veloz el suelo y saltó sobre el cuerpo del lobo más pequeño. Cuando la forma mayor chocó con la menor, Mihail notó el fuego que estallaba en su carne. El lobo más pequeño se escabulló por el denso bosque. El gran lobo negro, aunque estaba sangrando por una de sus patas traseras, no profirió un solo aullido, no se fue corriendo. En vez de eso, volvió su gran cabeza y miró con fijeza hacia la casa con dos brasas candentes por ojos; miró con una promesa. Venganza. Castigo. Una siniestra promesa de muerte.

¡*Mihail!* El grito penetrante de Raven resonó en su cabeza.

El lobo negro se quedó mirando un momento más, paralizando a Hans Romanov con su poder, luego se dio media vuelta y sencillamente se desvaneció en la noche. No había manera de que alguno de los hombres se atreviera a intentar seguirle la pista. El gran lobo había salido de la nada, de un salto, para proteger al lobo pequeño. El animal negro no era un lobo normal, y ninguno de ellos quería seguirlo entre los árboles.

¡Mihail! ¡Por favor! Sé que estás herido. ¿Dónde estás? Puedo sentir tu dolor. Déjame que vaya a tu encuentro. Déjame ayudarte.

Mihail oyó un rumor entre los arbustos a sus espaldas. No se molestó en darse la vuelta pues sabía que Byron estaba ahí, avergonzado, apurado, lleno de remordimiento.

—Mihail. Dios, lo siento. ¿Estás malherido?

—Lo suficiente. —Sujetó con fuerza la mano sobre la herida para impedir que la sangre manara de forma tan copiosa—. ¿Qué hacías ahí, Byron? Ha sido una locura, una insensatez.

Mihail. El miedo y las lágrimas de Raven le llenaron la mente.

Tranquila, pequeña. Un rasguño, nada más.

Déjame ir a tu lado. Le estaba rogando, y eso le rompía el corazón a él.

Byron se rasgó una tira de la camisa y la ató sobre el muslo de Mihail.

—Lo siento. Debería haberte escuchado, debería haber sabido que habías salido de caza. Pensé que... —Retrocedió un poco, con aspecto incómodo.

—¿Pensaste el qué? —apuntó Mihail con tono cansino. La herida dolía terriblemente. Se sentía mareado, con náuseas, y de algún modo tenía que tranquilizar a Raven. Ella se esforzaba por reconfortarle, por encontrarle. *Haz lo que te digo. No estoy solo. Estoy con uno de los míos. Estaré contigo enseguida.*

—Pensé que estarías ocupado con esa mujer, que no tendrías tiempo para la caza. —Byron bajó la cabeza—. Me siento un imbécil, Mihail. Estaba tan preocupado por Eleanor.

—Nunca he eludido mis obligaciones. La protección de nuestra gente siempre es lo primero. —Mihail no podía intentar sanar su herida con Raven metida en su mente.

—Lo sé, lo sé. —Byron se pasó la mano por el pelo castaño—. Después de lo que le ha pasado a Noelle, no podía soportar la idea de que le sucediera algo parecido a Eleanor. Y era la primera vez que nos prevenías de que no nos acercáramos a una mujer.

Mihail consiguió esbozar una sonrisa irónica.

—La experiencia también es nueva para mí, y hasta que deje de serlo, será mejor que ella permanezca lo más cerca posible de mí. Ahora mismo está discutiendo conmigo.

Byron pareció conmocionado.

—¿Discute contigo?

—Tiene ideas propias. —Permitió que Byron le ayudara.

—Estás demasiado débil para cambiar de forma. Y vas a necesitar sangre y el sueño reparador. —Byron mandó una llamada a Jacques.

—No me atrevo a bajar a demasiada profundidad. La dejaría a ella sin protección. Lleva mi anillo y tiene mi marca. Un movimiento en falso y ellos la asesinarán.

—Te necesitamos en plena forma, Mihail. —Un remolino de hojas, como un tornado en miniatura, anunció la llegada de Jacques.

Jacques maldijo en voz baja mientras se arrodillaba al lado de Mihail.

—Necesitas sangre, Mihail —dijo con amabilidad, y empezó a desabotonarse la camisa.

Mihail le detuvo con un leve gesto. Su mirada, hastiada, llena de dolor, estudió despacio el entorno. Byron y Jacques se quedaron quietos, abrieron sus sentidos para inspeccionar el bosque.

—No hay nadie —susurró Jacques.

—Hay alguien —les corrigió Mihail.

Un grave aullido de advertencia escapó de la garganta de Jacques mientras colocaba su cuerpo de forma instintiva delante del de su príncipe. Byron fruncía el ceño, la confusión marcaba sus apuestos rasgos.

—Yo no detecto nada, Mihail.

—Ni yo, pero nos están observando. —Era una afirmación tan segura que ningún carpatiano se atrevería a discutirla. Mihail nunca cometía un error.

—Llama a Eric para que venga con un coche —ordenó Mihail, y apoyó la cabeza para descansar. Jacques estaba alerta y ahora Mihail confiaba en sus valoraciones. Cerró los ojos con debilidad, preguntándose a dónde habría ido Raven. Ya no le importunaba. Para poder mantener el contacto, tendría que haber empleado una energía demasiado valiosa, energía que en ese momento no podía malgastar. No obstante le preocupaba su silencio, tan impropio de ella.

7

El trayecto a casa en coche fue atroz por el dolor. El cuerpo de Mihail reclamaba sangre con la que reemplazar la que había perdido. Su debilidad iba en aumento por momentos, las líneas de su rostro estaban cada vez más marcadas, grabadas con dolor. Era un anciano, y todos los ancianos sentían las emociones y las heridas físicas con intensidad. En circunstancias normales, se habría limitado a detener el corazón y los pulmones, de tal modo que su sangre dejara de fluir. Luego se iniciaría el proceso sanador y los demás le facilitarían lo que hiciera falta.

Pero Raven cambiaba todo eso. Raven y lo que fuera —o quién fuera— que les estaba observando. Aún notaba la inquietud dominándole. Sabía que otro les estudiaba desde la distancia, incluso mientras recorrían las millas que les separaban de su casa.

—Mihail —siseó Eric mientras le ayudaban a entrar en el santuario de su casa—, permíteme que te ayude.

Raven estaba en la puerta y advirtió los rasgos pálidos de Mihail. De pronto le pareció mayor de los treinta años que le echaba. Su boca estaba rodeada de líneas blancas, pero mantenía la mente serena, la respiración era regular y relajada. Ella dio un paso hacia atrás en silencio para permitirles la entrada.

Se sentía herida por la negativa de Mihail a permitir que le ayudara. Pero no iba a perder la dignidad porque él prefiriese la compañía de su gente; no dejaría que se notara cómo la molestaba aquello. Se mordió el labio inferior con sus pequeños dientes, retorció los dedos y su mirada mostraba ansiedad. Tenía que ver por sí misma que Mihail iba a ponerse bien.

Le llevaron hasta su alcoba, con Raven siguiéndoles los pasos.

—¿Llamo a un médico? —inquirió, aunque ya conocía la respuesta. Tenía la impresión de que querían que desapareciera, que se estaba entrometiendo de algún modo. Su intuición le decía que, hasta que ella se fuera, Mihail no iba a recibir el tratamiento que necesitaba.

—No, pequeña. —Mihail le tendió la mano.

Raven se acercó y entrelazaron sus dedos. Siempre era tan fuerte, tan dotado físicamente, sin embargo se había quedado pálido y demacrado. Raven estaba a punto de echarse a llorar.

—Necesitas ayuda, Mihail. Dime qué puedo hacer.

Sus ojos, tan negros y fríos, la confortaron al instante cuando descansó la mirada en su rostro.

—Saben lo que tienen que hacer. No es la primera herida, ni la peor que he recibido.

Una pequeña sonrisa sin humor se dibujó en su tierna boca:

—¿Eran estos los negocios de que tenías que ocuparte esta tarde?

—Ya sabes que persigo a los asesinos de mi hermana. —Sonaba cansado y agotado.

Raven detestaba discutir con él, pero había que decir algunas cosas.

—Me dijiste que ibas a salir, sin más, nada peligroso. No era necesario mentirme sobre lo que tenías que hacer. Sé que eres toda una celebridad por aquí, pero yo me dedico a esto también. Sigo la pista de asesinos. Se suponía que éramos compañeros, Mihail.

Byron, Eric y Jacques intercambiaron gestos de asombro con las cejas alzadas. Byron articuló la palabra *celebridad*. Nadie se atrevió a sonreír, ni siquiera Jacques.

Mihail frunció el ceño, pues sabía que la había herido.

—No te mentí de forma deliberada. Salí nada más a hacer alguna pesquisa. Por desgracia, se convirtió en algo diferente. Créeme, no era mi intención que me hirieran. Un accidente por descuido.

—Tienes una gran afición a meterte en problemas cuando no estoy contigo. —La sonrisa de Raven no se reflejaba del todo en su ojos—. ¿Cómo está tu pierna?

—Es un rasguño, nada más. Nada de lo que preocuparse.

Volvía a estar callada, sus ojos azules recorrían el rostro de Mihail con mirada distante, meditabunda, como si se hubiera retraído hacia dentro.

Él notó que algo se retorcía en lo más profundo de sus entrañas. Ella tenía esa mirada, indicio de estar pensando otra vez más de la cuenta. Ahora que yacía herido, forzado a bajar a la tierra en cuanto pudiera era lo último que él necesitaba. No quería que le dejara, y había algo en su quietud que le preocupaba. No podía dejarle ahora. Eso lo sabía intelectualmente, pero quería que ella *deseara* no dejarle, que ni siquiera pensara en ello.

—Estás enfadada conmigo. —Fue una afirmación.

Raven negó con la cabeza.

—No, de verdad que no. Tal vez defraudada. —Parecía triste—. Dijiste que no podía haber mentiras entre nosotros y, aun así, me mientes a la primera oportunidad. —Por un momento se mordió con fuerza el labio inferior. Había un brillo de lágrimas en sus ojos, pero pestañeó con impaciencia para contenerlas—. Si me pides que deposite tanta confianza en ti, Mihail, creo que tú deberías confiar también en mí. Deberías mostrar más respeto hacia mí, al menos hacia mis habilidades. Persigo a gente utilizando mi capacidad extrasensorial. Sigo su rastro empleando los ojos de otra persona. Algunos de vosotros sois muy descuidados y confiados. Unos cuantos ni siquiera os molestáis en bloquear vuestras mentes. Todos sois tan arrogantes... Ni se os ocurre que un ser humano, alguien que no sea de vuestra raza superior, pueda introducirse en vuestras mentes. Hay alguien ahí afuera como yo, señalando a vuestra gente para que os den muerte. Si yo puedo entrar en vuestras mentes, ella también. Éste es mi consejo, por si os sirve de algo: tomad más precauciones.

Raven se apartó de la mano estirada, apaciguadora, de Mihail.

—Sólo intento salvar vuestras vidas, no ser vengativa. —El orgullo era lo único que le permitía no desmoronarse. Ya sentía cómo le perdía a él, aquella estrecha relación tan única. De algún modo sabía que nunca habría otro hombre, otro momento en su vida en el que reír y charlar como ellos habían hecho, algo que aceptaba totalmente—. No tienes que decir nada más, Mihail. He visto con mis propios ojos tu «pequeño rasguño». Tenías razón, no estabas solo ahí fuera, yo estaba mirando. En mi idioma, franqueza significa verdad.

Raven inspiró profundamente, se sacó el anillo y lo dejó con cuidado, con lástima, en la mesilla situada junto a la cama

—Lo siento, Mihail, créeme. Sé que te dejo tirado, pero no encuentro mi sitio en este mundo tuyo. No lo entiendo o no entiendo sus normas. Por favor, mantente a distancia, no intentes contactar conmigo. Ambos sabemos que no soy la pareja ideal para ti. Me voy en el primer tren en que haya plaza.

Dio media vuelta y se dispuso a andar en dirección a la puerta. Ésta se cerró con un estrepitoso golpe. Ella se quedó mirándola, no quiso volverse. El aire estaba cargado de tensión, de algún sentimiento oscuro que ella no sabría calificar.

—No me parece que sirva de algo prolongar esto. Necesitas ayuda ahora mismo. Es obvio que lo que intentáis hacer es algo secreto que no deben conocer los foráneos. Justo lo que yo soy. Deja que me vaya a casa, a mi lugar, Mihail, y permite que ellos te ayuden.

—Dejadnos —ordenó Mihail a los demás. Obedecieron a su pesar.

—Raven, ven aquí junto a mí, por favor. Estoy débil y agotaría todas mis fuerzas el esfuerzo de acercarme a ti. —Había amabilidad en su voz, una sinceridad descorazonadora para ella.

Cerró los ojos contra el poder de aquella voz, el suave tono acariciador que frotaba su piel con la sensualidad del terciopelo negro y se introducía en su cuerpo hasta envolver su corazón.

—Esta vez no, Mihail. No sólo vivimos en dos mundos diferentes, tenemos dos sistemas de valores diferentes. Lo hemos intentado, sé que tú lo deseabas, pero no puedo hacer esto. Tal vez nunca haya podido. Ha sucedido demasiado deprisa y en realidad no nos conocemos.

—Raven. —El calor cubría su propio nombre—. Ven aquí junto a mí.

Ella se apretó la frente con los dedos.

—No puedo, Mihail. Si dejo que me arrastres otra vez, me perderé el respeto a mí misma.

—Entonces no tengo otra opción que acercarme yo a ti. —Se cambió de posición y empleó las manos para mover la pierna herida.

—¡No! —Alarmada, Raven se giró en redondo—. Para, Mihail. Voy a llamar a los otros para que vuelvan a entrar. —Le empujó sobre las almohadas.

Él la cogió por la nuca con la mano y con una fuerza inesperada.

—Eres el único motivo para seguir viviendo ahora mismo. Te dije que cometería errores. No puedes renunciar a mí, a nosotros. Sí que me conoces, y en todo lo importante. Puedes mirar dentro de mi mente y saber que te necesito.

—Me has hecho daño. Esto duele. Esa gente de ahí afuera es tu familia, tu gente. Provengo de otro país, de una raza diferente. No es mi hogar y nunca lo será. Permíteme que les llame y déjame marchar.

—Tienes razón, Raven. Te dije que no habría mentiras entre nosotros, aun así siento esta necesidad de protegerte de cualquier cosa violenta o atroz, cualquier cosa que pueda lastimarte. —Movió el pulgar sobre su delicado pómulo, lo deslizó hacia abajo para acariciar su sedosa boca—. No me dejes, Raven. No me destruyas. Me mataría que me dejaras. —Su mirada era elocuente, persuasiva, y encontró la suya de forma estoica, sin intentar ocultar la cruda verdad de sus palabras, de lo que sentía por ella, su total vulnerabilidad.

—Mihail —dijo desesperada en voz baja—. Te miro y algo profundo dentro de mí dice que debemos estar juntos, que me necesitas y que nunca me sentiré completa sin ti. Pero sé que es un disparate. He vivido sola la mayor parte de mi vida. Y estaba bastante feliz así.

—Estabas aislada, sufrías. Nadie te conocía, ni sabía quién eras. Nadie podrá apreciarte o preocuparse por tus necesidades igual que yo. No hagas esto, Raven. No lo hagas.

La mano de él en su brazo la atraía de un modo inevitable. ¿Cómo podía resistirse a Mihail en su faceta más tentadora? Era demasiado tarde, con diferencia, demasiado tarde. Su boca ya buscaba la suya. Tenía los labios fríos, tiernos, tan dulces que le saltaron las lágrimas. Raven apoyó la frente en la de él.

—Me has hecho daño, Mihail, de verdad, me has hecho daño.

—Lo sé, pequeña, lo lamento. Por favor, perdóname.

Una pequeña sonrisa estiró las comisuras de la boca de Raven.

—¿Crees que es tan fácil?

Él borró con el pulgar una lágrima que descendía por el rostro.

—No, pero es todo lo que te puedo dar en este momento.

—Necesitas ayuda y sé que no soy yo quien va a ayudarte. Me voy. Contacta conmigo cuando te sientas capaz. Prometo no irme a ningún lado hasta que te encuentres mejor.

—Ponte otra vez mi anillo en tu dedo, Raven —le pidió con delicadeza.

Ella sacudió la cabeza y se alejó de él.

—Creo que no, Mihail. Dejemos las cosas como están por el momento. Déjame pensar bien en todo.

Él le acarició la nuca con la mano, que deslizó a continuación por el hombro y por el brazo para rodearle la muñeca con los dedos.

—Necesito dormir todo el día, dormir de verdad. Quiero que estés protegida de esa gente. —Sabía que ella daría por supuesto que le iban a drogar.

Raven alisó el enredado cabello color café que caía por su frente.

—Estaré bien yo sola, como he estado durante años. Estás tan ocupado vigilando a todo el mundo que piensas que nadie es capaz de cuidar de sí mismo. Te prometo que no me voy a ir, y te prometo que voy a tener cuidado. No voy a esconderme en sus armarios ni debajo de sus camas.

Mihail la cogió por la barbilla.

—Esta gente es peligrosa, Raven, fanática. He descubierto eso esta noche.

—¿Te pueden identificar? —De repente sintió dificultades para respirar. Estaba cada vez más desesperada y quería que de inmediato sus amigos se ocuparan de las heridas.

—De ninguna manera. Y tampoco hay modo de que lo sepan. He descubierto dos nombres más. Eugene, pelo oscuro, acento húngaro.

—Ése tiene que ser Eugene Slovensky. Montó en el tren con el grupo de turistas.

—¿Alguien llamado Kurt? —Se recostó contra la almohada, incapaz de bloquear el dolor de su muslo. Estaba perforando sus terminaciones nerviosas como un serrucho roñoso a través de la piel.

—Kurt Von Halen. También viajaba con el grupo.

—Había un tercer hombre. Nadie mencionó su nombre. —Su voz revelaba su debilidad—. Tenía unos setenta años, pelo canoso, un fino bigote gris.

—Es posible que sea Harry Summers, el marido de Margaret.

—El mesón aloja un nido de asesinos. Lo peor de todo es, como la misma comadrona le dijo a su marido y a todos ellos, que Noelle no podía ser un vampiro. ¿Cómo han podido creer algo así si ella acababa de dar a luz a un niño? ¡Dios! Qué pérdida tan terrible de una vida. —La pena volvía a invadirle, sumándose a la carga del dolor.

Raven podía sentir el martilleo cruel en sus propias entrañas.

—Me voy ahora para que puedan ayudarte, Mihail. Te estás debilitando por momentos. —Se inclinó para besarle la frente—. Puedo notar su ansiedad ahí afuera.

Él le cogió la mano.

—Ponte el anillo en el dedo. —Le acarició el interior de la muñeca con el pulgar—. Quiero que lo lleves, es importante para mí.

—De acuerdo, Mihail, pero sólo para que descanses. Lo aclararemos cuando te encuentres mejor. Llama ahora a tus amigos. Volveré en tu coche hasta el mesón. —Le tocó la piel.

Mihail estaba frío, muy frío. Raven volvió a ponerse el anillo en el dedo. Él volvió a agarrarla.

—No te acerques a esa gente. Quédate en tu habitación. Voy a dormir todo el día. Tú descansa, y yo iré a buscarte por la noche.

—Qué ambicioso por tu parte. —Le apartó de la frente con ternura un mechón suelto de pelo—. Creo que vas a pasar un tiempo en cama.

—Los carpatianos nos curamos muy rápido. Jacques te acompañará para que llegues sana y salva.

—Eso no es necesario, de verdad —declinó ella, incómoda en presencia de desconocidos.

—Es necesario para mi paz mental —dijo él con suavidad, mientras sus ojos negros le imploraban que se lo concediera. Ante el leve gesto de asentimiento de Raven, desafió a la suerte—. Antes de irte, por favor bebe otro vaso de zumo. Eso sí que aliviará mi preocupación por ti. —Había leído su mente y sabía que había probado un poco de zumo hacía un rato. Su estómago había protestado antes incluso de que el primer sorbo hubiera traspasado sus labios. Se maldijo por eso. Era responsable directo del rechazo de su cuerpo a los nutrientes humanos. Raven ya estaba bastante delgada. No podía permitirse perder peso.

—Sólo olerlo me pone mala —admitió. Quería seguirle la corriente pero sabía que era imposible—. Creo que de verdad tengo la gripe. Lo intentaré más tarde, Mihail.

—Te ayudaré. —Murmuró aquellas palabras en voz baja, sus ojos oscuros empañados por la preocupación—. Necesito hacerlo. Por favor, pequeña, déjame hacer esta pequeña cosa por ti.

Detrás de ella, la puerta se abrió y entraron sus tres amigos. Uno se quedó a un lado de la puerta con expectación. Parecía una versión más dulce de Mihail.

—Tienes que ser Jacques. —Raven tocó la mano fría de Mihail una vez antes de salir de la habitación.

—Y tú eres Raven. —Estaba mirando el anillo en su dedo, sin tan siquiera disimular una sonrisita.

Ella alzó una ceja.

—No quería alterarle. Me parecía la forma más rápida de salir de aquí y que vosotros pudierais ayudarle. —No había sido capaz de emplear a Jacques para «ver» a Mihail. Su escudo mental era demasiado fuerte como para penetrarlo. Byron había sido un objetivo fácil.

Cuando se encaminaba hacia la puerta de entrada, Jacques sacudió la cabeza y le hizo una seña con el dedo.

—Quiere que bebas un poco de zumo.

—Oh, dame una tregua, por favor. No he dicho que fuera a hacerlo.

—Podemos quedarnos aquí toda la noche. —Jacques encogió sus amplios hombros y le dedicó una rápida mueca—. A mí no me importaría, la casa de Mihail es cómoda.

Raven le puso mala cara, intentó mostrarse furibunda pero algo en ella empezaba a encontrarlos a todos ellos muy cómicos. Los hombres se pensaban que eran tan lógicos...

—Eres igual que él. Y no te lo tomes como un cumplido —añadió cuando pareció complacido.

Él volvió a sonreír con aquella sonrisa que cortaba la respiración; rompería corazones allí donde fuera.

—Eres familiar suyo, ¿no? —supuso Raven, segura de no confundirse. ¿Cómo no iba a serlo? Tenía ese mismo encanto, los mismos ojos, el mismo atractivo.

—Cuando él me acepta. —Sirvió un vaso de zumo de manzana recién exprimido y se lo tendió.

—No va a enterarse. —Iba a matarla beberlo.

—Sí se enterará. Lo sabe absolutamente todo. Y si tiene que ver contigo, incluso puede ponerse un poco irritable. O sea, que bebe.

Ella suspiró con resignación e intentó obligarse a tragar el zumo sin molestar al herido. Sabía que Jacques tenía razón en lo referente a Mihail. Se enteraría si no bebía, y parecía tan importante para él. Se le revolvió el estómago, protestó. Raven se atragantó, tosió.

—Llámale —ordenó Jacques—. Deja que te ayude.

—Está tan débil, mejor que no.

—No va a dormirse hasta que nos hayamos ocupado de ti —insistió Jacques—. Llámale o nunca saldremos de aquí.

—Incluso suenas como él —murmuró. *Mihail, lo siento, necesito tu ayuda en esto.*

Envió su calor, su amor. La suave orden le permitió vaciar el vaso, mantener el zumo en su estómago. Ella limpió el vaso en el fregadero y lo dejó boca abajo.

—Tenías razón. No ha permitido que le tratéis hasta que me lo he bebido. Es tan testarudo.

—Nuestras mujeres siempre son lo primero. No te preocupes por él, nunca permitiremos que nada le suceda a Mihail. —Abrió la marcha y salieron de la casa para ir hasta el coche oculto bajo la bóveda de los árboles.

Raven hizo una pausa:

—Escúchalos. Los lobos. Están cantando por él. Saben que está herido.

Jacques le abrió la portezuela del coche a Raven. Sus ojos oscuros, tan parecidos a los de Mihail, se deslizaron sobre ella.

—Eres muy inusual.

—Mihail también. Creo que es hermoso, que los lobos le den su ánimo.

Jacques arrancó el motor.

—Ya sabes que no puedes decir nada a nadie sobre la herida de Mihail. Correría peligro. —Fue una afirmación, pero ella percibía la profunda necesidad de proteger a Mihail.

A Raven le cayó mucho mejor por eso, sintió un vínculo con él, pero le puso un pequeño ceño de reprimenda de todos modos.

—Todos vosotros sois tan arrogantes... Insistís en creer que la raza humana no tiene grandes habilidades telepáticas, que en cierto modo tenemos carencias intelectuales. Te lo aseguro, tengo cerebro y soy perfectamente capaz yo solita de adivinar todo lo que pasa ahí afuera.

De nuevo, él esbozó una amplia sonrisa.

—Tienes que volverle loco por completo. Lo de la celebridad fue genial. Me atrevería a apostar a que jamás le habían llamado eso antes.

—Es por su bien. Si más gente le plantara cara, sería más... —Vaciló mientras buscaba la palabra adecuada. Se rió en voz baja—. Sería más... algo. Dócil.

—¿Dócil? Dócil y Mijáil son dos términos que nunca coincidirán en una frase. Ninguno de nosotros le ha visto nunca así de feliz. Gracias —dijo Jacques con discreción.

Condujo adrede el coche entre las sombras.

—Ten mucho cuidado esta noche y mañana. No salgas de la habitación hasta que Mihail se ponga en contacto contigo.

Raven entornó los ojos, le puso una mueca.

—Todo irá bien.

—No lo entiendes. Si algo te sucede, le perderemos.

Raven se detuvo con la mano en la manilla.

—¿Vais a cuidar de él, verdad? No quería decirlo, pero se sentía como si le faltara una parte de sí misma, un pedazo arrancado de su alma. Su mente gritaba para comunicarse con él; sólo un leve contacto. Cualquier cosa que la tranquilizara, que le hiciera saber que estaba del todo bien y que continuaban unidos.

—Sabemos qué hacer. Sanará enseguida. Tengo que regresar a su lado. Sin Gregori, yo soy el más fuerte, el más cercano a él. Me necesita ahora mismo.

* * *

Mihail estaba débil, el dolor le consumía y el hambre le destrozaba junto con la culpabilidad que sentía. La había lastimado, había estado a punto de perderla. ¿Cómo podía cometer tantos errores si ella era lo único que le importaba? Nunca debería haberle dicho una mentira sobre algo tan intrascendente. *Raven*. Tenía que llegar a ella, tocar su mente con la suya, sentirla, saber que estaba ahí. Pese al dolor, la debilidad y el hambre, lo peor de todo era el terrible y doloroso agujero en su alma. Sabía intelectualmente que el ritual que les unía le había causado esta necesidad abrumadora, pero saberlo no aliviaba su necesidad de tocar su mente.

—¡Mihail, bebe! —Jacques se materializó a su lado en la cama, se acercó a su hermano mayor, con el rostro hecho una furia—. ¿Por qué le permitiste ir solo sin ayuda, Eric?

—Sólo pensaba en la mujer —dijo Eric en defensa propia.

Jacques maldijo en voz baja.

—Está segura en su habitación, Mihail. Tienes que beber por los dos. Uno no puede existir sin el otro. Si no sobrevives, la condenarás a muerte o a una media vida en el mejor de los casos.

Jacques se tragó su rabia, inspiró hondo para tranquilizarse.

—Toma mi sangre. Te la doy por propia voluntad, sin reservas. Mi vida es tu vida, juntos somos fuertes. —Empleó las palabras formales, quería decir cada una de ellas. Habría dado su vida por su líder. Los otros iniciaron el cántico ritual de sanación. Canturreaban con un ritmo hipnótico, la antigua lengua sonaba hermosa.

Detrás de él, Jacques oyó el murmullo de voces, olió el dulce aroma de hierbas calmantes y curativas. Suelo cárpato, tan rico en propiedades sanadoras, mezclado con hierbas y saliva de sus bocas y colocado luego sobre las heridas. Jacques sostenía a su hermano en sus brazos, sentía su fuerza, la vida que fluía por Mihail, y dio gracias a Dios por su capacidad de curarle. Mihail era un buen hombre, un gran hombre, y su pueblo no podía perderle.

Mihail sentía la fuerza que fluía por él, penetraba sus músculos agotados, su cerebro y su corazón. El fuerte cuerpo de Jacques temblaba, y se sentó de forma abrupta en el borde de la cama, sin dejar de acunar a Mihail en sus brazos, sin dejar de sostener la cabeza de su hermano para que le resultara más fácil reponer lo que había perdido.

Mihail resistió, sorprendido de lo fuerte que era Jacques, de lo débil que continuaba él pese a la transfusión. *¡No! ¡Te pongo en peligro!* Pronunció las palabras con brusquedad en su mente porque Jacques se negaba a soltarle.

—No es suficiente, hermano. Toma lo que te es ofrecido voluntariamente, sin pensar en otra cosa que en curarte. —Jacques continuó con el cántico todo lo que fue capaz y señaló a Eric cuando se sintió demasiado débil para continuar.

Eric se cortó la muñeca sin pensarlo dos veces, sin el más mínimo gesto de dolor por la herida abierta, y ofreció su muñeca a Jacques, quien continuaba proporcionando a Mihail su sangre vital. Eric y Byron pronunciaban las palabras rítmicas del ritual mientras Jacques reponía su sangre y la de Mihail.

La habitación parecía llena de calor y amor, olía a limpio y a fresco. El ritual de sanación señalaba un nuevo comienzo. Fue Eric quien sugirió detenerlo cuando vio que Mihail recuperaba el color, cuando pudo oír los latidos constantes de su corazón y sentir la sangre que fluía con abundancia, de forma segura, por sus venas.

Byron rodeó a Jacques con un brazo de apoyo, le ayudó a sentarse en una silla. Sin una palabra, ocupó el lugar de Eric y suministró el fluido vital a Jacques.

Mihail se agitó, aceptó el dolor de su herida como parte del proceso de curación, como parte de la mecánica de la vida. Volvió la cabeza. La mirada oscura buscó a Jacques, le encontró y descansó un poco en él.

—¿Se encuentra bien? —Su voz sonaba suave, pero imperiosa de todos modos. Mihail era autoritario fueran cuales fueran las circunstancias.

Jacques alzó la mirada, pálido y lánguido, le dedicó una breve sonrisa y le guiñó un ojo.

—Dedico mucho tiempo a sacarte de problemas en que te metes, hermano mayor. Y eso que cualquiera pensaría que un hombre doscientos años mayor que yo sería lo bastante sensato como para vigilar su retaguardia.

Mihail sonrió con cansancio.

—Te pones bastante gallito cuando yo estoy tumbado de espaldas.

—Tenemos cuatro horas hasta el amanecer, Mihail —dijo Eric con gesto serio—. Byron y yo debemos comer. Y a ti te hace falta bajar a la tierra. Pronto la separación de tu mujer empezará a consumirte. No te puedes permitir malgastar más energía en contactos mentales. Tienes que bajar a la tierra ahora, antes de que no puedas soportarlo.

—Dispondré las protecciones y dormiré un poco más encima de ti para garantizar tu seguridad —dijo Jacques en voz baja. Perdió a su hermana a manos de aquellos asesinos, y no estaba dispuesto a perder a su hermano. Necesitaba él mismo la tierra. Pese a contar con Eric y Byron para reponerle sangre, sabía que seguía débil y que él también necesitaba el suelo sanador.

Mihail alzó una ceja.

—Cinco minutos con ella y ya estás dispuesto a sublevarte contra mí. —Una leve sonrisa agotada suavizó la dura línea de su boca.

Cerró los ojos con cansancio, invadido por la culpabilidad. Sería Raven quien pasaría la peor noche. Él estaría en lo profundo de la tierra, sin enterarse del dolor, del conocimiento de la separación, sin sentir odio ni pena por su especie. Raven estaría rodeada de asesinos, en peligro a cada momento. Peor que eso, ella tendría que soportar la pérdida de contacto mental. *Pequeña.* Añadió abundante amor a su llamada.

¿Estás mejor? Alivio.

Llego ahí enseguida. ¿Estás en la cama?

Siempre la cuestión de la cama. Te he oído antes, tu temor por Jacques. Sé que era Jacques. Hay cariño en tus pensamientos por él. ¿Se encuentra bien él también?

Está cansado. Me ha dado sangre. Es agotador establecer el contacto, recorrer la distancia, pero lo necesitaba con desesperación por el bien de ambos.

Puedo oír tu agotamiento. Duerme ahora. No te preocupes por mí, le ordenó con ternura. Anhelaba el contacto de sus dedos, su visión.

—Mihail, estás hablando con ella —bramó Eric—. No puedes.

Jacques hizo un ademán con la mano para quitarle importancia.

—Deberías saber que iba a hacerlo. Mihail, si lo deseas, uno de nosotros puede hacerla dormir.

Va a resultarte desagradable, Raven. Te costará dormir, te costará comer. Vas a necesitar estar junto a mí. Tu mente buscará la mía, y aun así serás incapaz de alcanzarme. Esta noche no tengo la fuerza necesaria para ayudarte a dormir. ¿Dejarás que Eric o Byron te lo ordenen?

A Mihail no le hacía gracia la idea. Raven se encontró sonriendo. Él aún no sabía cómo conseguía leer sus pensamientos. Quería verla a salvo, quería que durmiera mientras el dormía, pero no le gustaba la idea de que otro hombre hiciera algo tan íntimo como ordenarle dormir. *Estaré bien, Mihail. La verdad es que ya me cuesta bastante aceptar de ti ese tipo de cosas. Nunca podría aceptarlo de uno de ellos. Estaré bien, lo prometo.*

Te quiero, pequeña. Así lo expresa tu gente, y lo he dicho de corazón. A continuación, Mihail utilizó el último golpe de fuerza para enviarle una súplica al único humano en quien podía confiar para garantizar la seguridad de Raven.

Raven cerró los ojos, era imprescindible dejarle descansar antes de que se quedara sin fuerzas. *Duerme, Mihail. Tal y como lo expresa tu gente, eres la pareja de mi vida.*

Se quedó mirando el techo durante un largo rato después de que él se fuera. Nunca se había sentido tan completamente sola, nunca antes había notado aquella carencia, aquel frío. Se frotó los brazos, se sentó sobre las colchas y se balanceó en un intento de relajarse. Había pasado toda una vida sola, había aprendido de niña a disfrutar de su propia compañía.

Raven suspiró. Qué tontería. Mihail iba a encontrarse del todo bien. Aprovecharía la oportunidad para leer un libro, continuar con su estudio de la lengua. La lengua de Mihail. Caminó descalza por la habitación. La recorrió de un lado a otro. Tenía frío y se frotó los brazos para calentarse.

Raven encendió con un clic la lámpara y sacó de su maleta lo último en ficción en rústica, decidida a entrar en una enredada trama de engaños y asesinatos salpicada de aventuras románticas. Aguantó una hora leyendo el mismo párrafo dos o tres veces. Le sucedía continuamente, pero Raven estaba decidida a seguir, hasta que se percató de que no entendía una sola palabra. Arrojó el libro al otro lado de la habitación llena de frustración.

¿Qué iba a hacer con Mihail? No le quedaba familia en Estados Unidos, nadie iba a preocuparse si nunca regresaba. Después de todo lo que había sucedido, aún quería estar con él, necesitaba estar con él. El sentido común dictaba que debería marcharse antes de que todo esto continuara adelante. Pero no quedaba sitio en la mente o en el corazón para el sentido común. Raven se pasó una mano por el pelo con cansancio. No deseaba regresar al trabajo, volver a perseguir asesinos en serie.

Así pues, ¿qué podía hacer con Mihail? No había aprendido a decirle que no. Sabía lo que era el amor. Había conocido algunas parejas que compartían genuino amor, aquel preciado bien. Lo que sentía por Mihail iba mucho más lejos de la emoción. Era más que pasión y afecto, se aproximaba a la obsesión. En cierto modo, él se encontraba dentro de ella, fluía por su sangre, envolvía sus entrañas, rodeaba su corazón. De alguna manera había entrado en su mente, le había arrebatado alguna parte secreta de su alma.

No sólo ardía su cuerpo en deseo por él, no sólo se le erizaba la piel de necesidad. Ahora era como una adicta desesperada por conseguir droga. ¿Sería eso amor o alguna obsesión enfermiza? Y luego estaba lo que Mihail sentía por ella. Sus emociones eran intensas, agudas. Hacían que los sentimientos de ella fueran una burda imitación. Su relación la asustaba. Él tenía tal noción del territorio, era tan posesivo, tan salvaje e indomable... Era peligroso, un hombre que dominaba a los demás y estaba acostumbrado a disfrutar de plena autoridad. Juez, jurado y verdugo. Tanta gente dependía de él.

Raven se llevó las manos a la cara. Él la necesitaba. No había nadie. La necesitaba sin duda. Sólo ella. No estaba segura de cómo lo sabía, pero lo sabía. No había dudas en su mente. Ella lo apreciaba en sus ojos. Los veía fríos y sin emoción cuando miraba a los demás. Esos mismos ojos ardían y se fundían de calor cuando la miraban a ella. Su boca podía ser dura, con líneas crueles, hasta que se suavizaba al reírse con ella, al hablar con ella, al besarla. La necesitaba.

Raven volvió a recorrer la habitación. Las costumbres, la forma de vida de Mihail era muy diferente a la suya. *Estás asustada*, se reprendió. Apretó la frente contra el cristal de la ventana. *Te asusta de verdad no ser capaz siquiera de dejarle.* Ejercía tal poder, lo empleaba sin pensar. Era más que eso para ser exactos. Ella le necesitaba. Su risa, la forma en que la tocaba con tal ternura, tal dulzura. La manera en que él ardía en deseo por ella, su mirada hambrienta y posesiva, la abrasaba con su necesidad, la descontrolaba de tan urgente. Su conversación, su intelecto, su sentido del humor tan próximo al suyo. Eran el uno para el otro. Dos mitades del mismo todo.

Raven se encontraba en el centro de la habitación, consternada por sus pensamientos. ¿Por qué creía que tenían que estar juntos? Su mente parecía terriblemente trastornada, incluso caótica. Por regla general, ella era fría en todo momento y pensaba las cosas con racionalidad, no obstante ahora parecía casi incapaz de eso. En su interior todo parecía llamar a gritos a Mihail, sólo para sentir su presencia, para saber que se encontraba ahí. Sin ser consciente, intentó llegar a él y encontró... espacio. O estaba demasiado lejos o demasiado dormido en un sueño inducido por fármacos como para que ella le alcanzara. La sensación la dejó temblando, se sentía más sola que nunca. Despojada incluso. Se mordió los nudillos con ansiedad.

Su cuerpo se movía porque tenía que hacerlo. Cruzaba la habitación de un lado a otro, una y otra vez hasta quedarse del todo agotada. El peso de su corazón parecía aumentar a cada paso. Estaba perdiendo la capacidad de pensar con claridad, de respirar. Con desesperación, se esforzó por volver a tocar una vez más la mente de Mihail, por saber que estaba a salvo en algún lugar. Encontró... vacío.

Raven dobló las piernas, atrajo las almohadas hacia ella, allí en la oscuridad, balanceándose hacia delante y hacia atrás mientras la pena la abrumaba. La consumía de tal manera que lo único en lo que podía pensar era en Mihail. No estaba. La había dejado y estaba del todo sola, media persona, una mera sombra. Le escocían las lágrimas, surcaban su rostro, el vacío atravesaba sus entrañas. No había posibilidad de existir sin él.

Todas sus ideas de marcharse, sus cuidadosos cálculos, no importaban en absoluto, no podían importar. Su parte juiciosa le susurraba que era imposible sentirse así. Mihail no podía ser la otra mitad, había sobrevivido durante años sin él. No podía querer arrojarse por el balcón sólo porque no podía llegar a él con un contacto mental.

Raven se encontró yendo de un lado para otro de la habitación, paso a paso, como si alguien aparte de ella misma le obligara a hacerlo. Abrió de par en par los ventanales que daban al balcón. El aire frío entró a raudales, con un atisbo de humedad. La bruma velaba sin fisuras las montañas y el bosque. Era tan hermoso y sin embargo no era capaz de verlo. No había vida sin Mihail. Sus manos encontraron la baranda de madera, clavó los dedos distraída en dos profundas marcas que encontró en ella. Pasó la punta del dedo a un lado y otro de las depresiones, una pequeña caricia, lo único real en un mundo estéril de vacío.

—¿Señorita Whitney?

Sumida en su propia pena, no había advertido a nadie. Se giró en redondo y se llevó la mano a la garganta con gesto defensivo.

—Discúlpeme por asustarla. —La voz del padre Hummer era tierna. Se levantó de una silla situada en el rincón del balcón. Tenía una manta rodeándole los hombros, pero no le pareció que temblara por la larga exposición al aire de la noche—. No está segura aquí fuera, cielo. —La cogió por el brazo y la guió como a una niña al interior de la habitación, luego cerró con cuidado las puertas.

Raven recuperó la voz.

—¿Qué diablos estaba haciendo aquí? ¿Cómo ha llegado?

El sacerdote sonrió con petulancia.

—No ha sido difícil. La señora Galvenstein es miembro de mi parroquia. Sabe que Mihail y yo somos buenos amigos. Sólo le dije que Mihail y tú estáis prometidos y que yo tenía que darte un mensaje. Como tengo edad suficiente para ser tu abuelo, le pareció seguro permitirme esperar en el balcón hasta que regresaras. Y, por supuesto, ella no dejaría pasar la oportunidad de hacer algo por Mihail. Es muy generoso y pide muy poco a cambio. Creo que en un principio fue Mihail quien compró el mesón y luego ofreció la posibilidad a la señora Galvenstein de hacerle pagos parciales, más razonables y asequibles.

Raven le dio la espalda, incapaz de contener las lágrimas que saltaban a sus ojos.

—Lo siento, padre. No puedo hablar ahora mismo. No sé qué me pasa...

El sacerdote le puso la mano en el hombro para acercarle un pañuelo.

—A Mihail le preocupaba que esta noche fuera... difícil para ti. Y mañana. Esperaba que pasaras el día conmigo.

—Estoy tan asustada... —confesó Raven— es una tontería. No hay motivo para estar asustada de nada. No sé por qué me comporto así.

—Mihail está bien. Es indestructible, querida, un gran gato montés con siete vidas. Hace años que le conozco. Nada puede ni podrá con él.

Pena. Invadía cada centímetro de su cuerpo, penetraba en su mente, pesaba en su alma. Había perdido a Mihail. De algún modo, durante esas pocas horas que llevaban separados, él se había escabullido. Raven sacudió la cabeza, sentía un dolor tan profundo y salvaje que se estaba asfixiando, incapaz de encontrar suficiente aire para respirar.

—¡Raven, para ya! —El padre Hummer abrazó su pequeña figura inclinada y la guió hasta el borde de la cama—. Mijail me ha pedido que me quede aquí. Ha dicho que vendría a buscarte temprano esta noche.

—Usted no sabe...

—¿Por qué iba a sacarme de la cama a estas horas? Soy un hombre mayor, niña. Necesito descansar. Tú tienes que pensar. Usa el intelecto.

—Pero parece tan real, como si estuviera muerto y le hubiera perdido para siempre.

—Pero ya sabes que no es cierto —discutió de modo razonable—. Mihail te ha escogido a ti. Lo que compartes con él es lo que comparte su gente con sus parejas. Dan por hecho que existe un vínculo físico y mental. Lo valoran y, por lo que yo he aprendido a lo largo de los años, es tan fuerte que rara vez sobreviven a la pérdida del otro. La gente de Mihail es de la tierra, libre y salvaje como animales, pero con capacidades extraordinarias y con mucha conciencia.

Estudió el rostro surcado de lágrimas, el dolor en los ojos de Raven. Aún le costaba respirar, pero notó que las lágrimas disminuían.

—¿Me estás escuchando, Raven?

Asintió, se esforzó con desesperación en asimilar sus palabras, en recuperar la cordura. Este hombre conocía a Mihail, le conocía desde hacía años. Podía captar su afecto por él, y estaba muy convencido de su fuerza.

—Por algún motivo, Dios te ha dado la capacidad de crear una unión tanto mental como física con Mihail. Eso implica una terrible responsabilidad. Literalmente, su vida está en tus manos. Debes ir más allá de este sentimiento y emplear tu cerebro. Sabes que no está muerto. Te ha dicho que volverá. Me ha enviado a tu lado por miedo a que te hicieras daño. Piensa, razona. Eres un ser humano, no un animal llorando por su compañero.

Raven intentó entender lo que estaba diciendo. Se sentía como en un profundo agujero del que no pudiera salir. Se concentró en cada una de sus palabras, se obligó a metérselas en la cabeza. La respiración profunda hizo que el aire llenara sus pulmones ardientes. ¿Era posible? Maldito Mihail, por haberla puesto en esta situación, por saber que iba a suceder. ¿De verdad ella había ido tan lejos?

Se frotó las lágrimas del rostro, decidida a recuperar la compostura. Estaba resuelta a arrinconar la pena para dejar sitio al pensamiento racional. Podía sentir cómo la corroía, esperando en los extremos exteriores de su conciencia para consumirla.

—¿Y por qué no puedo comer o beber otra cosa que agua? —Se frotó las sienes, no se dio cuenta de la inquietud que se extendió por los rasgos curtidos del sacerdote.

El padre Hummer se aclaró la garganta.

—¿Cuánto tiempo lleva así, señorita Whitney?

El terrible vacío se agazapaba en sus entrañas, en su mente, esperaba dar un salto, clavarle los dientes de nuevo. Raven se esforzó para recuperar el control. Alzó la barbilla.

—Raven, por favor, llámeme Raven. Parece de todos modos que ya lo sabe todo sobre mí. —Intentaba dominar el temblor. Estiró las manos y se quedó mirándolas llena de consternación—. ¿No es una tontería?

—Ven a mi casa, niña. Pronto amanecerá. Puedes pasar el día conmigo. Para mí será un gran honor.

—Él sabía que esto me iba a pasar, ¿verdad? —preguntó Raven en voz baja, pues empezaba a comprender—. Por eso le ha enviado. Temía de hecho que yo llegara a hacerme daño.

Edgar Hummer soltó un lento suspiro.

—Me temo que sí. No son como nosotros.

—Eso intentó decirme. Pero yo no soy como ellos. ¿Cómo puede sucederme esto? —preguntó Raven—. No tiene ningún sentido. ¿Cómo puede sucederme esto?

—Completaste el ritual con él. Eres su otra mitad. La luz en su oscuridad. No podéis estar el uno sin el otro. Ven conmigo, Raven, vayamos a mi casa. Nos sentaremos y hablaremos de Mihail hasta que venga a buscarte.

8

Raven vaciló. La idea de saber más cosas de Mihail era una tentación. Una enorme tentación.

—Creo que ahora sé lo que me está sucediendo. Podría soportarlo yo sola. Es muy tarde, padre, y ya me avergüenza bastante que haya tenido que estar ahí fuera a la intemperie para vigilarme.

El padre Hummer le dio un golpecito en la muñeca.

—No digas tonterías, chica. Me gusta hacer estos favores. A mi edad, uno espera con ilusión cosas inusuales. Al menos baja al salón y pasa un rato conmigo. La señora Galvenstein tiene el fuego encendido.

Raven sacudió la cabeza con vigor, un acto instintivo de protección por Mihail. El mesón alojaba entre sus paredes a muchos de sus enemigos. Nunca le pondría en peligro, por difícil que fuera el momento que estaba experimentando.

Edgar Hummer soltó un leve suspiro.

—No puedo dejarte, Raven. He dado mi palabra a Mihail. Ha hecho tanto por mi congregación, por la gente de este pueblo, y pide tan poco a cambio... —El sacerdote se frotó la barbilla con gesto pensativo—. Tengo que quedarme, niña, por si la cosa va a peor.

Raven tragó saliva con dificultad. Margaret Summers estaba dormida en algún lugar en ese mismo edificio. Raven podía blindarse, ocultar incluso de su más profundo dolor, pero no le costaba entrever la preocupación natural del padre Hummer. Si ella podía, también Margaret. Se decidió, y cogió la chaqueta. Se secó las lágrimas del rostro y abrió la marcha escalera abajo antes de cambiar de idea. Lo más importante para ella en aquel momento era proteger a Mihail. La necesidad era elemental, parte de su alma.

Una vez fuera, Raven se subió la cremallera de la chaqueta hasta la barbilla. En el momento en que había vuelto a su habitación en el mesón, se había cambiado de ropa y ahora llevaba sus tejanos gastados y una sudadera con capucha del instituto. Había una espesa bruma por doquier, a menos de medio metro del suelo. Hacía mucho frío. Echó una ojeada al sacerdote. Su inglés tal vez fuera un poco titubeante, pero sus rasgos curtidos y el azul apagado de sus ojos traslucían inteligencia e integridad. Tenía frío, seguro que por el rato que había pasado en el balcón. Era demasiado viejo para sacarle del calor de su casita y encomendarle una tarea como ésta en medio de la noche.

Se apartó unos mechones sueltos mientras se obligaba a caminar con calma por el pueblo. El lugar era tranquilo, pero ella estaba al corriente de que un grupo de fanáticos estaba asesinando a cualquiera que tomaran por vampiro. El corazón le dolía, lo sentía pesado. Su mente necesitaba la tranquilidad del contacto mental con Mihail. Miró de reojo al hombre mayor que iba a su lado. Andaba con brío, con aire apacible, algo que la calmó. Era un hombre que llevaba mucho tiempo en paz consigo mismo y con los que lo rodeaban.

—¿Está seguro de que sigue con vida? —La pregunta surgió antes de que pudiera detenerla, justo cuando se enorgullecía de mostrar una apariencia normal.

—Del todo, niña. Me dio la impresión de que estaría ausente hasta la caída de la noche, y no sería posible contactar con él de la forma habitual. —Le sonrió, con expresión de conspirador—. Yo personalmente empleo su buscapersonas. Esos chismes me fascinan. Cuando le visito, juguetee con su ordenador siempre que puedo. Una vez lo dejé bloqueado, y le llevó un tiempo adivinar lo que yo había hecho. —Aquello le complacía de un modo absurdo—. Por supuesto, se lo podía haber dicho, ya me entiendes, pero no habría sido tan divertido.

Raven se rió, no podía evitarlo.

—Por fin alguien con quien me identifico. Me alegra que alguien, aparte de mí, le dé problemas. Lo necesita, ya sabe. Toda esa gente haciendo reverencias y lisonjas. No es bueno para él. —Tenía las manos heladas cuando se las metió en los bolsillos.

—Hago lo que puedo, Raven —admitió el sacerdote— pero no hace falta que se lo digamos. Es mejor que algunas cosas queden entre nosotros.

Le sonrió al sacerdote, un poco más relajada.

—Tiene razón en eso. ¿Cuánto hace que conoce a Mihail? —Ya que no podía alcanzarle, tocarle, tal vez pudiera aliviar aquella herida de vacío, en carne viva, hablando de él. Descubrió que empezaba a estar enfadada con Mihail. Debería haberla preparado para esto.

El sacerdote miró en dirección al bosque, en dirección a la casa de Mihail. Luego alzó la vista al cielo. Le conocía desde joven, cuando él era un sacerdote inexperto, enviado de su lugar de nacimiento a un pequeño pueblo en medio de la nada. Por supuesto, desde entonces le habían destinado varias veces, pero ahora estaba semiretirado, y le dejaban ir a donde quisiera, al lugar que había acabado queriendo.

Los ojos azules de Raven le penetraban mientras le estudiaba.

—No quiero obligarle a mentir, padre. Yo misma me encuentro demasiado a menudo en esa circunstancia por Mihail, y ni siquiera estoy segura de por qué. Dios sabe que él no me lo pide. —Había pesar en su voz, confusión y lástima.

—Yo no miento —dijo.

—¿Omisión no es lo mismo que mentira, padre? —Las lágrimas hicieron que sus ojos brillaran, que chispearan sobre sus largas pestañas—. Algo me está pasando, algo que no entiendo, y me aterroriza.

—¿Le amas?

Raven podía oír sus pisadas fuertes en el silencio de las horas anteriores al amanecer, sus corazones latiendo a ritmo constante, la sangre surcando sus venas. Al pasar junto a una casa, oyó los ronquidos, los crujidos, susurros, el sonido de una pareja que hacía el amor. Buscó y encontró con los dedos el anillo de Mihail como si fuera su talismán. Lo cubrió cuidadosa con la palma de la mano, como si pudiera retenerle ahí.

¿Le amaba? Todo en ella estaba fascinado, estimulado por Mihail. Con toda certeza la química física entre ambos era poderosa, incluso explosiva. Pero Mihail era un misterio, un hombre peligroso que vivía en un mundo que le resultaba imposible de comprender.

—¿Cómo se ama lo que no entiendes, cómo se ama lo que desconoces? —Pese a plantear esta pregunta, ella seguía viendo la sonrisa de él, la ternura de sus ojos. Podía oír su risa, las conversaciones que se prolongaban durante horas, los silencios extendiéndose de manera amigable entre ellos.

—Conoces a Mihail. Eres una mujer extraordinaria. Puedes percibir su bondad, su compasión.

—Tiene una vena celosa. Con él, el término posesivo se queda corto —comentó Raven. Le conocía, sí, lo bueno y lo malo, y le aceptaba tal y como era. Pero ahora lo comprendía: aunque Mihail había abierto su mente, sólo había avistado partes de él.

—No olvides su vena protectora, su profundo sentido del deber —replicó el padre Hummer con una leve sonrisa.

Raven se encogió de hombros, se percató de que estaba a punto de romper a llorar una vez más. Era humillante perder el control de tal manera pese a saber que el sacerdote tenía razón. Mihail no estaba muerto; se encontraba en algún lugar del sueño inducido por fármacos y se pondría en contacto con ella en cuanto pudiera.

—La intensidad de lo que siento por él me asusta, padre, no es normal.

—Él daría la vida por ti. Mihail sería incapaz de hacerte daño. Si algo sé de ese hombre es que puedes iniciar esta relación convencida de que nunca te será infiel, nunca te levantará la mano y siempre te antepondrá a todo lo demás. —Edgar Hummer dijo estas palabras con absoluta convicción. Sabía que aquello era verdad, con la misma certeza que sabía que había un Dios en el cielo.

Se secó precipitadamente las lágrimas con el dorso de la mano.

—Lo creo, no me pegaría, sé que no lo haría. Pero ¿y a los demás? Tiene tantos dones especiales, tanto poder. Las posibilidades de emplear de modo erróneo tanto talento son tremendas.

El padre Hummer abrió la puerta de su pequeña casa y le hizo una indicación para que entrara.

—¿De verdad crees que ha hecho eso? Es su líder por sangre. El linaje se remonta en el tiempo. Le llaman su príncipe, aunque nunca lo admitirá ante ti. Acuden a él en busca de liderazgo y guía, igual que mi congregación acude a menudo a mí.

Raven necesitaba hacer algo, de modo que preparó el fuego en el hogar de piedra mientras el sacerdote se encargaba de la infusión.

—¿Es de verdad un príncipe? —Por algún motivo eso la consternó. Encima estaba considerando un compromiso con un miembro de la realeza. Esas cosas nunca funcionaban.

—Eso me temo, hija —admitió el padre Hummer con arrepentimiento—. Tiene la última palabra en todo. Tal vez por eso tienda a actuar como una persona importante. Tiene muchas responsabilidades, y por lo que yo sé nunca ha dejado de cumplirlas.

Ella se sentó en el suelo y se apartó la pesada cascada de pelo del rostro surcado de lágrimas.

—A veces, cuando Mihail y yo estamos juntos, parece que seamos dos mitades del mismo todo. A veces es tan serio, inquietante y tan solitario, que me encanta hacerle reír, dar vida a sus ojos. Pero, por otro lado, hace las cosas... —Su voz se apagó.

El padre Hummer dejó una taza de té al lado de Raven y ocupó su lugar en su sillón habitual.

—¿Qué tipo de cosas? —le animó a seguir.

Ella dejó ir su aliento poco a poco, de forma irregular.

—He estado sola la mayor parte de mi vida. Siempre he hecho lo que he querido. Cojo mis cosas y me muevo cuando me place. Viajo bastante y valoro mi libertad. Nunca he tenido que dar explicaciones a nadie.

—¿Y prefieres esa forma de vida a lo que podrías tener con Mihail?

Le temblaban las manos cuando rodeó la taza; absorbió aquel calor.

—Plantea preguntas duras, padre. Pensaba que Mihail y yo podríamos llegar a algún tipo de acuerdo mutuo. Pero todo ha sucedido tan deprisa que ahora no sé si lo que siento es del todo real. Siempre está conmigo. Ahora, de repente, no está, y no lo puedo soportar. Míreme, estoy hecha un desastre. Usted no me conocía, pero estoy acostumbrada a estar sola, soy independiente al cien por cien. ¿Es posible que él haya hecho algo para conseguir esto?

—Mihail nunca te obligaría a amarle. No estoy seguro de que fuera capaz de algo así.

Raven dio un trago a la infusión para calmarse.

—Ya lo sé. Pero ¿cómo explica esto que me pasa ahora? ¿Por qué no puedo estar lejos de él? Me gusta estar a solas, valoro mi vida privada y, ahora, sin su contacto me desmorono. ¿Tiene idea de lo humillante que es eso para alguien como yo?

El padre Hummer dejó la taza sobre el platillo y la miró con ojos preocupados.

—No tienes por qué sentirte así, Raven. Sé que Mihail ha mencionado que cuando el varón de su raza conoce a la pareja de su vida, puede decirle las palabras de un ritual y unirles para siempre, se supone que debe ser así. Si ella no es la pareja verdadera, a ninguno de los dos les afecta lo más mínimo, pero si lo es, no pueden estar el uno sin el otro.

Raven se llevó una mano defensiva a la garganta.

—¿Qué palabras? ¿Le dijo las palabras en concreto?

El padre Hummer negó a su pesar.

—Sólo sé que una vez pronunciadas a la mujer adecuada, ella queda unida a él y no puede escapar. Las palabras son como nuestros votos nupciales. Los carpatianos tiene valores diferentes, sobre lo bueno y lo malo. No existe tal cosa como el divorcio, no aparece en su vocabulario. Las dos personas constituyen virtualmente dos mitades del mismo todo.

—¿Y si uno es infeliz? —Retorcía los dedos llena de agitación. Recordó haber oído a Mihail algo poco usual. Tenía el recuerdo borroso, como un sueño.

—Un varón carpatiano hará todo lo necesario para garantizar la felicidad de su pareja en la vida. No lo sé, ni entiendo cómo funciona, pero Mihail me dijo que el vínculo es tan fuerte que un varón no puede hacer otra cosa que saber cómo hacer feliz a su mujer.

Raven se tocó el cuello, mantuvo un rato la palma sobre el pulso.

—Hiciera lo que hiciera, tiene que funcionar, padre, porque no soy el tipo de mujer que se arroja de un balcón porque lleve un par de horas sin ver a un hombre.

—Supongo que los dos deberíamos confiar en que Mihail pague con la misma moneda —dijo el padre Hummer con una sonrisita.

El corazón de Raven golpeó con fuerza en su pecho, todo su cuerpo chilló con una protesta instantánea. La idea de que Mihail sufriera, daba igual cómo, resultaba de lo más sobrecogedora. Intentó esbozar una sonrisa de respuesta.

—Creo que de algún modo él está a salvo, no sentirá nada.

El sacerdote estudió ese rostro sombrío, compungido de dolor, por encima de su taza.

—Creo que Mihail tiene mucha suerte de haberte encontrado. Tú también eres muy fuerte, tanto como él.

—Estoy dando una buena imagen entonces. —Raven se secó los ojos con los nudillos—, porque me siento como si me estuviera rompiendo por dentro. Y no estoy muy contenta con Mihail.

—Ni pienso yo que debas estarlo; de todos modos tu primer instinto ha sido protegerle. Te horrorizó la idea de que pudiera estar sufriendo como tú.

—No me gusta ver a nadie sufrir. Hay algo triste en Mihail, como si hubiera cargado con el peso del mundo sobre sus hombros durante demasiado tiempo. A veces le miro a la cara y hay tanto dolor ahí, tanto... no en sus ojos exactamente, está grabado en su cara. —Raven suspiró—. Supongo que no tiene ningún sentido, pero necesita que alguien despeje las nubes.

—Es una valoración interesante, hija, y debo decir que sé a qué te refieres. He visto lo mismo en él. Despejar las nubes. —Repitió las palabras en voz alta, reflexionando sobre ellas—. Es eso exactamente.

Raven asintió.

—Como si hubiera visto demasiada violencia, demasiadas cosas terribles, algo que le ha arrastrado cada vez más a la oscuridad. Cuando estoy cerca de él puedo sentirlo. Se planta como un guardián delante de alguna puerta maligna, malévola, y mantiene a los monstruos a raya para que los demás podamos seguir con nuestras vidas, sin enterarnos en ningún momento de la amenaza.

Al padre Hummer se le cortó la respiración.

—¿Así es como le ves? ¿Un guardián de la puerta?

Raven hizo un gesto de asentimiento.

—Es una imagen que está muy viva en mi mente. Sé que a usted probablemente le sonará melodramática.

—Ojalá le hubiera podido decir yo esas palabras —dijo bajito el sacerdote—. Ha venido muchas veces aquí buscando consuelo y sin embargo nunca he sabido qué decir exactamente. Rogaba a Dios que le enviara ayuda para encontrar una respuesta, Raven, y tal vez te ha enviado a ti.

Ella temblaba, combatía sin descanso el tormento en su cabeza, la necesidad de tocar a Mihail, la idea de que pudiera haberse ido de la Tierra. Raven respiró hondo para tranquilizarse, agradecida por las palabras del sacerdote.

—No creo que yo sea la respuesta de Dios a nada, padre. Ahora mismo quiero hacerme un ovillo y echarme a llorar.

—Puedes hacerlo, Raven. Tú sabes que sigue con vida.

Raven dio un sorbo a la infusión. Estaba caliente y deliciosa. Devolvió un poco de calor a sus entrañas, pero nunca podría esperar calentar el terrible vacío, frío como el hielo, que no la soltaba y la devoraba. Muy despacio, centímetro a centímetro, el agujero negro iba creciendo.

Intentó concentrarse en otras cosas, disfrutar de la conversación con este hombre que conocía y respetaba a Mihail, que sentía incluso un gran afecto por él. Raven dio otro trago a la infusión, esforzándose con desesperación por no perder la cordura.

—Mihail es un hombre extraordinario —dijo el padre Hummer confiando en distraerla—. Es uno de los hombres más dulces que he conocido. Su sentido del bien y del mal es tremendo. Tiene una voluntad de hierro.

—Ya lo he visto —reconoció Raven.

—Apuesto a que sí. Mihail es un hombre que pocos querrían tener como enemigo. Pero además es leal y bondadoso. Le vi restaurar este mismo pueblo casi sólo con sus manos después de una catástrofe. Cada persona que vive aquí es importante para él. Hay grandeza en él.

Raven había levantado las rodillas y se balanceaba hacia delante y hacia atrás. Le costaba respirar, pues cada inspiración para llenar los pulmones era por sí sola una agonía. *¡Mihail! ¿Dónde estás?* El grito fue arrancado de su corazón. Le necesitaba, al menos una vez... Que le contestara, que la tocara. Sólo una vez.

El vacío negro se abrió de nuevo en ella. Se mordió intencionadamente con fuerza el labio inferior, recibió el dolor con beneplácito y se concentró en él. ¡Ella era fuerte! Tenía un cerebro. Fuera lo que fuera lo que la consumía, lo que la convencía de que no podía soportar continuar sin Mihail, fuera lo que fuera, no la derrotaría. No era real.

El padre Hummer se puso en pie de súbito, luego la levantó y la puso a su lado.

—Basta ya, Raven. Salgamos, vayamos a cuidar un poco el jardín. En cuanto notes la tierra en tus manos y respires el aire fresco, te sentirás mucho mejor. —Si eso no funcionaba, no tendría otra opción que ponerse de rodillas y rezar.

Raven consiguió reírse a través de las lágrimas.

—Cuando me toca, padre, sé lo que está pensando. ¿Un sacerdote debería detestar ponerse de rodillas?

Él la soltó como si ella le hubiera quemado, luego empezó a reírse.

—A mi edad, querida, con mi artritis, me apetece mucho más maldecir que rezar cuando me arrodillo. Y has descubierto uno de mis grandes secretos.

Pese a todo, los dos se rieron bajito mientras salían a la luz de la mañana. A Raven le empezaron a llorar los ojos, que protestaban así por el destello. Tenía que cerrarlos para combatir el dolor que perforaba su cabeza. Se sujetó la mano sobre los ojos.

—¡El sol es tan brillante! Apenas puedo ver y me duele cuando abro los ojos. ¿No le molesta a usted?

—Tal vez Mihail haya dejado unas gafas por aquí. Suele hacer ese tipo de cosas cuando pierde una partida de ajedrez.

El sacerdote revolvió en el cajón y regresó con unas gafas oscuras, hechas ex profeso para Mihail. La montura era demasiado grande para su rostro, pero el padre Hummer se las sujetó con una cinta. Poco a poco, Raven abrió los ojos. La montura le sorprendió por su ligereza, considerando lo oscuras que eran las lentes. El alivio fue instantáneo.

—Es fantástico. No reconozco la marca.

—Uno de los amigos de Mihail las fabrica.

El jardín era precioso. Raven se hundió en el suelo y enterró las manos en la fértil tierra oscura. Sus dedos rodearon aquella riqueza. Algo pesado se aligeró en su corazón, lo que permitió que entrara un poco más de aire en sus fatigados pulmones. Sintió la necesidad de tumbarse estirada en el lecho fértil, cerrar los ojos y absorber la tierra dentro de su piel.

Fue el jardín del padre Hummer lo que le permitió pasar las largas horas de la mañana. El sol del mediodía la envió a buscar el santuario interior de la vivienda. Incluso con la protección de las gafas los ojos le ardían, lloraban y le dolían por la fuerza del sol. Su piel parecía ultrasensible, se enrojecía y se quemaba deprisa, aunque antes ella nunca se había quemado al sol.

Se retiraron juntos y consiguieron jugar dos partidas de ajedrez, una interrumpida mientras Raven se concentraba en combatir sus demonios privados. Agradecía la presencia del sacerdote, pues no estaba segura de haber sobrevivido a la separación de Mihail. Sin él. Bebió infusiones para contrarrestar la terrible debilidad de su cuerpo por la falta de alimento.

Las horas de la tarde parecieron interminables. Raven sólo consiguió engañar el vacío abismal con un par de ataques de llanto. A las cinco de la tarde estaba agotada y decidida a pasar el último par de horas ella sola en su habitación, era cuestión de orgullo. Mihail vendría a buscarla dentro de dos horas, tres como mucho, si había dicho la verdad. Si Raven quería tenerse cierto aprecio, recuperar algo de su independencia y dignidad, tenía que enfrentarse sola a estas últimas horas.

Incluso con el sol tan bajo en el cielo y las nubes empezando a moverse por el horizonte, la luz le hacía daño en los ojos, pese a las gafas oscuras. Sin ellas, nunca habría podido abrirse camino por las calles del pueblo de regreso al mesón.

Por suerte, el mesón estaba más bien tranquilo. La señora Galvenstein y su gente se hallaban en plena preparación de la cena y del comedor. Ninguno de los otros huéspedes estaba presente, o sea, que fue capaz de escaparse a su habitación sin que nadie se enterara.

Se dio una larga ducha, permitió que el agua caliente golpeara su cuerpo con la esperanza de eliminar su terrible necesidad de Mihail. Trenzó su pelo húmedo, negro azulado, en una larga y espesa cola, y se tumbó en la cama totalmente desnuda. El aire fresco abanicaba su piel, caliente de la ducha, y deambulaba sobre ella, la calmaba. Raven cerró los ojos.

Tomó conciencia del sonido de la vajilla que tintineaba mientras ponían la mesa. Captó aquello sin ser consciente. Parecía una buena manera de mantener a raya el sufrimiento y la pena, explorar su nueva capacidad. Raven descubrió que con un poco de concentración podía bajar el volumen, incluso apagarlo, o podía oír a los insectos agitando las alas en la despensa. Percibía el movimiento de los ratones escurriéndose por las paredes, y algunos en el desván.

El cocinero y la doncella discutieron un momento sobre los deberes de esta última. La señora Galvenstein canturreaba desafinando en la cocina mientras trabajaba. Unos susurros atrajeron la atención de Raven, susurros de conspiradores.

—No es posible que Mihail Dubrinsky o Raven Whitney sean muertos vivientes —decía Margaret Summers con vehemencia—. Es posible que él conozca a esta gente, pero no es un vampiro.

—Tenemos que ir ahora. —Ése era Hans—. No tendremos otra oportunidad como ésta otra vez. No podemos esperar a los demás. No tengo intención de esperar a que se haga de noche.

—Ya es bastante tarde. —La voz de Jacob sonó quejumbrosa—. Quedan sólo un par de horas para que el sol se ponga. Solo tardaremos una hora en llegar allí.

—No si nos apresuramos. Está atrapada en la tierra— insistió Hans—. Mañana ya se habrá ido.

—Sigo pensando que deberíamos esperar a Eugene y a los otros —protestó Jacob—. Tienen experiencia.

—No podemos esperar —decidió Harry Summers—. Hans tiene razón. Los vampiros saben que vamos tras ellos y es probable que estén moviendo los ataúdes cada día. No podemos perder la oportunidad. Cojamos los utensilios enseguida.

—Sigo pensando que ese tipo, Dubrinsky, es uno de ellos. Raven está del todo hechizada por él. Shelly me ha dicho que están prometidos —protestó Jacob.

—Estoy seguro, igual que lo estaba mi padre antes que yo. Estoy convencido de que era joven cuando mi padre nació —dijo Hans con gesto grave.

—Y yo te digo que no. —Margaret se mantenía firme.

—Es extraño el efecto que tiene sobre las mujeres, y lo lejos que llegan para protegerle —dijo Hans con recelo, silenciando con eficacia a la mujer de mayor edad.

Raven oyó los sonidos de los asesinos mientras juntaban su equipo mortífero. ¿Habían convencido Hans y Jacob a Harry Summers para matar a Mihail? ¿O a otro miembro de su raza? Se bajó de la cama y se puso unos tejanos limpios, gastados. Mientras se ponía unos calcetines gruesos y las botas de montaña, envió una llamada a Mijail. De nuevo encontró un negro vacío.

Balbuciendo unas cuantas maldiciones escogidas, Raven se echó una suave camisa azul pastel de cambray por encima de la cabeza. No conocía a los policías locales ni sabía dónde encontrarles. Y, de todos modos, ¿quién creería que había cazadores de vampiros? Era ridículo. ¿El padre Hummer? Estaba claro que a su edad no podía andar a la caza por las montañas.

—Pondré estas cosas en el coche —estaba diciendo Jacob.

—¡No! Iremos más rápido a pie. Podemos atajar por el bosque. Coged las mochilas —insistió Hans—. Deprisa, deprisa, no tenemos mucho tiempo. Debemos irnos antes de que se despierten y recuperen toda su fuerza.

Raven se apresuró a mirar por la habitación en busca de un arma. Nada. Cuando ayudaba al FBI con algún caso, los agentes que la acompañaban llevaban armas de fuego. Tomó aliento para tranquilizarse y se mantuvo atenta al grupo mientras salían del mesón.

Eran cuatro, con toda seguridad: Margaret, Harry, Jacob y Hans. Debería haber sospechado de Jacob. La noche en que había intentado cenar con ellos se encontraba muy enferma; debería haberse percatado de que era su reacción natural a las mentes dementes de unos asesinos. Pero no había prestado tanta atención debido a la sobrecarga de emociones por todo lo que le había sucedido.

Aun así, Jacob la había tocado. Si hubiera tomado parte en el asesinato de Noelle, Raven lo habría sabido. Harry y Margaret podrían haberle convencido de que había vampiros en la zona; era gente fanática, peligrosa. Raven sabía que Shelly no estaba implicada. Estaba sentada en su cama, escribiendo trabajos para su escuela. Tal vez hubiera una oportunidad de buscar el apoyo de Jacob, hacerle comprender lo demente que era ir a cazar vampiros.

Cogió sus gafas oscuras, salió con sigilo de la habitación y avanzó sin hacer ruido por el pasillo. Era necesario blindar sus pensamientos y emociones con Margaret Summers rondando cerca. Desde que había conocido a Mijail y empleado la comunicación telepática con él, a Raven le resultaba cada vez más fácil concentrar su talento.

Esperó hasta que el grupo desapareció por el camino que llevaba al bosque. El corazón le dio un vuelco, casi se le detiene un momento, luego empezó a latir con fuerza. La boca se le secó. El camino llevaba a casa de Mihail, estaba segura de que era el mismo sendero que había usado la primera vez que le había invitado a su casa. Él estaba indefenso, herido y sedado con fármacos.

Raven echó a correr, con cuidado de no alcanzar a los asesinos ni acercarse demasiado. Defendería a Mihail con su vida si hiciera falta, pero no estaba demasiado ansiosa por tener un enfrentamiento si había manera de evitarlo.

Unas nubes más oscuras, amenazadoras, flotaban en el cielo azul. Se levantó viento, lo justo para avisar de la tormenta que se aproximaba poco a poco. Las hojas se arremolinaban sobre el sendero de forma ininterrumpida; las ramas más ligeras oscilaban y descendían a su paso.

Sintió un escalofrío con el aire más fresco, el miedo se aferró a ella. *¡Mihail! ¡Escúchame!* Envió la llamada imperiosa con desesperación, rezando mientras continuaba adelante para poder penetrar cualquier barrera que levantaran los fármacos.

Oyó el sonido de una respiración entrecortada y se detuvo, retrocedió para situarse tras el amplio tronco de un árbol. Harry Summers se había rezagado del grupo que avanzaba a buen ritmo y se había detenido para recuperar el aliento. Raven observó mientras él resoplaba enfurruñado y llenaba los pulmones de aire.

El grupo trepaba cada vez más arriba por la montaña. Con un suspiro de alivio, Raven se percató de que habían tomado un desvío por el sendero y ahora se alejaban de Mihail. Pronunció una silenciosa oración de agradecimiento y se puso a andar detrás de Harry. Ella se movía con el sigilo de uno de los lobos de Mihail, asombrada de poder hacerlo de aquella manera. Ni una ramita se quebraba bajo sus pies, ni una sola piedra se iba rodando. Ojalá tuviera su fuerza también. Estaba tan débil por la falta de alimento, tan agotada por la falta de sueño.

Raven alzó la barbilla. Esta gente no iba a cometer otro asesinato sin sentido. No importaba que la víctima elegida no fuera Mihail, tenía que intentar evitar lo que pretendían hacer, fuera lo que fuese. Harry la estaba demorando pues se paraba a descansar cada pocos minutos. Consideró la opción de deslizarse entre los árboles y adelantarle, pero eso supondría tener enemigos en el frente y en la retaguardia.

Media hora más tarde, Raven alzó una mirada ansiosa hacia el cielo. Había densos grupos de árboles en algunos puntos y largas extensiones de prados en otros. Eso la obligaba a reducir la marcha aún más. No se atrevía a correr el riesgo de que la atraparan en un claro. Y ahora el viento soplaba con suficiente fuerza como para acribillarla con ráfagas de aire frío. Con las prisas por seguir al grupo se había olvidado la chaqueta. Aún quedaba una buena hora para la puesta de sol, pero las nubes que se estaban formando habían disminuido la luz. A menudo las tormentas se formaban deprisa en estas montañas y castigaban durante horas. Al llegar a lo alto del siguiente risco, Raven se detuvo de forma abrupta.

Ante ella se extendía un prado cubierto de césped, lechos de hierbas y campos de flores silvestres. Había una casa encajonada entre los árboles, rodeada de frondosos arbustos. Harry se había unido a los demás a un metro de la casa, rodeando una zona de terreno. Sostenía en la mano una estaca de madera, mientras que Hans blandía un pesado martillo. Estaban canturreando y rociando la tierra con agua de una urna. Jacob sostenía una pala y un pico.

Entonces la primera oleada de náuseas se apoderó de Raven, luego comenzó una sensación peculiar, una oleada de dolor en la parte inferior de la espalda rodeó su abdomen y tensó todos sus músculos. No era su propio dolor. Pertenecía a otra persona. Percibió el miedo en su mente, en su boca. Desesperación. Raven tenía su mente conectada con otra mujer. *Necesita salir a la superficie para que nazca su bebé.*

—Es la ramera del diablo, va a dar a luz —gritó Margaret, con el rostro transformado en una máscara de repulsa y odio—. Percibo su miedo. Sabe que estamos aquí y está indefensa.

Jacob hundió el pico en la blanda tierra. Hans empezó a cavar de un modo frenético. El terrible tintineo del metal sobre la roca puso mala a Raven. Era la música de fondo para la depravación de sus mentes fanáticas.

Raven imaginó que podía oír la mismísima tierra gritar de dolor e ira. Respiró trabajosamente para sosegarse. Necesitaba trazar un plan. La mujer debía de encontrarse en un de los muchos pozos mineros que entrecruzaban la zona o en una bodega subterránea de algún tipo. Sentía dolores, estaba de parto, temía por su vida y por la vida de la criatura que iba a nacer.

Raven captó las huellas mentales, las siguió y bloqueó todo lo demás, concentrándose en mantener a la mujer enfocada. Esperó hasta que la contracción pasó y sondeó. *La mujer que viene con los asesinos puede oír tus pensamientos, siente tu dolor y tu miedo. Ocúltate y protege con cuidado cualquier comunicación conmigo o ambas estaremos en peligro.*

Conmoción, luego nada. La mujer respondió con vacilación. *¿Eres una de ellos?*

No. ¿Estás atrapada? Están cavando en la tierra.

Pánico, miedo, luego el vacío mientras la mujer se esforzaba por recuperar el control. *No quiero que muera mi bebé. ¿Puedes ayudarme? ¿Ayudarnos? ¡Por favor, ayúdanos!* Entonces sufrió otra contracción, que la dominó de pies a cabeza.

—¡Está intentando comunicarse con alguien! —gritó Margaret—. ¡Deprisa!

¡Mihail! ¡Te necesitamos! Raven envió la llamada. *¿Qué iba a hacer?* Estaba demasiado lejos para conseguir ayuda, las

autoridades, un equipo de rescate. Necesitaba de alguien, algo, que la ayudara a imaginar una manera de salvar a la mujer y al niño que iba a nacer.

Tengo que salir a la superficie, dijo la mujer desesperada. *No puedo permitir que el niño muera. Mi pareja intentará frenarles mientras yo doy a luz.*

Os matarán a todos. Intenta aguantar un poco. ¿Puedes aguantar media hora, una hora? Tendremos ayuda entonces.

Ellos llegarán antes. Les noto encima mío, removiendo la tierra. Hay muerte en sus mentes.

Intentaré darte un poco más de tiempo.

¿Quién eres? La mujer estaba más tranquila, decidida a mantener el control ahora que una fuerza externa colaboraba con ella.

Raven tomó aliento y luego lo soltó. ¿Cuál era la manera más tranquilizadora de responder? Era complicado que Raven Whitney pudiera inspirar alguna confianza. *Soy la mujer de Mihail.*

La mujer rebosó alivio y Margaret volvió a chillar, hostigando a los hombres para que cavaran con más ímpetu. Raven salió del límite de la vegetación, empezó a pasearse con descaro, a paso lento, por el prado, canturreando para sí mientras caminaba. Harry fue el primero que la detectó. Oyó su maldición, cómo susurraba órdenes a los demás. Jacob y Hans dejaron de trabajar, Hans miró con inquietud al cielo.

Raven saludó con el brazo al grupo y les dedicó una sonrisa inocente.

—Hola a todo el mundo. ¿Qué estáis haciendo? ¿No es precioso todo esto? —Se dio una vuelta completa, con los brazos estirados—. Qué flores tan brillantes, ¿verdad? —continuó deshaciéndose en elogios. Tenía mucho cuidado de mantenerse a buena distancia de ellos—. Qué rabia haber olvidado la cámara.

Los cuatro asesinos intercambiaron miradas nerviosas, de culpabilidad. Margaret fue la primera en recuperarse, envió a Raven una mirada serena de bienvenida.

—Qué ilusión verte, cielo. Te has alejado mucho del mesón.

—He pensado que una caminata y un poco de aire fresco sería bueno para mi salud. ¿Vosotros también habéis venido de excursión? —Raven no tuvo que fingir escalofríos cuando se pasó las manos por los brazos para calentarse—. Parece que vamos a tener otra tormenta. Estaba pensando en dar media vuelta cuando nos hemos encontrado. —Volvió la cabeza a la casona de piedra llena de recovecos—. Me encantaría vivir así de alejada en la montaña, rodeada de naturaleza. —Miró directamente a Hans y le sonrió sin malicia—. Su casa es preciosa. Tiene que estar encantado de vivir aquí arriba.

Todos parecieron confundidos y culpables, como si no tuvieran idea de qué hacer. Jacob fue el primero en recuperarse. Dejó caer su pico y se dirigió resuelto hacia ella. A Raven se le cortó la respiración. Estaba tan indecisa como ellos. No se atrevía a salir corriendo y delatarse, pero tampoco quería que Jacob le pusiera la mano encima.

Raven dio un paso atrás, permitió que su sonrisa se desvaneciera.

—¿He interrumpido algo?

En aquel momento, la mujer atrapada bajo tierra tuvo otra contracción. Recorrió todo su cuerpo como una fuerte oleada, irradiando dolor con intensidad. Al instante Margaret miró con fijeza a Raven.

Raven sólo podía hacer una cosa, y la hizo. Con un jadeo de horror, corrió hacia el grupo.

—¡Oh, santo Dios! ¡Hay alguien atrapado en el pozo y está de parto! ¡Margaret! ¿Qué está sucediendo? ¿Ha pedido alguien ayuda?

En su carrera precipitada eligió adrede una ruta alejada de Jacob, se fue hacia la izquierda, hacia el límite de vegetación más cercano al resto del grupo. Se detuvo dando un traspié justo en un extremo del punto de la excavación. El aire estaba enrarecido, apenas se movía, casi costaba respirar. Reconoció una versión más débil del tipo de escudo mental que utilizaba Mihail. La pareja de la mujer embarazada debía de haber establecido barreras apresuradamente en un intento de dificultar el avance de los fanáticos.

—Todo va a ir bien —contestó Margaret con calma, como si hablara con una niña—. Esa cosa de ahí abajo no es humana.

Raven alzó la cabeza, sus ojos azules llenos de consternación.

—¿No puedes percibirla? Margaret, te dije que yo tenía ciertas habilidades. No me inventaría algo así. Hay una mujer atrapada ahí abajo y va a tener un bebé. Hay minas por toda esta zona. Debe haberse quedado atrapada en una de ellas. Puedo percibir su miedo.

—No es humana. —Margaret rodeaba con cuidado el emplazamiento en dirección a Raven—. Yo soy como tú, Raven. Somos hermanas. Sé lo doloroso que te resultará perseguir a los asesinos en serie para llevarlos ante la justicia, porque yo he hecho lo mismo.

Raven se tragó un nudo de miedo. Margaret sonaba tan dulce y refinada. Pero apestaba al olor agrio del fanatismo.

Sus ojos cansados ardían diabólicos de exaltación. A Raven se le revolvió el estómago. Tal vez pudiera llamar a Jacques.

—Margaret, tienes que percibir su dolor, su miedo. —Raven tenía la boca seca, el corazón le palpitaba con fuerza—. Ya sabes quién soy, de lo que soy capaz. Nunca me he equivocado en algo así.

Hans reanudó su trabajo con la pala y balbució una advertencia a los demás. El viento les levantaba la ropa, les azotaba el cuerpo. Las nubes adquirían un amenazador color pizarra, empezaban a enturbiarse mientras el viento aullaba a través de ellas. Los relámpagos saltaban formando arcos de una nube a otra y los truenos bramaban su advertencia ensordecedora.

—Es una no muerta. Una vampiresa. Se alimenta de la sangre de nuestros niños. —Margaret se acercó poco a poco a Raven.

Raven sacudió la cabeza, se apretó el estómago con las manos.

—No puedes creerte eso, Margaret. Los vampiros son pura ficción. Esta mujer atrapada ahí abajo es muy real. Los vampiros no tienen niños. ¡Vamos, Jacob! No puedes creerte ese disparate.

—Es una vampiresa, Raven, y vamos a matarla. —Jacob indicó la mochila abierta en el suelo con la afilada estaca dentro. Sus ojos brillaban de expectación. Parecía ansioso por llevar a cabo aquella tarea.

Raven se echó hacia atrás.

—¡Estáis todos locos!

¡Por favor! ¡Ayúdame! ¡Llámale! El desesperado grito estaba cargado de terror y dolor.

Raven reaccionó de inmediato. *¡Mihail! ¡Jacques! Ayudadnos.*

—La diablesa la está llamando —informó Margaret.

Por favor, llama a Mihail. Vendrá por ti, gimió la mujer.

—Detenedla —gritó Margaret—. La vampiresa habla con ella, le ruega que pida ayuda. No lo hagas, Raven. Te está engañando. No llames a Dubrinsky.

Raven se giró en redondo, esta vez para apartarse a toda velocidad, y echó a correr mientras enviaba una llamada frenética a Mihail a través del aire tormentoso. Alcanzó los árboles antes de que Jacob la cogiera, la atrapara por las piernas justo por debajo de las rodillas y la hiciera caer de un trompazo al suelo.

La caída la dejó sin aliento, la cabeza le daba vueltas; por un momento se quedó quieta, boca abajo sobre el suelo del bosque, preguntándose qué había sucedido. Jacob la obligó a darse la vuelta con brusquedad y se puso a horcajadas sobre ella, con sus rasgos de chico guapo retorcidos por el deseo y la necesidad de dominarla. Ella captó el nauseabundo olor químico de la cocaína que emanaba de todos sus poros.

¡Mihail! Envió la llamada como una oración pues sabía lo que Jacob tenía en mente, y sabía que ella no tenía fuerza suficiente para detenerle.

El viento cobraba fuerza. En la lejanía, un lobo aulló y otro respondió. Aún más lejos, un oso rugió con irritación.

—Te crees tan lista, puñetera, vendiéndote al mejor postor, tan inocente e intocable. —Jacob la cogió por la parte delantera de la camisa de cambray, la sacudió con fuerza y rompió el material hasta abajo, hasta su delgada cintura. Los prominentes pechos quedaron al descubierto y atrajeron toda la atención de él. Agarró a Raven con rudeza, toqueteando su blanda carne.

Lo siento. El grito de la mujer atrapada dejaba traslucir culpabilidad. No había conseguido proteger sus gritos mentales, había permitido que Margaret Summers oyera sus llamadas a Raven.

¡Mihail! ¡Por favor! La súplica desesperanzada de Raven se repitió de nuevo. *Tienes que oírme. Te necesito, por favor, ayúdame. Ayuda a esta pobre mujer.*

Jacob rugió y le dio una bofetada, luego otra.

—Te ha marcado. Dios mío, eres una de ellos. —Le apretaba la garganta con la mano, amenazaba con dejarla sin aliento—. Te ha fecundado como a los demás. Sabía que era él.

Levantó la mano por encima de ella y Raven captó el destello de un metal reluciente. Jacob descendió el puñal sobre ella, con el rostro deformado por la furia y el odio. El dolor atravesó la parte inferior del abdomen de Raven con crueldad y la sangre manó en abundancia. Jacob sacó el cuchillo chorreante de su carne y lo volvió a alzar.

9

La tierra retumbaba, se sacudía y bamboleaba. El cuchillo de Jacob se hundió por segunda vez y a conciencia. El viento desató su mortal potencia, envió por los aires hojas, ramas de mayor o menor tamaño como si de misiles se tratara. El cuchillo se clavó una tercera vez. Se oyó el chisporroteo de un rayo, y dos y hasta tres, cayendo sobre la tierra mientras el trueno estallaba, sacudía la tierra con el sonido sagrado. El cuchillo la encontró una cuarta vez. Los cielos se abrieron y la lluvia cayó con fuerza, veloz, como si hubieran reventado las compuertas.

Jacob estaba cubierto de sangre. Se apartó de ella y levantó la cabeza mientras el cielo se oscurecía cada vez más. Alcanzó a oír a los demás gritando de miedo.

—Maldita seas. —Asestó una quinta puñalada con furia y desafío.

Una mano invisible atrapó su muñeca antes de que la hoja pudiera encontrar a Raven, y sus dedos la rodearon con fuerza en un asimiento inquebrantable. El cuchillo cambió de sentido y apuntó contra la garganta de Jacob, y durante un largo momento, una eternidad, se quedó mirando horrorizado la hoja ensangrentada que se aproximaba a su carne. De repente atacó y se clavó hasta la empuñadura.

Los lobos surgían del bosque y se multiplicaban, rodeando el prado de ojos destellantes, fijos en las tres personas que esquivaban las ramas que saltaban arrojadas por los aires. Margaret chilló y salió corriendo. Harry se largó a ciegas y Hans resbaló, cayendo de rodillas mientras la tierra se convulsionaba y sacudía una vez más.

—Raven. —Mihail se materializó a su lado, el miedo por ella clavado en sus entrañas. Rasgó los tejanos para poder ver la extensión de las heridas.

La tierra volvió a bambolearse y el prado se abrió por la mitad. En un intento de taponar el terrible flujo de sangre, Mihail sujetó sus manos sobre aquellos agujeros como surtidores. Jacques titiló hasta hacerse visible, luego Eric y Byron. Llegó Tienn y luego Vlad.

Gregori surgió como una bala del cielo en dirección a los tres asesinos humanos rodeados por la manada de lobos. Allí en el prado, con el mundo a punto de estallar, adoptó la forma de un gran lobo negro, un lobo con el castigo en sus ojos hambrientos y enloquecidos.

—Dios mío. —Jacques estaba de rodillas al lado de Mihail y cogía puñados de fértil tierra—. Venga, Byron, a por las hierbas. ¡Deprisa!

En cuestión de minutos habían cubierto las heridas de Raven con sus emplastos. Mihail no les hacía caso, acunaba a Raven en sus brazos, su gran cuerpo se inclinaba con gesto protector para protegerla de la arremetida del aguacero.

Todo su ser estaba ensimismado, concentrado tan sólo en una cosa. *No vas a dejarme*, ordenó. *Yo no voy a abandonarte*. Un rayo crepitó, sacudió el cielo, golpeó la tierra. Al instante le siguió el estallido de un trueno que sacudió las montañas.

—¡Jacques! Eleanor va a dar a luz. —Vlad estaba desesperado.

—Métela en la casa. Llama a Celeste y a Dierdre. —Jacques dio un puntapié al cuerpo de Jacob con desprecio y sumó su gran corpulencia para resguardar a Raven.

—No ha muerto —siseó Mihail al ver la compasión en los ojos de su hermano.

—Está muriéndose, Mihail. —Jacques sintió una punzada en el pecho al tomar conciencia.

Mihail la atrajo hacia él, inclinó la cabeza hasta que su mejilla quedó pegada a la de ella. *Sé que puedes oírme. Tienes que beber, Raven. Da un buen trago. Raven. Bebe cuanto puedas.*

Notó una débil agitación en su mente. Calor, pesar. Tanto dolor. *Déjame ir.*

¡No! ¡Nunca! No hables, sólo bebe. Por mí, si me amas, por mí, por mi vida, bebe lo que te ofrezco. Antes de que Jacques pudiera adivinar sus intenciones e intentara detenerle, Mihail se hizo un profundo corte en la yugular.

Brotó un chorro de sangre. Mihail la acercó a él, empleó todos sus poderes para forzar su obediencia. La voluntad de Raven obedeció, el cuerpo estaba ya demasiado débil. Tragó lo que caía en su boca, pero no podía beber bien por sí sola.

Un rayo tras otro golpeaban la tierra. Un árbol explotó, arrojando chispas encendidas. La tierra volvió a convulsionarse, se bamboleó, se separó a punto de reventar. Gregori les sobrevolaba. El más siniestro de los carpatianos, sus ojos claros, fríos como el hielo, contenían la dura promesa de la muerte.

—Los lobos han cumplido con su trabajo —informó Eric en tono grave—. Los relámpagos y los movimientos de tierra harán el resto.

Jacques no les hacía caso, agarraba a Mihail por el hombro.

—Suficiente, Mihail. Aún estás demasiado débil. Ella ha perdido demasiada sangre. Tiene heridas internas.

Una ira negra le llenaba. Arrojó la cabeza hacia atrás y expresó su negativa con un rugido, un sonido que explotó por todo el bosque y las montañas como el estallido del trueno. A su alrededor, los árboles ardieron en llamas y estallaron como cartuchos de dinamita.

—Mihail. —Jacques se negó a soltarle—. Déjala ya.

—Tiene mi sangre, eso la curará. Si no retiene la sangre, la meteremos en el suelo y ejecutaremos el ritual sanador, y entonces ella vivirá.

—¡Basta, maldición! —La voz de Jacques trasmitía auténtico temor.

Gregori tocó a Mihail con delicadeza.

—Si tú mueres, viejo amigo, nosotros no tendremos opción de salvarla. Debemos mantenernos juntos para lograrlo.

La cabeza de Raven colgó hacia atrás, su cuerpo estaba fláccido como el de una muñeca de trapo. A Mihail la sangre le caía imparable por el pecho. Jacques se inclinó sobre su hermano, pero Gregori se adelantó y cerró la herida abierta con una sola pasada de la lengua.

Mihail parecía ajeno a su entorno, dirigía todo su ser, toda su concentración disciplinada hacia Raven. Se estaba apartando de él, se desvanecía lenta pero inexorablemente. El corazón latía de manera errática, un latido, un fallo, un único latido... Hubo un silencio inquietante que no auguraba nada bueno.

Maldiciendo, Mihail la tumbó en el suelo, respiró físicamente por ella, estimuló con las manos su corazón. La mente buscaba el rastro de ella, encontró una pequeña luz en un rincón, que se desvanecía débil. Flotó en un mar de dolor. Raven estaba más débil de lo que podría imaginarse. Respiración, masaje. Volvió a llamarla, a reforzar su voz con una orden.

Un torrente de agua bajaba precipitándose por el cañón rocoso que había tras ellos, un sólido bloque que cogía fuerza y velocidad. La tierra volvió a sacudirse. Dos árboles explotaron con conflagraciones ardientes pese a la fuerte lluvia.

—Permite que te ayudemos —ordenó Gregori con voz queda.

Jacques apartó a su hermano con dulzura, se ocupó de la reanimación cardiopulmonar mientras Gregori respiraba por Raven. Adentro, afuera, Gregori llenó sus pulmones del precioso aire. Jacques obligó al corazón a continuar. Dejó que Mihail se concentrara en su búsqueda mental. Un movimiento en su mente, el más leve de los contactos, pero supo que era ella y se aferró a ese rastro, lo siguió sin piedad. *No vas a dejarme.*

Ella intentó apartarse de él, hacia arriba, bien lejos. Había demasiado dolor en la dirección de las llamadas.

Invadido por el pánico, Mihail gritó su nombre. *No puedes dejarme ahora, Raven. No puedo sobrevivir sin ti. Regresa junto a mí, vuelve conmigo o te seguiré a donde me lleves.*

—Encuentro su pulso —dijo Jacques—. Es débil, pero está ahí. Necesitamos transporte.

En la oscuridad creciente hubo un centelleo. Tienn apareció a su lado.

—Eleanor ha dado a luz, y la criatura vive —anunció—. Es un niño.

Mihail dejó ir un largo y lento siseo.

—Traicionó a Raven.

Jacques sacudió la cabeza con una advertencia cuando Eric quiso hablar para intentar defender a su mujer. Mihail estaba poseído por una rabia asesina. El más mínimo error le provocaría. La furia de Mihail estaba desatando el clima turbulento, la tormenta rugiente y la convulsión de la tierra.

Mihail volvió a hundirse en su mente, estrechando a Raven en sus brazos, absorbiendo cuanto dolor podía. El trayecto de regreso a casa fue algo borroso para él: la lluvia acribillando el parabrisas, los relámpagos crepitando, percutiendo. El pueblo estaba desierto, a oscuras, se había ido la electricidad con la terrible ferocidad de la tormenta. Dentro de las casas, la gente se recogía a rezar, con la esperanza de vivir para contar aquella feroz tormenta, sin entender que sus vidas dependían del coraje y la tenacidad de una pequeña mujer.

El cuerpo de Raven, tan fláccido, sin vida, fue despojado de la ropa manchada de sangre y quedó colocado sobre la cama de Mihail. Machacaron hierbas curativas, algunas las quemaron. Sustituyeron los anteriores emplastos por otros nuevos, más fuertes, para intentar detener la pérdida de sangre. Mihail tocó las oscuras magulladuras de su rostro con dedos temblorosos, las marcas oscuras que se destacaban contra sus níveos y prominentes pechos, donde Jacob le había hecho daño de forma deliberada en su ataque de ira celosa, narcotizada. La furia se apoderó de Mihail y anhelo aplastar la garganta de Jacob con sus propias manos.

—Necesita sangre —dijo de repente.

—Y tú también. —Jacques esperó a que Mihail cubriera con la sábana a Raven antes de ofrecerle su muñeca—. Bebe ahora que puedes.

Gregori le tocó el hombro.

—Perdóname, Jacques, pero mi sangre es más fuerte. Contiene un inmenso poder. Permíteme que haga al menos esto por mi amigo. —Al ver el gesto de asentimiento de Jacques, Gregori se hizo un solo corte sobre la vena.

Se produjo un silencio mientras Mihail aprovechaba la rica sangre de Gregori. Jacques dio un suave respiro.

—¿Ella ya ha intercambiado sangre contigo en tres ocasiones? —Se obligó a que su voz sonara neutral, no quería aparentar que daba una reprimenda a su líder y hermano.

Los ojos de Mihail parpadearon con una advertencia.

—Sí. Si vive, lo más probable es que sea como nosotros. —Lo que no dijo fue que podría vivir para acabar destruida por el mismo ser que la había convertido.

—No podemos buscar ayuda médica para ella. Si nuestros métodos no funcionan, Mihail, sus médicos no servirán para nada —avisó Jacques.

—Maldición, ¿te crees que no me doy cuenta de lo que he hecho? ¿Crees que no sé que le he fallado, que no he podido protegerla? ¿Que por mis acciones egoístas la he puesto en peligro? —Mihail se arrancó la camisa ensangrentada, hizo una bola con ella y la arrojó al extremo más alejado de la habitación.

—No tiene sentido mirar hacia atrás —dijo Gregori con calma.

Las botas de Mihail cayeron también al suelo, y sus calcetines. Se echó en la cama al lado de Raven.

—No puede asimilar la sangre a nuestra manera, está demasiado débil. No tenemos otra opción que emplear sus primitivos métodos de transfusión.

—Mihail... —volvió a decir Jacques en tono de advertencia.

—No tenemos opción. No ha tomado la sangre necesaria, ni mucho menos. No podemos permitirnos el retraso de una discusión ahora. Te pido a ti, mi hermano, y a ti, Gregori, como amigo, que hagáis esto por mí. —Mihail acunó la cabeza de Raven en su regazo, se recostó entre las almohadas y cerró los ojos con gesto cansado mientras los otros iniciaban el primitivo proceso.

Si viviera otros mil años, Mihail nunca olvidaría el primer indicio de inquietud en su mente cuando yacía como un difunto bajo la tierra, recuperándose de la herida en la pierna. La noción había explotado en su cerebro, había expandido el terror por su corazón y la furia por su alma. Había sentido el temor paralizador de Raven. La mano de Jacob sobre su precioso cuerpo, los golpes brutales, la sensación desgarradora del cuchillo mientras atravesaba la carne y penetraba en sus entrañas. Tanto dolor y miedo. Tanta culpabilidad por no ser capaz de proteger a Eleanor y al niño que iba a nacer.

El débil contacto de Raven se había colado hasta el interior de su mente, tan susurrante, cargado de dolor y pesar. *Lo siento, Mihail. Te he fallado*. Su último pensamiento coherente había sido para él. Mihail se despreciaba, despreciaba a Eleanor por no tener suficiente disciplina para practicar la comunicación mental, concentrada y pura.

En ese segundo de entendimiento, mientras yacía indefenso encerrado en la tierra, se tambalearon los cimientos de su vida, sus creencias. En cuanto salió, de sopetón, con su hermano Jacques también levantándose a su lado, alcanzó mentalmente a Jacob y clavó hasta la empuñadura el puñal ensangrentado en la garganta del asesino.

La tormenta permitió que Vlad liberara a Eleanor y saliera de la casa sin el temor a quedarse ciegos o a ese momento de total desorientación que daría tiempo suficiente a los asesinos para matar a la mujer parturienta.

Mihail buscó la mente de Raven, se introdujo en ella con calor y amor mientras la sostenía en el cobijo de sus brazos. La aguja perforó la parte interior de su brazo y se clavó luego en el de ella. No tenía dudas sobre el atento seguimiento de la transfusión que haría su hermano. La vida de Mihail estaba en sus manos, igual que la de Raven. Si ella moría, Mihail la seguiría. Sabía de corazón que la furia negra que aún le quedaba haría peligrar a cualquiera que se encontrara cerca de él, carpatianos y humanos por igual. Sólo podía confiar en que, si Raven moría, Gregori estuviera a la altura de la tarea de dispensar justicia carpatiana con precisión y rapidez.

No. Incluso en su estado inconsciente, Raven intentaba salvarle.

Le acarició el pelo con largas pasadas de la mano. *Duerme, pequeña. Necesitas el sueño curativo.* Empleando su mente, respiró por los dos, adentro, afuera, obligando al oxígeno a que entrara en los pulmones de ambos. Mantuvo acompasado el ritmo de sus corazones. Asumió la mecánica del cuerpo de Raven en la medida de lo posible para permitir su sanación.

Jacques sabía de qué estaba hecha la mente de Mihail. Si esta mujer no lograba vivir, le perderían. En aquel preciso instante su hermano mayor estaba empleando su poder para mantener en movimiento la sangre de Raven, su corazón bombeando y los pulmones respirando. Era un proceso agotador.

Gregori encontró la mirada de Jacques sobre la cabeza de Mihail. No iba a permitir que la pareja muriera. Dependía de ellos que la joven sanara.

—Ya lo hago yo, Jacques. —No era una petición.

El aire se agitó a su lado y Celeste se materializó con Eric.

—Él quiere seguirla —dijo Celeste en un susurro—. La quiere muchísimo.

—¿Ya se sabe lo sucedido? —preguntó Jacques.

—Mihail se está retirando —respondió Eric—. Todos los carpatianos podemos sentirlo. ¿Hay alguna posibilidad de salvarlos?

Jacques alzó la vista, con su apuesto rostro demacrado, los ojos oscuros tan parecidos a los de Mihail, afligidos por el dolor.

—Ella lucha por él. Sabe que si muere Mihail la seguirá.

—¡Basta! —siseó Gregori llamándoles la atención—. No tenemos otra opción que salvarles. Es lo único que podemos tener en mente.

Celeste se acercó a Raven.

—Permíteme hacer esto por ella, Jacques. Soy una mujer, estoy embarazada. No cometeré errores.

—Gregori es un sanador, Celeste. Estás embarazada y eso es complicado —negó Jacques con calma.

—Los dos les estáis dando sangre, Y podríais cometer un error. —Celeste levantó la sábana que cubría el estómago de Raven. El jadeo fue audible, el horror muy real. De forma involuntaria, dio un paso atrás—. Dios mío, Jacques. No hay posibilidad.

Jacques, furioso, cogió a Celeste por el codo y la quitó de en medio. Gregori se interpuso entre ambos, lanzando su pálida mirada sobre Celeste como si fuera mercurio, centelleante y con una amenaza calmada y fría, una terrible reprimenda.

—Voy a encargarme yo de sanarla, no hay más que hablar. Y ella se curará. Mientras realizo la tarea quiero que estén presentes sólo quienes crean sin reservas. Vete ahora si no puedes darme tu ayuda. Sólo debe haber una convicción completa en mi mente y en las mentes de los que nos rodean. Ella vivirá porque no hay otra alternativa.

Gregori llevó sus manos sobre las heridas, cerró los ojos y salió de su propio cuerpo para entrar en el que yacía, terriblemente, tan quieto como la muerte.

Mihail notó la agitación de dolor en Raven. Se resistió, intentó apartarse, intentó debilitarse de tal manera que esta sensación nueva y dolorosa no la alcanzara. La rodeó sin esfuerzo, la mantuvo quieta para que Gregori llevara a cabo la labor intrincada de reparar los órganos dañados. *Relájate, métete en el proceso, pequeña. Estoy aquí en esto contigo.*

No puedo hacerlo. Fue más una sensación que palabras. Tanto dolor.

Decide por nosotros, entonces, Raven. No te irás sola.

—¡No! —La protesta de Jacques fue rotunda—. Sé lo que estás haciendo, Mihail. Bebe ahora o no continuaré con la transfusión.

La furia le invadió de nuevo, le sacó de su semiestupor. Jacques aguantó la mirada, la ira en sus ojos oscuros, con calma deliberada.

—Estás demasiado débil por la pérdida de sangre como para oponerte a mí.

—Entonces deja que me alimente. —En esas palabras había furia fría y negra como la noche. Pura amenaza, el desafío de la muerte.

Jacques expuso su garganta sin vacilación, consiguió contener un gemido de dolor mientras Mihail mordía en profundidad, se alimentaba con ansia, con ferocidad, como un animal salvaje. Jacques ni forcejeó ni profirió sonido alguno; ofreció su vida a su hermano y a Raven. Eric se acercó a ellos cuando a Jacques se le doblaron las rodillas y se sentó con pesadez, pero Jacques le indicó que se apartara.

Mihail alzó la cabeza de súbito, con las facciones ensombrecidas, tan angustiadas y embargadas por el dolor que Jacques sufrió por él.

—Perdóname, Jacques. No tengo excusa por la forma en que te trato.

—No hay nada que perdonar, pues yo me he ofrecido voluntario —susurró Jacques con voz ronca. Eric se movió de inmediato a su lado para ofrecer a Jacques su sangre.

—¿Cómo alguien pudo hacerle eso? Es tan buena, tan valiente. Arriesgó su vida por ayudar a una simple desconocida. ¿Cómo alguien puede querer hacerle daño? —preguntó Mihail, alzando los ojos al cielo. El silencio era su única respuesta.

La mirada de Mihail encontró la de Gregori. Observó a su amigo trabajando con la concentración intensa del ritual de sanación. El cántico grave le sedaba, aportaba cierto alivio a su alma atormentada. Podía sentir a Gregori con ellos, dentro del cuerpo de Raven, trabajando, entretejiendo la magia de la reparación corporal, un proceso dolorosamente lento.

—Suficiente sangre —susurró Jacques con aspereza mientras encendía las velas aromáticas e iniciaba otro cántico grave.

Gregori se agitó, aún mantenía los ojos cerrados, pero hizo un gesto de asentimiento.

—Su cuerpo intenta conversar. Nuestra sangre está inundando sus órganos y trabaja para renovar y reparar tejido. Necesita tiempo para el proceso. —Volvió a entrar en las profundísimas heridas que estaba alineando. Su matriz había sufrido daños, y era un órgano demasiado importante como para correr riesgos. Ella tenía que volver a estar perfecta.

—El corazón late con demasiada lentitud —dijo Jacques con debilidad mientras bajaba de la cama al suelo. Parecía sorprendido de encontrarse allí.

—Su cuerpo necesita más tiempo para aceptar el cambio y sanarse —añadió Celeste mientras observaba el trabajo de Gregori. Sabía que estaba presenciando un milagro. Nunca había estado tan cerca del legendario carpatiano del que todos murmuraban. Pocos de ellos habían visto en realidad a Gregori. Emanaba poder por cada uno de sus poros.

—Se encuentra bien —admitió Mihail con debilidad—. Continuaré respirando por ella, continuaré garantizando sus latidos. Eric, tú debes ocuparte de Jacques.

—Descansa, Mihail, encárgate de tu mujer. Jacques va a estar bien. Tienn está aquí por si surge algún problema. Gregori tiene muchas horas de trabajo por delante —respondió Eric—. Si fuera necesario, llamaríamos a los demás para que nos presten su ayuda.

Jacques levantó la mano hacia su hermano. Mihail la estrechó.

—Debes calmar ahora tu ira, Mihail. La tormenta es demasiado fuerte. La montañas también protestan con furia. —Cerró los ojos y apoyó la cabeza contra la estructura de la cama, estrechando aún la mano de su hermano.

Raven casi se sentía ajena a lo que estaba sucediendo en su cuerpo. Era consciente de las otras personas en la habitación y de sus movimientos gracias a Mihail. Él estaba con ella en cierto sentido, en su cuerpo, respiraba por ella. Y había otra persona a quien no reconocía pero que también estaba con ella, trabajaba como lo haría un cirujano, reparaba las serias lesiones que había sufrido su cuerpo, sus órganos internos, y prestaba especial atención a sus órganos femeninos. Quiso parar, permitir que el dolor se la tragara, se la llevara a un lugar más allá de los sentimientos. Podría permitir cualquier cosa. Estaba tan cansada, tan cansada... Sería tan fácil. Era lo que quería, lo que anhelaba.

Rechazó la paz que le hacía señas y se aferró a la vida. A la vida de Mihail. Quería pasar las puntas de los dedos sobre la líneas de tensión que sabía que rodeaban su boca. Quería aliviar la culpa y la rabia, asegurarle que todo había sido decisión propia. El amor de Mihail, total, inflexible, incondicional, interminable, casi era más de lo que ella podía asimilar. Pero, sobre todo, Raven era consciente de los cambios extraños que tenían lugar en su cuerpo.

Ninguno de los presentes la tocaba, tan bien rodeada, protegida en el capullo formado por el amor de Mihail. Él respiraba, ella respiraba. Su corazón latía, el corazón de Raven latía. *Duerme, pequeña. Yo velaré por los dos.*

Tras varias horas, largas y extenuantes, Gregori se enderezó con el pelo húmedo de sudor, el rostro agotado y marcado, el cuerpo dolorido a causa de la fatiga.

—He hecho todo lo que he podido. Si vive, será capaz de tener hijos. La sangre de Mihail y la tierra deberían finalizar ahora el proceso de curación. El cambio se está produciendo con rapidez. Ella no entiende y tampoco lo combate. —Se pasó por el pelo una mano manchada con la preciosa sangre de Raven—. Sólo lucha por la vida de Mihail, piensa sólo en su vida y en cómo le afectaría que ella muriera. Creo que es mejor que no entienda lo que de hecho le está sucediendo. No conoce el alcance de las heridas. El dolor es fuerte. Sufre mucho, pero no puede decirse que sea una persona poco perseverante.

Jacques ya estaba preparando nuevos emplastos para sustituir los que estaban empapados de sangre.

—¿Podemos darle más sangre? Aún pierde más de lo que me gustaría. Está tan débil que temo no aguante toda la noche con vida.

—Sí —contestó cansado Gregori, con gesto reflexivo—, pero no más de medio litro o uno como mucho. Debemos hacer esto despacio o la sobresaltaremos. Lo que aceptaría de modo incondicional para Mihail, no lo acepta para ella. Dadle mi sangre. Es potente, como la de Mihail, y él se está debilitando al intentar respirar por ella y mantener su corazón latiendo.

—Estás cansado, Gregori —protestó Jacques—. Hay más voluntarios.

—Pero no tienen mi sangre. Haz lo que digo. —Gregori se sentó con calma y observó cómo le insertaban la aguja en la vena. Nadie discutía con Gregori, lo que decía era ley. Sólo Mihail podía llamarle amigo.

Celeste respiro hondo, quería decirle algo a Gregori para mostrarle su admiración, pero una mirada en sus ojos la detuvo. Gregori era la calma en el ojo de la tormenta, letal con toda su frialdad.

Jacques permitió que el precioso fluido vital de Gregori entrara directo en las venas de Raven. No era la mejor manera ni la más rápida de sanar, pero los comentarios de Gregori aliviaron la inquietud de Jacques. Sólo cuando éste verificó que la sangre fluía sin problemas, volvió a sentarse. Tenían que organizarse, verificar que controlaban cada detalle. Mihail creía que los detalles salvaban vidas.

—Tenemos que valorar los daños que puede sufrir nuestra gente. ¿Murieron todos los asesinos, nadie escapó?

—Hans, la pareja americana y también el hombre que atacó a Raven. —Eric los contó—. Eran los únicos que estaban presentes. Ningún mortal puede haber sobrevivido a la intensidad de la tormenta, a la ira asesina de los animales. Si hubiera algún observador que no hubiéramos detectado, Mihail o los animales lo hubieran sabido.

Gregori se agitó con cansancio, su enorme fuerza empezaba a desvanecerse tras ese esfuerzo continuado.

—No había nadie más —dijo en tono imperioso, como si a nadie se le ocurriera cuestionarle, y por supuesto que no iban a hacerlo.

Jacques se percató de que una leve sonrisa se dibujaba en su boca por primera vez en toda la noche.

—Pero hiciste una batida a fondo por toda la zona, ¿verdad Eric?

—Por supuesto que sí. Los cuerpos están quemados, atrapados juntos debajo de un árbol, como si buscaran cobijo y un rayo les hubiese alcanzado. No hay evidencia de heridas —informó.

—Mañana se iniciará una búsqueda de los turistas desaparecidos y de Hans. Byron, tu casa está cerca, los otros asesinos sospecharán de ti. No te acerques por allí. Vlad debe llevarse a Eleanor y a la criatura lo más lejos de esta zona que pueda.

—¿Pueden viajar? —preguntó Gregori.

—En coche.

—Contamos con esta noche. Tengo una casa que a veces uso durante los meses de invierno, no muy a menudo. Está bien protegida, su acceso es difícil. —La sonrisa de Gregori no consiguió dar calor a sus ojos plateados—. Me gusta mi privacidad. En este momento no está ocupada. La ofrezco de buena gana para proteger a la mujer y a la criatura el tiempo que sea necesario. La casa se halla a casi doscientos kilómetros de este lugar, y yo vago por el mundo, o sea, que nadie os molestará.

Antes de que Vlad pudiera protestar, Jacques se adelantó a él.

—Una idea excelente. Eso resuelve uno de nuestros problemas. Byron ya tiene su propio refugio. En marcha, Vlad. Cuida bien de Eleanor. Para nosotros es muy valiosa, igual que la criatura.

—Debo hablar con Mihail. Eleanor está deshecha por haber puesto en peligro la vida de Raven.

—Mihail está alterado. —Jacques sacó la aguja del cuerpo decaído de Raven y del brazo de Gregori. La respiración de ella era tan leve, tan superficial, no veía claro como iba a conseguir Mihail mantenerla con vida—. Tendrás que discutir las cosas con él en otro momento. Ahora está empleando todas sus energías en la reanimación de Raven. Su mujer no respira por sí sola.

Vlad frunció el ceño, pero obedeció cuando Gregori le indicó con un ademán que podía marcharse. Podría haberse quedado a discutir con Jacques para tranquilizar la conciencia de su pareja de vida, pero todos obedecían a Gregori. Era la mano derecha de Mihail, el más implacable de sus cazadores, el verdadero sanador de su gente, y protegía a Mihail como un tesoro.

—Ninguno de nosotros se ha alimentado esta noche —comentó Eric mientras estudiaba los rasgos pálidos de su esposa—. Ningún humano saldría esta noche.

—El riesgo es mayor cuando nos vemos obligados a entrar en una vivienda. —Jacques suspiró, deseó poder consultar a Mihail.

—No le molestes —dijo Gregori—. Ella le necesita más que nosotros. Si muere, le perderemos, igual que cualquier posibilidad de futuro para nuestra raza. Noelle fue la última mujer que sobrevivió, y eso fue hace más de quinientos años. Necesitamos que esta mujer continúe nuestra especie. Debemos estar en plena forma. Aún no hemos acabado.

Mihail se agitó, abrió sus ojos negros llenos de angustia.

—Aún no hemos acabado. Al menos quedan otras dos personas, es posible que cuatro. Eugene Slovnsky, Kurt Von Halen. No conozco la identidad de los otros dos viajeros o si tan siquiera están implicados. Sus nombres estarán en el mesón, la señora Galvenstein puede facilitárnoslos. —Sus largas pestañas descendieron. Los dedos de Mihail se adentraron profundamente en el pelo de Raven, como si pudiera traerla de vuelta del borde de la muerte.

Jacques observó esos largos dedos mientras acariciaban el cabello con cariño.

—¿Podemos ponerla unas horas en la tierra, Gregori?

—Aceleraría algo el proceso de curación.

Eric y Jacques bajaron a preparar la bodega, abrieron la tierra con una sola orden y crearon espacio suficiente para tender dos cuerpos uno al lado del otro. Movieron a Raven con sumo cuidado y Mihail permaneció muy cerca de ella, sin hablar en ningún momento, concentrado por entero en su corazón, sus pulmones, en preservar la tenue luz que contenía su deseo de vivir.

Descendió hasta la profundidad de las entrañas de la tierra, sintió las propiedades curativas del fértil suelo que se asentaba a su alrededor como un lecho acogedor. Aceptó el ligero peso de Raven, acomodó su cuerpo junto al cobijo que le ofrecía el suyo.

Mihail movió las manos para formar un lígero túnel sobre sus cabezas y ordenó a la tierra que les cubriera. El suelo llenó el espacio a su alrededor y tapó sus piernas, las de ella, cubrió sus cuerpos, llevándoles aún más a las profundidades de la tierra.

El corazón de Raven dio un vuelco, casi deja de latir, el pulso se volvió errático pese al firme latir del corazón de Mihail. *¡Estoy viva! ¡Nos están enterrando vivos!*

Quieta, pequeña. Pertenecemos a la tierra. Se ofrece a curarnos. No estás sola, estoy aquí contigo.

No puedo respirar.

Yo estoy respirando por los dos.

No puedo soportarlo. Diles que paren.

La tierra tiene poderes recuperativos. Deja que funcione. Soy carpatiano, de esta tierra. No hay nada que temer. Ni el viento ni la tierra ni las aguas. Somos una sola cosa.

Yo no soy carpatiana. En su mente había absoluto terror.

Somos una sola cosa. Nada puede hacerte daño.

Ella se cerró a cualquier comunicación con Mihail, inició una pelea frenética que sólo conseguiría poner fin a su vida. Mihail comprendió que era inútil discutir. No podía aceptar estar rodeada de tierra, de los pies a la cabeza. Les sacó de allí de inmediato, obligó a su corazón a disminuir el ritmo hasta normalizarse, flotó hacia arriba con ella en brazos.

—Esto me temía —le dijo a Jacques, quien se encontraba todavía en la bodega—. La sangre carpatiana corre con fuerza por sus venas, pero su mente marca límites humanos.

El enterramiento representa la muerte. No puede tolerar la profundidad de la tierra.

—Entonces debemos traer tierra para ella —dijo Jacques.

—Está demasiado débil, Jacques. —Mihail acercó a Raven hacia él, con la pena grabada en su rostro—. No tiene sentido que le suceda todo esto a ella.

—No, no lo tiene, Mihail —respondió Jacques.

—He sido tan egoísta con ella. Y sigo siéndolo. Debería haber permitido que encontrara la paz, pero no puedo. La hubiera seguido, Jacques, hubiera dejado este mundo, aunque no sé si lo hubiera hecho sin protestar.

—Y entonces, ¿qué sería del resto de nosotros? Ella representa nuestra oportunidad, nuestra esperanza, Mihail. Sin esto ninguno de nosotros podrá continuar mucho más. Creemos en ti, creemos que encontrarás la respuesta para el resto de nosotros. —Jacques hizo una pausa en la puerta de salida de la bodega—. Iré a buscar un colchón. Byron, Eric y yo lo cubriremos con la tierra más fértil que encontremos.

—¿Os habéis alimentado?

—Ya se ha hecho de noche, tenemos muchas horas.

Instalaron en la bodega un lecho sanador, emplearon hierbas e incienso, taparon el colchón con medio palmo de tierra. Raven y Mihail se instalaron de nuevo juntos, sin que él dejara de estrecharla entre sus brazos, la cabeza de ella contra su pecho. Jacques comprimió la tierra debajo de Raven para que se adaptara al contorno de sus curvas. Formaron una delgada manta de tierra que echaron por encima de ellos, a la que añadieron una sábana para que Raven pudiera sentir el bienestar tranquilizador del algodón contra su cuello, su rostro.

—Manténla quieta, Mihail —alentó Jacques—. Las heridas se están cerrando, aún pierde sangre pero no demasiada, y podemos darle más sangre dentro de un par de horas.

Mihail apoyó la mejilla en la cabeza sedosa de Raven y se permitió cerrar los ojos.

—Id a alimentaros, antes de que desfallezcáis —murmuró en tono cansado.

—Yo iré cuando regresen los demás. No te dejaremos ni a ti ni a tu mujer sin vigilancia.

Mihail se agitó como si quisiera protestar, pero luego una leve sonrisa se dibujó en su boca.

—Recordadme que os enseñe un par de lecciones cuando me recupere. —Se quedó dormido con el sonido de la risa de Jacques en los oídos y Raven estrechada entre sus brazos.

Afuera, la lluvia se había transformado en una fina llovizna y el viento había amainado, llevándose las nubes de tormenta con él. La tierra estaba silenciosa después de la sucesión de movimientos y sacudidas. Gatos, perros y ganado habían retomado su conducta normal. Los animales salvajes buscaban un sitio donde cobijarse de la tormenta.

Raven despertó poco a poco, con dolor. Antes de abrir los ojos, evaluó la situación. Estaba herida; debería estar muerta. Se encontraba en brazos de Mihail, su vínculo mental era más fuerte que nunca. La había recuperado de la muerte, la había arrastrado hasta aquí y ofrecido la posibilidad de marcharse... si él se iba con ella. Alcanzaba a oír los sonidos de la casa que crujían sobre su cabeza, así como el apaciguador sonido de la lluvia que tamborileaba sobre el tejado, en las ventanas. Alguien se movía por la casa. Si se esforzaba, podría imaginarse con exactitud quién era y en el lugar de la casa en que se encontraba, pero le parecía demasiado esfuerzo.

Permitió que poco a poco el horror de lo que había sucedido se reprodujera en su cabeza. La mujer atrapada a punto de dar a luz, el desagradable fanatismo que llevaba a tan brutal asesinato y locura. El rostro de Jacob mientras la abofeteaba, le arrancaba la ropa y...

El grave grito de alarma de Raven hizo que Mihail la rodeara con más fuerza con los brazos mientras le acariciaba la cabeza con la barbilla.

—No pienses en esas cosas. Permíteme que te mande a dormir otra vez.

Ella rodeó la garganta de Mihail con sus dedos, necesitaba tranquilizarse con su pulso constante.

—No, quiero recordar, superarlo.

La inquietud de Mihail fue instantánea. La alteró a ella como ninguna otra cosa.

—Estás débil, Raven. Necesitas más sangre, más sueño. Tus heridas han sido muy graves.

Ella se movió entonces, desplazó un poco su peso. Sintió el dolor clavándose en ella.

—No podía contactar contigo. Lo intenté, Mihail, por esa mujer.

Él llevó los dedos de Raven al calor de su boca, los mantuvo apretados ahí.

—Nunca más volveré a fallarte, Raven.

Había más dolor en el corazón y en la mente de Mihail que en el cuerpo de ella.

—Decidí seguirles, Mihail. Decidí implicarme y ayudar a la mujer. Sabía con exactitud de qué era capaz esa gente. No es que quisiera meterme a ciegas en la situación. No te culpo, y por favor no pienses que me fallaste. —Hablar le suponía un gran esfuerzo. Quería dormir, quería el olvido bendito de una mente y un cuerpo adormecidos.

—Permíteme que te mande a dormir —susurró con ternura. Su voz era una caricia mientras la boca le rozaba los dedos y añadía incentivo.

Raven se tragó la respuesta afirmativa, no iba a ser una cobarde. ¿Cómo era posible que estuviera viva? ¿Cómo? Recordaba el momento terrible en que las manos de Jacob le habían agarrado los pechos. Qué sucio. Le puso los pelos de punta. Cada puñalada desgarradora era una herida mortal.

La tormenta, los movimientos de tierra, los rayos, los truenos. Lobos saltando sobre los Summers, sobre Hans. ¿Cómo lo sabía, cómo lo veía con tal claridad en su mente? El rostro de Jacob desfigurándose de miedo, sus ojos abiertos de terror, un cuchillo saliendo de su garganta. ¿Por qué ella no estaba muerta? ¿Cómo lo sabía todo?

La furia de Mihail. Iba más allá de lo imaginable, más allá de los meros vínculos de un cuerpo físico. Nada podía contener tal ira turbulenta. Surgía de él alimentando la tormenta hasta que la misma tierra se convulsionó y tambaleó, hasta que los rayos cayeron contra la tierra y llovió a cántaros.

¿Era real todo aquello o sólo una pesadilla horrenda? Pero sabía que era real, que estaba más cerca de alguna terrible verdad. Había tanto dolor. Estaba muy cansada y Mihail era su único alivio. Quería acurrucarse de nuevo en el cobijo que él ofrecía y dejar que la protegiera y la mantuviera a salvo hasta recuperar las fuerzas. Él se limitaba a esperar, permitía que ella decidiera. Le estaba dando afecto, amor, proximidad, pero le ocultaba algo en su interior.

Raven cerró los ojos y se concentró. Recordó a Mihail de repente a su lado, con el dolor y el miedo en sus ojos oscuros e hipnóticos atrayéndola a sus brazos mientras su mente buscaba y encontraba la de ella, le ordenaba que se quedara, la mantenía anclada a la tierra aunque su cuerpo se estaba muriendo. También se encontraba allí su hermano, y más gente de los suyos. Le colocaron algo sobre el abdomen, algo que parecía abrirse camino dentro del cuerpo, algo cálido y vivo. Un cántico grave y apaciguador llenaba el aire a su alrededor.

La gente de Mihail irradiaba conmoción y alarma. La sangre de él, caliente, dulce, revitalizadora, empapó su cuerpo, sus órganos, dio forma de nuevo a sus músculos y tejidos. No fluía por las venas sino que...

Raven se quedó rígida, su cerebro estaba tan horrorizado que no reaccionaba. Se quedó sin aliento. *No es la primera vez.* Fueron surgiendo más recuerdos: la forma frenética en que Mihail la alimentaba, y su boca pegada hambrienta al corazón de él.

—¡Oh, Dios! —Las palabras se escaparon con un ahogado sollozo de negación.

Todo era verdad, no una alucinación. Pero su cerebro humano rechazaba la verdad. No era posible, no podía ser. Se encontraba en medio de una horrenda pesadilla y en cualquier momento iba a despertar. Eso tenía que ser lo que estaba sucediendo. Lo estaba mezclando todo: la creencia fanática de los asesinos en los vampiros y los poderes de Mihail. Pero sus sentidos agudizados le decían lo contrario, le decían la verdad. Estaba tendida en una cámara subterránea, con tierra bajo ella, y también encima. Habían intentado enterrarla. Dormir. Sanar.

Mihail se limitaba a esperar, permitía que su mente procesara la información, no le obstruía nada, ni siquiera cuando Raven recurrió a sus recuerdos. Cuando se produjo la reacción, le cogió a él del todo por sorpresa. Había esperado gritos, lágrimas, histeria.

Raven bajó de la cama y se agachó, al tiempo que soltaba un sonido grave y animal de dolor. Se apartó con premura de él, haciendo caso omiso de las consecuencias para su cuerpo herido de muerte.

Mihail habló con brusquedad, mucha más de la que pretendía, el temor por su estado superaba su compasión. La orden paralizó el cuerpo de Raven. La atrapó con indefensión en el suelo. Solo sus ojos estaban vivos —de terror— cuando él se agachó a su lado y le pasó las manos por las heridas, para evaluar la extensión del daño.

—Relájate, pequeña. Sé que este conocimiento es perturbador para ti —murmuró con el ceño fruncido al ver la preciosa sangre que se filtraba de tres de las cuatro heridas. La levantó y la acunó en su brazos cerca del resguardo de su corazón.

Deja que me vaya. La súplica resonó en su mente, reverberó en su corazón.

—Nunca. —Los rasgos severos de Mihail eran una implacable máscara de piedra. Miró hacia las compuertas que quedaban sobre sus cabezas. Las puertas respondieron y se abrieron de golpe al notar su voluntad.

Raven cerró los ojos.

Mihail, por favor, te lo ruego. No puedo ser como tú.

—No tienes ni idea de lo que soy —dijo con amabilidad y flotó hasta el nivel superior para que nada sacudiera el cuerpo de Raven.

—Los humanos confunden la verdad sobre mi raza con historias sobre muertos vivientes, robos de bebés, asesinatos, víctimas atormentadas. Somos una raza de gente que pertenece a la tierra, al cielo, al viento y al agua. Como cualquier otro pueblo, tenemos nuestros propios talentos y limitaciones. —No entró en detalles sobre la procedencia de los vampiros. Ella necesitaba la verdad, pero no toda de golpe.

Mihail la llevó a la habitación de invitados y la dejó con cuidado sobre la cama.

—No somos los vampiros de vuestros cuentos de terror, los muertos vivientes, por el amor de Dios. Amamos, veneramos, trabajamos, hacemos un servicio a nuestros países. Nos resulta repugnante que el varón humano pueda pegar a su esposa o a sus hijos, que una madre pueda rechazar a un hijo suyo. Nos repugna que la raza humana pueda comer la carne de un animal. Para nosotros la sangre es una fuente de vida, es sagrada. Nunca faltaría al respeto a un humano haciéndole daño o matándole. Es tabú tener relaciones sexuales con un humano y luego beber su sangre. Sé que nunca debería haber tomado tu sangre; no estuvo bien, fue algo incorrecto porque no te dije lo que podía suceder. Supe que tú eras la pareja de mi vida y que mi existencia no podía continuar sin ti. Debería haber tenido más control. Pagaré por eso toda la eternidad, pero ya está hecho. No podemos deshacer lo que está forjado.

Mihail acabó de preparar nuevos emplastos y los colocó con precisión sobre las heridas para así cerrarlas. El miedo de Raven, su repulsa, su sentido de la traición, golpeaban las entrañas de Mihail, le dieron ganas de llorar por ella, por los dos.

—Lo que hice contigo no fue lo mismo que aprovecharse de una mujer humana para tener relaciones sexuales. No mantuvimos relaciones. Mi cuerpo te reconoció como mi compañera de vida. No había manera de que pudiera pasar por alto la llamada. Tendría que haber decidido dejar este mundo. El ritual exige el intercambio de sangre. No es un hambre de alimento, es puramente un intercambio sensual, una afirmación hermosa, erótica, del amor y la confianza. La primera vez que tomé tu sangre me pasó inadvertido lo mucho que bebí, pues era tal mi estado de éxtasis que perdí el control. Me equivoqué al unirte a mí sin que tú entendieras con exactitud lo que todo eso significaba. Pero te permití elegir. No puedes negarlo.

Raven se quedó mirando su rostro, leyendo la pena en sus ojos oscuros, el miedo por ella. Quería tocarle, alisar esas líneas de tensión, tranquilizarle haciéndole saber que podía asumir lo que le estaba pidiendo, pero que su cerebro no podía aceptar lo que decía.

—Hubiera decidido morir, si me hubieras permitido morir contigo. —Le retiró el pelo de la cara con dedos delicados, acariciadores—. Tú lo sabes, Raven: la única manera de salvarte era convertirte en uno de nosotros. Elegiste vivir.

Yo no sabía lo que hacía.

—Si lo hubieras sabido, ¿hubieras escogido la muerte para mí?

Sus ojos azules, tan aturdidos y confundidos, tan angustiados, recorrieron el rostro de Mihail. *Libérame, Mihail. No me gusta estar aquí tendida e indefensa.*

Él la tapó con una fina sábana.

—Tus heridas son muy graves. Necesitas sangre, cuidados y dormir. No te muevas de ahí.

Raven le reprendió con la mirada. Mihail le tocó la barbilla con dedos delicados. La soltó, pero su mirada se mantenía vigilante.

—Contéstame, pequeña. Puesto que sabes lo que somos, ¿me habrías enviado a la oscuridad eterna?

Ella hizo un esfuerzo supremo por controlarse. Una parte de ella aún no podía creer que todo esto estuviera sucediendo, la otra parte se esforzaba por comprender y ser justa.

—Te dije que podía aceptarte, incluso amarte tal y como eres, Mihail. Y entonces lo decía en serio. Ahora sigo diciendo lo mismo. —Estaba tan débil que apenas podía hablar—. Sé que eres un buen hombre, no hay maldad en ti. El padre Hummer dijo que no podía juzgarte según nuestros patrones y no lo haré. No, habría elegido la vida para ti. Te amo.

En sus ojos había demasiado dolor como para que él sintiera alivio.

—¿Pero? —La animó a continuar en tono suave.

—Puedo aceptarlo en ti, Mihail, pero no para mí. Jamás podría beber sangre. La idea me produce náuseas. —Se humedeció los labios secos con la lengua—. ¿Puedes volver a cambiarme? ¿Tal vez con una transfusión?

Él negó con la cabeza, con pesar.

—Entonces déjame morir. A mí sola. Si me amas, deja que me vaya.

Los ojos de Mihail se ensombrecieron, ardieron.

—No lo entiendes. Eres mi vida. Mi corazón. No hay Mihail sin Raven. Si deseas buscar la oscuridad eterna, tengo que ir contigo. Nunca había conocido el éxtasis y el dolor del amor de nuestro pueblo hasta que te encontré. Eres el aire que respiro, la sangre que corre por mis venas, mi dicha, mis lágrimas, mis sentimientos. No deseo continuar con una existencia vacía y estéril. Sería imposible. El tormento que sufriste por esas breves horas sin nuestro contacto mental no es nada comparado con el infierno al que quieres condenarme.

—Mihail... —susurró su nombre llena de angustia—, no soy carpatiana.

—Lo eres, pequeña. Por favor, concédete tiempo para curarte, para asimilar todo esto y ajustarte a ello. —Le estaba rogando, su voz sonaba suave y persuasiva.

Raven cerró los ojos para contener las lágrimas.

—Quiero dormir.

Raven necesitaba más sangre. La transfusión sería más sencilla si no tenía idea de lo que le estaba sucediendo. El sueño curativo de la tierra podría proporcionarle cierto alivio, en cualquier caso, aceleraría el proceso de sanación de su cuerpo. Mihail complació de buen grado su petición y la sumió en un profundo sueño.

10

Raven se despertó sollozando, rodeando a Mihail por el cuello. Se agarraba a él con fuerza y las lágrimas saltaban sobre el pecho de él. Mihail la estrechó aún más con gesto protector, sosteniéndola con toda la fuerza que podía sin llegar a estrujarla. Parecía tan frágil y ligera, tan dispuesta a escapar de él. La dejó llorar mientras le acariciaba el pelo con caricias tranquilizadoras.

Cuando ella empezó a sosegarse, le murmuró en voz baja, con ternura, en su propia lengua, con confortadoras palabras de confianza. Al final se quedó echada, agotada, rendida, en el santuario de sus brazos.

—Te llevará un tiempo, pequeña, pero dale una oportunidad a nuestras costumbres. Podemos hacer cosas maravillosas. Concéntrate en las cosas con que vas a disfrutar. Cambio de formas, volar con pájaros, correr libre con los lobos.

Ella se llevó su pequeño puño a la boca para contener un sonido sofocado situado entre el miedo y la risa histérica. Mihail le frotó la parte superior de la cabeza con la barbilla.

—Nunca te dejaría enfrentarte tú sola a estas cosas. Apóyate en mi fuerza.

Raven cerró los ojos para dominar otra oleada de histeria.

—Ni siquiera entiendes la enormidad de lo que has hecho. Me has dejado sin identidad. ¡No, Mihail! Noto tu protesta vibrando en mi mente. ¿Qué dirías si tú te despertaras un día y ya no fueras carpatiano sino humano? Si no fueras capaz de correr libre y volar. Nada de poderes especiales, ni tierra sanadora, ni más capacidad para oír y entender a los animales. Se acabó. Todo lo que constituye tu esencia habría desaparecido. Para sobrevivir tendrías que comer carne. —Sintió su instantánea repulsión—. Ves, justo lo que para los carpatianos es asqueroso. Tengo miedo. Miro el futuro y me aterrorizo tanto que ni siquiera puedo pensar. Oigo cosas, percibo cosas. Yo... —Su voz se apagó antes de continuar—. ¿No te das cuenta, Mihail? No puedo hacer esto, ni tan siquiera por ti.

Él le acarició el pelo con dedos llenos de ternura y continuó con una caricia sobre la suave piel del rostro.

—Aún ha pasado poco tiempo. Pero has dormido bien, sin molestias. —No le dijo que le habían dado sangre dos veces mientras dormía, que su cuerpo había experimentado un cambio riguroso, que había eliminado todas las toxinas humanas. Era obvio que ella tenía que asimilar poco a poco ciertos aspectos del nuevo estilo de vida—. ¿Quieres que busquemos el descanso eterno?

Le dio con el puño en el pecho.

—¡No nosotros, Mihail, yo!

—No hay tú y yo. Sólo hay nosotros.

Ella respiró hondo, en un intento de calmarse.

—Ni siquiera sé ya qué soy ni quién soy.

—Eres Raven, la mujer más hermosa y valiente que he conocido en la vida —dijo con sinceridad mientras le pasaba la mano por el sedoso pelo.

El cuerpo de Raven estaba tenso, casi rígido, pues sentía ganas de negar las afirmaciones tranquilas de la realidad.

—¿Puedo existir sin sangre? ¿Con zumo y cereales?

Él encontró las manos de Raven con las suyas, entrelazó sus dedos.

—Me gustaría que fuera así, pero no es posible. Debes tomar sangre para vivir.

Ella profirió un sonido, una pequeña negación, se encorvó para apartarse de él, para retirarse a su interior. Era demasiado exagerado, demasiado espeluznante como para asimilarlo. Quería creer que era una pesadilla.

Mihail se sentó, dejó que ella se apartara para poder tirar de la sábana que cubría su delgado cuerpo. La mente de Raven bloqueaba toda explicación, se negaba a intentar comprender la información que él le daba. En un intento de distraerla, Mihail se inclinó para examinar su abdomen, extendió los dedos con gesto posesivo sobre su piel y tocó cada una de las blancas cicatrices.

—Tus heridas están ya casi curadas.

Ella medio se sentó, asombrada.

—Eso es imposible.

Él retiró las manos para que pudiera ver las largas cicatrices. Raven abrió mucho los ojos llena de incredulidad. Los ojos de Mihail se oscurecieron y ardieron de excitación, y le rozó los pechos desnudos. Raven se mordió el labio inferior y un rubor cubrió todo su cuerpo. Agarró la sábana y la estiró para taparse.

Los blancos dientes de Mihail destellaban mirándola con sonrisa de predador, con pura provocación masculina. Se acercó para rozarle la oreja con la boca mientras hablaba. El aliento caliente era arrebatador, una tentación.

—He besado cada centímetro de tu cuerpo. He estado en cada rincón secreto de tu mente. —Sus dientes pasaron casi rozando el lóbulo y provocaron un escalofrío en toda la columna de Raven—. Tengo que admitir que el sonrojo te sienta bien.

Ella se encontró conteniendo el aliento mientras la excitación se arremolinaba en su interior. Apretó la frente contra los voluminosos músculos de su pecho para que él no viera la llama de respuesta en sus ojos.

—Mihail —advirtió—, no puedes cambiar lo que siento con tus seducciones. Sé que no puedo asumir esto.

—Oigo tus pensamientos, pequeña. Has cerrado la mente a todas las posibilidades. —Susurró las palabras con un encanto terrible—. Te daré lo que deseas. No puedo soportar más tu infelicidad. —Se llevó la mano al pecho, justo debajo de donde ella tenía la barbilla, suspendida sobre su corazón.

A Raven se le comprimió el estómago con el conocimiento repentino de su intención. El dulce olor de la sangre se mezcló con su aroma salvaje y masculino. Antes de que pudiera detenerle, antes de que expresara su protesta, la sangre vital manaba sobre el pecho de Mihail. De forma instintiva, ella apretó la herida con las dos manos.

Con los ojos llenos de miedo, Raven gritó alterada.

—Para, Mihail. No hagas esto. —Le saltaron las lágrimas incontenibles—. Por favor, dime qué debo hacer para salvarte. —Había desesperación en su voz.

—Puedes pararlo.

—No puedo, Mihail. ¡Detén esto, me estás asustando! —Apretó con toda la fuerza que podía, pero la sangre continuaba manando entre los dedos.

—Tu lengua tiene el poder de curar, igual que la saliva de tu boca. —Su voz sonaba misteriosa, hipnótica. Se recostó hacia atrás como si se debilitaran sus fuerzas—. Pero no obstaculices mi elección a menos que tú vivas también, porque me niego a volver a un mundo de oscuridad.

Ella inclinó la cabeza sobre su pecho con frenesí, pasó la lengua sobre los bordes de la herida, sellando la abertura como si nunca hubiera existido. La repulsa estaba en su cerebro, pero no en su cuerpo. Un ser salvaje alzó la cabeza; los ojos de Raven se volvieron somnolientos y sensuales. El calor se propagó por su cuerpo lleno de ansia, el hambre era imparable. La llamada era muy fuerte en su interior. Quería más, necesitaba el éxtasis erótico que sólo él podía proporcionarle.

Mihail tenía las manos enredadas en su pelo, le sujetó la cabeza y la echó hacia atrás, dejando la garganta de Raven al descubierto. La boca se movió sobre la suave piel, sobre el pulso frenético.

—¿Estás segura, Raven? —Susurró con tal sensualidad que todo el cuerpo de ella se licuó como respuesta—. Quiero que estés totalmente segura. Tienes que estar convencida de que esto es lo que eliges.

Ella le rodeó el cuello con los brazos y acunó su cabeza.

—Sí. —El recuerdo de la boca moviéndose sobre ella, el placer candente que perforaba su alma se concentró de forma escandalosa en su abdomen. Era lo que quería, incluso lo necesitaba.

—¿Te entregas a mí voluntariamente? —Su lengua saboreó la textura de la piel de Raven, sobrevoló sobre su pulso y descendió hasta el valle que separaba sus pechos.

—Mihail. —Su nombre era una súplica. Temía que la espera fuera demasiado larga para él y que tal vez no pudiera vivir, respirar o fundirse por completo con ella.

La levantó con facilidad, la acunó en sus brazos. Su lengua lamió un pezón, una y dos veces. Raven soltó un jadeo, se arqueó contra él. Su cuerpo intuía que el desenfreno de él se ponía a la altura del de ella para conquistarla. Raven parecía flotar a través del aire, cada terminación nerviosa desgarrada de hambre y necesidad. El dulce aroma de la sangre la llamó.

Olisqueó el aire fresco y abrió los ojos para descubrir la noche. Le susurraba con el mismo poder sensual que el flujo y reflujo de la sangre de Mihail. Los árboles oscilaban sobre sus cabezas, el viento refrescaba su cuerpo e incluso avivaba su necesidad.

—Éste es nuestro mundo, pequeña. Percibe su belleza, escucha su llamada.

Todo era como un sueño vertiginoso, como si se dejaran arrastrar con la débil bruma, una parte más de la noche. Las estrellas sobre sus cabezas jugaban al escondite entre la bóveda de hojas y ramas. La luna era elusiva, vagaba tras las nubes suspendidas. Por todas partes, Raven escuchaba los sonidos de la vida. Se encontraba en la savia de los árboles, el susurro de los pequeños animales, el ritmo de las hojas, los ecos, el grito salvaje de un cazador nocturno al perder su presa.

Él alzó la cabeza y profirió un sonido salvaje de dicha. Recibió respuesta. Raven podía sentir el embeleso en las réplicas de los lobos. Le llenó el corazón y acrecentó el desenfreno en ella.

Mihail la llevó a través de un laberinto de senderos hasta lo más profundo de las montañas, hasta que se encontraron en la entrada de una cueva que descendía entre la roca.

—Escucha —ordenó él mientras entraba en las sombras tenebrosas—. Escucha cómo te canta la tierra.

No daba crédito a las ricas vetas de mineral que podía ver a ambos lados de las estrechas paredes, como si la luz del sol se vertiera por el túnel. Podía oír el susurro del agua reverberando por las muchas cámaras. Los murciélagos se llamaban unos a otros y la tierra recibía todo aquello con beneplácito.

Mihail pisaba con seguridad, avanzaba a zancadas por el laberinto de túneles, sin vacilación, y cada paso les hacía descender aún más bajo tierra hasta que se encontraron en una gran gruta llena de vapor. El agua formaba una cascada espumosa y caía en una serie de pozas. Los cristales relucían como joyas por doquier.

Él la guió hasta la charca más alejada, donde el agua burbujeaba como soda, y su piel notó el calor efervescente. Mihail se hundió en el agua con Raven entre sus brazos y el vapor elevándose a su alrededor.

Las burbujas le hacían cosquillas en la piel tan sensible, danzaban y jugueteaban como muchos dedos, enjabonaban y acariciaban como lenguas lamiendo. Con movimientos perezosos, lánguidos, Mihail empezó a lavar su cuerpo delgado, los pequeños pies, las pantorrillas, los muslos. Raven se movió contra sus manos, cerró los ojos para entregarse a la pura sensación. La sangre carpatiana fluía ardorosa por sus venas. Las necesidades y deseos carpatianos pugnaban con las limitaciones y tabúes en los que insistía su cerebro.

Él deslizó las manos con caricias tiernas y amorosas sobre su vientre plano; las puntas de sus dedos siguieron con reverencia cada cicatriz, retirando los últimos restos de emplastos y sangre. Prestó especial atención a cada costilla, a su espalda, y al final a su rostro y cabello. Era tan amable que ella sentía ganas de llorar. No la había tocado en ningún lugar íntimo, no obstante había iniciado un lento fuego en su sangre que iba fundiendo su cuerpo. Se moría de deseo por él. Le necesitaba.

Abrió sus ojos azules, con mirada amodorrada, sexy y ensombrecida por el deseo. Inclinó la cabeza para mirarle y a continuación se movió para enjuagar el cuerpo de Mihail. No tenía intención de ser tan amable. Cada caricia la hacía con intención de juguetear, de inflamar. Se entretuvo con las puntas de los dedos en el enredado pelo oscuro que formaba una uve en las proximidades del vientre plano, las deslizó provocativas sobre los músculos voluminosos del pecho, enjuagando cada gota de sangre de su piel. Había bastante. La preocupó, y quiso darle alimento, quiso reponer lo que él había perdido.

Alguna pequeña parte de Raven reconocía que la idea tendría que consternarla, no obstante su cuerpo necesitaba el de él con desesperación, anhelaba su boca pegada a la suya, sentía un hambre atroz. Fue bajando poco a poco las manos, las movió sobre el vientre plano y las pasó sobre la protuberancia de las caderas.

Raven notó que Mihail inspiraba con rapidez, con tensión en todos los músculos. Un grave gruñido retumbó en lo más hondo de su garganta masculina, lanzando dardos de fuego que danzaron por la sangre de Raven. Ella buscó con sus dedos la dura evidencia de su erección, jugueteó incitante, describiendo una danza intrigante. Luego deslizó la palma para capturar todo su volumen y comprobar el peso.

Él gimió por el esfuerzo que le suponía controlarse. Esta vez ella iba a participar en el ritual. No había posibilidad de que luego argumentara que no sabía lo que hacía. Estiró más las piernas para sostener mejor su propio cuerpo tembloroso mientras ella le tocaba el hombro con la lengua y luego seguía una gotita de agua que formaba una cuenta desde su cuello al pecho.

El cuerpo de Raven se retorció, cogió peso, se arqueó y ardió. Deslizó la lengua sobre su corazón trazando un diseño perezoso y sensual. Su sangre brincaba y canturreaba como la de él. Las manos no dejaban de acariciar, juguetear, prometer. Su larga melena, la masa de seda, rozó el cuerpo de Mihail mientras ella seguía las pequeñas cuentas de agua, hacia abajo, todavía más abajo. Notó cómo él se estremecía mientras le saboreaba, cómo el cuerpo se adelantaba para encontrar su boca sedosa. La sensación de poder era increíble. Mihail le recogió el pelo con las manos, mientras se le escapaban unos gemidos agresivos de lo más hondo de la garganta. Raven encontró sus muslos con las uñas y le arañó con suavidad, enloqueciéndole. Ella quería verle loco por ella, le quería ciego de pasión.

Mihail la atrajo un poco más. Encontró con sus manos los firmes músculos de su trasero, lo rodeó y lo friccionó.

—Te declaro mi pareja de vida. —Susurró las palabras, como un encantamiento de magia negra, con siglos de antigüedad. Subió las manos por su columna vertebral, rodeó la plenitud de su pecho y descendió por la piel de satén hasta encontrar la mata de rizos negros medianoche.

Raven soltó un grito cuando sus dedos la encontraron bajo el agua burbujeante, la encontraron e iniciaron una exploración lenta y sinuosa. Tenía la boca abierta contra el pecho de Mihail, el aliento entrecortado surgía en pequeños jadeos. El anhelo iba en aumento, el fuego crecía, algo salvaje y abandonado en ella luchaba por liberarse. Alcanzó a oír sus corazones que latían como uno solo, la sangre de él y la suya también. Notaba su propio cuerpo pulsando repleto de vida, de necesidad, con tal ansia que precisaba a todo Mihail para llenarla y hacerla completa. Le necesitaba en su mente, necesitaba el insaciable y erótico apetito de él, el increíble deseo que le consumía, ardiendo en deseo por ella. Necesitaba que su cuerpo la poseyera, la tomara con desenfreno, sin reservas. Y necesitaba su... *sangre*.

Él acunaba la parte posterior de su cabeza con la mano, la estaba desplazando hasta el borde del agua.

—Te pertenezco, te ofrezco mi vida. Toma lo que necesites, lo que quieras.

Estas palabras susurradas abrieron la puerta a un terrible anhelo. Los dedos de Mihail se movían de un modo agresivo, su cuerpo presionaba el de ella contra el suelo, medio dentro y medio fuera del agua.

Raven notó la tierra blanda debajo, mientras el duro cuerpo la aprisionaba. Había una impronta ruda en sus rasgos sombríos, una línea despiadada en su boca, un hambre abrasador en lo más hondo de su ojos. Cuando ella le tocó la mente, encontró una excitación salvaje y primitiva, el impulso animal a reclamar lo suyo, la determinación implacable, inclemente, del macho carpatiano a poseer a su pareja. También había un amor tan intenso que ella apenas lo encontraba concebible. Ternura. Adoración masculina por la única compañera que podía querer en su vida.

Mihail le separó las rodillas, vio en el fondo de sus ojos cómo ella admitía de súbito el compromiso con él. Estaba excitada, palpitaba de necesidad, todo su cuerpo era una invitación. Él embistió con fuerza, la penetró a fondo, enterrándose en el núcleo de ella. El aroma de fragancias femeninas se fundía con su olor masculino en una sola esencia que flotaba, integrándose como parte del deseo de ambos. Mihail deslizó la lengua y la dentadura sobre la garganta, descendieron para atrapar un pecho doliente. Movió las manos sobre cada centímetro de ella, provocando, explorando, reclamando. Actuó con brusquedad, sus dientes encontraron la suave piel y la lengua calmó cada ansia. No parecía acercarse lo suficiente, el calor de Raven se ceñía a él, ajustado y abrasador, avivando su descontrol.

Movía el cuerpo dentro de ella, a fondo, prolongadamente, llenando cada rincón de Raven. Aumentaba la fricción, luego rebajaba el ritmo de forma intencionada. Ella profería pequeños sonidos entusiastas, su cuerpo suplicaba que le diera alivio, sus músculos de terciopelo se aferraban a él con ardor.

Raven, frustrada, se movía contra él, le instaba a aproximarse, más a fondo, más rápido, con más fuerza. Su sangre era lava fundida y necesitaba más. Todo él. Ansiaba una cópula más profunda, ansiaba que la boca de Mihail se alimentara de ella, la quemara, la marcara, les fusionara para toda la eternidad.

—Mihail —suplicaba ella.

Él alzó la cabeza, sus ojos oscuros ardían de hambre.

—Te pertenezco, Raven. Toma lo que necesites de mí igual que yo lo tomaré de ti. —Apretó la cabeza de Raven contra su pecho, sus entrañas se comprimieron con ardor mientras ella deslizaba la lengua sobre sus músculos. Hubo un momento, un instante arrebatador, íntimo, cuando notó el vacilante arañazo de sus dientes. Dolor incandescente, placer erótico con fulgor electrificante. Él notó una erección imposible, enorme, dura e inflamada, cuando ella hundió a fondo la dentadura.

Mihail echó hacia atrás la cabeza en éxtasis, y se le escapó un gruñido de puro placer. Inmovilizó el cuerpo de ella contra el suelo y lo invadió poderosamente mientras formaba una espiral en torno a él, aferrándose con presión, alcanzando el clímax una y otra vez. Mihail recuperó el control. El ritual iba a completarse y el intercambio sería voluntario. Recogiéndole el pelo entre los dedos, repitió las palabras que les unirían para siempre.

—Te brindo mi protección, mi lealtad, mi mente, mi corazón, mi alma y mi cuerpo. Asumo todo lo tuyo bajo mi tutela. Tu vida, felicidad y bienestar serán lo más preciado, antepuesto siempre a lo mío. Eres mi pareja de vida, unida a mí para toda la eternidad y siempre bajo mi cuidado.

Le tiró del pelo, la obligó a apartar la cabeza y la observó con ojos entrecerrados, hambrientos y atentos, mientras ella cerraba las marcas con su lengua, lanzando llamaradas por todo su cuerpo excitado. Mihail la besó con cada gramo de dominación masculina que poseía. Su boca quemaba la garganta de Raven, apoyado en su pulso frenético. La cogió por la delgada cadera. Todo su cuerpo descansó en el abrasador misterio femenino. Esperó.

Ella volvió la cabeza y ofreció la garganta.

—Toma lo que es tuyo, Mihail. Toma lo que necesites. —Murmuró las palabras de forma entrecortada con la agonía de la anticipación y la necesidad. Temblaba por el suspenso, por el anhelo del hambre erótico de los carpatianos.

Al tiempo que él empujaba con poderío la cadera, hundió los dientes a fondo. Ella soltó un grito, le rodeó con los brazos, se arqueó mientras él bebía hasta saciarse, mientras su cuerpo la penetraba con desenfreno, reclamaba lo suyo, reivindicaba su derecho, les llevaba más allá de los límites terrenales. Todo el cuerpo de Raven se adhirió a él con fuerza, con insistencia. Mihail descartó cualquier pretensión de control y la penetró como quería, una y otra vez hasta que ella enloqueció tanto, con tal excitación, que pronunciaba su nombre a gritos, hasta que los gemidos penetrantes y el dulce sabor de su sangre llevaron al límite su cuerpo embravecido. Se vació en ella, y por primera vez en su vida se sintió del todo saciado, del todo satisfecho. Permanecieron tumbados unidos mientras sus corazones latían, los pulmones respiraban, las pequeñas réplicas les recorrían y les balanceaban. Mihail se dio media vuelta para servirle a ella de cojín. Sus pechos se acurrucaron suaves y cálidos en el vello enredado que descendía en uve hasta su estómago. Su cabeza descansaba sobre el pecho de él.

Mihail le acarició el pelo, dejó que el abrumador amor que sentía surgiera sin trabas y la envolviera. Percibió la fragilidad del momento y no confió en la insuficiencia de las palabras. Su mente era un remanso de amor y lo compartió de manera voluntaria.

El intenso placer bloqueó la realidad durante un rato. Raven no podía hacer otra cosa que deleitarse en la poderosa reacción de su propio cuerpo. Cada célula diminuta estaba viva y chillaba de júbilo. No parecía posible experimentar un embeleso de tal dimensión.

Movió la mano con lentitud para retirarse el pelo. El pequeño movimiento hizo que sus músculos se comprimieran alrededor de él. Mihail. ¿Quién era este hombre que había dominado su vida y su cuerpo con tal facilidad? Raven alzó la cabeza y estudió su rostro. Tan apuesto. Tan misterioso y oscuro. Sus ojos contenían tantos secretos, su boca era tan sensual que la dejaba sin respiración.

—Dime qué he hecho, Mihail.

Los ojos del carpatiano eran inescrutables, atentos.

—Has puesto tu vida en mis manos. Puedes estar tranquila, pequeña: estás segura bajo mi cuidado.

Ella se tocó con la punta de la lengua unos labios de pronto secos. El corazón le latió con fuerza ante la aprensión por la enormidad de aquella decisión. Notaba el sabor de él en la boca, su olor en el cuerpo, su semen goteando por una pierna, y aún permanecían unidos. Tenía el cuerpo ajustado a él con sensualidad y ardor.

—¿Qué sabor tengo? —Su voz sonó grave, persuasiva. Susurraba contra su piel como el roce de unos dedos. El roce de la fantasía.

Ella cerró los ojos con fuerza, como una niña que quiere bloquear algo.

—Mihail. —Su cuerpo se puso en tensión, se comprimió aún más con el sonido de su voz, ante la pregunta erótica que acababa de hacerle.

Él salió poco a poco de ella, sin dejar de abrazarla para poder acunarla mientras volvía a deslizarse en el interior de la charca espumosa.

—Dime, Raven. —Le besó la garganta, con pequeños besos, cada uno de ellos embriagadores como el vino.

Ella le rodeó el cuello con el brazo y encontró con sus dedos la espesa mata de pelo.

—Sabes como el bosque, salvaje e indómito, y tan erótico que me vuelves loca. —Lo reconoció como si confesara un grave pecado.

La espuma burbujeaba y estallaba contra sus pieles sensibilizadas, contra los rincones más íntimos de sus cuerpos. Mihail se apoyó hacia atrás, aguantó el peso de ambos y apoyó a Raven sobre su regazo. El trasero redondo le rozó, envió dulces llamaradas por su sangre.

—Tú tienes un sabor dulce e intenso, adictivo y en extremo sensual. —Le rozó la nuca con los dientes, provocando un estremecimiento de excitación que descendió por toda su columna.

Ella permaneció en silencio entre sus brazos mientras su mente no acababa de recuperarse del impacto de lo que había hecho. Nunca se cansaría de Mihail. Existía un desenfreno entre ellos que nunca se saciaría. Raven era incapaz de juntar las piezas de todo aquello; su cerebro se negaba a reconocer en qué se había convertido, así de sencillo. No tenía ni idea de lo que él quería decir cuando hablaba de «alimentarse». Las impresiones estaban ahí, pero sólo reconocía lo que compartía Mihail con ella. ¿Siempre habría sexo de por medio? Él había dicho que no, pero ella no podía imaginarse tomar sangre de manera intencionada. Cerró los ojos con fuerza. No podría hacer esto con nadie más. No podía imaginarse beber sangre de un ser humano.

Mihail estrechó la cabeza de Raven contra su pecho y le alisó el cabello. Murmuró en voz baja, con tono grave y convincente. Ella necesitaba tiempo para adaptarse a la sangre carpatiana, a las intensas emociones y las necesidades urgentes. Había participado de modo voluntario en un ritual de apareamiento. Había llevado a cabo el intercambio de sangre sin coacción alguna. Estaban unidos de modo irrevocable y no había motivo para que ella sufriera ni recriminaciones humanas innecesarias ni temor al futuro. Su mente aceptaría esta nueva realidad poco a poco.

Mihail era de una franqueza brutal consigo mismo. Después de esperar varias vidas a esta mujer, no quería que estuviera con nadie más. Nunca había imaginado alimentarse como algo íntimo, para él había sido una mera necesidad. Pero la idea de que Raven mordiera el cuello de otro hombre, que se metiera en el cuerpo la fuerza vital de otro, le parecía una idea abominable. Cada vez que él le daba sangre, Mihail sentía excitación sexual, una necesidad abrumadora de protegerla y cuidar de ella. No tenía ni idea de qué sentían otros hombres carpatianos por sus parejas, pero sabía que cualquier hombre que estuviera cerca de ella se encontraría en un grave peligro. Mejor que la mente humana de Raven se negara a aceptar esta manera de alimentarse con los humanos.

Raven se agitó en sus brazos, se estiró con languidez.

—Estaba pensando en algo perturbador pero lo has eliminado, ¿verdad que sí? —En su voz se detectaba una sonrisa.

Él la soltó, observó cómo se hundía debajo del agua espumosa y volvía a salir a la superficie un poco más allá. Sus grandes ojos se desplazaron sobre el cuerpo de él con una sonora carcajada.

—¿Sabes, Mijail? Estoy empezando a pensar que mi primera opinión sobre tu carácter no iba muy errada. Eres arrogante y mandón.

Él nadó hacia ella con brazadas perezosas, sin esforzarse.

—Pero soy sexy.

Ella dio marcha atrás y le roció de agua con la palma de la mano.

—Quédate donde estás. Cada vez que te acercas a mí, sucede alguna locura.

—Tal vez sea ahora un buen momento para leerte la cartilla por poner tu vida en peligro. Nunca deberías haber salido del mesón para seguir a los asesinos. Sabías que yo no podría oírte si llamabas pidiendo ayuda. —Continuó nadando en su dirección, implacable como un tiburón.

Raven retrocedió con cobardía y salió caminando de la charca, para zambullirse en la siguiente más grande. El agua estaba fría en contraste con su piel caliente. Le señaló con un dedo y un gesto de su tierna boca.

—Te he dicho que intentaba ayudarte. En cualquier caso, si te atreves a reprenderme, yo no tendré otra opción que explicarte lo poco ético que fue unirme a ti sin mi consentimiento. Dime, si no hubiera seguido a los asesinos y Jacob no me hubiera apuñalado, seguiría siendo humana, ¿no es así?

Mihail salió de la poza chorreando agua por todo el cuerpo. A Raven se le cortó la respiración, su aspecto era magnífico, tan masculino y poderoso. Con un impulso fluido él se lanzó por el aire, hizo un salto de carpa y se zambulló limpiamente en la honda poza. Ella se dio cuenta de que el corazón le latía de un modo frenético y su sangre zumbaba. Él surgió a su espalda, extendió las manos alrededor de su cintura y la atrajo mientras sus poderosas piernas les mantenían a flote.

—Aún serías humana —reconoció él con un encantamiento de magia negra en la voz, que propagó un ola de calor por su cuerpo pese a encontrarse sumergida en un agua tan fría.

—Si siguiera siendo humana, ¿cómo podrías haber continuado tú conmigo como pareja de vida? —Empujó con su trasero redondeado las caderas de Mihail, disfrutando de la repentina excitación al apreciar su miembro inflamado y endurecido como respuesta a la presión. Apoyó la cabeza en uno de sus hombros.

—Habría optado por envejecer contigo y morir cuando tú murieras. —Su respuesta sonó ronca mientras tomaba la blandura de un pecho en una mano. El cabello de Raven rozaba su cuerpo como si fuera seda, enviándole dardos de placer.

Ella alzó la cabeza con un movimiento abrupto y se volvió en redondo para mirarle de frente, estudiando con sus ojos azules las profundidades misteriosas de sus ojos.

—¿Lo dices en serio, Mihail? ¿Te habrías quedado conmigo mientras yo envejecía?

Él hizo un gesto de asentimiento y bajó poco a poco los dedos por su mejilla con una tierna caricia.

—Hubiera envejecido al mismo tiempo que tú. Y cuando hubieras dado tu último aliento, yo habría hecho lo mismo.

Ella sacudió la cabeza.

—¿Cómo puedo resistirme a ti, Mihail, si me robas el corazón?

La sonrisa de él hizo que el corazón le diera un vuelco y el estómago se le cerrara.

—Se supone que no debes resistirte a mí, pequeña. Soy tu otra mitad. —Le rodeó el cuello con las manos, la instó a acercarse hasta que pudo encontrar su boca y se fundieron en un beso, hundiéndose juntos bajo las frías aguas de la piscina natural.

Era más de media noche cuando Mihail la llevó de regreso a casa. Raven se vistió precipitadamente con una de las camisas de él.

—¿Te percatas de que no tengo ninguna ropa aquí? —Casi no se atrevía a mirarle a los ojos pues se sonrojaba cada vez que su mirada oscura rozaba su cuerpo. Aún sentía las señales del cuerpo de Mihail en ella, la fuerza de su posesión—. Necesito regresar al mesón. Todas mis cosas están ahí.

Él alzó una ceja de inmediato. Ahora no era el momento de explicarle que en realidad no iba a necesitar ropas. En fin, sus objetos personales ayudarían a hacer más fácil la transición. Estiró un brazo perezoso para recoger sus propias ropas.

—Estoy seguro de que la señora Galvenstein nos enviará tus cosas. Llamaré y me aseguraré de que lo haga enseguida. Voy a salir un rato, Raven. Hay unos cuantos cabos sueltos de los que tengo que ocuparme. Estarás a salvo aquí.

Ella alzó la barbilla con gesto de desafío.

—Me echaré algo encima y vendré contigo. No quiero pasar por otra experiencia como la que sufrí cuando no podía comunicarme contigo. Fue un infierno. De verdad que lo fue, Mihail.

Al instante, sus ojos oscuros se concentraron en su rostro con ternura.

—No quise en ningún momento que eso te sucediera. Gregori me sumió en un sueño curativo, pequeña, y no podía responder a tu llamada. Se suponía que no debía pasar. Envié al padre Hummer a tu lado. Creí que, si de veras fuera necesario, aun estando dormido, podría despertar al menos para tranquilizarte.

—Pero no fue eso lo que sucedió.

Él sacudió la cabeza.

—No, Raven. Fue Gregori el que me hizo dormir. Si Gregori no quiere que despiertes, nadie sale del sueño. Él no estaba al corriente de ti, de tu necesidad de contacto conmigo. Fue error mío, no suyo, y lo lamento muchísimo.

—Lo sé —reconoció ella—. ¿Entiendes por qué no puedo estar sin ti ahora? Tengo miedo, Mihail, miedo de todo, de mí misma, de ti, de lo que he hecho aquí.

—Esta vez no, pequeña —respondió él con dulzura, deseando que pudiera ser de otra manera—. Es esencial que encuentre a los otros asesinos. No puedo ponerte en ninguna situación de peligro. Estarás a salvo aquí. No estoy dormido, puedo conectar mi mente con la tuya, y así podrás llamarme con toda facilidad en caso necesario. No tienes por qué tener miedo.

—No soy el tipo de mujer que se queda en casa para sentirse segura —objetó ella.

Mihail se volvió, grande, poderoso, con el rostro convertido en una máscara implacable. Parecía amenazador, invencible. Raven retrocedió de forma involuntaria, sus ojos azules se oscurecieron, con un tono zafiro oscuro. Él le cogió la mano y se la llevó al calor de la boca.

—No me mires de ese modo. Casi te arrebatan la vida, te pierdo para siempre. ¿Tienes idea de lo que fue para mí despertar con tu grito? ¿Sentir tu miedo, saber que ese hombre, que no merece llamarse así, te estaba pegando? ¿Sentir la hoja clavándose en tu cuerpo una y otra vez? Casi mueres en mis brazos. Respiré por ti, mantuve tu corazón latiendo. Tomé una decisión que sabía que nunca me ibas a perdonar. No estoy preparado para arriesgarme otra vez con tu vida. ¿Puedes entender eso?

Raven notó cómo temblaba el cuerpo de Mihail de intensa emoción. La rodeó con los brazos y la atrajo hacia él.

—Por favor, permíteme guardarte como una crisálida, al menos hasta que me saque esa visión de la mente. —Introdujo los dedos en la espesa masa de pelo azul oscurísimo. Amoldó la delgada forma de ella a su cuerpo de mayor tamaño, la estrechó con fuerza como si pudiera protegerla de cualquier daño.

Raven le rodeó el cuello con los brazos.

—Está bien, Mihail. No va a pasarme nada. —Se acurrucó contra su cuello intentando tranquilizarle, aplacar sus temores, así como los suyos—. Supongo que los dos tendremos que hacer algunos reajustes.

El beso de él fue tierno y muy dulce.

—Necesitas tomártelo con calma. Seis días de curación y sueño no han sido suficientes.

—¿Seis días? Es increíble. ¿Ha analizado alguien tu sangre?

Raven cogió un cepillo y empezó a darse largas cepilladas despreocupadamente, para desenredar la húmeda masa de pelo.

—¿Quién era la mujer atrapada en la tierra?

Él cambió de expresión.

—Se llama Eleanor. Dio a luz a un varón. —Su tono no mostraba emoción alguna.

Raven se sentó con las piernas cruzadas sobre la cama e inclinó la cabeza a un lado mientras se cepillaba la larga melena.

—¿No te cae bien?

—Te traicionó. Permitió que esa mujer malvada la escuchara, y casi te pierdo. —Se estaba abotonando la camisa, y la visión de los largos y delgados dedos realizando esa sencilla tarea fascinaron a Raven—. Te encontrabas bajo mi protección. Eso quiere decir, Raven, que todos los carpatianos tenían que poner tu seguridad por encima de cualquier cosa.

Ella se mordió el labio inferior con sus pequeños dientes. Bajo aquella máscara sin emociones percibía una furia implacable y despiadada hacia esa mujer desconocida. Los sentimientos de Mihail por ella eran de una intensidad feroz, no estaba familiarizado con ellos. Así como Raven encontraba dificultades en ajustarse, él también.

Escogió las palabras con cuidado.

—Mihail, ¿alguna vez has visto dar a luz a una mujer? Es doloroso y aterrador. Para que una mujer mantenga el control, necesita un entorno seguro. Temía por la vida del bebé que estaba por nacer. Por favor, no la juzgues con tal dureza. En sus circunstancias yo habría estado histérica.

Él le cogió el rostro con la palma de la mano y acarició la suave piel satinada con el pulgar.

—Hay una gran compasión en ti. Eleanor casi te cuesta la vida.

—No, Mihail. Jacob casi me cuesta la vida. Eleanor lo hizo lo mejor que pudo. No hay culpa, o todos nosotros deberíamos compartirla.

Él se dio media vuelta.

—Sé que debería haber permanecido a tu lado. Nunca debí buscar el refugio de los poderes curativos de la tierra. Me alejé demasiado de ti. Gregori piensa sólo en mi protección.

En el espejo, Raven pudo ver el dolor grabado con claridad en su rostro.

—Hubo un momento muy duro, pequeña, cuando desperté con tu grito y estaba cubierto de tierra y sin poder ayudarte. Mi furia por sí sola alimentó la tormenta. Mientras me abría paso hasta la superficie, noté cada puñalada, y supe que te había fallado. En ese momento, Raven, me enfrentaba a algo tan terrible, tan salvaje y monstruoso en mí, que aún no puedo examinarlo a fondo. Si Jacob te hubiera matado, nadie hubiera estado a salvo. Nadie. —Lo admitió con voz contenida, controlada, con la espalda rígida—. Ni carpatiano, ni humano. Rezo sólo para que, si algo así volviera a suceder, Gregori me mate de inmediato.

Raven se puso delante de él y le tomó el rostro entre las manos.

—A veces la pena saca a la superficie ciertas cosas de la gente que sería mejor que permanecieran ocultas. Nadie es perfecto. Ni yo, ni Eleanor, ni siquiera tú.

Una leve sonrisa, como si se burlara de sí mismo, se dibujó en su boca bien perfilada.

—He vivido durante siglos, y he soportado persecuciones de vampiros, guerras y traiciones. Hasta que llegaste a mi vida, nunca había perdido el control. Nunca hubo nada que quisiera tanto, nunca tuve nada que perder.

Ella atrajo la cabeza de Mihail hacia abajo, le dio pequeños besos curativos en su garganta, su fuerte mentón, las rígidas comisuras de sus labios.

—Eres un buen hombre, Mihail. —Sonrió con picardía, sus ojos azules burlones—. Pero has disfrutado de demasiado poder como para que sea bueno. Pero no te preocupes, conozco a una chica americana. Es muy poco respetuosa y acabará con todo ese desdén tuyo.

La risa de respuesta fue lenta al principio, pero con ella se disolvió la terrible tensión en Mihail. Rodeó a Raven con los brazos y la levantó del suelo, dándole vueltas y estrujándola contra él. Como siempre, el corazón de ella se puso a brincar. Mihail pegó su boca a sus labios mientras les hacia girar por la habitación hasta aterrizar sobre la cama.

La risa de Raven era suave y provocadora.

—No es posible que podamos volver a hacerlo.

El cuerpo de él se acomodaba sobre el suyo, separaba sus muslos con una rodilla para poder empujar contra su cuerpo tierno y acogedor.

—Creo que deberías quedarte desnuda y esperarme —gruñó mientras la acariciaba para asegurarse de que estaba lista.

Ella alzó las caderas con movimiento incitante.

—No estoy segura de saber cómo hacerlo en una cama. —La última palabra fue un jadeo de placer mientras sus cuerpos se unían.

Mihail volvió a encontrar su boca y la risa se mezcló con el sabor dulce de la pasión. Sus manos siguieron la forma de sus pechos con un movimiento posesivo, se introdujeron en su cabello. Había tanta dicha en el corazón de Raven, en su mente; tanta compasión y dulzura. Su eternidad estaría llena de su risa y de su entusiasmo por la vida. Él se rió ruidosamente de puro gozo.

11

Mihail llevaba fuera dos horas largas. Raven se había perdido por la casa para familiarizarse con las habitaciones. Disfrutaba de su soledad y se sentía agradecida de tener tiempo para tratar de aclarar las cosas con cierta lógica. Por más que lo intentara, no parecía real en qué se había convertido. Sólo Mihail representaba cierta cordura. Le tenía en la mente en todo momento, invadía sus pensamientos y suprimía lo demente hasta que quedaba sólo él.

Tenía su sangre en las venas, el aroma en su cuerpo, su marca en la garganta y en el pecho. Sentía su posesión a cada paso, con cada movimiento de su cuerpo. Raven se ajustó un poco más la camisa. Sabía que él estaba vivo y que se encontraba bien; le había tocado la mente con frecuencia, para tranquilizarla de forma afectuosa. Ella encontró que recibía con beneplácito aquel ligero roce, que lo anhelaba, y se percató de que él compartía con ella esa profunda necesidad de fundirse a menudo.

Con un suspiro, cogió una capa larga y cálida para cubrirse. De repente la casa se volvió demasiado sofocante, una prisión en vez de un hogar. El alargado porche que rodeaba el edificio era una tentación, la noche parecía llamar su nombre. Cogió el pomo de la puerta y lo giró. Al instante, el aire de la noche susurró a su alrededor, refrescante y lleno de aromas intrigantes. Salió al porche, sumamente relajada, y se apoyó en una alta columna para inspirar hondo y meterse la noche en los pulmones. Podía sentir algo que la atraía, una llamada. Sin ser consciente, salió del porche y empezó a pasear por el sendero.

La noche susurraba y cantaba, la atraía mediante señales a la profundidad del bosque. Un búho siseó suavemente en medio de la noche, un trío de ciervos salió con cautela de su escondrijo para hundir sus hocicos de terciopelo en el frío arroyo. Raven percibió su alegría de vivir, su aceptación de su lucha diaria a vida o muerte. Alcanzaba a oír el repiqueteo de la savia en los árboles, como el flujo y el reflujo de la marea. Sus pies desnudos parecían encontrar la tierra blanda, evitaban ramas, espinas y rocas afiladas. El susurro del agua, el sonido del viento, el mismísimo latir de la tierra la llamaba.

Embelesada, vagó sin rumbo fijo, envuelta en la larga capa negra de Mihail, con el pelo suelto por debajo de la cadera en una espesa cascada de seda azul oscuro. Parecía etérea, su pálida piel era casi traslúcida bajo la luz de la luna y el azul de sus grandes ojos era tan oscuro que parecía púrpura. La capa se abría de forma ocasional y permitía entrever una pierna desnuda, sin forma.

Algo se tensó en su mente, disturbando la belleza tranquila de la noche. *Dolor. Lágrimas.* Raven se detuvo, pestañeó con rapidez mientras intentaba determinar su ubicación. Había vagado como si se encontrara en un hermoso sueño. Se volvió en la dirección de aquella intensa emoción. Sin pensamiento consciente, los pies empezaron a moverse hacia delante. La mente procesó la información de modo automático.

Un varón humano. De veintipocos años. Embargado por una pena genuina y fuerte. También había ira contra su padre, confusión y culpabilidad por haber llegado demasiado tarde. Algo profundo en Raven respondió a aquella abrumadora necesidad. Estaba acurrucado contra un grueso tronco de árbol, más abajo, cerca del límite de la vegetación. Tenía las rodillas encogidas y el rostro hundido en las manos.

Raven hizo ruido a posta al acercarse. El hombre alzó el rostro surcado de lágrimas y abrió los ojos conmocionado en el momento en que la vio. Empezó a ponerse en pie con apuro.

—Por favor, no te levantes —dijo Raven en voz baja, tan suave como la propia noche—. No era mi intención molestarte. No podía dormir y he salido a pasear. ¿Prefieres que me vaya?

Rudy Romanov se encontró mirando con asombro esa figura de ensueño que parecía materializarse salida de la bruma. No había visto nada similar con anterioridad, tan envuelta en misterio como el propio bosque oscuro. Se le atragantaron las palabras. ¿Acaso su dolor la había hecho aparecer? Casi iba a creerse las historias ridículas y supersticiosas que su padre le había contado. Cuentos de vampiros y mujeres de la oscuridad, sirenas que atraían a hombres a un sino fatal.

El hombre la miraba como si fuera un fantasma.

—Lo siento mucho —murmuró ella con delicadeza y se dio la vuelta para irse.

—¡No! No te vayas. —Su inglés tenía un fuerte acento—. Por un instante, al salir así de la bruma, casi no parecías real.

Raven, percatándose de lo poco que llevaba debajo de la larga capa, se la ajustó un poco más.

—¿Te encuentras bien? ¿Puedo llamar a alguien? ¿Tal vez al sacerdote? ¿A tu familia?

—No tengo a nadie, ya no queda nadie. Soy Rudy Romanov. Tienes que haber oído las noticias sobre mis padres.

Una visión espeluznante estalló en su cabeza. Vio lobos saliendo en tropel del bosque, ojos rojos centelleando con fiereza, un enorme lobo negro liderando la manada y lanzándose directo sobre Hans Romanov. En la cabeza del chico captó el recuerdo de su madre, Heidi, tumbada en la cama, con los dedos de su marido rodeándole la garganta. Por un momento de espanto fue incapaz de respirar. ¡Cuánto había sufrido este joven! Sus dos padres le habían sido arrebatados en cuestión de horas. Su fanático padre había asesinado a su madre.

—He estado enferma; es la primera vez que salgo en días. —Se acercó a él bajo las extensas ramas de los árboles. No podía decirle la verdad exacta, que ella se había visto implicada en todo aquel horrendo asunto.

A Rudy le parecía un hermoso ángel enviado para consolarle. Rudy anhelaba tocar su piel para ver si de verdad era tan tersa como parecía bajo la luz de la luna. Su voz era un suave susurro, sensual, apaciguador, que llegaba a su mente para calmarle y aliviarle. Se aclaró la garganta.

—Mi padre asesinó a mi madre hace dos noches. Ojalá hubiera regresado a casa antes... Mi madre me llamó, me dijo alguna tontería sobre que él había asesinado a una mujer. Mi padre tenía ideas delirantes sobre vampiros alimentándose de gente del pueblo. Siempre fue supersticioso, pero nunca pensé que se volviera loco de remate. Mi madre dijo que él y un grupo de fanáticos estaban persiguiendo vampiros y marcando a miembros destacados de la comunidad para matarlos. Yo pensé que estaba fanfarroneando, como siempre hacía. —Bajó la vista a las manos—. Debería haberla escuchado, pero ella admitió que nadie más parecía estar enterado del asesinato.

Supuse que él había mentido sobre el asesinato de la mujer, que no era verdad. Maldición, tal vez no lo fuera, pero estaba chiflado. Estranguló a mi madre. Murió con el rosario entre las manos.

Rudy se secó los ojos con dedos temblorosos. No tenía ni idea cómo pero, de algún modo, la dama misteriosa estaba en su mente, le ofrecía su calor y comprensión. La ilusión era tan real que su cuerpo cobró vida, y de pronto fue terriblemente consciente de que estaban muy solos. De manera espontánea, se le ocurrió que nadie sabía que ella estaba ahí con él. La idea le provocó una excitación inquietante en medio de su dolor.

—Me quedé un día más en la universidad para hacer un examen que me parecía importante de verdad. En realidad no creía que mi padre fuera a matar a nadie, y menos aún a una mujer. Mi madre era comadrona. Traía al mundo a tantas vidas, ayudaba a tanta gente. Le dije que iba de camino a casa para ocuparme de todo. Ella quería acudir al cura, pero yo la disuadí.

—Ojalá la hubiera conocido —dijo Raven con sinceridad.

—Te habría caído bien, le caía bien a todo el mundo. Debió de intentar detener a mi padre. La noche de la tormenta, él salió con un grupo de forasteros. Lo más seguro es que fuera entonces cuando mató a mi madre, justo antes de salir de casa. Lo más probable es que quisiera asegurarse de que ella no se lo contaba a nadie ni intentaba detenerle. Luego él quedó atrapado bajo un árbol que fue alcanzado por un rayo. Él y los demás se quemaron, fue imposible reconocerlos.

—Qué terrible para ti. —Raven se pasó una mano por el pelo, introdujo despacio sus dedos entre la espesa melena de seda y se lo retiró de la cara. Sexy. Inocente. Una combinación potente.

La bruma discurría por el bosque en dirección a la casa construida a resguardo del precipicio. Se filtró a través de las verjas de hierro y se derramó por el patio acumulándose en una alta y gruesa columna, titiló, y se acopló hasta que la sólida forma de Mihail quedó en pie delante de la puerta. Alzó una mano y murmuró una orden para retirar la protección y entró. De inmediato supo que ella se había ido.

Sus ojos se oscurecieron hasta convertirse en hielo negro. Mostró sus blancos dientes, destellantes. Un gruñido grave retumbó en su tórax, luego lo contuvo. Su primera idea fue que alguien se la había llevado, que se encontraba en peligro. Envió una llamada a sus centinelas, los lobos, para que le ayudaran en la búsqueda. Respiró hondo para tranquilizarse y permitió que su mente la encontrara, que apuntara directo a su ubicación. No fue difícil seguir su rastro. No estaba sola. *Un humano. Varón.*

Se le entrecortó la respiración. Su corazón casi deja de latir. Sus dedos formaron dos puños apretados. Al lado de Mihail explotó una lámpara que estalló en fragmentos. En el exterior se levantó un viento que formó pequeños tornados entre los árboles. Mihail salió afuera y se lanzó al aire de un salto, extendió unas alas gigantes y se precipitó volando por el cielo. Muy por debajo de él, los lobos se aullaban unos a otros y empezaban a correr en formación estricta de manada.

Mihail descendió silenciosamente sobre las pesadas ramas situadas encima de la cabeza de Raven. Se estaba apartando el pelo de la cara con ese gesto suyo tan femenino, curiosamente sexy. Alcanzó a sentir su compasión, su necesidad de consolar. También podía apreciar lo cansada que estaba y el frío que tenía. El humano estaba desconsolado, no cabía duda. Pero Mihail podía oler su excitación, oía los fuertes latidos de su corazón, la sangre que fluía pulsando con potencia. Leyó con facilidad los pensamientos del joven, y no eran tan inocentes.

Furioso, más que asustado por ella, Mihail se lanzó por el aire y luego aterrizó en el suelo a escasos metros de ellos, sin que pudieran verlo. Luego de repente apareció andando en su dirección, una figura alta y poderosa que surgió en medio de la noche, en medio de los árboles. Se erguía sobre ellos, amenazador y formidable, con los duros ángulos y planos de su rostro severos y despiadados. Sus ojos negros relucían con algo oscuro y mortal. La luz de la noche reflejada ahí aportaba un misterioso destello rojo, incluso un matiz salvaje, a su mirada impasible.

Rudy, amenazado, quiso ponerse en pie, intentando agarrar a su dama misteriosa con la vaga idea de protegerla. Aunque Mihail se encontraba a más distancia de Raven que de Rudy, cogió una velocidad endiablada que le permitió que su mano llegara primero, agarrando la frágil muñeca y arrastrando a Raven tras él, sujetándola con fuerza.

—Buenas noches, señor Romanov —dijo Mihail con voz agradable, en un tono tan grave y sedoso que tanto Rudy como Raven se estremecieron—. ¿Tendrías la amabilidad de decirme qué estabas haciendo a estas horas de la noche a solas con mi mujer? —Mientras pronunciaba esta última palabra, desde algún lugar próximo un lobo aulló amenazador; la larga y prolongada nota reverberó con una advertencia en la brisa nocturna.

Raven se movió, pero el asimiento de Mihail amenazaba con romperle los huesos. *Quédate callada. Si quieres que este humano vea el amanecer, vas a obedecerme. Es el hijo de Hans Romanov. Lo que hay en su mente es fruto de lo que su padre plantó hace años.*

Ella empalideció de repente. *Mihail, sus padres...*

Mantengo el control por un fino hilo. ¡No lo rompas!

—Señor Dubrinsky. —Rudy le reconoció entonces; el poderoso personaje de su pueblo natal, un enemigo implacable o un amigo valioso. La voz de Mihail surgió calmada, incluso serena, aunque parecía capaz de cometer un asesinato—. No es nada planeado. Yo he venido aquí porque... —Su voz se desvaneció. Podría haber jurado que había visto lobos acechando entre los árboles, los ojos centelleantes con la misma cualidad salvaje del cazador que tenía delante. Una mirada a ese rostro despiadado y Rudy dejó a un lado su orgullo—. Estaba apenado. Ella había salido a pasear y me oyó.

Los lobos era sombras silenciosas que se acercaban de modo sigiloso. Mihail percibió su entusiasmo, el grito sanguinario. Se apoderó también de él y se mezcló con sus negros celos. La manada susurraba y le llamaba como a un hermano. La bestia en él alzó la cabeza y rugió pidiendo ser liberado. El varón humano afirmaba su inocencia, pero era fácil adivinar el deseo en su cuerpo, oler el aroma de la excitación sexual. Para Mihail era muy fácil percibir el rastro de enfermedad en el hijo, que había dejado ahí su padre.

La mirada oscura de Mihail recorrió la figura pequeña de Raven. Ella detenía los latidos de su corazón, le dejaba sin aliento. Nunca miraba más allá de la superficie, se había ejercitado en hacerlo así. Mihail percibía compasión, tristeza, agotamiento y algo más. La había herido. Estaba ahí en la hondonada de sus ojos enormes. Y había un miedo genuino. Sabía que había lobos allí cerca, oía sus voces exigiéndole a Mihail que defendiera a su pareja. Fue un golpe terrible para ella percatarse de lo susceptible que era Mihail a aquella lógica primitiva, comprender lo mucho de animal que había en él. Al instante la rodeó con el brazo y la atrajo bajo su hombro, le ofreció su calor. Dio una orden silenciosa a los lobos, notó su resistencia, su renuencia a obedecer. Éstos percibían el antagonismo con el humano, su propia sed de sangre, la necesidad de derrotar a un enemigo que pudiera ser una amenaza para la seguridad de su pareja.

—Estoy enterado de tu tragedia —se obligó a decir Mihail, doblando el brazo en torno a Raven con aire protector—. Tu madre era una gran mujer. Su muerte ha sido una tremenda pérdida para nuestra comunidad. Tu padre y yo teníamos nuestras diferencias, pero no deseo a ningún hombre la muerte que tuvo.

Raven se estremeció de frío, y también como reacción a la animosidad tan intensa que Mihail podía sentir contra alguien. Era la luz de su oscuridad, incapaz de entender que, ante todo y sobre todo, él era un depredador. Movía la mano arriba y abajo sobre su brazo con ternura, en un intento de tranquilizarla. Repitió la orden a los lobos.

—Mejor que regrese a casa, señor Romanov. Necesita dormir, y estos bosques no son siempre seguros. La tormenta ha dejado a los animales con los nervios a flor de piel.

—Gracias por ser tan amable —le dijo Rudy a Raven, reacio a dejarla con un hombre que parecía tan capaz de actos de gran violencia.

Mihail observó al hombre mientras se retiraba a la seguridad del extremo de la ciudad, más allá del claro.

—Tienes frío, pequeña —dijo con suma dulzura.

Raven contuvo las lágrimas, obligó a sus piernas temblorosas a empezar a caminar, un lento paso cada vez. No podía mirarle, no se atrevía. Ella había estado disfrutando de la belleza de la noche, así de sencillo. Luego había oído a Romanov. Formaba parte de su naturaleza ayudar siempre que estuviera en sus manos. Ahora había desatado algo oscuro y mortífero en Mihail, algo que la inquietaba de veras.

Mihail se colocó a su altura y estudió su rostro vuelto al otro lado.

—Vas en dirección equivocada, Raven. —Apoyó la mano en la parte posterior de su cintura para guiarla.

Raven se puso tensa, luego se retorció para que no la tocara.

—Tal vez no quiera regresar, Mihail. Tal vez en realidad no sepa quién eres en absoluto.

Había más dolor que ira en su voz. Él suspiró ruidosamente y la alcanzó, asiéndola con un brazo de hierro inquebrantable.

—Hablaremos en el calor y el bienestar de nuestra casa, no aquí donde te estás helando. —Sin esperar a su beneplácito, la levantó con facilidad y la movió a toda velocidad. Raven se agarró a él, hundió la cara contra su hombro, su cuerpo delgado se estremeció de frío y también de cierto miedo a él, a su futuro, a aquello en que se había convertido.

Mihail la llevó directamente al dormitorio, encendió el fuego sólo con alzar una mano y la dejó sobre la cama.

—Al menos podrías haberte puesto los zapatos.

Raven se agarró la capa con gesto defensivo y le miró desde debajo de sus largas pestañas.

—¿Por qué? Y no me refiero a los zapatos.

Él encendió las velas y machacó diversas hierbas para llenar su alcoba de un dulzor relajante y curativo.

—Soy un carpatiano. La sangre de la tierra fluye por mis venas. He esperado siglos para tener a la pareja de mi vida. A los hombres carpatianos no les gusta que otros hombres anden cerca de sus mujeres. Me enfrento a emociones con las que estoy poco familiarizado, Raven. No es fácil controlarlas. No te comportas como una mujer carpatiana. —Una pequeña sonrisa curvó los extremos de su boca. Mihail se apoyó en la pared con gesto perezoso—. No esperaba volver a casa y descubrir que habías salido. Te expones a peligros, Raven, algo que no podemos permitir los varones de mi raza. Y luego te encuentro con un humano. Un varón.

—Estaba sufriendo —respondió ella bajito.

Mihail profirió un sonido de fastidio.

—Te deseaba.

Raven agitó las pestañas, encontró la mirada de él con sus ojos azules, sorprendidos e inseguros.

—Pero... no, Mihail, te equivocas, tienes que estar equivocado. Yo sólo intentaba consolarle. Ha perdido a su padre y a su madre. —Estaba a punto de llorar.

Él le tendió la mano en silencio.

—Y tú querías hacerle compañía. Nada de sexo, pero de todos modos una compañía humana, no lo niegues. Percibí la necesidad en ti.

Raven se tocó los labios con la lengua, con un gesto nervioso. No podía negarlo. Había sido del todo inconsciente por su parte, pero ahora que él lo había expresado en voz alta, sabía que era cierto. Había sentido la necesidad de compañía humana. Mihail era tan intenso, todo en su mundo le resultaba desconocido. Raven detestaba hacerle daño, detestaba haber sido ella quien le hubiera llevado al límite de su control.

—Lo siento. No era mi intención hacer otra cosa que dar un pequeño paseo. Cuando le oí, sentí la necesidad de verificar que se encontraba bien. No sabía, Mihail, que estuviera buscando compañía humana.

—No te culpo, pequeña, eso nunca. —Su voz era muy dulce, el corazón de Raven dio un vuelco—. No me cuesta nada interpretar tus recuerdos. Sé cuál era tu intención. Y nunca te culparía por tu naturaleza compasiva.

—Supongo que los dos nos enfrentamos a dificultades —dijo en voz baja—. Yo no puedo ser quien tu quieres, Mihail. Tú empleas la palabra «humano» como una maldición, algo inferior a ti. ¿Se te ha ocurrido alguna vez que tienes prejuicios contra mi raza? Es posible que la sangre carpatiana corra por mis venas, pero en mi corazón y en mi mente soy humana. No salí a traicionarte. Fui a andar. Eso es lo que hice. Lo siento, Mihail, pero durante toda mi vida he disfrutado de libertad. Cambiarme la sangre no va a cambiar quien soy.

Él cruzó la habitación con energía rápida y fluida, todo poder y coordinación.

—No tengo prejuicios —negó.

—Por supuesto que sí. Miras a los de mi raza con cierto desprecio. ¿Te hubiera alegrado que me hubiera alimentado aprovechando la sangre de Romanov? ¿Es eso aceptable? ¿Utilizado como alimento, pero no para ofrecerle unas pocas palabras amigables?

—No me gusta el cuadro que pintas, Raven. —Mihail cruzó la habitación para estirar la mano y cogerle la capa. El dormitorio se había caldeado y olía a naturaleza, a bosque y a prados.

Raven, a su pesar, dejó caer la capa de los hombros. Mihail frunció el ceño al ver que sólo iba vestida con la fresca camisa blanca. Aunque los faldones le llegaban hasta las rodillas y le tapaban el trasero, una porción generosa de sus muslos quedaba al descubierto, justo hasta las caderas. El efecto era increíblemente sexy, junto con la larga melena salvaje que caía en cascada hasta la cama, enmarcando su delgada figura. Mihail maldijo en voz baja, unas pocas palabras en su propia lengua, agradeciendo no haberse percatado antes de que no llevaba nada debajo de la capa aparte de la camisa. De haberlo sabido, lo más probable es que le hubiera cortado el cuello a Romanov. La idea de Raven acercándose a un joven, sonriéndole e hipnotizándolo con sus ojos de sirena, inclinando la cabeza sobre su garganta y rozándole con la boca, la lengua, los dientes... Las entrañas se le comprimieron de total rebelión ante aquella imagen.

Se pasó la mano por el pelo, colgó la capa en el armario y llenó un antiguo cántaro y un lavatorio con agua caliente. Una vez que hubo controlado su imaginación, pudo responderle con su amabilidad habitual.

—No, pequeña, después de pensarlo bien, no puedo decir que me alegrara de que te hubieras alimentado.

—¿No se supone que debo hacer eso? Una mujer carpatiana se alimenta de humanos desprevenidos. —En su voz se detectaba la amenaza de unas lágrimas contenidas.

Mihail llevó el agua hasta el lado de la cama y se arrodilló delante de ella.

—Estoy intentando comprender mis sentimientos, Raven, y no tienen sentido. —Con devoción, empezó a limpiarle los pies—. Deseo tu felicidad antes que cualquier cosa, pero tengo la necesidad de protegerte. —Sus manos operaban con dulzura, su contacto era tierno mientras eliminaba cualquier mota de tierra.

Raven bajó la cabeza y se frotó las sienes.

—Sé que es así, Mihail, e incluso comprendo en cierto modo tu necesidad de hacerlo, sólo que siempre voy a seguir siendo yo misma. Soy impulsiva, hago cosas. Decido que quiero hacer volar una cometa y acto seguido lo hago.

—¿Por qué no te quedaste en la casa? Te pedí tiempo para ir acostumbrándome a mi terrible temor por tu seguridad. —Su voz era tan amable que resultaba increíble, y las lágrimas saltaron a los ojos de Raven.

Ella tocó con la punta de los dedos el cabello color café. Notó un dolor en la garganta.

—Quería salir al porche para tomar un poco de aire fresco. No tenía otra intención, pero simplemente sentí la llamada de la noche.

Mihail alzó la vista, sus ojos oscuros llenos de afecto por sus sentimientos.

—Fue error mío entonces, debería haber puesto protecciones que te defendieran.

—Mihail, soy capaz de cuidar de mí misma. —Sus ojos azules estaban muy serios, le transmitían la verdad de sus palabras. La verdad es que no había necesidad de preocuparse.

Él hizo todo lo posible para contener una sonrisa. Era demasiado buena, siempre pensaba lo mejor de todo el mundo. Formó círculos con los dedos sobre sus pequeñas pantorrillas.

—Eres la mujer más hermosa del mundo, Raven. No tienes ni un pelo de maldad en el cuerpo, ¿verdad?

Raven parecía indignada.

—Por supuesto que sí. No sonrías de ese modo, Mihail. Claro que puedo ser malvada si hace falta. En cualquier caso, ¿tiene eso algo que ver con lo que estamos hablando?

Él subió la mano hasta la caja torácica ocultada por la fina seda de la camisa.

—Estamos hablando de mi necesidad de proteger a la persona que más me importa, la única que sólo puede ver el bien en todo el mundo.

—No es así —negó ella, consternada porque él la viera de ese modo—. Sabía que Margaret Summers era una fanática.

Él continuó subiendo la mano para acariciar la parte inferior de un pecho y luego coger el peso en su palma. Sus ojos se habían ennegrecido al máximo llenos de una intensa emoción.

—La defendiste, por lo que recuerdo.

Mihail le cortaba la respiración con la exploración distraída, pausada, de su cuerpo. Era más que físico, le sentía dentro de ella, admirándola, pese a que quería obligarla a cumplir su voluntad. Ella le sentía en su cuerpo, acariciando su mente y rozando su corazón. Percibía que los sentimientos por ella iban en aumento, le consumían.

Él suspiró con suavidad.

—Nunca voy a llegar a ninguna parte contigo, ¿verdad? Tienes la capacidad de desarmarme. Soy el líder de mi pueblo, Raven. No puedo aceptar esto. No tengo otro remedio que dar órdenes.

Ella levantó las cejas.

—¿Órdenes? —repitió—. ¿Piensas que me vas a dar órdenes?

—Exacto. Es el único recurso que me queda para no ser el hazmerreír entre mi gente. A menos, por supuesto, que tengas una idea mejor. —Había risa en lo más hondo de sus ojos.

—¿Cómo puedo divorciarme de ti?

—Lo siento, pequeña —respondió de manera insulsa—, no entiendo esa palabra. Habla en mi idioma, por favor.

—Sabes muy bien que hablas el inglés mucho mejor que tu propia lengua —replicó ella—. ¿Cómo se separa una pareja de vida? ¿Cómo rompen? ¿Cómo lo dejan? ¿Acaban con la relación?

El destello de humor en la profundidad de los ojos se intensificó hasta convertirse en diversión total.

—No existe tal cosa, y si existiera, Raven... —se inclinó muy cerca de ella, su aliento le sopló en la mejilla—, nunca permitiría que tú te fueras.

Raven parecía inocente, con los ojos muy abiertos. La mano de él en su pecho, el pulgar acariciando su pezón, le dificultaban respirar.

—Sólo intentaba ayudarte. La realeza tiene tan pocas opciones hoy en día... Tienes que preocuparte de la opinión pública. Puedes confiar en mí, Mihail, te ayudaré a considerar tales cuestiones.

Él se rió en voz baja, con provocación masculina.

—Supongo que debo estarte agradecido por tener una pareja tan lista. —Soltó con los dedos un botón de la camisa blanca. Sólo uno, que ensanchó la abertura sobre los pechos y le dio más espacio para continuar con su perezosa exploración.

A Raven se le cortó el aliento. En realidad, él no estaba haciendo nada, sólo la tocaba, pero su contacto era tan suave y amoroso que la fundía por dentro.

—De verdad, estoy intentando comprender tu forma de vida, Mihail, pero no creo que mi corazón pueda aceptarlo aún. —Intentaba sonar sincera—. No sé nada de vuestras leyes o de vuestras costumbres. Ni siquiera sé con exactitud qué eres, qué soy yo. Pienso en mí como una humana. Ni siquiera estamos casados ante los ojos de Dios o de los hombres.

Esta vez, Mihail echó la cabeza hacia atrás y se rió sonoramente, con ganas.

—¿Piensas que la burda ceremonia de los humanos constituye una unión más profunda que un verdadero ritual carpatiano? Tienes mucho que aprender de nuestras costumbres.

Raven se mordisqueó el labio inferior con sus pequeños dientes blancos.

—¿Se te ha ocurrido pensar que es posible que yo no me sienta comprometida por las leyes y los rituales carpatianos? Tienes muy poca consideración por las cosas que para mí son sagradas.

—¡Raven! —Él estaba conmocionado y se le notó—. ¿Eso es lo que crees? ¿Que no tengo consideración por tus creencias? No es cierto.

Ella bajó la cabeza y su sedoso pelo le rodeó el rostro, ocultando su expresión.

—Sabemos tan poco el uno del otro. No tengo ni idea de en qué me he convertido. ¿Cómo puedo contentar tus necesidades, o las mías, si ni siquiera sé qué o quién soy?

Él estaba callado, sus ojos oscuros, impenetrables, estudiaban su triste rostro, sus ojos apenados.

—Tal vez haya algo de verdad en tus palabras, pequeña. —Siguió con las manos el contorno de su cuerpo, luego la estrecha caja torácica, la fina cintura, y finalmente las desplazó hasta el rostro—. Te miro y sé que eres un milagro. El tacto de tu piel, suave e incitante, la manera en que te mueves, como agua que fluye, el roce de tu pelo como la seda, el contacto de tu cuerpo a mi alrededor, completándome, dándome la fuerza que necesito para continuar con una tarea que parece tan imposible, pero tan necesaria. Miro tu constitución, tan bella, tu cuerpo tan perfecto, hecho para el mío.

Raven se agitó con inquietud, pero sus manos la tenían cautiva, le inclinaron la barbilla de tal modo que no tuvo otra opción que encontrar sus ojos negros.

—Pero no es tu cuerpo el que me cautiva, Raven, no es tu piel inmaculada o la perfección de la combinación de nuestros cuerpos cuando estamos juntos. Es cuando me fundo contigo y veo quién eres de verdad cuando me percato del milagro que constituye en realidad. Puedo decirte quién eres. Eres compasión. Eres dulzura. Eres una mujer con coraje, dispuesta a poner tu vida en peligro por auténticos desconocidos. Eres alguien dispuesta a emplear tu don, pese al gran dolor que te provoca, en beneficio de otros. No vacilas a la hora de dar, eres así. Hay tal luz en ti, que brilla a través de tus ojos, toda tu piel la irradia. De este modo, cualquiera que te mira puede ver tu bondad.

Raven no pudo evitar observarle del todo indefensa, perdida en esos ojos hipnóticos. Mihail le tomó una mano y le dio un beso en el centro exacto de la palma, deslizó la mano de ella debajo de su camisa y la sostuvo sobre su corazón que latía a ritmo constante.

—Mira más allá de mi piel, Raven. Mira en mi corazón y en mi alma. Funde tu mente con la mía, mírame por lo que soy. Conóceme por quién soy.

Él esperó en silencio. Un latido. Dos. Vio la repentina determinación en ella por saber a qué se había atado, por saber con exactitud con quién había formado una alianza. Su mente se fundió con vacilación al principio, con un contacto tan débil y delicado que parecía un roce de alas de mariposa. Era cauta, se movía por los recuerdos de Mihail como si pudiera descubrir algo que fuera a herirlo. Él notaba que el cuerpo de Raven se quedaba sin aliento mientras veía la oscuridad creciente. El monstruo que vivía dentro. La mancha en su alma. Las muertes y batallas de las que era responsable. La cruda fealdad de su existencia antes de que ella entrara en su vida. La soledad que acababa con él, con todos los machos de su especie, el vacío estéril soportado siglo tras siglo. Vio su decisión de no perderla nunca, su actitud posesiva, sus instintos animales. Todo lo que él era estaba ahí expuesto para que ella lo viera. No le ocultó nada, ni los crímenes cometidos con sus propias manos, ni los que había ordenado, ni su absoluta convicción de que nadie se la arrebataría jamás y continuaría con vida.

Raven salió de su mente y le miró fijamente con sus ojos azules. Mihail notó la fuerza con que latía su corazón. No había condena en esa mirada, sólo una calma serena.

—De modo que ves la bestia a la que te has atado para toda la eternidad. Somos depredadores, al fin y al cabo, pequeña, y la oscuridad en nuestro interior se compensa sólo con la luz de nuestras mujeres.

Ella le echó las manos al cuello, con dulzura y cariño.

—Qué terrible lucha vivís todos vosotros, y tú más que los otros. Tener que tomar decisiones de vida o muerte, sentenciar a amigos e incluso a familiares a la destrucción debe ser una carga increíble. Eres fuerte, Mihail, y tu gente tiene razón al creer en ti. El monstruo con el que pugnas a diario es parte de tu ser, tal vez la parte que te hace tan fuerte y decidido. Ves ese lado tuyo como algo maligno cuando de hecho es lo que te da el poder, la capacidad y la fuerza para hacer lo que debes por tu pueblo.

Mihail agachó la cabeza, no quería que ella viera la expresión en sus ojos, lo que aquellas palabras significaban para él. Había una obstrucción en su garganta que amenazaba con ahogarle. No se la merecía, nunca se la merecería. No era egoísta, mientras que él casi se la lleva prisionera y la obliga a encontrar la manera de vivir con él.

—Mihail. —Su voz sonaba dulce. Le rozó la barbilla con la suavidad de su boca—. Yo estaba sola hasta que tú apareciste en mi vida. —Encontró con sus labios la comisura de los de él—. Nadie me conocía ni sabía quién era, y la gente me tenía miedo porque sabía cosas de ellos que jamás podrían saber de mí. —Le rodeó con los brazos, le reconfortó como si fuera un niño—. ¿Qué hay de malo en quererme para ti, sabiendo que por ti yo pondría fin a la existencia tan terrible que había tenido hasta ese momento? ¿De veras crees que tienes que condenarte? Yo te quiero. Sé que te quiero sin reservas. Acepto quien eres.

Él se pasó la mano por el pelo.

—No puedo controlar mis emociones en este momento, Raven. No puedo perderte. No tienes noción de cómo era mi vida: sin luz del día, sin risa, siglos de total soledad. Sé que en mi interior vive un monstruo. Cuanto más vive uno, más poderoso se vuelve. Temo por Gregori. Sólo es veinticinco años más joven que yo, pero ha sobrellevado el peso de la caza de vampiros durante siglos. Se aísla de los de su especie. A veces no le vemos ni oímos nada de él durante medio siglo. Su poder es inmenso y la oscuridad en él no cesa. La nuestra es una existencia fría, deprimente, dura e implacable, y el monstruo en tu interior no deja de luchar por liberarse. Tú eres mi salvación. En este momento todo es tan nuevo para mí, y el temor a perderte es algo inédito. No sé qué haría a cualquiera que intentara arrebatarte, separarte de mí.

Raven encontró su mano, sus dedos se unieron.

—Noelle dio a luz un niño. Eleanor ha hecho lo mismo. No hay mujeres que puedan aliviar el terrible vacío negro de los hombres. El que más sufre es Gregori. Recorre la tierra, aprende sus secretos y realiza experimentos sobre los que ninguno de nosotros se atreve a preguntar demasiado. Nunca le he contado esto a nadie, pero sus conocimientos y su fuerza son superiores a los míos. Nunca hemos tenido motivos para enfrentarnos pues siempre aparece en situaciones de emergencia, pero noto que se retira. —Mihail se frotó los ojos con cansancio—. ¿Qué voy a hacer? Más pronto o más tarde él tendrá que decidir. De cualquier manera, vamos a perderle.

—No entiendo.

—Existe el poder supremo de quitarle la vida a la víctima mientras nos alimentamos. Resulta tan fácil atraer a las víctimas hacia nosotros. Nadie puede sobrevivir a la oscuridad y a la desesperación de un millar de años. Gregori lleva viviendo desde la época de los Cruzados y ha llegado a la del hombre caminando sobre la luna. Y siempre luchando con el monstruo que lleva dentro. La única esperanza de salvación que tenemos es nuestra pareja de vida. Y si Gregori no encuentra pronto esa pareja, buscará el amanecer o se convertirá. Me temo lo peor.

—¿Qué es convertirse?

—Matar por el mero placer de matar, por el poder. Convertirse en vampiro, tal y como lo reconocéis los humanos. Aprovecharse de las mujeres antes de alimentarse, obligarlas a ser sus esclavas. —Mihail contestó con expresión grave. Él y Gregori habían perseguido a menudo a miembros de su especie y habían descubierto lo depravado que un carpatiano convertido en vampiro llegaba a ser.

—¿Tendrías que detener a Gregori? —El miedo se disparó por ella como una flecha en llamas. Empezaba a entender la complejidad de la vida de Mihail—. Dices que es más poderoso que tú.

—Sin duda. Ha disfrutado de libertad de movimiento, y tiene más experiencia en cazar y seguir el rastro de los no muertos. Ha participado en experiencias por todo el planeta, ha aprendido mucho. Su tremendo poder sólo es superado por su absoluto aislamiento. Gregori es un hermano más que un amigo. Llevamos juntos desde el principio. No desearía fallarle ni cazarle, no intentaría medir mi fuerza con la de él. Ha librado numerosas batallas por mí y conmigo. Hemos compartido sangre, nos hemos curado el uno al otro, nos hemos protegido uno al otro cuando ha sido necesario.

—¿Y qué me dices de Jacques? —Ella ya sentía afecto por el hombre que tanto se parecía a Mihail.

Él se levantó y vació el agua con aire cansado.

—Mi hermano es doscientos años más joven que yo. Es fuerte e inteligente, y muy peligroso si se dan las circunstancias. La sangre de nuestros ancestros corre con fuerza por sus venas. Viaja, estudia, está dispuesto a asumir la responsabilidad de nuestro pueblo cuando llegue el momento.

—Tú llevas a tu espalda las cargas de tu pueblo. —Su voz era muy suave. Acarició su pelo color café con suaves dedos.

Mihail se sentó con cuidado, la contempló con ojos ancianos, agotados.

—Somos una raza moribunda, pequeña. Me temo que sólo estoy retrasando lo inevitable. Dos de los asesinos conocidos se escaparon. Los otros dos sospechosos, Anton Fabrezo y Dieter Hodkins, también se fueron en tren. He mandado aviso por las montañas, pero han desaparecido. He oído rumores de que un grupo organizado de cazadores ha surgido no hace mucho, en este periodo de tiempo. Si estos hombres se asocian alguna vez con verdaderos científicos, se volverán más peligrosos.

—Sé que los carpatianos pertenecen a la tierra y que su curación proviene de la tierra y de todos sus poderes naturales, pero, Mihail, tal vez tus prejuicios y tu desprecio por la raza humana te hayan hecho pasar por alto algunas de sus ventajas.

—Insistes en pensar que tengo prejuicios. Muchos humanos me caen bien. —Mihail encontró que no podía contenerse sin soltar los botones de la camisa de seda blanca que cubría su cuerpo desnudo. Había algo en lo más hondo de él, una necesidad primitiva que le hacía querer mirarla, saber que podía hacerlo cuando le diera la gana.

Ella le sonrió y se echó el pelo hacia atrás con aquel gesto tan sexy. La acción creó una abertura en la camisa que liberó su piel desnuda, todo su seno surgió incitante hacia él, luego desapareció bajo una nube de seda de ébano. La visión dejó a Mihail sin aliento.

—Escúchame, amor mío. El hecho de tener unos pocos amigos y sentir aprecio por ciertos individuos de una raza no elimina los prejuicios. Has vivido tanto tiempo con tus dones que los das por sentado. Que seas capaz de controlar la mente humana y de utilizarles como ganado...

Él soltó un aspaviento, escandalizado de que ella pensara algo así. Rodeó con la mano el tobillo de Raven donde lo tenía apoyado sobre la cama.

—Nunca he tratado a los seres humanos como si fueran ganado. Muchos de ellos se cuentan entre mis amigos, aunque Gregori y algunos de los demás piensen que estoy loco. Veo crecer a los humanos y ojalá pudiera sentir las cosas que sienten. No, pequeña, no creo que les trate como ganado.

Ella inclinó la barbilla, mientras le observaba con los ojos color zafiro fijos en él.

—Tal vez no como ganado, pero siento lo que tú sientes, Mihail. Puedes ocultártelo, pero yo lo veo con claridad. —Sonrió para suavizar sus palabras—. Sé que no quieres sentirte superior, pero te resulta muy fácil controlarnos.

Él soltó un resoplido de desaprobación.

—No he conseguido controlarte a ti que digamos. No tienes ni idea la de veces que he deseado hacerte obedecer cuando te exponías a peligros. Debería haber seguido mi instinto... pero, no, permití que regresaras al mesón.

—Tu amor por mí fue lo que te hizo contenerte. —Estiró el brazo para tocarle el pelo—. ¿No es así como debería ser entre dos personas? Si de verdad me amas tal y como soy, y quieres que sea feliz, sabrás que tengo que hacer lo que quiero de forma natural, lo que creo que está bien.

Él resiguió el contorno de su garganta con el dedo, luego continuó a través del valle que se prolongaba entre sus pechos, provocando en ella un estremecimiento de repentino calor.

—Eso es cierto, pequeña, pero también se aplica a mis necesidades. No puedes hacer otra cosa que hacerme feliz. Mi felicidad depende por completo de que estés segura o no.

Raven no pudo evitar sonreír.

—En cierto modo, creo que tu naturaleza taimada se está poniendo de manifiesto. Tal vez precises prestar atención al ingenio humano. Confías mucho en tus dones, Mihail, pero los humanos deben encontrar otras maneras. Estamos uniendo dos mundos. Si decidimos tener un hijo...

Él se agitó con inquietud, su ojos oscuros centellearon.

Raven captó el imperioso decreto carpatiano antes de que él censurara sus pensamientos. *Debes.*

—Si algún día decidimos tener un hijo —insistió, haciendo caso omiso de su autoridad—, si es varón, será criado en ambos mundos. Y si es una niña, será criada respetando el libre albedrío, sus propias decisiones. Lo digo en serio, Mihail. Nunca jamás consentiré en traer al mundo a una criatura para que sea yegua de cría de uno de esos hombres. Conocerá su propio poder y escogerá su propia vida.

—Nuestras mujeres escogen por sí solas —dijo bajito.

—Estoy segura de que hay algún ritual que garantiza que elija al hombre adecuado —adivinó Raven—. Me darás tu palabra de que aceptarás mis condiciones o no me quedaré embarazada.

Mihail pasó la punta de los dedos por el rostro con exquisita ternura.

—Antes que nada quiero tu felicidad. También querría que mis hijos fueran felices. Tenemos años por delante para decidir estas cosas, vidas enteras, pero sí, cuando hayamos aprendido a equilibrar los dos mundos y sepamos que es el momento adecuado, accederé por completo a tus condiciones.

—Sabes que te lo recordaré —advirtió.

Él se rió con tranquilidad y le cubrió la mejilla con la palma.

—A medida que pasen los años, tu fuerza y tu poder crecerán. Y me aterroriza, Raven, no sé si mi corazón podrá soportar los años venideros.

Ella se rió, y sonó a música. Mihail modeló con las manos sus pechos, tomó el blando peso en sus palmas, inclinó la cabeza hacia ella cuando Raven le hizo el ofrecimiento. Tenía la boca caliente, húmeda y necesitada; sus dientes arañaban su piel sensible. El pelo de Mihail la rozaba como si fueran lenguas lamiendo sus costillas. En un instante, le rodeó con los brazos mientras se relajaban contra el cabezal de la cama.

Él se estiró sobre la cama y apoyó la cabeza en su regazo.

—Vas a poner patas arriba mi mundo tan ordenado, vaya que sí.

Raven introdujo los dedos entre su pelo y disfrutó del tacto de la espesa masa sedosa contra la piel desnuda de sus caderas y muslos.

—Con toda certeza, voy a esforzarme al máximo. Estáis estancados. Tenéis que entrar en este siglo.

Mihail sintió que su propio cuerpo se relajaba y la paz se hacía un sitio en él, venciendo la terrible tensión. La belleza interior del alma de Raven le invadió. ¿Cómo podía recriminarle por brindar su ayuda a alguien que sufría, si justo era toda esa compasión lo que le había sacado a él de las oscuras sombras para llevarlo a un mundo de dicha y luz? Es posible que sintiera dolor y rabia, pero al menos era capaz de sentir. Emoción intensa. Dicha. Deseo. Ansia sexual. Amor.

—Eres mi vida, pequeña. Pediremos al padre Hummer que nos case según la costumbre de tu gente. —Sus blancos dientes relucieron al mirarle, los oscuros ojos transmitían gozo—. Aceptaré el matrimonio como un compromiso, y tú borrarás la palabra *divorcio* y todos sus significados de tu memoria. Eso me gustará. —Le sonrió, provocándola con diversión masculina.

Raven, con ternura, siguió con sus dedos la dura línea de su mentón.

—¿Cómo consigues sacar provecho de todo?

Él encontró con la mano la piel desnuda de su muslo suave como el satén.

—Desconozco la respuesta a eso, pequeña. Tal vez sea puro talento. —Volvió la cabeza y apartó con la nariz los faldones de la camisa para hurgar en ella.

Un sonido grave escapó de lo más hondo de la garganta de Raven cuando él le acarició con la lengua. Complacida, movió las piernas para acomodarse a él y hacerle sitio. Enredó sus dedos en el espeso cabello color café.

Mihail ahondó más aún, provocó un estremecimiento de placer en Raven. Sintió las llamas que se extendían veloces por su propia sangre, la salvaje excitación, la dicha zumbando en sus venas. Rodeó sus caderas con los brazos y la acercó más a él para hundirse todavía más en ella. Tenía intención de tomarse su tiempo, de darle placer. Era su mujer, su pareja de vida, y nadie podría ofrecerle la clase de éxtasis que sólo él le daba.

12

La alcoba, situada bajo tierra, era tan silenciosa y oscura como una tumba. Mihail y Raven estaban echados juntos en la enorme cama con los cuerpos entrelazados. Él tenía una pierna sobre su muslo, su imponente figura se curvaba alrededor de Raven de manera protectora, la guarecía con sus brazos cerca de su corazón. El silencio era absoluto, ni siquiera se oía el sonido de la respiración. Todo parecía indicar que no había vida en ellos.

La propia casa daba la impresión de dormir, silenciosa, como si contuviera la respiración a la espera de que cayera la noche. El sol irrumpía por las ventanas y ponía de relieve las obras de arte centenarias, los libros encuadernados en cuero. Las baldosas relucían en el suelo de la entrada, con el sol proporcionando un matiz más claro a los suelos de madera noble.

Sin previo aviso, la respiración de Mihail empezó a oírse con un siseo largo y lento, continuo, como una serpiente venenosa y enrollada, preparada para atacar. Sus oscuros ojos se abrieron de repente, malévolos, reluciendo con el hambre del depredador, la furia de un lobo atrapado. Su cuerpo no respondía, su fuerza tremenda estaba minada por la terrible necesidad de sueño profundo. Captando el ciclo del día y la noche, supo que era mediodía y que un sol implacable, severo, estaba en su punto más alto y más letal.

Algo iba mal. Algo había penetrado a través de las profundas capas de sueño para despertarle del necesitado descanso. Dobló los dedos, las uñas como garras arañaron el colchón debajo suyo. Faltaban demasiadas horas para la puesta de sol. Inspeccionó los alrededores, con una batida meticulosa. La casa vibró con la repentina tensión, el aire se agitaba con inquietud. Los mismísimos cimientos parecían estremecerse de terror por alguna amenaza invisible.

En el exterior de la verja de hierro forjado, Rudy Romanov iba de un lado a otro, con ira ciega en su corazón, en su mente. Cada cuatro pasos daba un golpe a la verja con furia frustrada, su bate de béisbol aporreaba con fuerza las gruesas y retorcidas barras de hierro.

—¡Malvado! ¡Vampiro! —Soltaba las palabras al aire, en dirección a la casa.

Las acusaciones golpearon la cabeza de Mihail con la fuerza de la rabia de Rudy.

—He encontrado las pruebas de mi padre. Las había reunido durante años. ¡Todo! Está todo ahí. La lista de tus sirvientes. Eres maligno, la cabeza del monstruo. ¡Asesino! ¡Impuro! ¡Has convertido a esa hermosa mujer en tu esclava pervertida! ¡Y ella iba a utilizarme a mí para añadirme a tus filas!

La locura del dolor y la rabia se mezclaba con el deseo fanático de venganza. Rudy Romanov se creía las anotaciones de su padre y había venido a matar al jefe de los vampiros. Mihail entendió lo comprometido de la situación; el mismísimo aire estaba cargado de peligro. Llamó a Raven, le rozó la mente con una caricia tierna y amorosa. *Despierta, amor mío. Estamos en peligro.*

Raven empezó a respirar, de forma lenta y regular. Con aquella advertencia llenando su mente, inspeccionó la alcoba de modo automático. Notaba su cuerpo inmóvil, sin vida, la necesidad de sueño era muy intensa. Su cerebro perplejo no acababa de responder.

Romanov se encuentra en el exterior de los muros.

Ella pestañeó, intentó aclarar la bruma. *Hans Romanov está muerto.*

Su hijo vive. Está fuera, y noto su ira y su odio. Es peligroso para nosotros. El sol está en lo alto, nos encontramos débiles. Él no puede entrar, y nosotros no podemos salir.

Requirió gran concentración y un esfuerzo inmenso el simple movimiento de frotar su cara contra la mata de vello del pecho de Mihail. Raven se aclaró la garganta con cautela.

—Puedo ir a abrir la puerta y ver qué quiere. Le diré que estás trabajando. Se sentirá ridículo y nos dejará en paz.

Mihail acunó su cabeza contra él. Ella estaba pensando en términos humanos, inconsciente del precio terrible de la inmortalidad. *Aún estás tan grogui que no le oyes. Su estado mental es peligroso.* Raven no tenía idea del precio que había pagado por amarle. El sol la destruiría si en algún momento encontraba las fuerzas para levantarse.

Ella se acurrucó contra él como un gato, su necesidad de dormir era abrumadora.

Escucha, pequeña. ¡Debes permanecer despierta! La orden sonó imperiosa. Mihail la rodeó con los brazos con la intensidad de su amor, de su necesidad de protegerla.

Raven se despabiló lo suficiente como para inspeccionar los alrededores. La ceguera de la ira de Rudy Romanov era como una entidad con vida propia, y exigía muerte. Aquella fuerza le golpeó en la cabeza. *Está loco, Mihail.* Alzó una mano con un movimiento lento, dificultoso, e intentó apartarse la pesada cascada de pelo. El aire estaba muy cargado o ella estaba demasiado débil. Aquel sencillo movimiento requirió una intensa concentración. *Anoche él se mostraba tan dulce, lloraba por su madre. Ahora está convencido de que somos sus enemigos. Es un joven con estudios, Mihail. ¿Nos he puesto en peligro? Tal vez hice o dije algo que le hizo sospechar.* La mente de Raven estaba ofuscada por la culpabilidad.

Él le frotó la parte superior de la cabeza con la barbilla. *No, ha encontrado algo entre los papeles de su padre. Anoche no sospechaba nada, lloraba la desgracia familiar. Algo le ha convencido de que las acusaciones de su padre eran bien fundadas. Cree que somos vampiros.*

No creo que nadie vaya a hacerle caso aunque enseñe las evidencias que, se supone, tiene. Pensarán que está impresionado por la situación. Temía por la seguridad de Rudy tanto como por la de ellos.

Mihail le rozó la mejilla con ternura. Era típico de ella sentir compasión por un hombre que deseaba con todo su ser asesinarles. De pronto, su cuerpo sufrió una fuerte sacudida contra ella. La casa se estremeció, gritó en silencio durante una fracción de segundo antes de que la primera explosión reverberara en sus oídos. Encima de ellos, en el primer piso, las ventanas saltaron en pedazos y varias antigüedades se astillaron. Un instante, dos. Otra explosión bamboleó la casa, fragmentando la pared del lado norte.

Los colmillos de Mihail relucieron en la oscuridad, el siseo de su aliento era una promesa de represalias. El olor a humo, acre y apestoso, se filtró por el techo hasta la alcoba. Allí se acumuló en una espiral y formó una nube irritante que les enrojeció los ojos. Sobre sus cabezas empezaron a crepitar las llamas que lamían ansiosas los libros y los cuadros, el pasado de Mihail, su presente. Lenguas naranjas y rojas consumían con ganas las posesiones que Mihail había adquirido durante los largos siglos de su existencia. Rudy quería destruirlo todo, aunque poco sabía que él tenía muchas casas, muchos tesoros.

¡Mihail! Ella notó la angustia en él por la muerte de su amado hogar, que en esos instantes ardía sobre ellos. El olor hediondo del odio, el miedo y el humo se entremezclaban.

Debemos descender. La casa acabará viniéndose abajo. Lo funesto que aquel momento era para Mihail reverberó con intensidad en la mente de Raven.

Intentó incorporarse con esfuerzo, sus movimientos eran dolorosamente lentos. *Tenemos que salir de la casa. Bajar sólo servirá para quedar atrapados entre el suelo y las llamas.*

El suelo está en lo alto. Tenemos que ir bajo tierra. Los brazos de él la estrecharon con perceptible fuerza, como si pudiera darle el coraje para enfrentarse a lo que tenía que hacer. *No tenemos elección.*

Vete tú, Mihail, dijo. El miedo se clavó en ella. Se sentía inútil en su estado presente. Aunque consiguiera moverse y descender a la bodega, nunca podría horadar en la tierra, enterrarse viva. Se habría vuelto loca para cuando llegara el momento de regresar a la superficie. Desde luego que no podía embrollarse en un acto así, pero era necesario animar a Mihail a hacerlo. Él era el que importaba, el necesario para su gente.

Nos vamos juntos, amor mío, replicó él con la fuerza en su voz, una fuerza que su cuerpo muscular no reverberó. Sus miembros parecían de plomo. Requirió un esfuerzo enorme sacarle a rastras de la cama, y su cuerpo aterrizo pesadamente en el suelo. *Vamos, podemos hacerlo.*

El humo era ya más denso, la habitación parecía un horno. Arriba, el techo empezó a oscurecerse amenazador. El humo les escocía en los ojos, tanto como para quemarles.

¡Raven! Era una orden imperiosa.

Ella se dio la vuelta sobre la cama y aterrizó con pesadez en el suelo, lo que la dejó sin aliento. *Está avanzando muy rápido.* Las alarmas empezaron a sonar en su cabeza. Había mucho humo, la casa crujía sobre ellos.

Raven se deslizó muy despacio, centímetro a centímetro, siguiendo los movimientos dramáticamente lentos de Mihail por el suelo. Ni siquiera podían gatear; estaban tan débiles que era imposible sostenerse sobre las manos y las rodillas. Deslizaban todo su cuerpo apoyados sobre el estómago, empleando los brazos para impulsarse hacia delante hasta que alcanzaron la entrada oculta de la bodega. Raven habría hecho cualquier cosa para que Mihail llegara a un santuario seguro.

El calor absorbía el aire de la habitación y sus cuerpos estaban empapados en sudor; los pulmones se ahogaban, les ardían. Pese a la fuerza combinada, parecía imposible levantar la trampilla. *Concéntrate,* ordenó Mihail. *Hazlo con la voluntad.*

Raven lo bloqueó todo: su miedo, el humo, el fuego, la agonía y la rabia de Mihail al ver su hogar en llamas, la bestia depredadora que se rebelaba en él. Ella limitó sus pensamientos a la pesada puerta, concentrada en aquel objetivo. Con lentitud infinita, empezó a moverse, un crujido gemidor de madera y metal protestó, pero obedeció de mala gana. Mihail alimentaba el poder de Raven con el suyo. Cuando la puerta quedó abierta y reveló el abismo abierto debajo, se desplomaron agotados el uno contra el otro, se pegaron por un momento, con los corazones luchando, los pulmones ardiendo por las nubes de humo que formaban remolinos a su alrededor.

Del tejado de la casa caían restos sobre el techo que tenían sobre sus cabezas. El fuego rugió como un monstruo gigante, una conflagración tormentosa, ruidosa y temible. Raven deslizó su mano entre los dedos de Mihail. Él se los rodeó con fuerza. *Ya no queda tejado, el techo que tenemos encima tampoco tardará mucho en consumirse.*

Baja, Mihail, esperaré aquí todo lo que pueda. El agujero de abajo era tan aterrador como el propio fuego.

Vamos juntos, las órdenes de Mihail eran ley. Raven podía percibir el cambio en él. Ya no era un hombre, era todo carpatiano, una bestia haciendo acopio de fuerzas, esperando. Un enemigo estaba destruyendo su casa, sus pertenencias, amenazaba la vida de su pareja. Un siseo lento y mortal escapó de él. El sonido aceleró el corazón de Raven. Con ella siempre era amable y dulce, tierno y amoroso. Éste en cambio era el depredador desatado.

Raven se tragó su miedo, cerró los ojos y aclaró su mente. Por Mihail tenía que encontrar la manera de descender por la oscuridad de la tierra en el piso inferior de la bodega que tenían debajo. Mihail se arremolinó dentro de ella con más fuerza que nunca. *Puedes hacerlo, amor mío. Eres ligera como una pluma, tan ligera que puedes flotar.* Creó la sensación para ella. Su cuerpo parecía insustancial, tan ligero como el propio aire. Mantuvo los ojos cerrados incluso cuando notó que el aire se agitaba con suavidad a su alrededor, cuando sintió que le acariciaba la piel. Podía apreciar a Mihail en su mente y aun así su cuerpo no era más que una liviana brizna, enredada con él.

La oscuridad les envolvió, les arrulló, les hizo descender hasta el fértil suelo. Raven abrió los ojos, asombrada y complacida al encontrarse en la bodega. Había flotado como una pluma por el aire. Era excitante. Por un momento su placer expulsó el miedo y el horror del incendio. Había movido un pesado objeto sólo con su mente, y ahora había ido por el aire, flotando como la propia brisa. Casi como si volara. Raven se apoyó agotada contra Mihail. *No puedo creer lo que hemos hecho. Estábamos flotando de verdad, como si tal cosa.* Por un instante, ella apartó toda la destrucción que les rodeaba y se deleitó en la maravilla en que se había convertido.

La respuesta de Mihail fue atraerla aún más, rodearla con los brazos, envolviendo su cuerpo delgado, protegido por su gran figura. La excitación se desvaneció. Estaba tan dentro de él como él de ella, y ella percibía el frío helado, el de su amargura, y también su determinación despiadada. Pero no era nada comparado con su rabia ciega al rojo vivo, que era algo mucho peor. Este Mihail era todo carpatiano, tan peligrosamente letal como el vampiro imaginario. La absoluta falta de emoción, toda la fuerza de su voluntad de hierro y su total determinación eran aterradoras. No había terreno intermedio. Romanov se había convertido en su enemigo y sería destruido.

Mihail. La compasión y una dulce calma llenaron su mente. *Perder tu hogar de este modo, las cosas que te han rodeado y confortado durante tanto tiempo, debe de ser como perder un parte de ti mismo.* Frotó el rostro contra su pecho, un pequeño gesto de consuelo. *Te quiero, Mihail. Construiremos otro hogar juntos. Los dos. Es un momento terrible en nuestras vidas, pero podemos recuperarnos con más fuerza que nunca.*

Él apoyó la barbilla en su cabeza, le envió con su mente oleadas de amor, de cariño. Pero dentro persistía esa absoluta frialdad, a la que no afectaban las palabras. Sentía ternura sólo con Raven; para el resto tenía toda su fuerza: matar o morir.

Raven lo volvió a intentar. *La pena tiene extraños efectos sobre la gente. Rudy Romanov ha perdido a sus dos padres. Su madre fue asesinada de un modo brutal por su padre. Sea lo que sea lo que ha encontrado lo ha llevado a culparte. Lo más probable es que se sienta culpable por pensar que su padre estaba loco. Lo que está haciendo es algo terrible, pero no es peor que lo que hiciste tú con los asesinos de tu hermana.*

No pensé en ningún momento en mi hermana cuando caí contra los asesinos. En los pensamientos de Mihail había algo siniestro. *No se pueden comparar los dos casos. Los asesinos nos atacaron primero. Les habría dejado en paz si no hubieran venido por mi gente. Te he fallado una vez, pequeña, y de ahora en adelante voy a protegerte bien.*

Estamos a salvo aquí. La gente del pueblo vendrá y apagará el fuego. Lo más probable es que se lleven a Rudy al hospital o a la cárcel. Pensarán que está loco. Y no te preocupes porque la gente piense que morimos en el incendio. No encontrarán nuestros cuerpos. Podemos decir que fuimos a visitar a Celeste y a Eric, ya que estamos planeando nuestra boda.

Ella no entendía y él no tenía valor de explicárselo. No se encontraban a salvo. El fuego rugía sobre sus cabezas, consumía el suelo del sótano con la misma rapidez que el del piso superior. Enseguida se verían obligados a buscar refugio en la tierra. No estaba del todo seguro si la fuerza combinada de ambos sería suficiente para abrir la tierra. Y si lo fuese, sabía que no podría sumir a Raven en un sueño profundo.

Tenía agotados sus poderes, a esta hora del día le habían desaparecido.

Vivirían o morirían juntos. Se verían obligados a echarse juntos en el suelo. Raven tendría que soportar ser enterrada viva durante las horas que quedaban hasta la puesta de sol, y quedaban muchas horas. Rudy Romanov le causaría una tortura insoportable. Mihail sabía cuál era el mayor miedo: la asfixia. Movió los labios con otro gruñido silencioso. Podía perdonar la desaparición de su hogar, por muy querido que fuera, pero permanecer impotente mientras Raven padecía la agonía de ser enterrada... eso iba más allá del perdón.

Todos los pensamientos de Raven se centraban en Mihail, en su pérdida. Sentía compasión por Romanov, le preocupaba que su evidencia pudiera poner en peligro a otros. Si Mihail hubiera podido hacer acopio de energía, la hubiera besado. En vez de ello, lo hizo con su mente. Todo su amor, el aprecio de su compasión y de aquel amor incondicional por él, su desinterés, lo puso en su beso mental.

Ella abrió mucho los ojos, que se tornaron violeta oscuro, luego somnolientos y llenos de dulzura, como si él la embriagara con su beso. Mihail enredó la mano en el pelo de Raven. Tanta seda, tanto amor. Por un instante cerró los ojos, saboreó el momento, la manera en que ella podía hacer que se sintiera querido, que sintiera afecto. Nunca había sentido eso en todos sus siglos de existencia, y estaba agradecido de haber aguantado lo suficiente como para experimentar el tener una verdadera compañera de vida.

Arriba, el sonido del fuego era cada vez más violento. Cayó una viga y se estrelló sobre el techo situado encima, las chispas llovían a través de la puerta abierta de la bodega y traían con ellas humo y el olor fétido de la muerte. La muerte de esta casa. *No tenemos otra opción, amor mío.* Mihail era todo lo dulce que sabía. *Tenemos que descender a la tierra.*

Raven cerró los ojos, el pánico la invadía. *Mihail, te quiero.* Sus palabras estaban envueltas en dolor, en aceptación. No del refugio en la tierra, sino de la muerte inevitable. Quería hacer cualquier cosa por él, pero esto era algo que iba más allá de su capacidad. La tierra no podía tragarla viva.

Mihail no podía perder tiempo en discusiones. *Alimenta mi autoridad con la fuerza que te queda. Deja que fluya de ti a mí, o no seré capaz de abrir la tierra.*

Raven haría cualquier cosa para salvarle. Si eso significaba darle hasta el último gramo de fuerza, lo haría. Sin reservas, con amor y generosidad completos Raven alimentó su autoridad.

A su lado, se abrió la mismísima tierra, como si un gran cubo se hubiera retirado limpiamente de la tierra. La tumba estaba abierta, fresca, su suelo sanador acogía a Mihail, su húmeda oscuridad disparó en Raven un vertiginoso horror y puro terror.

Intentó con valentía mantener la calma mental. *Tú primero.* Lo sabía: no podría seguirle. También sabía que era necesario que él creyera que iba a hacerlo; si no, no había otra manera de salvar a Mihail.

En un instante, Mihail se dio media vuelta con Raven estrechada en sus brazos y se dirigió hasta el borde, y luego al interior de los brazos expectantes de la tierra. Raven percibió su propio grito silencioso reverberando en la mente de él. Mihail se hizo fuerte para no ceder al miedo violento de ella y con su último gramo de fuerza se concentró en cerrar la tierra encima de ellos. Convertirse en una sombra en su mente logró que le resultara fácil leer las intenciones de Raven. Nunca hubiera ido con él.

Gritó y gritó, el sonido en su cabeza era salvaje y descontrolado. Puro terror primitivo. Le suplicó, le rogó. Mijáil no tenía otro remedio que retenerla, absorber una oleada y otra de terror. La mente de Raven era un laberinto de pánico y caos. Él estaba exhausto, había usado el último gramo de fuerza en ponerles en lugar seguro.

En toda su vida, siglos de vida, nunca había sabido lo que era odiar. Allí tumbado, incapaz de dejarla inconsciente, con su hogar ardiendo encima y Raven al borde de la locura a su lado, supo lo que era. Una vez más, ella había elegido por ellos, y al hacerlo se había sometido a un sufrimiento horrendo. Para ayudarla, tenía que volver a recuperar las fuerzas, y la única manera de recuperar lo que había perdido era aislarse de ella, rejuvenecerse en el sueño inmortal de su especie y permitir que la tierra le repusiera la energía. Un nueva oleada de odio le consumió.

Raven. Incluso su fuerte unión mental se hacía difícil. *Pequeña, aminora tus latidos, sigue el ritmo de mi corazón. No necesitamos aire. No intentes respirar.*

Ella no podía oírle, buscaba aire con desespero donde no había. Además de su pánico y de su miedo histérico, ella tenía la sensación de haber sido traicionada, de que él había impuesto su voluntad, su decisión.

Mihail se negaba a quedarse dormido; en vez de ello permaneció alerta, con las manos en el pelo de Raven, el cuerpo relajado, absorbiendo la riqueza curativa de la tierra. No podía dejarla enfrentarse a solas a lo que ella consideraba un enterramiento. Mientras Raven sufriera, estaba decidido a compartir la terrible carga. El caos en su mente continuó durante lo que pareció una eternidad. Mientras el cuerpo de Raven se desgastaba por completo, mientras el agotamiento penetraba los gritos obcecados, ella empezó a asfixiarse, y el sonido fue un horrible grito ahogado en su garganta.

¡Raven! Su tono era una orden imperiosa y cortante. Su temor era demasiado atroz y los poderes de Mihail no eran más que una mera sombra, insustanciales. Percibía como suya la garganta de ella cerrándose, oía el terrible estertor de la muerte.

Cerró su mente por un momento para permitir que la tierra le acunara con su bálsamo tranquilizador y curativo. Le canturreó con suaves susurros, una nana cantada suavemente. Caló hondo en su cuerpo, lo revitalizó llenándolo de energía. La tierra le proporcionó la calma necesaria para hacer frente al tormento de Raven. *Siénteme, pequeña, siénteme.*

Su mente continuaba sumida en un caos; seguía asfixiándose.

Siénteme, Raven, búscame. Mihail mantenía la paciencia, la calma y la tranquilidad en el ojo de la tormenta. *Raven, no estás sola. Siénteme, en tu mente. Tranquilízate y búscame, sólo un momento. Bloquea todo lo demás menos a mí.*

Notó el primer indicio, el primer intento. La tierra recorrió todo el cuerpo de Mihail con sus cánticos, llenó sus células hasta que parecieron velas hinchadas por el viento. *Siénteme, Raven. En ti, a tu alrededor, a tu lado. Siénteme.*

Mihail. Estaba hecha polvo, destrozada, fragmentada. *No soporto esto, ayúdame. De veras, no puedo hacerlo, ni siquiera por ti.*

Entrégate a mí. Se refería a la riqueza sanadora de la tierra, pero no podía hacer referencias al lugar donde se encontraban. Permitió que ella notara la fuerza que se movía dentro de él, una promesa de descanso y ayuda. Mihail dejó en su mente sólo calor y amor y la impresión de poder. Ella necesitaba creer en él, necesitaba fundirse con él para percibir los poderes de la tierra igual que él.

Raven sabía que se estaba volviendo loca. Siempre había sentido terror a los sitios cerrados. No importaba que Mihail le dijera que no necesitaba aire, sabía que sí. Tuvo que intentarlo varias veces, necesitó toda la disciplina que poseía para bloquear su miedo, el terror, la certeza de encontrarse enterrada en las profundidades de la tierra. Se introdujo poco a poco en la mente de Mihail en un último esfuerzo agotador y se retiró de la realidad en la que se encontraba, en lo que se había convertido y lo que tenía que hacer para sobrevivir.

Mihail la retenía con poca seguridad. Raven era ligera, insustancial, en su mente. Se quedó muy quieta, sin moverse. No aceptaba los poderes curativos de la tierra pero tampoco luchaba contra su situación. Raven no dio ninguna respuesta a las tiernas indagaciones de él. Era consciente de ellas sólo como un diminuto parpadeo acurrucado en un rincón de su mente.

Le llevó un rato a Mihail tomar conciencia de un débil cambio de poder, un breve reconocimiento, como un cristal penetrante, un ojo abriéndose en la tierra a su lado. No estaban solos. La presencia le tocó y agitó su mente. Un carpatiano. Poderoso. Gregori. *Estás bien, amigo mío.* Había esa fría amenaza en su mente. Se conocían tan bien después de todos esos siglos, uno al lado del otro contra todo pronóstico.

Gregori no lo había expresado como pregunta, y Mihail estaba de veras conmocionado por el hecho de que su amigo consiguiera establecer contacto. Raven y él estaban en las profundas entrañas de la tierra. El sol estaba en lo alto y todos los carpatianos eran débiles. ¿Cómo conseguía Gregori una hazaña de ese tipo? Nunca había oído algo así, ni siquiera en las leyendas y mitos del pasado.

Tu mujer necesita dormir, Mihail. Déjame que te ayude.

Gregori estaba lejos, Mihail conseguía detectar eso, sin embargo la unión entre ambos era fuerte. Hacer dormir a Raven dotaba a Gregori de una apariencia de poder sobre ella. Indecisión. ¿Confiaba en él? El poder que ostentaba Gregori era fenomenal.

Una risa grave, sin humor. *No sobrevivirá al día de hoy, Mihail. Aunque esté conectada a ti, sus limitaciones humanas superarán su deseo de ayudarte.*

¿Y tú puedes hacerlo? ¿Incluso desde esa distancia? ¿Puedes sumirla en un sueño seguro? ¿Librarla de este tormento? ¿Sin errores? Mihail encontró que quería creerlo. Gregori era el sanador de toda su gente. Cuando decía que Raven no iba a aguantar enterrada en la tierra, sólo estaba confirmando su propia creencia.

Sí, lo haré a través de ti. Eres la única persona en este planeta que cuenta con mi lealtad. Siempre la has tenido. Cuento contigo como mi familia y mi amigo. Hasta que tu mujer o alguna otra me dé una pareja, eres la única persona que se interpone entre mí y la oscuridad.

Gregori nunca hubiera admitido algo así de no considerar la situación una emergencia desesperada. Estaba confesando a Mihail el único motivo con el que podía tranquilizarlo y lograr que confiara del todo en él.

El afecto y el pesar le invadieron, entremezclados.

Gracias, Gregori, estoy en deuda contigo.

Pretendo que seas el padre de mi pareja. Había un débil dejo en su voz, algo que Mihail no podía identificar, como si Gregori ya se hubiera asegurado de que iba a conseguir su deseo.

Tengo la impresión de que la hija de Raven será de armas tomar. Mihail puso a prueba su intuición.

No dudo que voy a estar a la altura de las circunstancias. La respuesta de Gregori era vaga a posta. *Sumiré a tu pareja en el sueño profundo de nuestra gente para que no la atormenten más sus limitaciones humanas.*

La suave orden de Gregori fue clara, imperiosa, imposible de pasar por alto. La respiración de Raven dejó su cuerpo con un suave suspiro. El corazón se ralentizó, dio un vuelco y se detuvo del todo. Cerró su mente al enorme terror y su cuerpo se abrió al poder sanador del fértil suelo.

Ahora duerme, Mihail. Me enteraré si te molestan.

No tienes que vigilarme, Gregori. Ya has hecho bastante por nuestra gente, cosas de las que nunca se enterarán. Nunca podré devolverte el favor.

No puedo hacer otra cosa, Mihail, ni quiero. Gregori se retiró.

Mihail se permitió el lujo de dormir para que la tierra tuviera la oportunidad de devolverle todo su inmenso poder. Necesitaría la fuerza que le daba la tierra para llevar a cabo el castigo. Rodeó a Raven con más fuerza mientras respiraba por última vez, seguro de que había pasado el peligro inmediato para ellos.

Parecía que el sol tardaba bastante en hundirse por el horizonte. El color del cielo era rojo sangre, ribeteado de tonos naranjas y rosas. Cuando apareció la luna, las nubes la cubrieron como un fino velo y un anillo la rodeó como un terrible augurio. El bosque estaba oscuro, su silencio fantasmagórico. Briznas de bruma descendían hasta el suelo alrededor de los troncos de árboles y arbustos. Un suave viento despejaba perezosamente las nubes, rozaba las ramas más pesadas e intentaba dispersar en vano el persistente olor a humo que no desaparecía del bosque. El viento delataba las cenizas negras y las vigas quemadas, las piedras ennegrecidas, lo único que quedaba de lo que había sido el hogar de Mihail Dubrinsky.

Dos lobos que husmeaban con precaución los restos ennegrecidos alzaron los hocicos al cielo y aullaron lastimeros. A través del bosque otros lobos respondieron, expresaron su pesar. En unos minutos, los ecos del tributo se desvanecieron. Los dos lobos rodearon las ruinas chamuscadas y olisquearon a los dos centinelas que encontraron haciendo guardia cerca de la verja de hierro forjado.

Los lobos se apartaron a toda velocidad, pues encontraban algo amenazador en las dos figuras letales. Trotaron con brío de regreso al interior sombrío del bosque. El silencio cubrió de nuevo las montañas como un sudario. Las criaturas del bosque se acurrucaban en sus guaridas y madrigueras, para no hacer frente al olor de las cenizas y a la destrucción del hogar de alguien que era parte de ellos.

Bajo la tierra yacían inmóviles dos cuerpos, sin vida. En el silencio, sólo un corazón latía. Fuerte, constante. La sangre se precipitaba con vigor, luego retrocedía. Un siseo largo, grave, anunciaba que los pulmones hacían su trabajo. Unos ojos oscuros se abrieron de golpe, y Mihail inspeccionó el terreno que tenía encima. Era pasada la medianoche. El incendio se había extinguido hacía rato: bomberos, investigadores y curiosos ya habían regresado a casa.

Percibió la presencia de Jacques y Gregori sobre la tierra. No había nadie más en los alrededores, ni humano ni carpatiano. Mihail volvió su atención a Raven. Era una gran tentación ordenarle a Gregori que la despertara, pero eso sonaba egoísta y no era lo que más le convenía a ella. Era mejor que Raven siguiera dormida hasta salir del todo de la tierra. No hacía falta recordarle la dura experiencia. Apretó sus brazos en torno a su cuerpo inmóvil y frío, la estrechó cerca de su corazón durante un largo momento.

Mihail atravesó con ímpetu la corteza de la tierra, experimentando una curiosa sensación de desorientación cuando surgió al aire de la noche. En cuanto fue capaz, se lanzó al cielo, lo mejor para proteger a Raven en caso necesario. El aire entró a raudales en sus pulmones, acarició su cuerpo. Unas plumas se agitaban bajo la luz plateada de la luna, unas enormes alas se extendieron con sus buenos dos metros de envergadura y batieron con fuerza alzando al cielo al enorme búho. Allí dio vueltas sobre el oscuro bosque, en busca de cualquier enemigo lo bastante insensato como para representar una amenaza.

Mihail necesitaba la libertad del cielo para apagar los sonidos del terror de Raven, que aún reverberaban con intensidad en su cabeza. Se precipitó hacia la tierra, cayó en picado hasta acercarse todo lo que se atrevió antes de disolverse en forma de bruma. El reguero de gotas se vertió entre los árboles y luego se ensambló para tomar la forma de un gran lobo. Mihail corrió sin esfuerzo, mantuvo una gran velocidad mientras daba bruscos virajes entre la maleza y los árboles, trotó por un prado y luego volvió a salir disparado como si lo propulsaran con un arco.

Cuando su mente recuperó la claridad y la calma, regresó trotando a las ruinas ennegrecidas, y se cambió de nuevo a su forma musculosa, junto con sus ropas, para acercarse a su hermano. Tenía muy presente que toda la naturaleza, de la que formaba parte, percibía su ira fría como el hielo. Estaba enterrada muy hondo, bullía bajo la superficie, alteraba la armonía del aire y del bosque. Sus enemigos no escaparían.

Jacques se enderezó poco a poco, como si llevara horas esperando. Se llevó la mano a la nuca para aliviar la tortícolis. Mihail y Jacques se miraron con fijeza, con un sombrío pesar en los ojos. Jacques dio un paso adelante y tendió los brazos a su hermano con una muestra de afecto rara en ellos. Fue breve y dura, dos rígidos robles intercambiando un abrazo. Mihail sabía que Raven se habría reído de ellos.

Gregori continuó agachado, muy cerca del suelo. Su sólido corpachón rivalizaba con los anchos troncos de los árboles. Estaba completamente inmóvil, su rostro ensombrecido carecía de expresión alguna. Sus ojos eran una línea plateada de mercurio, y no dejaban de moverse en la máscara de granito. Se levantó despacio: poder fluido y peligro cortante.

—Gracias por venir —fueron las simples palabras de Mihail. Gregori. Su amigo más viejo. Su mano derecha. El gran sanador, el cazador implacable de los muertos vivientes.

—Se han llevado a Romanov al hospital y le han sedado —dijo en voz baja—. He dicho a la gente del pueblo que tú y Raven os habíais ido unos días. Eres muy popular entre los lugareños y todos estaban indignados con lo sucedido.

—¿Podemos neutralizar el perjuicio para con nuestro pueblo? —preguntó Mihail.

—Podemos minimizarlo —contestó Gregori con sinceridad—. Pero Romanov ya ha enviado a varias personas la maldita evidencia que encontró. Debemos prepararnos para un asedio. Nuestra forma de vida cambiará para siempre. —Gregori encogió sus poderosos hombros como si le importara poco.

—¿Su evidencia? ¿Qué evidencia?

—Huellas dactilares, fotos. Ya estaba drogado, Mihail. Los médicos creen que está loco de remate y que es peligroso para sí mismo y para los demás. Las imágenes que capté en su mente eran muy confusas. Sus padre, sobre todo su madre. Resulta evidente que él encontró el cadáver. Tu casa. Culpabilidad. El incendio. —Gregori inspeccionó el cielo que tenía sobre él con un movimiento lento y cauteloso de sus claros ojos plateados. Sus facciones bien marcadas se mantuvieron quietas en todo momento, severas.

Gregori emanaba peligro. Todo su cuerpo, su misma actitud hablaban de poder, de amenaza. Aunque la expresión de Gregori no delataba nada, Mihail percibía el monstruo en su interior, salvaje e indómito, acechando bajo la superficie, luchando por liberarse. Sus miradas se encontraron compartiendo una especie de comprensión desesperanzada. Otra guerra. Más muertes. Cuanto más a menudo un carpatiano se veía obligado a matar, más peligrosa era la llamada susurrante del poder, la llamada del vampiro. La violencia era lo único que permitía a un varón con siglos de edad sentir siquiera de forma breve. Eso en sí mismo era un terrible incentivo para alguien que se encontraba en un mundo oscuro, sin esperanzas.

Gregori apartó la mirada, no quería ver compasión en el rostro de Mihail.

—No tenemos otra opción que desprestigiarle.

—Antes que nada debemos poner a salvo a Raven y protegerla mientras nos ocupamos de este problema —dijo con brusquedad Mihail.

—Tu mujer es muy frágil —advirtió Gregori con tranquilidad—. Tráela a la superficie y vístela antes de que yo la despierte.

Mihail hizo un gesto de asentimiento. Gregori interpretaba sus intenciones con claridad. De ningún modo iba a despertarla en lo que parecía una fría tumba. Jacques y Gregori se fueron hacia el bosque para proporcionar cierta privacidad a Mihail. Una vez Raven se encontró a salvo en sus brazos, él pensó en ponerle un atuendo humano americano. Confeccionado con fibras naturales, fáciles de manipular para un carpatiano, dio forma a unos tejanos azules y una camisa de manga larga. *Gregori*.

Raven se despertó ahogándose, agarrándose la garganta, desesperada por meterse aire en los ardientes pulmones. Estaba confundida, dominada por el pánico, y forcejeaba con desesperación.

—Siente el aire en tu piel —le ordenó con delicadeza Mihail, con la boca pegada a su oído—. Siente la noche, el viento. Estás a salvo en mis brazos. La noche es hermosa, los colores y fragancias nos hablan.

Los ojos azules violeta de Raven recorrieron el lugar, sin ver nada, sin asimilar nada. Inspiró hondo y se encogió todo lo que pudo. El aire fresco nocturno obraba en ella lentamente un milagro, aliviando el terrible sofoco de su garganta. En sus ojos relucieron lágrimas, como gemas enredadas entre sus largas pestañas.

Mihail la estrechó un poco más entre sus brazos para que pudiera sentir la fortaleza de su poderosa figura. Poco a poco, centímetro a centímetro, su cuerpo dejó de estar tan rígido, se pudo relajar y fundirse con él. Mihail le tocó la mente con una caricia tierna, cálida, y la encontró esforzándose por recuperar el control.

—Aquí estoy para ti, Raven. —Dijo estas palabras adrede en voz alta, para que sonaran todo lo humanas que fuera posible—. La noche nos llama, nos da la bienvenida, ¿puedes oírlo? Hay tanta belleza en la canción de los insectos, las criaturas de la noche. Permítete escucharlo. —Empleaba un tono rítmico, persuasivo, hipnotizador.

Raven levantó las rodillas y apoyó la frente en ellas, encorvada sobre sí misma. Se balanceaba hacia adelante y hacia atrás, se mantenía en la realidad sostenida por un tenue hilo. Se limitaba a inspirar y espirar, y apreciaba su capacidad de hacerlo concentrándose en su mecánica.

—Quiero llevarte a un lugar más seguro, lejos de aquí. —El amplio gesto abarcó los restos chamuscados de su en otro tiempo bonito hogar.

Raven mantenía la cabeza baja. Se limitaba a tomar aire y a expulsarlo. Mihail volvió a tocarle la mente. No detectó ideas de culpabilidad ni de traición. Tenía la mente fragmentada, magullada y rota, y hacía intentos desesperados por sobrevivir. La ropa familiar y la presencia de Mihail le proporcionaban cierto alivio. La gélida furia y necesidad de venganza violenta cobraron de nuevo vida.

—Hermanita. —Jacques salió por el extremo de la vegetación flanqueado por Gregori. Al ver que ella no alzaba la vista, Jacques se sentó a su lado y le frotó el hombro con la mano—. Esta noche los lobos están tranquilos. ¿Los has oído antes? Lloraban por la pérdida de la casa de Mihail. Ahora se han quedado callados.

Ella pestañeó, su mirada perdida se concentró en el rostro de Jacques. No habló. No parecía registrar su identidad. Estaba temblando, su pequeña constitución se sacudía, atrapada entre esos tres poderosos hombres.

Podrías borrar sus recuerdos, sugirió Gregori. Estaba claro que no entendía por qué Mihail no hacía algo tan obvio.

No le gustan esas cosas.

No lo sabrá. Había un dejo en el tono de Gregori. Suspiró al no obtener respuesta de Mihail. *Deja que la cure entonces. Ella es importante para todos nosotros, Mihail. Está sufriendo de un modo innecesario.*

Prefiere hacer esto ella sola. Mihail era muy consciente de que Gregori pensaba que había perdido la cabeza, pero conocía a Raven. Tenía su propia valentía y sus propias ideas sobre lo bueno y lo malo. No le estaría agradecida si se enteraba que le había borrado los recuerdos. No podía haber mentiras entre las parejas de vida, y Mihail estaba decidido a darle tiempo para aceptar lo que habían tenido que soportar juntos.

Mihail encontró la piel suave como pétalo de rosa, siguió el contorno de su delicado pómulo con dedos delicados.

—Tenías razón, pequeña. Construiremos un hogar juntos, más seguro que ningún otro. Escogeremos un lugar, bien adentrado en el bosque, y lo llenaremos de tanto amor, que salpicará a nuestros lobos.

Su mirada azul violeta titiló con un repentino reconocimiento, luego saltó al rostro de Mihail. Se tocó el carnoso labio inferior con la punta de la lengua. Consiguió esbozar una sonrisa vacilante.

—Creo que no estoy hecha para ser carpatiana. —Su voz era un mero hilo de sonido.

—Tienes todo lo que necesita una mujer carpatiana —le dijo Gregori con galantería, en un tono grave y melodioso, con cadencia tranquilizadora y sanadora. Tanto Mihail como Jacques se encontraron escuchando con atención aquel tono tan persuasivo—. Tienes las cualidades para ser la pareja de nuestro príncipe, y cuentas con toda mi lealtad y protección, igual que se la ofrecí a Mihail. —Su voz tenía un intencionado tono grave, que se filtraba en la mente fragmentada de Raven como un bálsamo relajante.

Ella volvió su exhausta mirada hacia Gregori. Sus largas pestañas se agitaron, tenía los ojos tan oscurecidos que el color casi era púrpura.

—Nos has ayudado. —Buscó con sus dedos y encontró la mano de Mihail, que se enlazó a la de ella, pero sin dejar de contemplar el rostro de Gregori—. Estabas tan lejos. El sol estaba en lo alto pero, aun así, sabías y fuiste capaz de ayudarnos. Ha sido difícil para ti, lo noté mientras te acercabas para librarme de todo lo que no podía soportar.

Los ojos plateados, claros, del rostro moreno de Gregori, se entrecerraron hasta formar una raya de mercurio. Embelesador. Hipnótico. La voz bajó una octava de tono.

—Mihail y yo tenemos que estar juntos. Hemos compartido largos y oscuros años de vacío sin esperanza. Tal vez tú representes la esperanza para los dos.

Raven le miraba con ojos serios, fijos.

—Eso me agradaría mucho.

Mihail sintió una oleada de amor por ella, le invadió una oleada de orgullo. Raven tenía tanta compasión. Aunque estaba mentalmente contusionada y apaleada, aunque Gregori mantenía su mente herméticamente blindada para que ellos no tuvieran acceso, pese a lo impenetrable de sus facciones, Raven se percataba de que él luchaba por sobrevivir, que necesitaba ser atraído hasta el círculo de luz, de esperanza. Mihail pensó en decirle que Gregori era como el agua que se escapa entre los dedos: imposible de retener o controlar. Hacía lo que le venía en gana, un hombre taciturno y peligroso al borde del enorme abismo de la locura.

Mihail deslizó un brazo sobre sus hombros.

—Vamos a llevarte a un lugar más seguro. —Habló bajito, como si se dirigiera a un niño.

La mirada de Raven se pegó a Mihail durante un prolongado y lento momento. Su sonrisa era genuina esta vez, se reflejaba en sus ojos y los iluminaba por primera vez.

—Ojalá pudierais veros los tres. Es un detalle por vuestra parte que me tratéis como una muñeca de porcelana rota, y más cuando me siento precisamente así, pero Mihail está dentro de mí, igual que yo estoy dentro de él. Siento lo que él siente y conozco sus pensamientos, aunque intente apartarlos de mí. —Se inclinó para besar su mentón ensombrecido de azul—. Os quiero, por haber intentado protegerme, pero no soy débil. Tengo que adaptarme a las ataduras humanas que impone mi mente, así de sencillo. Ninguno de vosotros lo puede hacer por mí. Tengo que hacerlo yo misma.

Jacques tendió su mano a Raven con galantería anticuada. Ella la cogió y permitió que la ayudara a levantarse. Mihail se levantó también a su lado, y la atrajo con el brazo, contra la protección de su cuerpo. Necesitaba el contacto, la proximidad, la sólida realidad de su dura constitución. Gregori era el guardaespaldas e inspeccionaba el aire, el suelo, moviéndose de tal manera que su cuerpo continuamente bloqueaba a su príncipe y su pareja.

Las tres imponentes figuras la rodeaban a ella, y avanzaban como una unidad, una guardia de honor, a paso lento, sin prisas, con las mentes serenas, sin muestras de impaciencia ni señal alguna de querer empezar los trabajos de la noche. El hambre corroía a Mihail, pero también supo mantener eso a raya. Cada vez que ella le tocaba con la mente, sentía sólo amor y preocupación, y el deseo de complacerla.

Raven disfrutó de la sensación de las blandas hojas bajo los pies mientras se movían por el bosque. Alzaba la vista para aceptar el viento e inspiraba hondo para asimilar cada secreto que pudiera transportar y divulgar la brisa. Cada insecto, cada susurro del sotobosque, cada balanceo de una sola rama iluminaba el terrible horror en su corazón, y la alejaba un poco más de los espantosos recuerdos.

—Yo puedo borrarlos por completo —se ofreció Mihail con amabilidad.

Raven le dedicó una pequeña sonrisa con intención de tranquilizarle. Apretó un momento su cuerpo contra él. Era muy consciente de la tentación que había supuesto para él borrarle los recuerdos, de cómo los otros dos le tomaban por loco por no decidir directamente por ella.

—Sabes que prefiero conservar mis recuerdos. Todos ellos.

Caminaron durante una hora. Mihail la guiaba con delicadeza por una estrecha y sinuosa senda que se adentraba en el bosque y ascendía por la montaña. La cabaña estaba oculta contra la pared de un precipicio. Abundantes árboles crecían casi junto a las paredes. Parecía pequeña por fuera, oscura y abandonada.

Fueron Jacques y Gregori quienes transformaron el oscuro interior de la cabaña. Los leños en la chimenea empezaron a arder. Las velas titilaron y el aroma del bosque impregnó el ambiente.

Raven entró sin protestar en la cabaña. Gregori y Jacques se movieron deprisa por la pequeña construcción y aportaron todas las comodidades que pudieron en poco tiempo. Luego se retiraron al santuario del bosque para dejar cierto tiempo a solas a Mihail y Raven.

Ella recorría de un lado a otro el suelo de madera, ponía distancia entre ambos. Aún se sentía muy frágil y quería evitar herir a Mihail todo lo posible. Tocó el respaldo de una silla y rodeó con los dedos la sólida madera. El tacto familiar de la madera le ayudó a mitigar el temblor.

—Gracias, Mihail, por mis tejanos. —Le dedicó una débil sonrisa por encima del hombro. Misteriosa, sexy, inocente y tan frágil. En lo más hondo de sus ojos azules, él no encontraba rabia, ni culpa, allí sólo brillaba su amor por él.

—Me alegro de que te gusten, aunque sigo diciendo que es indumentaria de hombre, no de una preciosa mujer. Confiaba en que te hicieran sonreír.

—Sólo por la mirada apenada en tu cara. —Se quedó junto a la ventana, sus ojos atravesaban con facilidad la oscuridad—. No quiero volver a hacer eso nunca más. —Lo dijo de forma rotunda. Quería que él supiera que hablaba en serio.

Mihail inspiró con brusquedad, para contener su primera respuesta. Escogió las palabras con sumo cuidado.

—Nuestra sangre y, en definitiva, nuestros cuerpos, acogen con beneplácito la tierra. Durante la noche, la herida de mi pierna desapareció. Tus heridas, tan profundas, todas mortales, se curaron en seis días.

Raven observó el viento, que levantaba las hojas del suelo.

—Soy muy inteligente, Mihail. Me percato por mí misma de que lo que me dices es verdad. Podría incluso aceptarlo intelectualmente, maravillada de ello. Pero no quiero volver a hacerlo jamás. No puedo. No lo haré, y te pido que aceptes este defecto mío.

Él cruzó la distancia que les separaba. Le rodeó la nuca para atraerla hasta sus brazos. La abrazó, allí en la vieja cabaña, en la profundidad de sus montañas y bosques. Lamentaba la pérdida de su casa, de sus libros, lloraba por su pasado, pero por encima de todo sufría por no poder evitar que Raven sufriera. Podía dar órdenes a la tierra, a los animales, al cielo, sin embargo no podía suprimir los recuerdos de Raven porque ella le había pedido que no lo hiciera. Una petición tan mínima, tan inocente.

Raven alzó la cabeza y estudió con mirada seria las facciones ensombrecidas del carpatiano. Le alisó las profundas líneas de preocupación de la frente.

—No te entristezcas por mí, Mihail, y deja de responsabilizarte de tantas cosas. Los recuerdos son cosas útiles. Cuando esté más fuerte, podré sacar este recuerdo y examinarlo, mirarlo desde todos los ángulos y tal vez sentirme más cómoda con las cosas que tengamos que hacer para protegernos. —Había un dejo de humor y una buena cantidad de escepticismo en aquella idea.

Raven le cogió la mano.

—Sabes, amor mío, no eres responsable de mi felicidad, ni siquiera de mi salud. En cada momento del camino yo he tenido una opción, desde nuestro primer encuentro. Te he elegido a ti. Está claro que te he elegido con el corazón y con la mente. Si tuviera que volver a hacerlo, a sabiendas incluso de todo por lo que tendría que pasar, decidiría sin la menor vacilación.

La sonrisa de Mihail podía derretirle el corazón. Él le tomó el rostro entre las manos y bajó la cabeza para atrapar su boca con sus labios. Una electricidad instantánea crepitó entre ambos. Raven podía saborear su amor en la húmeda oscuridad de su boca. El sonido de la sangre bombeando con intensidad, los latidos del corazón, la química explosiva e instantánea casi les resulta abrumadora a los dos. Mientras él deslizaba ambos brazos alrededor del cuerpo de ella y lo atraía contra su dura constitución, la tierna boca continuaba transmitiendo el sabor inconfundible del amor intenso. Los dedos de Mihail se enredaron con el pelo sedoso como si fuera a retenerla allí toda la eternidad.

Raven se fundió dentro de él, y por un instante fue una energía flexible y sin huesos, melíflua, que le calentaba. Pero primero se apartó. Era fácil ver que el ansia dominaba a Mihail, y también crecía en ella. Su cuerpo necesitaba alimento después de la horripilante experiencia. Levantó las largas pestañas y contempló sus adoradas facciones masculinas, se ensimismó en la impronta sensual de su boca, la invitación somnolienta y voluptuosa de su mirada negra.

Raven le besó la garganta y llevó las manos a los botones de la camisa. Su cuerpo entró en tensión, palpitando de excitación y hambre. Movió la boca sobre la piel, inspiró su aroma, el salvaje misterio de la noche. En su interior el terrible anhelo crecía y se expandía como un reguero de pólvora. Su lengua saboreó la textura de la piel, siguió la línea de sus músculos, retrocedió para acariciar el pulso que palpitaba con fuerza en su garganta.

—Te amo, Mihail. —Susurró las palabras contra su garganta. El susurro de una sirena. Seda y luz de velas. Satén y sexo ardoroso, tórrido.

Todos los músculos del cuerpo de Mihail se templaron. Le invadió la necesidad, la anticipación. Ella era un milagro de belleza, una mezcla de flaqueza humana, coraje y compasión. Atrajo su cabeza hacia él con su puño enredado en el pelo. La boca de Raven era una llamarada sedosa que avanzaba sobre su pecho alimentando el fuego y el calor, hasta que su mente se convirtió en una niebla roja de deseo.

—Esto es peligroso, pequeña. —La seducción de terciopelo negro estaba en el tono ronco y líquido de su voz.

—Te necesito. —Ella susurraba la verdad, mientras calentaba con su aliento sus pezones, haciendo cosas intrincadas sobre su pecho. El cuerpo duro de Mihail, excitado, desenfrenado, borraba de golpe la sensación de la fría tierra tapándole la cabeza. El cuerpo de Raven se movió sin sosiego contra él, tan sugerente. Deslizó hacia abajo las manos para separar la camisa y para encontrar luego la cremallera donde su sexo pugnaba por liberarse. El jadeo de Mihail fue audible, un ronco gemido de cruda necesidad respondía al roce incitante de los dedos.

—Tengo que sentir que tu cuerpo es mío, Mihail, real, que está vivo. Lo necesito más que nada que haya necesitado en la vida. Tócame. Tócame por todas partes. Te quiero bien dentro de mí.

Mihail se sacó la camisa por la cabeza y la echó a un lado. Extendió las manos sobre el tórax de Raven, que arqueó el cuerpo hacia atrás para que pudiera frotarle la prominencia blanda y cremosa de sus pechos con la barba del mentón. El roce abrasivo provocó llamaradas en todas sus terminaciones nerviosas. La boca de Mihail se desplazó para atrapar la ternura de los labios de ella. Acarició la frágil línea del cuello donde el pulso latía de modo tan frenético y la línea vulnerable de la garganta. Lo hizo despacio, con sumo cuidado, antes de descender sobre su pezón con un ritmo deliberadamente lento y martirizador. Ella notó el acceso de calor húmedo, un dolor ardiente. Cuando él pegó los labios a su pecho, abrasadores y eróticos, ella gritó y echó la cabeza hacia atrás, se arqueó ofreciéndose a él, a la fuerte succión de su caliente boca.

Sin avisar, el monstruo que había dentro de él se desató, gimió posesivo y le arrancó los tejanos azules. Arañó con los dientes su vientre plano mientras caía sobre sus rodillas. A través de las finas bragas de algodón, Raven sintió la cálida humedad de la lengua escrutadora, salvaje, mojada, dejándola sin aliento. Él rasgó el fino material para seguir con su ataque acariciador.

Raven chilló como bienvenida a la bestia sin domar, elevándose para hacer frente a su asalto erótico. Cuando él desgarró las bragas y las tiró a un lado, ella se pegó contra la boca hambrienta y abrasadora. Mihail soltó un gemido grave y gutural, el sonido de un estruendo de posesión absoluta. Se deleitó en salvaje respuesta de Raven a su asalto. Necesitaba el asimiento desinhibido, entregado, de los puños de Raven en su pelo, tirando de él para que se acercara aún más. Necesitaba los gritos ásperos, inarticulados que surgían de su garganta vulnerable. El cuerpo de ella sufrió una sacudida, la excitación candente exigía con furia una liberación. Los gritos se tornaron súplicas.

Gruñendo de placer, con su propio cuerpo ardiendo abrasado y una sensibilidad insoportable, Mihail la mantuvo ahí al límite, sin tregua. El poder, el calor de terciopelo, sus olores entremezclados, todo ello se apoderó de él, formó parte de su deseo insaciable. Quería que ella supiera que le pertenecía, quería que ardiera y le necesitara igual que él, sin sentido.

Su propio nombre reverberaba en su cabeza con las súplicas inarticuladas de Raven, el sonido endurecía su cuerpo hasta dolerle de forma insoportable. El poder dio forma a su ansia, afiló tanto su apetito, sexual y físico al mismo tiempo, que apenas pudo encontrar el control para no devorarla. Y su cuerpo exigía el contacto de ella, el calor sedoso de su boca, el arañazo de sus dientes sobre la piel sensible. Le ardía la piel, la ansiaba con locura.

Con un gemido, la llevó hasta el clímax, y el cuerpo de Raven se tensó poderosamente, con sucesivas sacudidas, pero necesitaba más, necesitaba su invasión, necesitaba que su cuerpo la llenara. Raven se puso de rodillas, le cogió los pantalones y tiró de ellos hasta que le quedaron a la altura de los muslos, hasta que quedó liberado, estirándose hacia ella. Raven le arañó las nalgas con las uñas y encontró con su lengua los prominentes músculos del pecho.

La risa burlona, grave y seductora, resonó en su mente. El roce del cabello sedoso sobre sus muslos casi era insoportable. Ahora le tocaba a él, y le comunicó a Raven su imperiosa exigencia con un gemido suplicante. Cuando ella acató sus deseos, el satén ardiente de su boca húmeda y erótica casi le vuelve loco. Pero él no tenía el control, no llevaba el mando, ahora lo tenía Raven, y se regocijaba en lo que ella podría hacerle.

Los gruñidos que resonaban en la garganta de Mihail se volvieron más animales, casi amenazadores. Sus caderas se movían a un ritmo frenético y, de pronto, no pudo resistir más. La apartó de él, la tumbó en el suelo y le separó las piernas para dejarla expuesta a su posesión. La sujetó bien y la penetró con un solo movimiento poderoso y brutal, que llenó su ajustado canal de terciopelo femenino tan a fondo como fue posible.

Raven gritó mientras él se hundía aún con más fuerza, cada embestida agresiva y tempestuosa, más salvaje y frenética que la anterior. Ella le acarició la garganta con la lengua.

—Aliméntame, Mihail. Aliméntame ahora mientras me posees, y luego yo te daré todo lo que necesites. —Lo susurró como un encantamiento, su mismísima voz era una droga que aumentaba la excitación. Nunca le había pedido su sangre, su fluido vital, y la idea era tan sensual como su boca pegada a la de él. Su cuerpo entró en tensión, la erección era imposible, aun así la petición le permitió aminorar la marcha para poder sentir con anticipación su lengua acariciando su pulso. Cuando él se abalanzó con fuerza contra su abrasadora vagina, Raven hundió sus dientes a fondo. El calor al rojo vivo y el relampagueo azul ocuparon con violencia su cuerpo. Arrojó la cabeza hacia atrás con el exquisito placer-dolor de aquello.

El dulce y caliente aroma de su antiquísima sangre se mezcló con sus fragancias de almizcle, la fuerte succión de la boca de Raven coincidía con el fuerte asimiento de su cuerpo rodeando su erección. Ajustó de forma intencionada sus movimientos a aquel ritmo, notó cómo ella acogía su sangre, su semen, la esencia de la vida, dentro de su cuerpo. Y el cuerpo de Raven tiraba con insistencia de él, un dulce tormento, un asimiento de terciopelo, una libación, con el mismo fuego oscuro que su boca de seda.

El roce de su lengua extendió una réplica ondulante por los dos cuando se quedaron echados y enlazados, Mihail cubriendo el cuerpo de ella y rodeándola con los brazos, con cada músculo duro como la piedra, aún desesperado de necesidad, como si ella nunca le hubiera tocado. Su hambre era algo terrible, mucho más que el ansia, mucho más que cualquier cosa que hubiera experimentado.

Raven le alisó el pelo con las manos, luego le frotó la barbilla con las palmas. Sonrió con una sonrisa de pura seducción y arqueó las caderas hacia él con toda la intención, con músculos tensos, aferrados a él. Mihail bajó la cabeza para que pudiera acercar su boca, compartir el dulce sabor de su sangre, jugando con su necesidad, provocándola y prolongándola, llevándole a un abandono salvaje.

Él volvió a tomar el control, bebió a fondo de su boca sedosa y le acarició con la lengua la línea del cuello, entreteniéndose en su pulso, arañando con sus dientes, tentando, mientras su cuerpo volvía a penetrarla con agresividad, embistiendo con dureza y en profundidad.

Raven murmuraba su nombre, atraía su cabeza hacia su pecho, se levantaba en una invitación suplicante. Mihail, frotando con la barbilla la prominencia cremosa, ahondó en el valle intermedio, raspando la sensible piel con su barba incipiente. Le cogió los pechos mientras llevaba su boca sobre su cuerpo, húmeda y caliente, saboreándola con intensidad. Ella le atraía hacia sí, su cuerpo explotaba de placer siguiendo el ritmo que él marcaba.

Mihail alzó la cabeza con ojos amodorrados, sensuales, hipnóticos, y la absorbió más hondo en su mente, en su alma. Le rozó el pecho con la nariz, sin dejar de acariciarla con las pasadas de su lengua. Con la boca abierta, dejaba besos húmedos y abrasadores sobre la sensible piel. Las caderas no dejaban de tomar impulso. Una vez más su mirada encontró en la de ella un clara exigencia.

—Sí, por favor, sí —susurró Raven con urgencia mientras tiraba otra vez de su cabeza para acercarla al calor de su cuerpo—. Quiero esto, Mihail.

Los dientes rasparon sobre su pecho, lo perforaron, mientras el cuerpo de ella entraba en tensión, sentía el dolor al rojo vivo, se fragmentaba con el éxtasis agudo. Los colmillos se hundieron profundamente, el hambre en él era insaciable. Se hundió en ella pues quería más, necesitaba la fricción consumada del fuego y el terciopelo rodeándole. Se la bebió, se metió en su cuerpo su mismísima vida, fundiendo su mente con la de ella, reivindicando su cuerpo en un acto de pura dominación masculina.

Peligroso. Dulcemente peligroso. Puro sexo tórrido con dosis de genuino amor y una completa fusión de almas. Quería que este momento en el que compartían el mismo cuerpo, la misma piel, la misma mente, durara siempre. Con rapidez y fuerza, lentitud y profundidad, cada movimiento fue un exquisito tormento, la sangre de Raven llenó cada célula, nutrió su fuerza, la consumió al tiempo que le consumía con su cuerpo. Notó que su erección se endurecía hasta lo imposible, inflamándose y estirándose sin cesar, perpetrando su invasión al máximo, llevándoles a ambos, remontándoles, escorando en pleno clímax sin control y explotando en furiosos fragmentos que cayeron a la tierra tras disolverse.

Raven yacía debajo de él, escuchaba los latidos combinados de ambos mientras entrelazaba sus dedos en aquel cabello oscuro color café. Su cuerpo pertenecía a Mihail, ella le pertenecía. Él le acariciaba la piel con la lengua, seguía el recorrido de una sola gota de sangre sobre su voluminoso pecho. La inundó de besos sobre sus senos, sobre el cuello, con dulzura y ternura. Extendió la mano sobre la garganta, la acarició con el pulgar, disfrutando de la textura de satén.

Le maravilló que ella hubiera elegido este momento para comprometerse con su vida como carpatianos. No dudaba que ella le amaba y que estaba comprometida con él, pero sabía que le repelía la idea del modo en que se vería obligada a vivir. Tras una experiencia horripilante y traumática, se había comprometido con su nueva vida sin reservas. Mihail estaba seguro de algo: ella nunca sería predecible, mientras estuvieran juntos.

—¿Tienes la menor idea de cuánto te quiero? —le preguntó bajito.

Ella le hizo ojitos y luego fijó su mirada violeta en él. Una sonrisa lenta, fascinante, curvó su boca:

—Tal vez, sólo un poco. —Alisó la línea de su frente—. Me encontraré bien esta noche. Haz lo que tengas que hacer y no te preocupes por mí.

—Preferiría que durmieras un poco. —Se movió y levantó el peso de ella, sorprendido al percatarse de que aún estaba parcialmente vestido.

—Eso es porque sientes tanta ira contra Romanov que no quieres que sepa lo que vas a hacer. —Se apoyó en uno de sus hombros de tal manera que su espesa melena sedosa se vertió sobre su cuerpo, un fino velo sobre sus provocativos pechos.

Él sintió un sacudida de excitación sólo de verla, sus oscuros ojos se tornaron negros, con un repentino destello de deseo. Ella se rió en voz baja, burlona. Mihail se inclinó para saborear la tentación, y su lengua le puso duro el pezón.

Raven le revolvió el espeso cabello con ternura.

—Piensas proteger a Jacques dejándole aquí conmigo de guardespaldas. —Su mirada se suavizó, con devoción—. Crees que vas a hacer algo que soy incapaz de aceptar, pero creo en ti, Mihail. Y lo creo: eres un gran hombre, y bueno. Tienes todo el derecho a despreciar a Romanov, pero sé que podría pasar de eso y hacer lo más conveniente. Él es un joven confundido y furioso, sacudido y traumatizado por las muertes brutales de sus padres. Encontrase lo que encontrase que pudiera vincularte con esas muertes, es lo que le ha llevado a esta crisis. Es una tragedia terrible.

Mihail cerró los ojos y soltó el aliento poco a poco. Le estaba atando las manos con eficacia. ¿Cómo podría salir y matar a un hombre por torturar a Raven si ella era lo bastante compasiva como para perdonarle?

—Aliméntate antes de ir a verle. Me has dejado débil, y si me disculpas un poco de crudo humor carpatiano, espero que me traigas la cena a casa.

Mihail, asombrado, se quedó observándola. Durante un largo momento permanecieron en silencio, luego estallaron en carcajadas.

—Y tú vístete —le ordenó Mihail con fingida severidad—. No puedo permitir que atormentes al pobre Jacques.

—Tengo toda la intención de atormentarle. Necesita aprender a no ser tan serio.

—Jacques es el menos serio de todos los carpatianos varones. Ha conservado sus emociones mucho más tiempo que la mayoría. Apenas hace unos pocos siglos que las perdió.

—Pero se toma muy en serio lo de dar órdenes a las mujeres. Tiene ideas fijas sobre cómo debemos comportarnos. Mi intención es discutir un par de cosas con él.

Él alzó una ceja.

—Estoy seguro de que le mantendrás ocupado mientras estamos fuera. Hazme un favor, pequeña, no seas demasiado dura con él.

Los dos se rieron mientras acababan de vestirse.

13

Rudy Romanov estaba muy narcotizado. Era un olor apestoso para el olfato de Mihail. La idea de meterse sangre contaminada en el cuerpo le resultaba repulsiva, pero era necesario. Le permitiría leer los pensamientos de Romanov como le viniera en gana. Raven le había despedido con total confianza y fe en su amor por ella. Aunque cada una de las células de su cuerpo exigía la muerte de Romanov, Mihail no podía traicionar la confianza de ella.

—Permíteme —dijo Gregori en voz baja, leyendo con facilidad los deseos de Mihail.

—Supone un gran riesgo para tu alma —comentó Mihail.

—Este riesgo puede significar la continuidad de nuestra raza. Romanov es un peligro que no podemos permitirnos. Deberíamos concentrarnos en encontrar mujeres que la continúen, no en luchar contra cazadores de vampiros. Creo que sólo hay un puñado de mujeres humanas, mujeres con grandes dotes psíquicas, que pueda convertirse en parejas de nuestros varones.

—¿En qué fundamentas esa teoría? —preguntó con tacto, aunque un hilo de amenaza se coló en su tono. Experimentar con mujeres era un crimen imperdonable.

Los ojos plateados de Gregori se entrecerraron con un relumbre. El vacío negro estaba creciendo en Gregori, una mancha negra que se extendía por su alma. No hacía esfuerzo alguno por ocultárselo a Mihail. Era como si quisiera mostrarle lo desesperada que se estaba volviendo la situación.

—He hecho muchas cosas siniestras, desagradables, imperdonables, pero nunca me aprovecharía de una mujer para experimentar. Debo ser el que tome la sangre de Romanov si insistes en mantenerle con vida. —Gregori no preguntaba.

Los dos carpatianos se movieron con facilidad por los pasillos estrechos del ala psiquiátrica del hospital. Los humanos experimentaban una sensación de frío, nada más, mientras ellos dos avanzaban sin ser vistos por el edificio. Se colaron por el ojo de una cerradura, fluidos como el vapor de una densa niebla coloreada. Una vez en la habitación, formaron un remolino que envolvió el cuerpo de Romanov como un sudario. Romanov dio un grito, el miedo le invadió mientras la bruma le rodeaba como una serpiente, deslizándose sobre sus costillas, su muñeca, enrollándose en su cuello, apretando cada vez más. Podía sentirla en su piel, una profanación que continuaba retorciéndole como un sacacorchos, pero cuando Romanov quiso agarrar el vapor, sus manos lo atravesaron. Unas voces producían un siseo atroz, susurraban y amenazaban a tan poco volumen que apenas eran hebras de sonido en su cabeza. Se tapó con las palmas las orejas en un intento de detener aquel murmullo insidioso. La saliva goteaba desde su boca desencajada, su garganta no dejaba de moverse convulsa.

La bruma se dividió y una parte se arrastró justo por encima del suelo hasta un rincón. La otra se espesó poco a poco, titiló y empezó a tomar forma hasta configurar el cuerpo de un hombre musculoso de amplios hombros y los ojos claros de la muerte. Rudy empezó a temblar de forma incontrolada, retrocedió intentando encogerse cuanto fuera posible. La aparición era demasiado vívida, demasiado amenazadora para ser otra cosa que real.

—Romanov. —Los colmillos de Gregori relumbraron blancos en la habitación a oscuras.

—¿Qué eres? —Las palabras surgieron como un graznido ronco.

Los ojos pálidos se entrecerraban relucientes hasta formar unas líneas que no pestañeaban.

—Ya lo sabes. —Los ojos claros se quedaron mirando muy fijamente los de Rudy. La voz de Gregori bajó de tono hasta adoptar una violencia aterciopelada. Hipnótica. Embelesadora. Convincente—. Acércate, aliméntame. Conviértete en mi criado hasta que encuentre el momento de someterte a la maldición de la oscuridad.

Los ojos de Romanov cayeron en la cuenta, con horror, y comprendieron aterrorizados. Pero se acercó poco a poco, apartándose la camisa de la yugular. Gregori volvió a susurrarle, con voz seductora, tan persuasiva, un instrumento de poder.

—Vas a servirme a partir de ahora, acudirás a mí cuando se me antoje, me informarás cuando sea necesario. —Inclinó poco a poco la cabeza.

Romanov sabía que su alma estaba perdida. Podía sentir tanto poder en el desconocido, su inmensa fuerza, y la capacidad de hacer cosas que ningún humano podría imaginar. Inmortalidad. La seducción le atraía. Acudió voluntariamente y volvió la cabeza para exponer su garganta. Un aliento caliente, el dolor penetrante cuando los colmillos se hundieron profundamente. Romanov de hecho sentía su sangre vital manando como un río por su cuerpo. El dolor era intenso, un infierno que le abrasaba pero que no podía detener. Ni lo deseaba. Una curiosa languidez se apoderó de él, sus párpados eran demasiado pesados como para levantarlos.

La bruma se hizo más espesa en la habitación, rodeó a Gregori y se interpuso entre el carpatiano y su presa. Con un gruñido de protesta, Gregori alzó a su pesar la cabeza de su alimento y permitió con desprecio que el cuerpo fláccido se desplomara sobre el suelo.

Casi le matas, soltó Mihail.

Se merece la muerte. Está podrido y vacío por dentro, ya está corrupto. Quiere noches interminables, mujeres indefensas, el poder de la vida y la muerte sobre la humanidad. Hay demasiado en él de su padre y de su abuelo. Es una carcasa hueca con gusanos devorando lo bueno que queda en él. Su mente es un laberinto de deseos desviados.

No puede morir así, Gregori. Un siseo resonó en la mente de Gregori, indicándole el malestar de Mihail. *Tal y como están las cosas, nuestra gente ya está recibiendo demasiada atención. Si Romanov muere como consecuencia de una gran pérdida de sangre...*

No soy tan negligente. Gregori empujó el cuerpo a un lado con el piel. *Vivirá. Fue su abuelo el que empezó esto...*

Se llamaba Raul, ¿le recuerdas? Fue un demente de viejo, y un vicioso de joven. Pegaba a su mujer e iba detrás de las jovencitas. En una ocasión tuve que detenerle. Mihail de pronto se quedó pensativo.

Y no sólo te ganaste su odio, sino también sus sospechas. Te vigiló a partir de entonces. Te espiaba cada vez que tenía ocasión, confiando en encontrar algo que te condenara. Algo te delató, un gesto, la manera de hablar, ¿quién sabe? Transmitió sus sospechas a Hans. Gregori dio otro empujón al cuerpo con el pie. *Romanov empleó un fax para enviar co-*

pias de sus pruebas a varias personas. Los originales están en su casa, debajo de las maderas del suelo del dormitorio de sus padres. Gregori observó cómo Rudy Romanov intentaba alejarse a rastras de él. *Más pronto o más temprano vendrán.*

El cuerpo de Gregori brilló y se disolvió, de modo que la bruma formó de nuevo un remolino por la habitación, unas largas cintas de niebla con forma de serpiente donde había estado el carpatiano. El vapor se acercó a Romanov, agachado sobre el suelo, fluyó cerca de su cabeza y de su garganta, luego salió de la habitación dejando a Romanov sollozando con impotencia.

Mihail y Gregori se deslizaron por el pasillo en silencio, veloces, y se apresuraron a salir al frescor de la noche. Después de la depravación de la mente de Rudy, necesitaban de nuevo la conexión con la tierra. Una vez en el exterior, Gregori expulsó los fármacos por sus poros para librarse del veneno. Mihail le observó hacerlo, maravillado de su dominio. Gregori permaneció en silencio en el trayecto hasta la casa de Romanov, y Mihail respetó su necesidad de respirar la fragancia de la noche, de sentir la tierra bajo sus pies, de oír la música de los lobos, las criaturas nocturnas que les llamaban con ritmos sosegados.

En la seguridad de la vivienda de Romanov, Gregori se dirigió directamente a los papeles ocultos de forma burda bajo las tablas del suelo. Mihail cogió las viejas fotografías y el fardo de papeles sin tan siquiera mirarlos.

—Cuéntame todo lo que hay en su mente.

Los ojos plateados de Gregori relucieron de forma peligrosa.

—Un hombre llamado Slovensky, Eugene Slovensky, es miembro de una sociedad secreta dedicada a eliminar vampiros. Von Halen, Anton Fabrezo y Dieter Hodkins son los supuestos expertos que investigan y marcan a las víctimas para que sean asesinadas. Solvensky es quien recluta y confirma los asesinatos y mantiene los registros.

Mihail maldijo en voz baja de manera elocuente.

—Otra cacería de vampiros destruirá a nuestra gente.

Gregori encogió sus enormes hombros.

—Cazaré y destruiré a esos hombres. Tú llévate a Raven bien lejos de este lugar. Noto tus protestas, Mihail, pero es la única manera, y los dos lo sabemos.

—No puedo canjear mi felicidad por tu alma.

Los ojos plateados se desplazaron sobre Mihail, luego buscaron la noche.

—No nos quedan más opciones. Mi única esperanza de salvación es una pareja de vida. Ya no siento, Mihail, sólo satisfago mis necesidades. Ya no hay deseos corporales, sólo mentales. Ni siquiera recuerdo qué es sentir las cosas que tú sientes. No hay regocijo en mi vida. Sólo existo y cumplo con mi deber para con mi gente. Debo encontrar una pareja pronto. Sólo podré aguantar unos pocos años más, luego buscaré el descanso eterno.

—No buscarás el sol, Gregori, no sin antes pedirme ayuda. —Mihail levantó una mano cuando Gregori quiso protestar—. He estado donde tú estás, solo, con el monstruo interior intentando dominarme y la mancha en el alma tan oscura. Nuestra gente te necesita. Debes mantenerte fuerte y combatir al monstruo agazapado tan cerca.

Los ojos plateados de Gregori centellearon de un modo peligroso en la sala a oscuras, claros y amenazadores.

—No sobrestimes mi aprecio o lealtad. Tengo que tener una compañera. Si siento algo, lo que sea... deseo, posesión, cualquier cosa... cogeré lo que es mío y que nadie se atreva a arrebatármelo. —La enorme figura de Gregori brilló de súbito, se disolvió en cristales acuosos y se escurrió al exterior de la casa para arrojarse a los brazos acogedores de la noche. *Salgamos de esta casa de locura y muerte. Tal vez sea la sangre sucia que me he metido en el cuerpo la que habla.*

Con un suspiro, Mihail siguió a Gregori por la noche. Las cintas idénticas de vapor destellaron bajo la luz de la luna, unieron las briznas de bruma que ondeaban varios metros por encima del suelo del bosque. Ansioso por regresar al lado de Raven, Mihail flotó entre los árboles en dirección al claro que separaba las casas de la profundidad del bosque. Mientras fluía junto a la cabaña del sacerdote y por el prado, su mente se tensó con cierta inquietud. La advertencia le crispó lo suficiente como para retroceder hasta la casa del padre Hummer y, al abrigo de los árboles, adoptar de nuevo la forma humana. Su mente tocó la de Raven. Nada la amenazaba.

—¿Qué sucede? —Gregori se materializó al lado de Mihail.

Inspeccionaron la zona inmediata en busca de algún peligro. Fue el suelo lo que les habló de violencia: pisadas de botas, gotas de sangre. Mihail alzó sus ojos atribulados a la mirada clara de Gregori, y los dos se volvieron, de manera simultánea, a mirar a la cabaña de su viejo amigo.

—Iré yo primero —dijo Gregori con tanta compasión como fue capaz de poner en su voz. Pasó con soltura entre Mihail y la entrada a la casa del sacerdote.

La pequeña y ordenada cabaña, tan confortable y hogareña, había quedado destruida, saqueada de arriba abajo. Los sencillos muebles estaban rotos, las cortinas torcidas, viejos platos de loza hechos añicos. Los valiosos libros del sacerdote destruidos, sus cuadros rajados en tiras. Las hierbas del padre Hummer, guardadas con tanto cuidado en latas, formaban un montón en el suelo de la cocina. Su delgado colchón había quedado reducido a retazos y las mantas estaban hechas trizas.

—¿Qué buscaban? —reflexionó Mihail en voz alta mientras vagaba por la habitación. Se detuvo para coger una torre, rodeó con sus dedos la familiar pieza de ajedrez. Había manchas de sangre en el suelo, en la vieja mecedora tallada.

—No hay nadie —comentó Gregori de modo innecesario. Se agachó para recoger una vieja Biblia encuadernada en cuero. El libro estaba muy gastado, el cuero reluciente donde los dedos del sacerdote la habían sostenido tantas veces—. Pero hay una peste, hay un rastro. —Gregori le tendió a Mihail la Biblia, observó mientras su príncipe, sin decir palabra, se metía el libro debajo de la camisa, pegado a su piel.

La corpulenta y musculosa constitución de Gregori se dobló con un sonido crepitante. Un vello lustroso se rizó sobre sus brazos, unas garras surgieron de súbito de las uñas y los colmillos explotaron en un hocico que se alargaba. El enorme lobo negro ya salía de un brinco por la ventana, cambiaba de forma mientras se ponía a correr. Mihail le siguió, dando saltos entre los árboles, describiendo círculos con el morro pegado al suelo. El olor les apartaba del pueblo y les llevaba en dirección al profundo bosque. El rastro ascendía y ascendía por las montañas. La dirección les alejaba de Raven y Jacques. Quien fuera que se hubiera llevado al padre Hummer quería estar a solas con él para hacer el trabajo sucio.

Mihail y Gregori corrían y dejaban atrás terreno, hombro con hombro, con una oscura intención mortífera en sus corazones. Corrían olfateando el viento, bajando los hocicos de tanto en cuanto para seguir el rastro y asegurarse de que seguían el olor del sacerdote. Los poderosos músculos de los lomos se tensaban, los corazones y pulmones trabajaban como máquinas bien engrasadas. Los demás animales se apartaban de su camino, se agazapaban aterrorizados a su paso.

Un olor penetrante, poco familiar, marcaba un árbol en su actual trayectoria. Mihail rompió la marcha. Habían salido de los límites de su manada de lobos y habían entrado en otro territorio. Los lobos atacaban con frecuencia a los intrusos. Mihail envió una llamada, permitiendo que el viento llevara su mensaje a quien intentara localizar al par dominante.

Con el olor de la sangre del sacerdote, era bien fácil seguir el rastro. Pero una extraña inquietud fue invadiendo a Mihail. Algo se le escapaba. Habían recorrido millas en una carrera a tumba abierta, sin embargo el rastro nunca cambiaba. El hedor no era ni más fresco ni se desvanecía, siempre era el mismo, así de sencillo. Un leve ruido encima de ellos fue la única advertencia, un curioso chirrido, como de roca contra roca. Se encontraban en un estrecho barranco, con escarpadas paredes que se elevaban a ambos lados. Los dos lobos se disolvieron de inmediato y se convirtieron en gotas de bruma. La lluvia de rocas y pedruscos apedreó inútilmente desde arriba la niebla insustancial.

Mihail y Gregori se lanzaron simultáneamente hacia el cielo, y sus cuerpos tomaron forma mientras aterrizaban con gracia felina sobre la parte superior del precipicio. Estaba claro que no había sacerdote y tampoco atacante. Mihail miró con inquietud a Gregori.

—Ningún humano puede haber hecho esto.

—El sacerdote no recorrió toda esta distancia a pie, y ningún mortal le llevaba —comentó Gregori pensativo—.

Por lo tanto, su sangre ha sido utilizada como trampa para atraernos hasta aquí. —Los dos inspeccionaban el terreno empleando cualquier arma natural que poseyeran—. Esto es obra de un vampiro.

—Es lo bastante listo como para no dejar su propio olor —advirtió Mihail.

Una manada de lobos salió de súbito de entre los árboles con sus ojos rojos fijos en Mihail. Ladrando y chasqueando los dientes, los animales saltaron sobre la figura alta y elegante, que se hallaba en pie con gracia despreocupada tan cerca del borde del precipicio. Gregori actuó como un demonio frenético, arrojando animales por el barranco, rompiendo huesos como si fueran cerillas. Sin hacer ruido, adquirió una velocidad sobrenatural, tan rápida que no era más que una mancha borrosa.

Mihail no se movió en ningún instante del sitio, la tristeza llenaba su alma. Tanta pérdida de vidas. Una tragedia. Gregori era capaz de destruir vidas con facilidad, sin sentimientos, sin pesar. Eso le reveló, más que cualquier otra cosa, lo desesperada que era la crisis de su pueblo.

—Corres demasiados riesgos —gruñó Gregori en tono increpante mientras se materializaba al lado de su jefe y amigo—. Estaban programados para destruirte. Deberías haberte asegurado de que te apartabas de su dañino camino.

Mihail examinó la destrucción y la muerte que le rodeaba. Nadie se había acercado a tres metros de él.

—Sabía que nunca permitirías algo así. Ahora él no descansará hasta que te destruya.

Una débil sonrisa de lobo se dibujó en el rostro de Gregori.

—Ésa es la idea, Mihail. Ésta es mi invitación. Tiene derecho a desafiarte abiertamente si lo desea, pero está traicionando a los mortales, y una traición de ese tipo no puede tolerarse.

—Tenemos que encontrar al padre Hummer —dijo Mihail con calma—. Es demasiado viejo para sobrevivir a un ataque tan brutal. El vampiro no le permitirá vivir una vez que empiece a salir el sol.

—Pero ¿por qué este plan tan elaborado? —caviló Gregori en voz alta—. Debería saber que no te dejarías atrapar ni en el barranco ni por los lobos.

—Me entretiene. —Una chispa de miedo relució en los ojos negros de Mihail. Una vez más, su mente buscó la de Raven. Estaba bromeando con Jacques.

De repente, Mihail inspiró con brusquedad.

—Byron. En el pueblo es de sobras sabido que es el hermano de Eleanor. Si Eleanor, su hijo y Vlad eran objetivo de los fanáticos, sería razonable pensar que Byron también lo es. —Mientras su cuerpo se torcía, se contraía y surgían las plumas, titilando iridescentes bajo la débil luz que empezaba a despuntar en el cielo, ya estaba enviando un imperioso aviso al joven carpatiano. Las poderosas alas se doblaron con fuerza mientras echaba una carrera al sol para ir en ayuda del mejor amigo de su hermano.

Gregori inspeccionó las montañas, sus claros ojos se desplazaron sobre los despeñaderos en sombras situados encima del bosque. Se apartó del borde del precipicio, su cuerpo cambió de forma mientras se lanzaba en picado hacia la tierra. Sus alas batieron con fuerza y le elevaron por el cielo directamente hasta la superficie de roca prominente que se alzaba sobre las copas de los árboles. La entrada a la cueva era una mera hendidura en la pared de roca. Era bastante fácil neutralizar las defensas. Para poder introducirse por la estrecha abertura, Gregori se disolvió en una bruma y fluyó a través de la grieta.

El pasadizo empezó a ensancharse casi de inmediato, retorciéndose a través de la roca. El agua goteaba por las paredes a ambos lados. Y luego se encontró en una cámara más grande: la guarida del vampiro. Ahora tenía su olor. Un destello de satisfacción apareció en los ojos plateados de Gregori. El vampiro ya no podría descansar aquí. Descubriría que nadie se atrevía a amenazar al príncipe sin la despiadada represalia de Gregori.

Raven recorría sin descanso el suelo de la cabaña mientras dirigía a Jacques una pequeña sonrisa, como burlándose de sí misma.

—Se me da muy bien lo de esperar.

—Ya lo veo —admitió Jacques con sequedad.

—Vamos, Jacques —Raven recorrió otra vez la habitación a lo largo y se volvió a mirarle—, ¿no te parece tan siquiera que esto destroza un poco los nervios?

Él se acomodó perezoso en la silla, esbozando una sonrisa de gallito.

—¿Te refieres a estar encerrada con un guapo lunático?

—Ja, ja, ja. ¿Todos los carpatianos de sexo masculino se creen los hombres más divertidos?

—Sólo los que tienen cuñadas que rebotan en las paredes. Tengo la impresión de estar observando una pelota de ping-pong. Para un rato, por favor.

—Bien, ¿cuánto puede llevar una cosa como ésta? Mihail estaba muy alterado.

Jacques, reclinándose con estudiada despreocupación, inclinó la silla hasta un ángulo peligroso y alzó una ceja.

—Las mujeres tenéis una viva imaginación.

—Intelecto, Jacques, no imaginación —corrigió ella con amabilidad.

Él le dedicó una sonrisa.

—Los carpatianos varones entendemos la frágil naturaleza de los nervios de las mujeres. No pueden soportar las adversidades como nosotros los hombres.

Raven enganchó el pie en la silla y envió a Jacques al suelo con estrépito. Con las manos en las caderas, le observó con un destello de superioridad.

—Los carpatianos varones sois muy presumidos, querido cuñado —proclamó— pero no demasiado listos.

Jacques le fulminó con una mirada llena de ferocidad burlona.

—Tienes una vena perversa. —De repente se puso en pie, sus ojos oscuros se habían tornado serios al instante, inquietos.

—Ponte esto. —De la nada, dio forma a una chaqueta de punto para que se abrigara.

—¿Cómo lo haces? —A ella le parecía magia.

—Un carpatiano puede hacer cualquier cosa natural a partir de la naturaleza —le informó con un tono algo distraído—. Póntela, Raven. Estoy empezando a sentirme atrapado en esta cabaña. Tenemos que salir a la noche, donde pueda oler si se acerca algún peligro.

Raven se echó encima la cálida chaqueta y siguió a Jacques hasta el porche.

—La noche llega a su fin —comentó.

Jacques inspiró con brusquedad.

—Huelo a sangre. Dos humanos, uno me resulta familiar.

—El padre Hummer —dijo Raven con ansiedad—. Es su sangre. —Empezó a bajar la escalera, pero Jacques, más cauto, la cogió por el brazo.

—No me gusta esto, Raven.

—Está herido, Jacques. Percibo su dolor. No es ningún joven.

—Tal vez. Pero ¿cómo es que ha llegado hasta aquí arriba? Esta cabaña es muy remota, y pocos conocen su existencia. ¿Cómo es que el sacerdote ha venido a vernos cuando nos acercamos a nuestras horas de debilidad?

—Tal vez se esté muriendo. Mihail confía en él —dijo Raven incondicional, buscando ya con su corazón al sacerdote—. Tenemos que ayudarle.

—Te quedarás detrás de mí como he dicho —ordenó Jacques, obligando al cuerpo reacio de Raven a colocarse detrás de él—. Di mi palabra a Mihail de protegerte con mi vida, y es lo que tengo intención de hacer.

—Pero... —Raven se tragó el resto de su protesta al ver con claridad su determinación.

—Huele el aire, Raven. Eres carpatiana. No creas siempre en lo obvio. Mira con algo más que tus ojos y tu corazón. He llamado a Mihail. Está lejos, pero regresará a toda velocidad. Y el amanecer esta próximo. —Jacques salió del porche para aproximarse al grupo de árboles describiendo un círculo con lentitud—. Hay alguien más.

Raven lo intentó, inspiró el aire de la noche, inspeccionó en todas direcciones para encontrar algún peligro oculto. Se sentía inquieta, pero sólo podía detectar cómo el sacerdote y su acompañante humano se acercaban lentamente.

—¿Qué es lo que se me escapa? —Entonces lo percibió ella también, una sensación de alboroto en la armonía natural de las cosas, un poder que no estaba en equilibrio con la tierra.

Vio que Jacques contenía la respiración de súbito. Sus ojos negros, tan parecidos a los de Mihail, centellearon con la amenaza repentina.

—Sal de aquí, Raven. Corre. Lárgate corriendo. No mires atrás. Refúgiate del sol y espera a Mihail.

—Puedo ayudarte. —El terror iba en aumento. Algo terrible les amenazaba, algo que asustaba a Jacques. No iba con ella eso de salir corriendo y dejar a su cuñado ahí, a solas, enfrentándose al peligro—. No puedo irme, Jacques.

No lo entiendes. Eres más importante que yo, que el sacerdote, que cualquiera de nosotros. Eres la única esperanza de futuro que tenemos. Lárgate de aquí. No hagas que le falle a mi hermano.

La indecisión pugnaba con su conciencia. El padre Hummer apareció a la vista cojeando, mucho más débil de lo que le recordaba. Tenía el rostro magullado e hinchado; estaba irreconocible. Por primera vez representaba sus ochenta y tres años.

—¡Vete, Raven! —siseó Jacques, describiendo de nuevo un lento círculo, sin mirar ni una sola vez al sacerdote que avanzaba. Su mirada inquieta no dejaba de moverse, examinando, inspeccionando en todo momento. *Debes irte ahora.*

Otro hombre se hizo visible. Guardaba un extraordinario parecido con Eugene Slovensky, pero su pelo era más rubio y era sin duda más joven. Avanzaba detrás del sacerdote, empujando brutalmente con la palma de su mano la espalda de Edgar Hummer.

El clérigo dio un traspiés hacia delante, cayó sobre una rodilla e intentó levantarse, pero cayó de bruces, de cara sobre el polvo y la vegetación. El rubio le propinó una patada cruel.

—Levántate viejo, maldición. Levántate o te mato aquí mismo.

—¡Alto! —gritó Raven con lágrimas reluciendo en sus ojos—. ¡Padre Hummer! —Bajó con ímpetu la escalera.

Jacques saltó hacia delante y le cortó el paso, la interceptó a gran velocidad, un mero borrón. La empujó con brusquedad hacia el porche. *Es una trampa, Raven. Sal de aquí.*

¡Pero, el padre Hummer!, chilló como protesta a Jacques.

—Venga aquí, señorita —gruñó el hombre que se parecía a Slovensky. Se inclinó, cogió al sacerdote por el cuello y le puso de rodillas. Un puñal de aspecto maligno relució contra la garganta del sacerdote—. Le mataré ahora mismo si no haces lo que te digo.

Jacques se volvió entonces, unas luces rojas empezaron a relumbrar en la profundidad de sus oscuros ojos. Rugió una grave advertencia que la dejó temblando de pies a cabeza a Raven. Se quedó pálida como el tronco de un árbol.

A su alrededor se levantó el viento, arrojando hojas y ramitas contra las piernas de Jacques. Una criatura pareció materializarse de la nada, golpeó al joven con fuerza, le levantó y le estrelló contra un tronco de árbol.

Raven chilló. *¡Mihail! ¿Dónde estás?*

En camino. Sal de ahí.

Jacques y su atacante vampiro iban chocando de un árbol a otro. Las garras rajaban, los colmillos rasgaban y despedazaban. Las ramas se rompían bajo el peso de sus cuerpos. Los dos adversarios enzarzados en un combate mortal cambiaban de forma todo el rato. El vampiro, con la fuerza y el arrebato de un asesinato reciente, se arrojó contra Jacques, le derribó y le provocó serios cortes por los que empezó a sangrar.

Corre, Raven. Te quiere a ti, advirtió Jacques. *Corre mientras puedas.*

Ella oía la respiración dificultosa de Jacques, veía su creciente debilidad. De hecho, ella nunca había atacado a otro ser humano en su vida, pero estaba claro que Jacques se encontraba en peligro. *Deprisa, Mihail.* Había desesperación en su mensaje. El amanecer despuntaba en el cielo cuando ella se lanzó de un brinco sobre la espalda del vampiro en un intento de apartarle de Jacques.

¡No, atrás! El grito de Jacques fue agudo, imperioso, cargado de terror.

¡No, Raven! Mihail repitió la orden desde cierta distancia.

¡No, mujer! La voz de Gregori susurro con ferocidad en su cabeza.

Aunque no entendía nada, pero convencida de que corría un peligro mortal, Raven intentó apartarse de un salto. El vampiro le rodeó la muñeca con la mano, como si la cogiera con unas tenazas, y volvió la cabeza con el triunfo en sus ojos centelleantes. Unos afilados dientes le mordieron en la muñeca y tragó la sangre oscura y rica. Quemaba, dolía como un hierro de marcar. Su carne quedó abierta, rasgada, mientras los colmillos la seccionaban.

Mihail y Gregori golpearon mentalmente al unísono la garganta del vampiro. Aunque un ataque así no era demasiado eficaz contra alguien de sangre carpatiana, y ambos se encontraban aún a cierta distancia, su asalto combinado dejó al vampiro sin aire de forma momentánea. Jacques golpeó al vampiro con ferocidad renovada empujándole hacia atrás, desplazando a Raven para que pudiera soltarse. Ella se cayó y la sangre salpicó el suelo del bosque con un chorro de gotas carmines. Por un momento los dos luchadores se quedaron congelados, distraídos por la rociada roja, y casi se volvieron al unísono hacia ella.

—¡Cierra esa herida! —ladró el vampiro con voz bronca.

Raven, te vas a desangrar. Jacques se esforzaba por sonar calmado, quería que ella entendiera la seriedad de la situación.

El vampiro atacó, desgarró el estómago de Jacques con sus zarpas, obligándole a bajar las manos para protegerse. La cabeza del vampiro se contrajo y se alargó formando un largo hocico, y arremetió como un lobo contra la garganta expuesta de Jacques, rasgándola y destrozándola.

Raven chilló y arrojó su cuerpo contra el vampiro, dándole como una loca en la cabeza y en los hombros. Él dejó caer con desprecio el cuerpo de Jacques, que quedó tirado como un muñeco de trapo en medio de la vegetación en descomposición. Se llevó la muñeca de Raven a la boca mientras le sonreía a los ojos y luego, de forma intencionada, le pasó la lengua por la herida para cerrarla. El cuerpo y la mente de Raven se rebelaron contra aquel contacto tan horrendo, su estómago se revolvió y protestó por el acercamiento impuro.

—Recuerda, mortal, es mía —le advirtió a Slovensky—. Vendré a por ella esta noche. No la dejes al sol. —El vampiro la soltó y se lanzó al cielo.

Raven escupió en sus manos y se adelantó dando traspiés hacia el cuerpo inmóvil de Jacques.

—El vampiro le ha matado —gritó histérica. Cuando sus manos tocaron el suelo del bosque, recogió puñados de tierra—. Oh, Dios, está muerto. ¡Has permitido que esa cosa le mate! —Con su cuerpo como pantalla para que nadie viera lo que estaba haciendo, Raven cubrió las heridas en la garganta de Jacques con la tierra y su saliva curativa. *Bebe, Jacques, ahora, para que aguantes hasta que lleguen Mihail y Gregori.* Con la muñeca sobre su boca, Raven continuó sollozando de un modo dramático, agradecida por una vez en la vida de que los hombres pensaran que las mujeres se ponían histéricas en momentos de crisis.

¡Mihail! Jacques está herido de muerte. Está al sol. Sintió que el humano se acercaba y retorció la muñeca con cuidado como advertencia. Jacques estaba tan débil, se alimentaba ciegamente y casi le pasa desapercibida aquella señal. La pérdida de sangre era enorme.

Con gran dignidad, Raven le tapó la cabeza con la chaqueta, así como lo que acababa de hacer, y se inclinó como si le diera un último beso de despedida. *No me falles, Jacques. Tienes que vivir. Por mí, por Mihail, por todos nosotros. No dejes que ganen.* Mientras le enviaba aquellas palabras, no conseguía detectar el pulso, ni un indicio de que su corazón latiera.

Slovensky la cogió por el hombro y la puso en pie. Estaba muy pálida, mareada, muy débil.

—Basta de llorar. Si me das algún problema, mato al sacerdote. Si me haces algún daño, el vampiro lo matará por mí. —La empujó por el sendero.

Raven alzó la barbilla y le miró con frialdad con sus ojos enrojecidos.

—Entonces supongo que, por tu bien, es imprescindible mantener al padre Hummer en excelente estado de salud, ¿me equivoco? —Raven sabía, por haberlo tocado, que aquel hombre no creía para nada que el sacerdote fuera un abogado del diablo o que sirviera a Mihail. Había visto el poder del vampiro y lo ansiaba, creía que pronto sería recompensado.

James Slovensky veía sin dificultad el desprecio y el conocimiento en esos grandes ojos azules. No le gustó la imagen reflejada y le dio un empujón en dirección al sendero.

Ella necesitó todo su control y determinación para avanzar por el suelo irregular. Nunca se había sentido tan débil. Ni siquiera podía ayudar al padre Hummer. Necesitaba toda su concentración para poner un pie detrás del otro. En una ocasión se cayó de culo con tanta fuerza que se quedó conmocionada al percatarse de que no había tropezado con nada. Sus piernas sencillamente habían cedido. Sin mirar a su captor, Raven volvió a levantarse con esfuerzo. No quería que él la tocara. Tenía frío, por dentro y por fuera, y temía no volver a calentarse jamás.

Aliméntate del sacerdote, ordenó el vampiro, con una furia ardiente en su tono.

Raven pestañeó, se encontró mirando a su alrededor, aunque oía la voz en su cabeza. El vampiro había establecido una unión sanguínea con ella, podía controlarla a voluntad. *Vete al infierno.* Se opuso con una réplica infantil.

La risa del vampiro se burló de ella. *Has dado tu sangre a Jacques. Debería haberlo imaginado. No vivirá, me he asegurado de que su herida fuera mortal.*

Raven acumulaba desprecio, su mente estaba desbordada. Cada vez costaba más pensar con claridad y se había caído ya demasiadas veces como para contarlas. Su secuestrador la empujó al interior de un vehículo, al asiento posterior junto al sacerdote, y empezó a conducir a una velocidad vertiginosa montaña abajo. Raven iba de un lado a otro, agradecida de que las ventanas estuvieran ennegrecidas y estuviera oscuro el interior. El letargo se apoderaba de ella, sentía su cuerpo pesado como el plomo.

¡Aliméntate! El vampiro sonaba tremendamente imperioso.

Raven se sintió agradecida de ser capaz de desafiarle. No podía dormir, ni se atrevía hasta que supiera que Jacques se encontraba a salvo. Mihail y Gregori corrían una carrera contra el sol, sus alas batían con fuerza mientras volaban hacia la vieja cabaña. Se meterían en la profundidad de la tierra en cuanto fueran capaces, llevándose a Jacques con ellos.

Raven. La llamada estaba más próxima, llenó su mente de amor. *Qué débil estás.*

Salva a Jacques. Ven por mí esta noche, Mihail. El vampiro me lee los pensamientos. Piensa que está salvado, que me puede usar como cebo. No le dejes salirse con la suya. Intentó de un modo desesperado enviarle las palabras con claridad, pero su cerebro era lentísimo.

—¿Raven? —Edgar Hummer le tocó la frente y la encontró fría como el hielo. Su piel estaba muy pálida, casi parecía translúcida, tenía los azules ojos hundidos, como dos flores machacadas sobre su rostro—. ¿Puedes hablar? ¿Está vivo Mihail?

Ella asintió, estudió su rostro hinchado con consternación.

—¿Qué le han hecho? ¿Por qué tenían que pegarle de esta manera?

—Dicen que saben con seguridad donde guarda Mihail todos los demás ataúdes. Según Andre...

—¿Quién es Andre?

—El vampiro traidor confabulado con estos asesinos. Es un verdadero no muerto que se alimenta de niños, destruye todo lo sagrado. Su alma está perdida para toda la eternidad. Por lo que yo puedo decir, Andre parece querer perpetuar de manera intencionada los mitos sobre los vampiros. Afirma que Mihail es el jefe de todos ellos; que si consiguen matarle, todos los que se encuentran bajo su influencia regresarán a su existencia mortal. Debe de haber establecido alguna unión de sangre sin que ellos se dieran cuenta y la utiliza para darles órdenes.

Raven cerró los ojos con debilidad. Su corazón se esforzaba por bombear la sangre necesaria, sus pulmones pedían oxígeno a gritos.

—¿Cuántos son?

—Yo he visto a tres. Éste es James Slovensky. Su hermano Eugene es el supuesto líder y su musculitos es Anton Fabrezo.

—Dos de ellos estaban instalados en el mesón con la pareja americana. Pensábamos que habían dejado el país. Este Andre tiene que ser mucho más poderoso de lo que se supone.

Su voz se desvanecía, arrastraba las palabras. El padre Hummer observó como Raven levantaba el brazo para apartarse el pelo de la cara. El brazo parecía demasiado pesado, su rostro parecía demasiado alejado. Lo hizo por ella con dedos delicados.

¡Raven! Había angustia en la voz de Mihail.

Era demasiado difícil responderle, requería demasiada fuerza. El sacerdote se desplazó para que ella pudiera apoyar la cabeza en su hombro. Raven se estremecía de frío.

—Necesito una manta aquí atrás para taparla.

—Cállate, viejo —soltó Slovensky. Sus ojos inspeccionaban todo el rato el cielo a través del parabrisas. El sol estaba saliendo, pero unas nubes cargadas lo empañaban, ocultaban la luz.

—Si se muere, Andre te hará desear haber muerto también —insistió Edgar Hummer.

—Necesito dormir —dijo Raven en voz baja sin abrir los ojos. Ni siquiera se movió cuando la chaqueta de Slovensky aterrizó sobre su rostro desprotegido.

Mihail tenía que escapar del sol. Sin las gafas oscuras ni la protección necesaria, el sol le quemaba la piel y los ojos. Aterrizó sobre una rama baja de un árbol y cambió a la forma humana mientras se mantenía a dos metros del suelo. El cuerpo de Jacques estaba tendido al sol, con una chaqueta cubriéndole el cuello y el rostro. Sin perder tiempo en valorar el alcance de las heridas que sufría su hermano, lo levantó y lo deslizó sin tocar el suelo en dirección a la cadena de cuevas situada a una milla de distancia.

Un gran lobo negro salió de sopetón del claro para unirse a él, trotando con facilidad a su lado. Sus claros ojos plateados relucían amenazadores. Corrieron juntos por los estrechos pasadizos hasta que encontraron una gran cámara vaporosa. El lobo negro se comprimió y el pelo ondeó sobre los brazos musculosos mientras Gregori volvía a su forma original.

Mihail dejó el cuerpo de Jacques con cuidado sobre la fértil tierra y le quitó la chaqueta que lo cubría. Maldijo con suavidad, las lágrimas no vertidas le quemaban la garganta y los ojos.

—¿Puedes salvarle?

Gregori movió las manos sobre el cuerpo, sobre las heridas despiadadas.

—Ha detenido su corazón y sus pulmones para poder conservar la sangre. Raven está débil porque le alimentó.

Mezcló su saliva y la tierra y le puso la mezcla. Ya está curando las heridas. Necesitaré hierbas, Mihail.

—Sálvale, Gregori. —Una ondulación agitó el cuerpo de Mihail cubriéndolo de un pelo lustroso, se dobló y estiró, cambió de forma mientras corría por el laberinto de pasadizos hacia arriba, fuera de las entrañas de la tierra. No se atrevía a pensar en Raven y lo débil que estaría. Él mismo empezaba a sentir su cuerpo pesado, lo que le exigía enterrarse en la tierra, dormir.

Recurrió a su inmensa fuerza y una voluntad férrea cultivada durante siglos e irrumpió en el aire libre a un paso regular. El cuerpo del lobo estaba hecho para la velocidad y lo utilizó, corrió a toda máquina, con los ojos entrecerrados formando unas diminutas rajas. Sus garras chocaban contra el suelo, las patas traseras se clavaban en la tierra para saltar los troncos putrefactos. No perdió velocidad en ningún momento, mientras atravesaba barrancos y saltaba rocas.

El cielo cubierto ayudaba a aliviar los efectos del sol, pero le lloraban los ojos cuando por fin se acercó a la cabaña. El viento cambió y le trajo el hedor apestoso del sudor y el miedo. *Olor humano*. La bestia ladró en silencio, toda la rabia contenida en él explotó en una furia candente. El lobo derrapó al detenerse, pegado al suelo. Una vez más, era un depredador.

El lobo se mantenía en la dirección del viento y avanzaba con fluidez a través de la espesa maleza, acercándose poco a poco a los dos hombres que esperaban para tenderle una emboscada. Una trampa para él. Por supuesto, el traidor sabía que Mihail acudiría raudo en ayuda de su hermano. El vampiro era astuto y se atrevía a correr riesgos. El traidor se había mantenido al acecho, incitando el fanatismo de Hans Romanov. Lo más probable fuera que el vampiro hubiera ordenado a Hans asesinar a su esposa. El lobo continuó agazapado sobre el vientre y se arrastró todo lo que pudo hasta encontrarse a escasa distancia del más corpulento de los dos hombres.

—Hemos llegado demasiado tarde —susurró Anton Fabrezo, medio levantándose para observar el sendero delante de la cabaña—. Aquí ha sucedido algo, seguro.

—Maldita camioneta, tenía que recalentarse —se quejó Dieter Hodkins—. Hay sangre por todas partes y ramas pisoteadas. Ha habido una pelea, está claro.

—¿Crees que Andre ha matado a Dubrinsky? —preguntó Anton.

—Eso es trabajo nuestro. Pero ya ha salido el sol. Si Dubrinsky está vivo, se encontrará durmiendo en algún ataúd. Podemos inspeccionar la cabaña, pero no creo que vayamos a encontrar nada de nada —concluyó Dieter con irritación.

—Andre no va a estar contento con nosotros. —Anton se preocupaba en voz alta—. Quiere a Dubrinsky muerto y de una forma espectacular.

—Bien, debería habernos dado una camioneta decente. Le dije que la mía estaba a punto de estropearse —soltó Dieter con impaciencia. Creía en los vampiros y, por lo tanto, exterminarlos era su misión sagrada.

Dieter se levantó con cautela, inspeccionando con atención el paisaje.

—Vamos, Fabrezo. Tal vez tengamos suerte y Dubrinsky se encuentre en la cabaña tendido en su ataúd.

Anton se rió con nerviosismo.

—Yo le clavo la estaca y tú le cortas la cabeza. Este asunto de liquidar vampiros es un poco desagradable.

—Cúbreme mientras rastreo un poco el terreno —ordenó Dieter. Dio un paso a través del espeso follaje, sosteniendo el rifle entre los brazos. Separó los arbustos situados justo delante de él y se quedó frente a un enorme lobo de fuerte musculatura. El corazón casi se le para, y se quedó inmóvil incapaz de moverse por un momento.

Los ojos negros fulguraron malévolos, enrojecidos, con lágrimas. Unos afilados colmillos blancos relucieron brillantes de saliva. El lobo mantuvo fija esa mirada negra durante treinta segundos e invadió de terror el corazón de Dieter. Embistió sin previo aviso, con la mandíbula abierta, la cabeza baja, y atrapó un tobillo embotado que apretó con increíble poder, rompiendo el cuero y los huesos con un chasquido sonoro, horrible. Dieter chilló y se cayó. El lobo se liberó al instante y retrocedió de un salto con ojos impersonales.

Desde su posición en los arbustos, Fabrezo había visto que Dieter Hodkins se caía gritando, pero no podía ver el motivo. El terror en el tono de Hodkins le disparó el miedo por todo el cuerpo. Anton tardó un minuto en encontrar la voz.

—¿Qué pasa? No veo nada. —Tampoco intentaba ver, se agachaba cada vez más entre los arbustos mientras sostenía el arma levantada, preparado para disparar, con el dedo en el gatillo, dispuesto a pulverizar cualquier cosa que se moviera. Quería gritarle a Dieter para que se dejara ver, pero continuó callado, con el corazón latiendo con fuerza lleno de espanto.

Dieter intentó levantar el rifle a posición de tiro. Entre el dolor y el terror que inducían aquellos ojos negros, cargados de veneno, no conseguía volver el cañón con suficiente rapidez. Esos ojos eran demasiado inteligentes, contenían furia e ira. Esa mirada mortífera era muy personal. Eran los ojos de la muerte, que le tenían hipnotizado. No podía apartar la vista, ni siquiera cuando el lobo embistió contra su garganta al descubierto. En el último momento no sintió nada, de pronto recibió el fin con beneplácito. Los ojos mortíferos que le miraban con tal fijeza, cambiaron en el último instante y se entristecieron de pronto en el momento de matar.

El lobo sacudió su cabeza peluda y se metió entre los arbustos por detrás de Anton Fabrezo. Ahora podía oír el corazón de Fabrezo golpeando en su pecho lleno de terror, apetecible, rebosante de vida. Podía oír la sangre que corría con ardor por su cuerpo, olía el miedo y el sudor. La dicha le invadió: la necesidad de sangre, el momento de matar... Pero Mihail se refrenó, pensó en Raven, en su compasión y valor, y la necesidad de matar se desvaneció. El sol salió por un pequeño agujero en la voluminosa lona de nubes y un millar de agujas perforaron sus ojos.

Necesito esas hierbas, Mihail. El sol asciende por el cielo y a Jacques se le acaba el tiempo. Acaba de una vez.

El lobo esperó a que las nubes regresaran a su sitio y luego salió al descubierto con audacia, de espaldas a Fabrezo con toda intención. Anton entrecerró los ojos y una sonrisa maligna retorció su boca. Levantó el arma con la mano y su dedo encontró el gatillo. Antes de que pudiera apretarlo, el lobo se volvió en medio del aire y se lanzó contra su pecho, zambulléndose a través de huesos y desgarrando directo hasta el corazón.

El lobo saltó por encima del cadáver, con actitud despreciativa mientras iba trotando hasta la cabaña. Los ojos le lloraban en todo momento; por muy estrechas que fueran las aberturas no paraba de salir agua. Pero costaba más sobrellevar la pesadez que se apoderaba de su cuerpo. Consciente de cómo pasaba el tiempo, saltó escaleras arriba hacia la puerta.

Una garra se comprimió y se alargó hasta formar unos dedos para poder agarrar el pomo y abrir la pesada puerta. La necesidad de dormir era casi irresistible y Jacques estaba esperando las hierbas.

Las manos deformadas como zarpas colgaron la bolsa de preciadas hierbas alrededor de su cuello ancho y musculoso, y luego se encontró corriendo a tumba abierta, en una carrera contra el sol que estaba a punto de quemar definitivamente el espeso envoltorio formado por las nubes.

De forma inesperada un trueno retumbó en el cielo. Unas voluminosas nubes negras, cargadas de lluvia, lo cruzaron veloces, lo cual proporcionó a Mihail una densa protección del sol. La tormenta avanzó sobre el bosque a toda velocidad, con un fuerte viento que levantaba hojas y meneaba ramas. Un relámpago atravesó siseando el cielo con un furioso latigazo de luz danzante. El cielo se oscureció hasta parecer un caldero de espantosas nubes amenazadoras. Mihail se metió en las cuevas dando saltos y corrió por el estrecho laberinto de pasadizos en dirección a la cámara principal, cambiando de forma mientras corría. La fría mirada plateada de Gregori se desplazó hacia él cuando le entregó las hierbas.

—Me maravilla que hayas sido capaz de atarte los zapatos sin mí durante estos siglos.

Mihail se hundió al lado de su hermano mientras se cubría con una mano los ojos abrasados.

—Aún me maravilla más que hayas continuado con vida después de tus ostentosas exhibiciones.

Un idioma antiguo, viejo como el tiempo, flotó por la cámara. La voz de Gregori era hermosa e imperiosa al mismo tiempo. Nadie tenía una voz así. Hermosa, hipnótica, cautivadora. El canto ritual proporcionaba un ancla a Jacques en el mar incierto en que flotaba. El fértil suelo mezclado con la saliva de Gregori formaban un collar alrededor del cuello del carpatiano herido. La sangre de Gregori, vieja y poderosa hasta lo indecible, fluía por las venas famélicas de Jacques. Gregori machacó y mezcló las hierbas y las añadió a la amalgama que rodeaba su cuello.

—He reparado el daño de dentro hacia fuera. Está débil, Mihail, pero su voluntad es fuerte. Si le metemos en la profundidad de la tierra y le damos tiempo, sanará. Gregori dejó un emplasto en la mano de Mihail.

—Ponte esto en los ojos. Te ayudará hasta que bajes a la tierra.

Gregori tenía razón: el emplasto aliviaba y era un hielo fresco fundiéndose con fuego. Pero en algún lugar profundo estaba empezando otra pesadilla, un inmenso vacío negro comenzaba a extenderse. Por muchas veces que su mente intentara llegar a la de Raven, sólo encontraba vacío. El intelecto le decía que estaba sumida en un profundo sueño, pero su sangre carpatiana reclamaba a gritos su contacto.

—Ahora necesitas hundirte en la tierra —indicó Gregori—. Yo ajustaré las protecciones y me aseguraré de que no nos molestan.

—¿Con un gran letrero que diga «Gregori descansa aquí, no molesten»? —preguntó Mihail en voz baja; su voz era un grave aviso.

Gregori bajó el cuerpo de Jacques al interior de la tierra curativa, sin permitir que el sarcasmo de Mihail le afectara lo más mínimo.

—Podrías haber escrito tu nombre en el cielo con esa exhibición, Gregori.

—Quiero que el vampiro tenga muy claro quién soy, a quién ha escogido como enemigo. —Los hombros de Gregori se encogieron en un perezoso movimiento de poder.

La necesidad se propagaba por la piel de Mihail como mil hormigas acribillándole, pinchando todos sus órganos y corroyendo sus tendones. Alzó sus ojos rojos e hinchados a las duras facciones, de una curiosa sensualidad, de Gregori. Había tanto poder en Gregori que llameaba en la plata de sus ojos.

—Crees que con Raven me sentiré completo y no te necesitaré más. Atraes de forma intencionada el peligro hacia ti, lo alejas de mí y de los míos porque crees de corazón que ya no aguantas más. Recibes con beneplácito el peligro de la caza, estás buscando una manera de poner fin a esta vida. Ahora más que nunca nuestra gente te necesita, Gregori. Tenemos esperanza. Hay un futuro ante nosotros si logramos sobrevivir los próximos años.

Gregori suspiró con fastidio, apartó la vista del acero de los ojos de Mihail, de la censura que ardía ahí.

—Salvar tu vida tiene un sentido, pero poco más me queda.

Mihail se pasó una mano por su espesa melena.

—Nuestra gente no puede pasar sin ti, Gregori, y yo tampoco. Así de sencillo.

—¿Tan seguro estás de que no voy a volver? —La sonrisa de Gregori no tenía humor, se burlaba de sí mismo—. Pues sí que tienes fe en mí. Este vampiro es despiadado, está borracho de su propio poder. Ansía la muerte, la destrucción. Yo camino al borde de esa locura cada día. Su poder no es nada, es una pluma volando con el viento comparado con el mío. No tengo corazón y mi alma está oscura. No quiero esperar hasta que ya no pueda tomar una decisión. Lo que menos quiero es que te veas obligado a ir tras de mí para destruirme. Mi vida se ha limitado a mi creencia en ti, a protegerte. No esperaré a que llegue el momento en que haya que cazarme.

Mihail hizo un ademán cansado con la mano para abrir la tierra que cubría a su hermano.

—Eres nuestro mejor sanador, el mayor bien de nuestro pueblo.

—Por ello susurran mi nombre con miedo y horror.

Bajo sus pies la tierra sufrió de pronto una sacudida, se bamboleó y se rebeló. Era obvio que el centro del terremoto se encontraba a gran distancia, pero el aullido de rabia de un poderoso vampiro al contemplar la destrucción de su hogar era inconfundible.

El muerto viviente había entrado en su guarida confiado, hasta que encontró el cuerpo del primer lobo. Cada viraje o entrada a un pasadizo estaba marcada con uno de sus subalternos, hasta que toda la manada estuvo muerta a sus pies. El miedo se había convertido en terror. No era obra de Mihail, cuyo sentido de la justicia y del juego limpio iba a ser su perdición, era obra del taciturno. *Gregori.*

No se le había ocurrido al vampiro que él metiera mano en este juego. Andre salió precipitadamente de la seguridad de su guarida favorita justo cuando la montaña se bamboleaba y las paredes de la cámara se desmoronaban. En los estrechos pasadizos las hendiduras se ensancharon y las caras de las rocas se juntaron centímetro a centímetro. El choque de granito triturando granito casi le rompe los tímpanos. Un verdadero vampiro con numerosos asesinatos en su haber era mucho más susceptible al sol, y lo mismo era aplicable al terrible letargo que se apoderaba de los cuerpos carpatianos durante el día. A Andre le quedaba poco tiempo para encontrar un agujero seguro. Mientras abandonaba a toda prisa la montaña que se venía abajo, el sol alcanzó su cuerpo y le hizo gritar de un modo agónico. Su hogar arrojaba polvo y rocas, y el eco de la risa provocadora de Gregori se amontonaba con los restos del terremoto.

—No, Gregori. —Había diversión en la suave voz de Mihail mientras descendía flotando en los brazos balsámicos de la tierra—. Eso es un buen ejemplo de por qué susurran tu nombre con miedo y horror. Nadie entiende tu oscuro sentido del humor como yo.

—¿Mihail?

Mihail detuvo la mano que cerraba la manta de tierra sobre él.

—No te pondría en peligro ni a ti ni a Jacques con mi desafío. El vampiro no podía superar mis protecciones.

—Nunca le he tenido miedo a Andre. Y sé que tus encantamientos son fuertes. Creo que nuestro amigo tiene sus propios problemas para encontrar un lugar donde descansar lejos del sol. Está claro que no va a molestarnos durante esta jornada.

14

El padre Hummer recorría el circuito de paredes de piedra que les rodeaban. No había ventanas, parecía una prisión de sólida construcción, de muros tan gruesos que sin duda aislarían todo sonido. La luz no penetraba las paredes, la completa oscuridad era muy opresiva. El sacerdote había amontonado todas las mantas disponibles sobre el cuerpo helado de Raven, pero estaba seguro de que ella había muerto por la pérdida de sangre. No detectaba su pulso ni su respiración desde que les habían metido a empujones en el interior de la habitación. Después de bautizar primero a Raven y luego hacerle los rituales finales, el padre Hummer empezó a andar a tientas por la habitación con la esperanza de encontrar una manera de escapar.

El vampiro Andre estaba utilizando a Raven para atraer a Mihail a este lugar. Y Edgar, que conocía tan bien a Mihail, sabía que el plan no podía fallar. Mihail vendría, y que Dios se apiadara del alma de Slovensky.

Un pequeño sonido, un leve resuello estremecido de unos pulmones respirando, atrajo su atención. El padre Hummer regresó a tientas junto a Raven. Su cuerpo temblaba de forma descontrolada bajo la pila de mantas. Estaba más fría todavía. El sacerdote la rodeó con los brazos, buscando alivio para los dos.

—¿Qué puedo hacer para ayudarte?

Raven abrió los ojos. Podía ver en la oscuridad con claridad, examinó la sólida celda y luego el rostro preocupado del padre Hummer.

—Necesito sangre.

—La donaré con sumo gusto, mi niña —respondió al instante.

Ella percibió la debilidad del sacerdote. En cualquier caso, Raven nunca podría tomar sangre a la manera carpatiana. Su mente buscó a Mihail, una reacción automática. El dolor explotó en su cabeza. Gimió un poco llevándose las manos a las sienes.

No lo intentes, pequeña. Mihail sonaba fuerte y tranquilizador. *Conserva tus fuerzas. Estaré ahí pronto.*

¿Está Jacques vivo? Enviar el mensaje perforó su cráneo con fragmentos de cristal.

Gracias a ti. Descansa. Fue una orden, una exigencia clara e imperiosa.

Una sonrisa se dibujó en la tierna boca de Raven.

—Hábleme, padre, distráigame. —Estaba muy débil pero no quería que el sacerdote se preocupara tanto por eso.

—Hablaré bajito por nuestra seguridad —dijo Edgar cerca de su oído—. Mihail va a venir, ya lo sabes. No nos dejaría nunca aquí. —Le frotó los brazos con las manos para intentar darle calor a su consumido cuerpo.

Raven hizo un gesto de asentimiento, una tarea difícil pues su cabeza parecía de plomo:.

—Sé cómo es él. Daría su vida por nosotros al instante.

—Eres su pareja. Sin ti, se convertiría en el vampiro de las leyendas, un monstruo sin parangón para la raza humana.

Raven tenía que esforzarse con cada respiración.

—No se crea eso. Tenemos nuestros propios monstruos perversos. Les he visto, les he perseguido. Son igual de malos, absolutamente. —Agarró la manta para pegársela aún más—. ¿Alguna vez ha visto al amigo de Mihail, Gregori?

—Le llaman el taciturno. Le he visto, por supuesto, pero sólo en una ocasión. Mihail ha expresado sus temores por él a menudo.

La respiración de Raven producía un sonido sibilante, áspero, en el silencio de la celda.

—Es un gran curandero, padre. —Cobró aliento otra vez con un estremecimiento—. Y es leal a Mihail. ¿Creéis que hay esperanza para su raza?

El sacerdote hizo la señal de la cruz sobre la frente de Raven, en la parte interior de sus muñecas.

—Tú eres su esperanza, Raven. ¿No lo sabes?

Mihail le tocó la mente en ese momento. Estaba más cerca. La unión entre ellos era poderosa. La llenó de amor, la rodeó con sus brazos fuertes y protectores. *Aguanta, amor mío.* Su voz era pura seducción de terciopelo negro, pura ternura en su mente.

No vengas a este lugar maligno, Mihail. Espera a Gregori, le suplicó ella.

No puedo, pequeña.

Unas luces parpadearon en la habitación, se encendieron y se apagaron de nuevo como si estuvieran conectando un generador. La mano de Raven encontró la del padre Hummer.

—He intentado detenerle, advertirle, pero vendrá.

—Por supuesto que sí. —Los ojos de Edgar pestañearon con la repentina luz. El padre Hummer estaba preocupado por Raven. Su respiración sonaba ahogada, fatigosa.

La pesada puerta crujió y rechinó al abrirse. James Slovensky se asomó a mirarles. Sus ojos se pegaron al rostro de Raven como si le atrajera de un modo irresistible. Los ojos azules de ella encontraron su mirada desde el otro lado de la habitación.

—¿Qué te pasa? —quiso saber.

Una débil sonrisa burlona curvó su suave boca.

—Me muero, creo que cualquiera podría darse cuenta. —Su voz sonaba grave, un mero hilo de sonido, pero tan musical que era imposible no sentirse embelesado por ella.

Slovensky se adentró un poco más en la habitación. Raven podía sentir a Mihail dentro de ella, cobrando fuerza y poder, agazapado y esperando para atacar. También sintió un repentino desasosiego. *Espera. Viene el vampiro.* Metió aire en sus fatigados pulmones con un estremecimiento; su sonido era cada vez más angustioso, más audible en la habitación.

Slovensky fue empujado como si tal cosa a la otra punta de la habitación con un poderoso manotazo de Andre. Su figura apareció en el umbral, con el rostro encendido gracias a un reciente asesinato. Su mirada apagada mostraba cierto desprecio, una promesa cruel de violencia.

—Buenos días, querida mía. Soy Andre; he venido a buscarte para llevarte a tu nuevo hogar.

Se deslizó por el cuarto, era evidente que disfrutaba del poder que ejercía sobre todos ellos. Mientras se aproximaba a Raven, los ojos se le oscurecieron de rabia.

—Te dije que te alimentaras del sacerdote.

—Yo te dije que te fueras al cuerno. —Habló con su voz suave y musical, picándole de forma deliberada.

—Ya aprenderás que es mejor obedecerme —soltó con brusquedad. Furioso por aquel desafío, cogió al sacerdote por la parte delantera de la camisa y lo lanzó contra la pared de piedra. Lo hizo con frialdad, con crueldad, sin pensar en las consecuencias—. Si no vas a usarlo para alimentarte, no le necesitamos para nada, ¿verdad? —La sonrisa del vampiro era absolutamente maligna.

El cuerpo del padre Hummer había caído al suelo de forma pesada, su cráneo se golpeó de forma audible con el impacto. Se oyó el jadeó de los pulmones al buscar aire, y luego un suave suspiro cuando renunciaron a aquel esfuerzo.

Raven contuvo un grito, le costaba respirar, la pena era tan abrumadora, que por un momento su mente no funcionó. *Mihail, lo siento. Le he puesto furioso. Es mi culpa.*

Notó cómo le rodeaba el calor de su amor, el roce de sus dedos con ternura sobre su rostro. *Eso nunca, amor mío.* Raven percibió su pesar fundido con el de ella. Alzó su mirada azul violeta para encararse al vampiro.

—¿Y ahora cómo esperas controlarme?

El vampiro se inclinó con una perversa sonrisa, su aliento apestaba.

—Aprenderás. Ahora sí que vas a alimentarte. —Chasqueó los dedos y Slovensky casi se tropieza al salir corriendo de la celda para regresar con una copa de oscuro y turbio líquido. Le temblaba la mano cuando se la pasó al vampiro, evitando con cuidado las largas uñas afiladísimas—. Para ti, querida, el desayuno. —El vampiro le acercó la copa lo suficiente como para que ella oliera el contenido. Sangre fresca mezclada con algo más, alguna hierba que no reconocía.

—¿Drogas, Andre? ¿No es caer un poco bajo incluso para alguien como tú? —Tenía que luchar en cada momento sólo para respirar, para no desmoronarse y echarse a sollozar por el dolor que le causaba ver al sacerdote allí tirado. Ojalá no hubiera hecho enfadar al vampiro.

El rostro de Andre se ensombreció cuando ella pronunció su nombre con tal desprecio, pero se limitó a mirarle fijamente a los ojos, transmitiéndole coacción, la necesidad de obedecerle.

Raven, con el desprecio que sentía por él, su temor por Mihail y la pena por la muerte del sacerdote y de Jacques, hizo acopio de toda la fuerza que poseía y libró una batalla mental con él. La cabeza casi le explota de dolor y sólo cedió cuando las pequeñas gotas de sangre aparecieron en su frente.

El vampiro contuvo su furia ante tal rebelión. Estaba cerca de la muerte, y si moría todo su plan se iría al garete.

—Si no te alimentas, morirás. Sé que Mihail sabe lo que está pasando. ¿Me oyes, príncipe? Se muere. Oblígale a aceptar lo que le ofrezco.

Tienes que hacerlo, pequeña. La voz de Mihail la persuadía con dulzura. *Vas a morir antes de que yo llegue a tu lado, y por encima de todo, tienes que sobrevivir.*

Esa sangre tiene drogas.

Las drogas no afectan a los carpatianos.

Raven suspiró, alzó la vista una vez más para mirar al vampiro.

—¿Qué más le has puesto?

—Sólo hierbas, querida, hierbas que te confundirán un poco, pero que garantizarán que mis amigos dispongan de tiempo suficiente para estudiar a Mihail. Pueden mantenerle con vida aquí, como prisionero. ¿No es eso lo que quieres? ¿Qué siga con vida? La alternativa sería matarle de inmediato. —Le dio la copa.

A Raven se le hizo un nudo de rebelión en el estómago. Sería mucho más fácil cerrar los ojos y dejar de pelear por cada aliento. Casi no podía aguantar el dolor en su cabeza. Era responsable de la grave herida de Jacques, de la muerte del padre Hummer y, peor aún, su querido Mihail se iba a echar directamente a los brazos del enemigo por su culpa. Sólo con que dejara...

¡No! La voz de Mihail era imperiosa y brusca.

¡No, Raven! La voz de Gregori añadió su fuerza a la protesta de Mihail.

El vampiro le rodeó la garganta con la mano por la furia que le provocaba la idea de que ella escogiera morir y desafiarle. El contacto le puso a Raven los pelos de punta y el estómago se le revolvió como protesta. De repente el vampiro gritó y retrocedió de un salto, con el rostro crispado de furia y de dolor. Raven alcanzó a ver la palma chamuscada y ennegrecida, aún humeando cuando se la sostuvo contra el pecho. Mihail le había mandado su propio aviso y desafío.

—Te crees que él va a salir ganando —le ladró el vampiro—, pero no es así. ¡Bebe! —Le cogió por la muñeca para que no le temblara la mano.

La mente de Raven se astilló y chilló con la proximidad de tanto mal. El cuerpo arrugado de Edgar Hummer yacía allí a la vista, no era más que un montón de residuos del vampiro. Al tocar a Andre pudo leer su mente con facilidad. Era el ser más depravado que había conocido jamás.

La droga le confundiría lo suficiente como para hacerle creer que le pertenecía. Mihail aguantaría con vida, viviría sufriendo un tormento, demasiado débil como para atacar a sus captores. Slovensky disfrutaba provocando dolor. Su hermano estaba ansioso por diseccionar un vampiro, por experimentar con uno. Andre estaba convencido de que los hermanos Slovensky morirían a manos de los carpatianos que buscarían venganza. Lo veía todo, la traición y la atrocidad de los planes del vampiro.

¡Mihail! ¡No vengas a este lugar! Se resistía a la obligación de beber la sangre sucia, se oponía sin energía al asqueroso asimiento del vampiro. *No voy a permitirte que caigas en sus manos, prefiero la muerte.*

—¡Bebe! —El vampiro se estaba preocupando. El corazón de Raven iba a trompicones a causa del esfuerzo. Había una mancha carmesí en su frente que indicaba su agonía.

—Nunca —dijo entre dientes.

—Se muere, Mihail. ¿Esto es lo que quieres para ella? Se muere en mis brazos, conmigo, he salido ganando de todos modos. —Andre la sacudió con furia—. Y tú, Raven: él se suicidará en el momento en que renuncies a la vida. ¿Eres tan estúpida como para no entenderlo? Morirá.

Los ojos azul violeta estudiaron el rostro demacrado.

—Primero te destruirá a ti. —Lo dijo con completa convicción.

Amor mío. La voz de Mihail era terciopelo negro, un bálsamo en su mente llena de dolor. *Tienes que permitirme decidir en este asunto. No me dejas otra opción que obligarte a obedecer. Deberíamos decidirlo juntos, pero no ves nada más que la amenaza que representa para mí. Él no puede vencerme. Créelo, aférrate a eso. No puede separarnos. Vivimos el uno en el otro. Él no entiende nuestra unión. Juntos somos demasiado fuertes para él. Le permitiré que me capture. Lo permitiré, eso es todo.*

El vampiro supo en qué momento la voluntad de Mihail la dominó. Raven dejó que le llevara la copa a los labios. Pese a la coacción, su cuerpo intentó repeler el alimento. El vampiro notó como se revolvía su estómago con rechazo. El vínculo con Mihail permitía que su pareja se calmara lo suficiente como para aceptar lo que le ofrecía el vampiro.

El corazón y los pulmones de Raven respondieron casi de inmediato al líquido. Su respiración no era tan fatigosa, el cuerpo empezó a calentarse. En el momento en que Mihail dejó de controlar su voluntad, ella intentó escabullirse del vampiro. Él la rodeó con fuerza con los brazos, frotando de modo intencionado su rostro contra el de ella. La risa era cruel, incluso se regocijaba.

—Pensabas que él era fuerte, ¿verdad que sí? Pues, ya ves, hace todo lo que se me antoja.

—¿Por qué haces esto? ¿Por qué le traicionas?

—Traiciona a toda nuestra gente. —Mihail entró por la puerta con aire resuelto, alto y fuerte, de aspecto invencible.

Slovensky se pegó de espaldas a la pared, intentando pasar inadvertido. Andre apretó la afilada garra contra la yugular de Raven.

—Ten mucho, mucho cuidado, Mihail. Podrías matarme, de eso no hay duda, pero ella moriría antes. —Andre la acercó un poco más, atrapándola delante de él mientras la levantaba por completo del suelo. Las mantas se esparcieron, y Raven se quedó colgada con impotencia, con la vista clavada en Mihail.

La sonrisa de él era tierna, amorosa, concentrada en su rostro. *Te quiero, pequeña. Sé valiente.*

—¿Qué es lo que deseas, Andre? —Su voz sonaba amable y grave.

—Quiero tu sangre.

—Se la voy a dar a Raven para que reponga fuerzas.

El corazón de Raven golpeaba contra sus costillas. Se apoyó a posta en la garra de Andre. Un punto de sangre formó una gota que corrió por el cuello. El vampiro apretó aún más su caja torácica con el brazo, casi le rompe las costillas.

—No vuelvas a hacer algo tan estúpido —le recriminó, y luego volvió la atención a Mihail—. No voy a dejar que te acerques tanto como para darle sangre. Viértela en un recipiente.

Mihail negó despacio con la cabeza. *Quiere mi sangre para él, amor, para ser más poderoso, para aumentar la confusión producida por la droga en tu mente.* Notaba ya los efectos de las drogas en ella. Se esforzaba por permanecer con él. *No puedo permitir que tome mi sangre.* Las palabras reverberaron tristes.

Raven se comunicó con Gregori. *Tienes que venir.*

La droga que te ha dado es antigua, explicó Gregori, y sus palabras rozaron su mente con suavidad, *está elaborada con los pétalos machacados de una flor que sólo se encuentra en las regiones del norte de nuestras tierras. Te desorientará, pero eso es todo. El vampiro intentará implantar sus propios recuerdos en ti y luego usará el dolor para controlar tus pensamientos. Ha establecido una unión sanguínea contigo, de modo que puede seguirte de cerca. Cuando pienses en Mihail, te provocará dolor. No es la droga, es el vampiro. Raven, suprime tus pensamientos todo lo que puedas para conservar las fuerzas. Cuando intentes comunicarte con Mihail, como hace tu mente y tu cuerpo, no debe saberlo Andre. Te concentras mejor que cualquier carpatiano que yo conozca. Él no sabe nada de nuestra unión mental, o sea, que yo puedo encontrarte en cualquier sitio donde estés. En el momento en que acabe de atender a Jacques, acudiré al lado de Mihail. Tienes mi palabra de que Mihail sobrevivirá. Te encontraremos. Manténte con vida por todo nuestro pueblo.*

El vampiro y Mihail se miraban de hito en hito, cada uno situado en un extremo de la habitación. Cada poro de Mihail emanaba poder. Parecía divertirle de un modo sereno el dilema del vampiro.

Una onda de malevolencia distorsionó las tensas vibraciones de la estancia, lo cual provocó un golpe de dolor en las sienes de Raven. *¡Mihail!*

Gritó la advertencia en su mente mientras Slovensky le disparaba tres veces. En la pequeña celda, el ruido fue un sonoro trueno que reverberó en las paredes de roca. Las balas impulsaron a Mihail hacia atrás y cayó al lado del padre Hummer, su preciada sangre manchó la camisa de seda blanca con un vivo carmesí.

—¡No! —Raven se enfrentó en serio con el vampiro, el miedo le dio la fuerza que la pérdida de sangre se había llevado. Por un momento casi se suelta de él, pero de nuevo el vampiro la sacudió con las manos que le rodeaban el cuello apretando con fuerza. Raven contuvo el pánico. No se atrevía a desfallecer en ese momento. *Gregori, han abatido a Mihail. Le han disparado.*

Ya lo noto. Todos los carpatianos lo notamos. No te preocupes. No morirá. Estaba claro que Gregori se estaba acercando. *Se han tomado la molestia de provocar heridas que sangren con profusión, no heridas mortales como las que recibió Jacques. Me está transmitiendo el alcance de las heridas.*

El vampiro arrastró a Raven con él hasta la puerta.

—Los otros vendrán ahora, pero será demasiado tarde. No pienses que saldrá de ésta —le siseó al oído—. Slovensky y los demás morirán por sus actos, y con ellos toda prueba de lo que ha ocurrido en este lugar. Serás mía, lejos, donde no puedan encontrarte.

Raven mantenía la vista y la mente concentrada en Mihail y trasladaba a Gregori todo lo que veía: Slovensky maniatando las muñecas y tobillos de Mihail, encadenándole a la pared, riéndose, bromeando, dándole patadas. Mihail permanecía en silencio, sus oscuros ojos estaban muy negros, relucían como el hielo.

El vampiro levantó el delgado cuerpo de Raven. Salió corriendo con velocidad borrosa de aquel lugar de muerte y destrucción, y se lanzó hacia el cielo agarrándola a ella con sus garras mientras avanzaba a toda velocidad por la noche.

Gregori fundió su mente con la de Mihail con suma facilidad. A lo largo de siglos de batallas, guerras o persecuciones de vampiros, habían intercambiado sangre en innumerables ocasiones para mantenerse con vida el uno al otro. Pero ahora él estaba sufriendo, perdía mucha sangre. Los disparos habían sido un intento deliberado de debilitar su inmenso poder. Slovensky estaba ocupado burlándose de él con detalles gráficos de tortura.

Los ojos negros de Mihail ardían con un misterioso rojo, una llamarada dirigida a Slovensky cuando éste se le acercó. El poder de esos ojos espeluznanes lo detuvo por un momento.

—Aprenderás a odiarme, vampiro —ladró James Slovensky—. Y aprenderás a temerme. Aprenderás quién tiene aquí el poder.

Una leve sonrisa burlona se dibujó en la boca de Mihail.

—No te odio, mortal. Y jamás podría temerte. Sólo eres un peón en un juego de poder. Y te han sacrificado. —La voz

sonaba muy grave, era un hilo de sonido musical, y Slovensky descubrió que deseaba volver a oírla.

El hombre se arrodilló junto a su víctima sonriendo de
placer con su dolor.

—Andre nos entregará a nosotros lo que quede de ti,
sanguijuela.

—¿Y por qué iba a hacerlo? —Mihail cerró los ojos, con
el rostro crispado, surcado de líneas, pero el esbozo de sonrisa permanecía allí.

—Tú le convertiste, le metiste a la fuerza en esta vida
impura, igual que hiciste con la mujer. Va a intentar salvarla.
—Slovensky se inclinó un poco más y sacó su puñal—. Creo
que debería sacarte esa bala. No queremos que llegues a coger una infección, ¿verdad que no? —Su risita era muy agu-
da a causa de la expectación.

Mihail ni se inmutó ante la hoja afilada. Sus ojos negros
se abrieron de golpe, llameando poder. Slovensky se cayó hacia atrás, se apartó gateando para quedarse agachado contra la
pared más alejada. Buscó la pistola a tientas en el bolsillo de
su abrigo y la sacó para apuntarla contra él.

El suelo se tambaleó sin apenas violencia, parecía hin-
charse, hasta que el piso sobresalió y luego se resquebrajó.
Slovensky intentó agarrarse a la pared para aguantar el equilibrio y se le escapó el arma al hacerlo. Encima de su cabeza
una roca se desprendió de la pared, rebotó a una distancia peligrosa y rodó hasta detenerse a su lado. Una segunda roca y
una tercera cayeron, por lo que Slovensky tuvo que cubrirse
la cabeza mientras llovían rocas con una estruendosa rociada.

El grito de miedo de Slovensky fue agudo y débil. Se encogió aún más, mirando entre los dedos al carpatiano. Mihail
no se había movido para protegerse. Se hallaba tal como él le

había colocado, observándole con esos ojos oscuros. Con una maldición, Slovensky intentó arrojarse a por su arma.

El suelo dio una sacudida, se agitó debajo de él y envió el arma resbalando fuera de su alcance. Una segunda pared se tambaleó de un modo precario y una cascada de rocas cayó, golpeando en esta ocasión al hombre en la cabeza y los hombros, hasta derribarle sobre el suelo. Contempló el curioso dibujo que formaban las rocas. Ni una sola tocaba el cuerpo del sacerdote, ninguna se aproximaba a Mihail. El carpatiano sencillamente le observaba con esos malditos ojos y la débil sonrisa burlona mientras las rocas enterraban las piernas de Slovensky y le caían sobre la espalda. Luego se oyó un chasquido inquietante, y el hombre chilló bajo la pesada carga que aguantó su columna.

—Al infierno contigo —ladró Slovensky—. Mi hermano te seguirá hasta el final.

Mihail no dijo nada, se limitó a observar los estragos creados por Gregori. Él le hubiera matado sin más rodeos, sin el drama que tanto gustaba a Gregori. Pero estaba cansado, su cuerpo se encontraba en un estado precario. No tenía ganas de malgastar más energía. Raven estaría en manos del vampiro durante el tiempo que Gregori necesitara para curarle. No podía permitirse pensar en lo que podría hacerle Andre. Mihail se agitó con una puñalada de dolor. Como represalia, cayeron más rocas sobre Slovensky, que le cubrieron como una manta, empezando a formar una tumba macabra.

Gregori entró en la habitación con su usual desplazamiento silencioso, con gracia y poder mientras cruzaba con aire resuelto las ruinas de la pared.

—Estoy adquiriendo malas costumbres.

—Oh, calla ya —dijo Mihail sin rencor.

La mano de Gregori era de una delicadeza infinita cuando inspeccionó las heridas.

—Sabían lo que hacían. Te han provocado estas heridas evitando órganos vitales, para lograr que sangraras todo lo posible. —Tardó unos segundos en librarle de las esposas y soltarle las cadenas. Gregori aplicó tierra sobre las heridas para que dejara de perder sangre.

—Mira al padre Hummer. —La voz de Mihail sonaba débil.

—Está muerto. —Gregori casi no miró el cuerpo destrozado.

—Asegúrate. —Era una orden. Mihail nunca ordenaba nada a Gregori. Su relación nunca había sido así.

Por un momento, los ojos plateados de Gregori relumbraron mientras se miraban uno al otro.

—Por favor, Gregori, si hay alguna posibilidad... —Mihail cerró los ojos.

Gregori, sacudiendo la cabeza por lo que había tardado en decirlo, se acercó obediente al cuerpo encogido del sacerdote y le tomó el pulso. Sabía que era inútil, sabía que Mihail también lo sabía, pero lo verificó de todos modos. Gregori tuvo cuidado de tratar el cuerpo con delicadeza.

—Lo siento, Mihail. Ha fallecido.

—No quiero que se quede en este lugar.

—Deja de hablar y permite que haga mi trabajo —gruñó Gregori, ayudándole a tumbarse otra vez en el suelo—. Toma mi sangre mientras yo cierro estos agujeros.

—Encuentra a Raven.

—Toma mi sangre, Mihail. El vampiro no va a hacerle daño. Tendrá un poco de paciencia esta noche. Tienes que estar fuerte para la cacería. Bebe por ti mismo lo que yo te ofrezco. No quiero verme en la necesidad de obligarte.

—Te estás convirtiendo en un fastidio, Gregori —se quejó Mihail, pero agarró obediente la muñeca que él le brindaba. La sangre de Gregori era antigua, como la suya. Ninguna otra persona podía ayudar con tal rapidez. Se hizo un silencio mientras él se alimentaba y reponía lo que había perdido. Gregori inclinó la muñeca un poco para apartar a su príncipe, pues sabía que iba a necesitar todas sus fuerzas para curarle y transportarlo a un lugar seguro.

—El sacerdote viene con nosotros —reiteró Mihail. Una oleada de calor recorrió el hielo de su cuerpo, sintió necesidad y hambre. Su mente buscó a su compañera de vida, la necesidad de unirse era abrumadora.

El dolor explotaba en la cabeza de Raven y en la suya. Soltó un jadeo y se retiró, buscando con sus ojos negros llenos de agonía la mirada pálida de Gregori. *Duerme un rato, Mihail. Iremos de caza muy pronto. Debemos ocuparnos de las heridas primero.* Gregori se lo ordenó con voz persuasiva. Cantaba al hablar, un cántico fluido en un idioma antiguo. *Oirás mis palabras, deja que la Madre Tierra te acoja. La tierra curará tus heridas y sosegará tu mente. Duerme, Mihail. Mi sangre es poderosa, se mezcla con la tuya. Siente cómo cura tu cuerpo.* Gregori cerró los ojos, fundiéndose por completo con Mihail. Fluyó por él para poder encontrar cada agujero despedazado, expulsar cualquier objeto extraño y reparar todo el daño desde el interior hacia fuera, con la precisión del cirujano más hábil.

Un gran búho con cuernos describió círculos sobre el edificio en ruinas, luego se posó sobre el muro desmoronado. Las alas se plegaron despacio y sus ojos redondos inspeccionaron la escena debajo de él. Flexionó las garras y se relajó. Gregori alzó la cabeza mientras salía de Mihail y regresaba a su propio cuerpo. Pronunció con suavidad el nombre del carpatiano como saludo.

—Aidan.

La forma del búho se alargó, titiló y adoptó la figura de un hombre alto de pelo rojizo con luminosos ojos dorados. Su aspecto rubio era poco usual en un carpatiano. Movía su cuerpo como un soldado y su porte era seguro, confiado.

—¿Quién se ha atrevido a hacer esto? —quiso saber—. ¿Qué hay de Jacques y de la mujer de Mihail?

Gregori soltó un suave gruñido; los ojos pálidos se clavaron en el carpatiano varón como una cuchillada.

—Tráeme tierra fresca y prepara el cuerpo del sacerdote. —Gregori regresó a su trabajo mientras Byron llegaba. El hermoso cántico antiguo, lento y pausado, llenó la noche de esperanza y promesas. Nadie creería que trabajaba a contra reloj, que era preciso conseguir que Mihail se levantara esa misma noche.

Aidan trajo la tierra más fértil que encontró y luego retrocedió un paso para admirar el trabajo de Gregori. Los emplastos se preparaban con cuidado y se aplicaban sobre las heridas externas. El viento levantó polvo de la pila de rocas, con un aviso para los carpatianos. Dos humanos se aproximaban en una camioneta.

Byron se arrodilló al lado de Edgar Hummer, pasó las manos con gesto reverente sobre el rostro del sacerdote y cogió en sus brazos su cuerpo pequeño y consumido.

—Le llevaré al cementerio, Gregori, y luego destruiré esos cuerpos que están al lado de la cabaña.

—¿Quién ha hecho esto? —repitió Aidan.

Gregori se limitó a llenar la mente de Aidan con la información en vez de molestarse en entablar una conversación.

—Conozco a Andre desde hace siglos —dijo Aidan—. Es medio siglo más joven que yo. Peleamos juntos en más de una batalla. La situación es cada vez más desesperada. —Aidan deslizó su mirada sobre los muros caídos, sus ojos dorados relucían en la oscuridad. Cada hoja en cada árbol relucía con un vivo tono plateado, bañadas por la luz de la luna, pero Aidan hacía tiempo que había perdido la capacidad de ver los colores. Su mundo era oscuro y gris, y así seguiría hasta que encontrara una pareja, o buscara el solaz del amanecer. Inspiró y captó el aroma de la caza, el hedor de la muerte, el olor molesto de los humanos. Corrompieron la claridad del aire con la gasolina y los gases expulsados por el tubo de escape del vehículo que se aproximaba.

Aidan se movió a través de la hilera de robles, esforzándose por sofocar el gélido instinto depredador que exigía sangre como represalia por lo que había hecho uno de su especie. Su raza, tan precaria, tambaleándose al borde de la extinción, no podría sobrevivir a otra cacería de vampiros. Cada uno de los varones carpatianos que quedaba había puesto todas sus esperanzas en la supervivencia de la mujer de Mihail. Si conseguía adaptarse a su vida, si podía confirmarse como verdadera pareja, si conseguía dar a luz descendencia femenina con fuerza suficiente para vivir más allá del primer año, entonces todos los varones carpatianos tendrían una oportunidad. Sería cuestión de perseverar, de recorrer el mundo en busca de mujeres como Raven. Que Andre les traicionara a todos ellos era la peor acción concebible.

La neblina empezó a espesarse; un velo casi impenetrable que serpenteó entre los árboles y bloqueó la carretera. Los frenos chirriaron ruidosamente cuando el conductor tuvo que detenerse, incapaz de ver en la densa niebla. Aidan se acercó más sin ser visto, un depredador peligroso persiguiendo a su presa.

—¿Cuánto falta para que lleguemos, tío Gene? —Una voz de muchacho, ansiosa y excitada, flotó en el viento.

—Tendremos que esperar a que se disperse la niebla, Donny. —La segunda voz sonaba inquieta—. A menudo se forman estas inusuales formas de bruma aquí arriba, y es mejor resguardarse.

—¿Y mi sorpresa? ¿No puedes decirme qué es? Le has dicho a mamá que tendría una sorpresa de cumpleaños que nunca olvidaría. Os he oído hablar.

Aidan ahora alcanzaba a verles. El conductor era un hombre próximo a la treintena y el muchacho no tendría más de quince. Aidan les observó, las ganas de asesinar corrían por sus venas, recorrían su cuerpo. Sintió el poder en cada terminación nerviosa recordándole que estaba de verdad vivo.

El hombre estaba muy nervioso, escudriñaba la niebla por todos los lados de la camioneta pese a que no podía ver a través del velo de bruma blanca. Por un momento pensó que había visto aquellos ojos, hambrientos y relucientes, casi oro. Eran los ojos de un animal, los ojos de un lobo que les observaba desde ahí afuera en la noche. Hizo que su corazón golpeara con fuerza y que le secara la boca. Acercó al muchacho hacia él con gesto protector.

—Tu tío James tiene el regalo para ti. —Tuvo que aclararse la garganta dos veces para que le salieran las palabras. Sabía que corrían un gran peligro, sabía que el predador esperaba para cortarles el cuello.

—Vamos andando hasta el pabellón de caza, tío Gene. Me muero de ganas de estrenar mi nuevo rifle. Vamos, no está tan lejos. —El muchacho intentó engatusarle.

—Con esta niebla, no, Donny. Hay lobos en estos bosques. Y otras cosas. Es mejor esperar hasta que veamos con claridad —dijo el hombre con firmeza.

—Tenemos armas —replicó el muchacho enfurruñado—. ¿No las compramos para eso?

—He dicho que no. Las armas no son siempre seguras, muchacho.

Aidan reprimió sus ganas salvajes. El chico aún no era adulto. Fueran quienes fueran estos adultos, no mataría a menos que su vida o la de algún otro miembro de su especie se viera amenazada. No se convertiría en un vampiro, un traidor a su gente. Matar se estaba volviendo demasiado fácil. Una especie de seducción del poder. El viento soplaba con fuerza a su alrededor, formaba círculos de hojas y ramitas. Gregori se acercó a su lado, con Mihail, pálido y sin vida, acunado entre sus brazos.

—Vayámonos de aquí, Aidan.

—No podría matarles —dijo Aidan muy suave, sin remordimientos en su voz.

—Si el mayor es Eugene Slovensky, tendrá mucho de que ocuparse esta noche. Su hermano está muerto bajo una pila de rocas, un intercambio por el sacerdote de Mihail.

—No me he atrevido a matarles —repitió Aidan admitiéndolo.

—Si es Slovensky, se merece morir, pero te agradezco que resistieras a la necesidad, sé el peligro que corres. Has viajado desde lejos por nuestro pueblo, para cazar al vampiro. Eso revela la oscuridad de tu alma.

—Camino muy cerca del borde —dijo Aidan bajito, sin reparos—. Cuando la mujer de Mihail resultó gravemente herida, los carpatianos sentimos la furia de Mihail en todos los rincones del mundo. El tumulto fue único, y sentí que merecía un poco de investigación. He regresado para verificar que nuestro pueblo continúa beneficiándose de la sabiduría. Creo con firmeza que esta mujer es la esperanza para nuestro futuro.

—Igual que yo. Tal vez un nuevo país te aporte alivio. Tenemos necesidad de un cazador experimentado en Estados Unidos.

Con la bruma aún espesa, impidiendo que los humanos hicieran algún movimiento, Aidan volvió su atención a la prisión cuidadosamente construida. Alzó la mano y la tierra se estremeció y se sacudió. El edificio quedó arrasado; dejó sólo las piedras que marcaban la reciente tumba erigida para Slovensky.

Entre la bruma, Gregori se elevó con su carga, y Aidan a su lado. Se precipitaron por el oscuro cielo hasta las cuevas, a donde iban llegando los demás carpatianos varones, uno tras otro, para ayudar en la tarea: curar a su príncipe.

15

El aire nocturno batía su cuerpo mientras Raven era transportada por el cielo en dirección a algún destino desconocido. Estaba mareada y débil; su mente encontraba dificultades para concentrarse en cualquier cosa. Al principio se obligó a intentar fijarse en cualquier punto de referencia para poder transmitirlo a Gregori. Al cabo de un rato era incapaz de recordar qué era lo que estaba haciendo o por qué. Sabía en cierto grado que la droga la desorientaba y la mareaba. Parecía una molestia innecesaria preguntarse a dónde la llevaba el vampiro o qué le haría cuando llegaran.

La luna estaba radiante, vertía su luz plateada sobre las copas de los árboles, lo convertía todo en un sueño surrealista. Las cosas entraban y salían con ligereza de su mente. Suaves palabras susurradas, un murmullo constante que no alcanzaba a entender. Parecía importante, pero estaba demasiado cansada como para desentrañar todo aquello. ¿Había quedado su mente fragmentada tras la persecución del último asesino en serie? No conseguía recordar lo que le había sucedido. Le gustaba sentir el viento soplando sobre su cuerpo, limpiándolo. Sentía frío pero no parecía importarle. Las luces danzaban, los colores giraban, el cielo chispeaba brillante encima de su cabeza. Debajo de ellos, un gran estanque de agua relucía como un cristal. Todo era hermoso y no obstante la cabeza le dolía de forma espantosa.

—Estoy cansada. —Encontró la voz, quería oír si era capaz de hablar. Tal vez pudiera despertar en el caso de que se encontrara en medio de un sueño.

Aquellos brazos la apretujaron un poco.

—Lo sé. Pronto estarás en casa.

No reconoció la voz. Algo se alzó en ella para oponerse a esta proximidad. A su cuerpo no le gustaba el contacto contra ese otro cuerpo. ¿Le conocía? Creía que no, no obstante la sostenía como si tuviera algún derecho sobre ella. Había algo que entraba y salía de su memoria sin conseguir retenerlo. En cuanto le parecía que las piezas del rompecabezas empezaban a juntarse, el dolor le estallaba en la cabeza con tal violencia que no conseguía continuar aquel pensamiento.

De repente caminaban juntos, bajo las estrellas, los árboles se balanceaban bajando sus ramas con delicadeza, y él le rodeaba la cintura. Raven pestañeó con confusión. ¿Habían estado caminando todo el rato? Nadie podía volar, eso era absurdo. De repente sintió miedo. ¿Había perdido la cabeza? Alzó la vista para mirar al hombre que caminaba a su lado. Físicamente era algo más que apuesto; su rostro pálido tenía una belleza sensual. Pero cuando le sonrió, vio sus ojos apagados y fríos, y sus dientes —un destello amenazador en su boca escarlata— le aterrorizaron el corazón. ¿Quién era? ¿Por qué estaba con él?

Raven se estremeció e intentó apartarse de aquel hombre con un sutil movimiento. Estaba débil y, sin su apoyo, podría caerse.

—Tienes frío, querida. Pronto llegaremos a casa.

Aquella voz propagó el terror por su cuerpo, la aversión le revolvió el estómago. Había un regodeo burlón en el tono. Pese a toda su aparente solicitud, Raven sentía que una serpiente gigante se le enrollaba con su frío cuerpo de reptil, encandilándola con sus ojos hipnóticos. Su mente se esforzó por buscar una conexión. *Él vendrá. Mihail.* Chilló llena de agonía y se cayó de rodillas, apretándose las manos contra la cabeza, aterrorizada de moverse, de pensar.

Las manos frías la cogieron por los brazos y la pusieron en pie.

—¿Qué pasa, Raven? Vamos, dímelo, para que pueda ayudarte.

Ella despreciaba su voz. Le provocaba crispación y escalofríos que recorrían toda su piel. Había poder ahí, y una diversión depravada, secreta, como si supiera con exactitud lo que le estaba sucediendo y disfrutara con su sufrimiento, con su ignorancia. Por mucho que detestara su contacto, no podía aguantarse sobre sus pies y tenía que apoyarse en su fuerte cuerpo.

—Necesitas alimentarte —comentó casi con despreocupación, pero ella percibió una excitación oculta en esa afirmación.

Raven se llevó una mano al estómago.

—Tengo ganas de vomitar.

—Eso es porque tienes hambre. He preparado una sorpresa especial para ti, querida. Un banquete en tu honor. Los invitados han estado esperando con impaciencia nuestro regreso.

Raven dejó de andar y miró fijamente aquellos ojos fríos y burlones.

—No quiero ir contigo.

Aquellos ojos se endurecieron, se apagaron. Su sonrisa era una parodia, un destello desalmado de colmillos. Podía percibir las encías cada vez más encogidas y los incisivos alargados. No era tan apuesto como había imaginado la primera vez, más bien era asqueroso y de aspecto cruel.

—Raven, no tienes ningún otro sitio al que puedas ir. —De nuevo sonó un poco burlón, empalagoso en su interés.

Raven tiró del brazo para soltarse de su acompañante y se quedó sentada en el suelo después de que las piernas le temblaran bajo el cuerpo.

—No eres... —Su nombre le eludió con un explosivo estallido de dolor. La sangre formaba gotas en su frente y caía por su rostro.

El vampiro se agachó adrede para pasarle la lengua por la mejilla con ordinariez, siguiendo el rastro de la sangre.

—Estás enferma, querida. Tienes que confiar en mí; yo sé qué es lo mejor para ti.

Raven se obligó a mantener la calma, a apartar las telarañas que atascaban su mente. Tenía dones especiales. Tenía cerebro. Eran dos hechos indiscutibles. Y también tenía el convencimiento de que corría un grave peligro, pero no tenía idea de cómo había llegado aquí con él. Necesitaba pensar. Alzó la cara hacia la luna, que iluminó de luces azules su largo cabello de ébano.

—Estoy muy confundida. Ni siquiera recuerdo cómo te llamas. —Se obligó a mirarle y a mostrarse arrepentida para aplacarle, en caso de que fuera capaz de leer su mente, algo que ella se temía—. ¿Qué me ha sucedido? Tengo un terrible dolor de cabeza.

Él le ofreció la mano, de pronto con modales corteses, mucho más indulgente ahora que ella se ponía en sus manos.

—Te has hecho daño en la cabeza. —La levantó y la rodeó por la cintura. Esta vez Raven se obligó a aceptar su contacto sin rechistar.

—Lo siento, estoy tan confundida. Me siento tonta y asustada —confesó con enormes ojos azules, su mente inocente, en blanco.

—Soy Andre, tu verdadera pareja de vida. El otro te arrebató de mi lado. Cuando he ido en tu rescate, te has caído y te has dado un golpe en la cabeza. —Su voz era un canturreo hipnótico.

Verdadera pareja de vida. Mihail. Esta vez, cuando el dolor la golpeó, lo aceptó, permitió que la invadiera. La dejó sin aliento y perforó su cráneo. Tuvo cuidado de no mostrar en su rostro ni un ápice de su agonía ni permitir que se fugara de su mente. Hizo acopio de toda la disciplina que poseía y concentró su mente. *¿Mihail? ¿Dónde estás? ¿Eres real? Tengo miedo.* Había un camino que le resultaba familiar y lo siguió con facilidad, como si lo hubiera hecho siempre.

Pequeña. La respuesta fue débil, distante, pero muy real, algo a lo que aferrarse en un mundo de locura.

¿Con quién estoy? ¿Qué está sucediendo? Se obligó a apoyarse en el alto hombre que la sostenía; su mente continuó hecha un lío de terrible confusión. Le resultó interesante que su mente le permitiera operar en varios niveles diferentes al mismo tiempo.

Andre es un vampiro. Se te ha llevado de nuestro lado. Voy hacia ti.

Algo no iba bien. Todo estaba allí, sólo con que lo buscara. Raven creía en esa voz distante, sentía que el afecto y el amor la envolvían con unos brazos fuertes y protectores. Conocía esa sensación, esa voz. No cuadraba del todo. *¿Te has hecho daño? ¿Cómo?*

Mihail reprodujo los sucesos recientes en su mente para ella. Raven inspiró hondo, sintió como si alguien le diera de lleno en el estómago. *Mihail.*

Gregori se está volviendo una especie de tirano. No me atrevo a morir.

Los recuerdos regresaban a ella, y estaba aterrorizada. Se obligó a compartimentar sus pensamientos. El vampiro sólo tocaba la superficie, leía lo que ella quería que leyera. Era la mujer temblorosa y confundida que él esperaba.

Las heridas de Mihail parecían feas. Se encontraba en la cueva y estaba rodeado de los demás. Gregori trabajaba en las lesiones, y Raven tuvo la certeza de que metería a Mihail en la tierra y ella se quedaría sin cuerda de salvamento. Raven alzó la barbilla. Era posible que las drogas la dejaran confundida de forma momentánea, pero podía hacer lo que fuera necesario. *Puedo ocuparme de Andre. No te preocupes por mí.* Puso más coraje del que sentía.

Tuvo que suprimir de inmediato una oleada de alivio. Su memoria, fracturada como había estado, volvía a ella con toda la fuerza bajo el tranquilizador contacto mental de Mihail. Mihail, o Gregori; ambos vendrían por ella, sucediera lo que sucediera. Mihail taponaría sus heridas y se arrastraría si fuera preciso para llegar hasta ella.

—Estás muy callada. —Andre la sobresaltó.

—Estoy intentando recordar, pero me da dolor de cabeza.

Estaban en lo alto de una loma. Por un momento pudo distinguir una casa de piedra construida a un lado de la montaña. Parecía relucir bajo la plata de la luna y por un momento fue como un milagro, a continuación una estructura definida y luego volvió a desaparecer. Raven pestañeó deprisa, tomó nota de cada detalle y se lo transmitió a Mihail. El truco funcionaba sin permitir así al vampiro saber que pensaba en él. Era Andre quien la castigaba con dolor cuando se enteraba de sus pensamientos. Confundida por la droga, había estado bajo su poder de forma breve. Ahora simplemente estaba enferma y mareada, y muy asustada.

—¿Es nuestra casa? —preguntó inocente mientras se apoyaba con pesadez en él.

—Nos quedaremos aquí lo suficiente para cenar, querida. —Seguía con aquel curioso regodeo que ella detestaba cada vez con más intensidad—. No es seguro quedarse más tiempo. Los otros podrían perseguirnos. Tienes que alimentarte para estar lo bastante fuerte como para escapar.

A posta, ella rodeó el brazo del vampiro con sus dedos, imprimiéndole confianza.

—Lo intentaré, Andre, pero no me encuentro bien, de verdad.

Raven avanzó hacia el umbral y notó la protesta instintiva de Mihail. Se tambaleó inestable y cayó justo fuera de la puerta, formando un pequeño bulto desamparado. Con una maldición, Andre intentó levantarla de un tirón, empujarla adentro, pero Raven era un peso muerto, incapaz de moverse por sí sola. El vampiro la cogió en sus brazos y se la llevó adentro.

La casa en la roca se componía de una gran habitación delantera y un agujero en el extremo más alejado donde una escalera conducía a la estancia inferior. La habitación era fría y húmeda. El moho crecía en las grietas. Había una mesa y un largo banco de iglesia. Andre hizo un ademán y se encendieron varias velas. A Raven se le paró el corazón y a continuación, de puro espanto, empezó a latir con fuerza. Un hombre y una mujer, con los ojos dilatados de terror, estaban encadenados en la pared más próxima a la mesa. Los dos llevaban unos harapos mugrientos por toda ropa. Los desgarrones en el vestido de la mujer y la camisa del hombre conservaban manchas de sangre. Ambos tenían magulladuras, y él hombre exhibía varias marcas de quemaduras en su mejilla derecha.

La sonrisa del vampiro era cruel y provocadora mientras inspeccionaba a sus víctimas indefensas.

—La cena, querida, sólo para ti. —Dejó a Raven con cuidado en el banco como si fuera de frágil porcelana. Andre se deslizó lentamente y con gracia por el suelo de piedra, con sus ojos rojos y desalmados fijos en la mujer. Se tomó un rato para disfrutar del terror de su víctima, al tiempo que se reía de la rabia impotente del marido. Mientras soltaba a la mujer de la cadena, el hombre forcejeaba y amenazaba, maldiciendo también a Raven. Andre arrastró a la mujer al lado de Raven, la obligó a ponerse de rodillas y quedarse quieta, tirándole del pelo para que mostrara su garganta.

Deslizó el pulgar sobre el fuerte pulso.

—Aliméntate, querida. Siente la sangre caliente entrando en tus venas, fortaleciéndote otra vez. Cuando tomes su vida tendrás un poder que jamás habías imaginado. Éste es mi regalo para ti. Poder infinito.

La mujer sollozó y gimió llena de terror. Su marido suplicó, maldijo, tiró de las cadenas que le maniataban. Raven se sentó poco a poco y se apartó la pesada cascada de pelo con mano temblorosa. Andre podría haber seducido a sus víctimas, las podría haber encandilado para que recibieran la muerte con beneplácito, pero buscaba la emoción a costa del terror humano. La sangre llena de adrenalina creaba adicción, intoxicaba. Todo el mundo parecía esperar su reacción. Podía sentir a Mihail dentro de ella, quieto, inmóvil, furioso por no encontrarse allí para protegerla de una decisión tan terrible.

Dirigió a Andre sus enormes ojos azules violeta, expresivos, demasiado brillantes, como si estuviera a punto de estallar en lágrimas. Deslizó la mano con suavidad por el brazo de la mujer. Lo hizo con una ternura extraordinaria, intentando aliviar sin palabras.

—Dudas de mí. ¿Por qué? ¿Qué he hecho? Con sinceridad, no recuerdo. Nunca haría tal cosa, llevarme una vida así, y tú tampoco. ¿Por qué me pones a prueba de este modo? ¿He cometido algún crimen que no recuerde? ¿Por qué ibas a ser tan cruel conmigo?

El rostro de Andre se ensombreció, sus ojos rojos recuperaron su tono marrón habitual.

—No te aflijas tanto.

—Dime, Andre. No soporto no saber. ¿Me forzaron los otros a hacer algo que no puedas perdonar? —Inclinó la cabeza como si estuviera avergonzada. Su voz sonó aún más grave—. Llévate mi vida, Andre. Descarga tu ira sobre mí, no con esta pobre mujer, que no se lo merece. Me marcharé si no quieres mi vida unida a la tuya, aunque no tenga otro sitio adonde ir. —Encontró su mirada para que supiera que hablaba en serio—. Quítame la vida, ahora, Andre.

—No, Raven.

—Entonces, contéstame, ¿por qué esta prueba? ¿Es porque no soy como tú, porque no puedo enterrarme en la tierra o cambiar de forma? ¿Te avergüenzas de mí y deseas castigarme?

—Por supuesto que no.

Raven rodeó con un brazo a la mujer.

—Creo recordar, aunque no estoy segura, que dijiste algo sobre contratar sirvientes de confianza. ¿Te referías a esta mujer? —De pronto su rostro se ofuscó—. ¿Es tu amante? —Casi sonaba histérica, pero aún tocaba con ternura el brazo de la mujer.

—¡No! ¡No! —protestó la mujer, pero había confusión y un principio de esperanza en sus ojos—. No soy su amante. Éste es mi esposo. No hemos hecho nada malo.

Estaba claro que Andre se había quedado sin habla. Se había llevado a Raven en un intento desesperado de salvarse. Si la obligaba a matar, se volvería tan siniestra y estaría tan perdida como él. Algo en su interior se había movido y había girado mientras contemplaba la inocencia en sus ojos.

—La mujer dice la verdad, Raven. Para mí no es nadie. Una criada, si así lo quieres. —Su voz sonaba perdida y solitaria, casi indecisa.

Raven le tendió la mano. La mente de Andre era una obra maestra de perversión, podrida y retorcida. Aun así, Raven sintió lástima por él. En otro tiempo había sido bueno, no era diferente de Mihail o de Jacques, pero en el oscuro aislamiento de su existencia había tomado el mal camino. Andre deseaba sentir, con desesperación, ser capaz de hacer frente al sol de la mañana, volver a presenciar una puesta de sol. Quería mirarse en el espejo y no ver la línea de las encías en retroceso y los estragos que hacía en él su existencia depravada. Era imposible, ningún verdadero vampiro podría encararse a sí mismo en el espejo sin experimentar un tremendo dolor. Raven era su única esperanza y se aferró a ella. Quería un milagro. Ella había sido humana y por lo tanto Mihail no tenía idea de lo que era capaz o incapaz de hacer.

—Perdóname, Andre, he hecho algo que ahora te hace dudar de mí —dijo con dulzura, invadida por la compasión hasta el punto de sentir ganas de llorar. No podría salvarle, aunque no existiera su relación con Mihail. Nadie podía. Era demasiado depravado, estaba demasiado henchido de su falsa noción de poder, era demasiado adicto a la adrenalina del asesinato de alguien aterrorizado. Se odiaba a sí misma por engañarle, pero estaba claro que su propia vida y las vidas de la pareja de humanos estaban sobre la balanza.

Andre acarició su sedoso cabello.

—No estoy enfadado contigo, querida, pero estás débil y necesitas alimentarte.

La mujer se puso rígida, su rostro era una máscara de dolor. Se quedó muy quieta a la espera de la respuesta de Raven. Ésta parecía confundida.

—Pero no puedo comer. —Permitió de forma deliberada que el nombre de Mihail titilara en su mente, y a continuación tuvo que agarrarse la cabeza llena de agonía—. No sé por qué, no puedo pensar. Creo que los otros han hecho que me encuentre así.

Andre cogió a la mujer por el pelo.

—Regresaré dentro de unos minutos. Ocúpate de que Raven no se ponga peor. —Su mirada era fría y apagada—. No intentes marcharte de este lugar. Lo sabré.

—Andre, quédate —susurró Raven, luchando por él pese a su propia voluntad.

Él giró en redondo y salió a toda velocidad, lejos de la luz, de regreso al mundo de muerte y locura con el que estaba familiarizado.

La mujer se agarró a Raven.

—Por favor, déjanos marchar. Es malvado, va a matarnos, nos convertirá en sus esclavos hasta que deje de divertirse con nuestro miedo.

Raven se incorporó con un esfuerzo, combatiendo el mareo.

—Él se enterará. Puede ver en la oscuridad, puede oleros, oír cada latido de vuestro corazón. —La habitación estaba fría y olía a moho, era deprimente. El aire estaba viciado y hablaba de muerte. Raven, con su sensibilidad, podía casi oír los chillidos de innumerables víctimas que habían sido arrastradas hasta ese lugar y habían sido encadenadas a las paredes manchadas. Estaba igual de espantada que la mujer.

—¿Quién eres?

—Monique Chancellor. Él es mi esposo, Alexander. ¿Por qué me estás ayudando?

—Oculta tus pensamientos, Monique. Él puede leerlos.

—Es un sucio *nosferatu*. El vampiro. —Era una afirmación—. Tenemos que salir de este lugar de muerte.

Raven se levantó tambaleante y se agarró al respaldo de la silla, luego a la mesa, para poder llegar hasta la puerta. Se quedó mirando las estrellas, observó despacio el paisaje en todas direcciones, tomando nota de cada pared de roca y de los despeñaderos que se elevaban detrás de la casa. Estudió la vivienda, las ventanas, las puertas, las estructuras de las paredes, y prestó una atención especial a los espacios despejados que llevaban hasta la casa.

—Por favor, por favor. —La mujer intentó agarrarse a ella—. Ayúdanos.

Raven pestañeó para concentrarse.

—Estoy intentando ayudaros. Mantened la calma. Apartaos de él, intentad atraer el mínimo de atención. —Cerró la puerta, pues ya había conseguido lo que quería. Mihail y Gregori tendrían toda la información detallada que ella podía transmitir.

—¿Quién eres? —quiso saber Alexander receloso. Había tirado tanto de las cadenas que Raven vio sus muñecas en carne viva.

Raven se frotó la sien palpitante, mientras la creciente náusea se apoderaba de su estómago.

—No es buena idea tener heridas abiertas cuando él está cerca. —Podía oler la sangre, y su cuerpo, débil hasta el desespero, necesitaba alimento. Raven no hizo caso de la mujer que sollozaba en un rincón y se acercó al hombre para ver si podía encontrar alguna manera de aliviar su malestar. Cuando se inclinó a examinarle la muñeca, él levantó la otra mano para agarrarle por el pelo. Tiró de ella contra su pecho para poder cogerla por el cuello con ambas manos, clavándole los dedos en la carne.

—Alexander, para, ¿qué estás haciendo? —gritó Monique.

—Monique, coge la llave de las esposas —ordenó Alexander, cuyos poderosos dedos apretaban la tráquea de Raven hasta el punto de que la habitación le empezó a dar vueltas.

Raven percibía el miedo del hombre, el intento frenético de salvar a su esposa y a sí mismo. Temía que ella fuera una vampiresa que estuviera jugando con ellos con crueldad por alguna perversa diversión. Raven no podía culparle, pero la estrujaba tanto que iba a matarla.

¡Raven! El grito estaba cercano, una onda de furia cruzó su mente.

Las manos de Alexander fueron apartadas con violencia de su garganta, y un sonido chasqueante indicó la rotura de huesos. Se estrelló contra la pared que tenía detrás, quedó sostenido con los pies a más de un metro del suelo. Monique chilló cuando los pulmones de su marido se quedaron sin aire. Él se estaba asfixiando, los ojos se le salían de las órbitas en una estampa horrorosa.

¡Suéltale, Mihail! Oh, Dios, por favor, no puedo soportar ser responsable de otra muerte más. De verdad que no.

Raven se cayó al suelo, levantó las rodillas y se acurrucó balanceándose.

—Por favor —susurró a viva voz—. Suéltale.

Mihail controló su cólera asesina, consiguió suprimirla lo suficiente como para soltar al humano de su ataque mental. Se lanzó por el aire, siguiendo la pista de Raven con facilidad. Casi no era consciente de que Gregori le seguía la marcha a su izquierda, de Aidan y Byron un poco rezagados, de Eric y Tienn y otros pocos más que se esforzaban en seguirles a cierta distancia. Ninguno de ellos importaba. Había cazado vampiros durante muchos siglos y siempre había sentido una punzada de renuencia, de lástima quizás. Ahora no había nada de eso.

Mihail se tragó la furia y la mantuvo bullendo como el magma de un volcán, para que buscara escapar en cualquier dirección que pudiera, necesitada de una liberación violenta y explosiva; en el momento en que permitiera que se filtrara al exterior, reaccionaría la mismísima tierra, los vientos y las criaturas de las montañas. Significaría una clara advertencia para el vampiro. No sentía dolor y se había alimentado lo suficiente. Gregori en persona se había ocupado de eso. La combinación de la sangre antigua de ambos era poderosa hasta lo indecible. Incluso así, un punto de sangre había calado las blancas plumas del búho. De forma instintiva, Mihail se desplazó y describió un círculo para mantenerse en la dirección del viento y así lograr que cualquier brisa que pasara no llevara ese olor al vampiro.

Un grito de puro terror se oyó en medio de la noche, y también la risa maligna, el regodeo del triunfo. Todos los carpatianos, tan en sintonía con la tierra, notaron la vibración de la violencia, la perturbación del poder, el ciclo de vida y muerte. Raven, tan sensible psíquicamente, encontró al instante que su mente era atraída a la escena del acto violento.

Desconecta, Raven, ordenó Mihail.

Se apretó las sienes con las manos. Andre se reía mientras se arrojaba desde la rama de un árbol sobre una mujer que intentaba escapar a rastras de él. Un cuerpo más pequeño estaba acurrucado al pie del árbol, pálido, sin vida, donde él lo había dejado caer. La mujer gemía, suplicaba que no la matara. El vampiro volvió a reírse de un modo horrible, luego la apartó de una patada, pero la obligó a arrastrarse de nuevo hacia él, suplicando que le permitiera servirle.

—¡Andre! ¡No, no puedes! —gritó Raven en voz alta, arrastrándose a trompicones hacia la puerta. Salió corriendo a la noche y dio vueltas para captar la dirección adecuada. La invadió una debilidad terrible y se cayó al suelo, donde se quedó inmóvil.

Monique la siguió, se dejó caer de rodillas a su lado.

—¿Qué sucede? Sé que no eres lo que se piensa mi marido. Sé que intentas salvarnos.

Las lágrimas surcaban el rostro de Raven.

—Ha matado a un niño, ahora está jugando con la madre. También la matará. No puedo salvarla. —Raven buscó todo el consuelo posible en la mujer que le acunaba la cabeza sobre su regazo.

Monique tocó las oscuras marcas que su marido le había dejado en la garganta.

—Lamento lo que te ha hecho Alexander. Está loco de rabia y de miedo por nosotros. Has corrido un riesgo tremendo. El monstruo podría haberte matado.

Raven cerró los ojos con cansancio.

—Aún puede hacerlo. No podemos escapar de él.

A su alrededor, en medio de la noche, las vibraciones eran alarmantes. En algún lugar en lo más profundo del bosque, un animal perdía a su presa y gritaba de rabia. Un búho silbaba, un lobo gruñía.

Raven cogió la mano de Monique y se sintió aliviada al ver que podía mover las piernas.

—Vamos. Tenemos que entrar. Quédate quieta, que no te vea en la medida de lo posible. Cuando regrese, estará excitadísimo e impredecible.

Monique la ayudó a ponerse en pie y rodeó con el brazo su cintura.

—¿Qué le has hecho a Alexander cuando te ha hecho daño?

Raven regresó a su pesar a la casa de piedra.

—No le he hecho nada. —Se tocó las magulladuras en la garganta. Alexander había complicado las cosas. A Andre no le pasarían por alto estas marcas.

—Sientes cosas de las que nosotros no tenemos ni idea —apuntó Monique con intranquilidad.

—No es un don agradable. Esta noche, él ha matado: una mujer, un niño. Le mandé irse y he canjeado nuestras vidas por las de ellos.

—¡No! —Monique negó aquello—. No tiene nada que ver contigo lo que él decida hacer, igual que mi esposo no es responsable de lo que el monstruo me ha hecho. Alexander cree que debería haber encontrado la manera de protegerme. No se lo perdonará jamás. No hagas como él, Raven.

Raven permaneció de pie en los escalones de piedra y se volvió al paisaje bañado por la luna. Se levantó viento y la reluciente luz plateada se oscureció con mal augurio. Monique soltó un jadeo y se agarró a Raven; intentó tirar de ella a la relativa seguridad de la casa. Una mancha roja crecía, se extendió y consumió por completo la luna. El viento trasladaba un gruñido grave que aumentó de volumen hasta convertirse en un aullido. Un lobo alzó su hocico a la luna manchada de sangre y aulló como advertencia. Un segundo se unió a él. Toda la montaña rugió con mal presagio.

Monique giró sobre sus talones y se fue corriendo junto a su marido.

—Reza conmigo, reza conmigo...

Raven cerró la puerta y se apoyó en ella.

—No te dejes llevar por el pánico y no te preocupes por mí, Monique. Aún tenemos una posibilidad, si conseguimos entretenerle.

Alexander le lanzó una mirada de odio y rodeó a su esposa con un brazo protector. Tenía la mano hinchada e irritada.

—No la escuches, Monique. Casi me estrangula, me arrojó contra la pared con una fuerza increíble. No es pura.

Raven entornó los ojos con exasperación.

—Estoy empezando a desear tener todo el poder que crees que tengo. Encontraría la manera de que no hablaras.

—Alexander teme por nosotras. —Monique habló en tono conciliador—. ¿Podemos liberarle de las cadenas?

—Intentará atacar a Andre en cuanto regrese. —Raven hizo una mueca en dirección a Alexander, exasperada con aquel hombre—. Eso servirá para que le mate enseguida. —Se estremeció, y volvió sus ojos acongojados a Monique—. Vamos, permaneced muy quietos, pase lo que pase. No atraigáis su atención.

El viento aullaba con un sonido misterioso, solitario, que se desvanecía y dejaba a su paso un silencio poco natural. Raven oía su corazón latir en el vacío. Retrocedió un paso justo cuando la puerta se astilló y crujió. Las llamas de la vela lanzaron y arrojaron sombras sobre la pared, grotescas, macabras, luego las luces se apagaron.

—Vamos, Raven. Tenemos que irnos ahora. —Andre chasqueó los dedos y tendió la mano. El rostro del vampiro tenía el rubor de la sangre fresca. El relumbre del mal estaba en sus ojos, su boca estaba retorcida con gesto de crueldad.

Raven contempló a Andre con grandes ojos acusadores.

—¿Por qué vienes junto a mí de este modo? Dime qué está sucediendo.

Él se movió a velocidad vertiginosa, y en el último momento Raven recordó que ella también era capaz de proezas de ese tipo. Notó su aliento caliente, apestoso, olió la muerte en él. Las afiladas uñas le arañaron el brazo cuando ella se agachó. Se apretujó contra el rincón.

—No intentes obligarme a obedecerte cuando una simple explicación serviría.

—Lamentarás este desafío —ladró él, y apartó de su camino el banco de iglesia, con tal fuerza que estalló en pedazos contra la pared a tan sólo unos centímetros de la temblorosa pareja humana.

Un pequeño gemido de terror se le escapó a Monique y, al instante, el vampiro se dio la vuelta, con ojos enrojecidos, henchidos de poder.

—Te arrastrarás hasta mí como la perra que eres. —Su voz era grave y embelesadora, sus ojos, hipnóticos.

Alexander se lanzó todo lo que le permitieron sus cadenas para intentar detener a Monique, que se echó al suelo obediente, con actitud sensual y aduladora. Raven cruzó con calma la habitación para arrodillarse ante ella.

—Escúchame, Monique. No hagas esto. —Sus ojos azul violeta miraron fijos los de la mujer de mayor edad. La voz de Raven sonaba hermosa, la pureza en sí misma, grave y fascinante. Hacía que la voz del vampiro pareciera asquerosa y repugnante. Una mirada de confusión, de aturdimiento y vergüenza, cruzó el rostro inexpresivo de Monique.

El vampiro pasó a la acción. Recorrió de un salto la distancia que le separaba de Raven, se situó a su lado, la cogió por el pelo y la arrojó hacia atrás casi levantándola del suelo.

El mundo hizo erupción a su alrededor. La propia noche parecía rugir, el viento aullaba y bramaba, con ráfagas que golpeaban las ventanas tras cruzar el amplio espacio descubierto. Una oscura nube descendió en forma de embudo desde el cielo hirviente y arrancó el tejado de la estructura. La masa del torbellino levantó muebles y esparció los tesoros acumulados a lo largo de años.

Monique gimió a viva voz y se arrastró junto a Alexander para abrazarse. Unas voces siseaban y susurraban graves murmullos de furia, de acusación, de condena. La montaña retumbó amenazadora y el muro más lejano explotó hacia fuera, vomitando rocas y mortero como si lo hubieran dinamitado.

Mihail se hallaba en el centro de la feroz tormenta, con sus ojos negros tan fríos como la muerte. Se le veía alto y elegante pese a la mancha escarlata que se extendía por su camisa de seda. Su cuerpo estaba relajado, no se movía en medio del caos. Alzó una mano y el gemido del viento se extinguió. Mihail contempló a Andre durante un largo instante.

—Suéltala. —Su voz era muy suave, pero transmitió absoluto terror a los corazones de todos los que la oyeron.

Los dedos de Andre apretaban convulsos el sedoso pelo de Raven.

La sonrisa de respuesta de Mihail era cruel.

—¿Quieres que te obligue a obedecer, para que vengas a rastras a buscar tu muerte tal como obligas a tus víctimas?

Los dedos de Andre se contrajeron espasmódicamente y su brazo se sacudió como el de una marioneta. Se quedó mirando con horror a Mihail, incapaz de concebir tanto poder. Tal control mental no funcionaba con tanta facilidad sobre los carpatianos.

Ven junto a mí, Raven. Mihail no apartaba la mirada del vampiro, le mantenía indefenso sólo con el poder de su mente. Su furia era tan terrible que apenas necesitaba que la mente de Gregori le asistiera.

Uno a uno se fueron materializando los carpatianos, con los rostros marcados por la condena. Raven sentía que el terror iba creciendo en la pareja humana, próximos ya a la demencia. Se acercó tambaleante a ellos y rodeó con brazos protectores a Monique.

—Él nos salvará —les susurró.

—Él es como el otro —replicó Alexander con aspereza.

—No, él es bueno. Él nos salvará. —Raven manifestó la verdad lisa y llanamente, con gran convicción.

Mihail soltó al vampiro de golpe. Andre miró a su alrededor, con la boca torcida por un gesto sarcástico.

—¿Necesitáis todo un ejército para ir de cacería?

—Has sido sentenciado por tus crímenes, Andre. Aunque yo no fuera capaz de ejecutar la sentencia, otro la llevaría a cabo. —Mihail indicó a dos carpatianos con el dedo e hizo un ademán con la cabeza a Raven. Su alta figura emanaba poder y seguridad—. No eres más que un niño, Andre.

—Su voz era puro tono, grave y suave como el terciopelo—. No puedes esperar equipararte a alguien que ha librado muchas batallas, pero te ofrezco la oportunidad que tanto te has esforzado por alcanzar. —Los ojos negros relucieron con gélida furia.

—¿Venganza, Mihail? —preguntó Andre con sarcasmo—. Qué típico de ti. —Se lanzó con las afiladas garras extendidas y los colmillos chorreantes.

Mihail desapareció, sencillamente, y el vampiro se encontró saliendo al exterior de la casa hasta caer sobre el suelo, con la noche salvaje cerrada sobre él y el grupo de carpatianos formando un círculo que le acorralaba. Andre se volvió en la dirección en que miraban los demás. Mihail se hallaba a pocos metros de él, con la negra furia ardiendo en su mirada impasible.

Aidan avanzó hacia Raven, y sus centelleantes ojos, dorados y penetrantes, estudiaron a los mortales acurrucados detrás de ella.

—Venid con nosotros —ordenó de súbito—. Mihail desea que nos encarguemos de vuestra seguridad.

Raven no le reconoció, pero sí captó el sello de seguridad en su porte, la total serenidad. Su voz era suave e hipnótica, casi persuasiva.

—¿Has visto dónde puso Andre la llave para que podamos soltar a Alexander? —preguntó Raven a Monique, intentando sortear al otro varón carpatiano que le bloqueaba el paso.

Sin previo aviso, los ojos de Raven se agrandaron y se agarró el costado con un grito entrecortado. Se cayó pesadamente, se encogió llena de agonía y en su frente apareció una mancha carmesí que le goteó hasta los ojos. Monique se arrojó al suelo junto a la joven. Raven ni siquiera se percató de su presencia. Ya no se encontraba en los confines de la casa, no reparaba en Aidan ni en Byron, ni siquiera en Monique y Alexander. Estaba afuera y la luna de color rojo sangre vertía su luz sobre ella mientras se enfrentaba a un demonio de inmenso poder y fuerza. Un demonio cuyos ojos tenían rojas llamaradas danzando en ellos, cuya sonrisa era la crueldad en sí misma. Carecía de misericordia. Era alto, gracioso, confiado en extremo, y sabía que iba a matarla. La manera fluida en que se movía transmitía una belleza animal. Había muerte y maldición en aquellos ojos desalmados. Era del todo invencible. La había herido de muerte y se escabullía a una velocidad deslumbrante. No había piedad ni sentimientos en él. Era despiadado, implacable, cruel, y carecía de remordimientos.

Mírale tal y como es, un asesino, un cazador de mortales y carpatianos por igual, susurró Andre en su mente. *Conócele por la bestia que es. Ves a un hombre educado que te controla con la mente. Éste es el verdadero Mihail Dubrinsky. Ha cazado a cientos de nosotros, tal vez a miles de su propia gente, y los ha asesinado. Te matará y no sentirá nada aparte del gozo del poder definitivo.*

La mente de Andre estaba fundida por completo con la de ella, por consiguiente Raven veía a través de sus ojos, sentía su odio y su miedo, sentía su dolor por el golpe que Mihail le había propinado cuando Andre le atacó. Raven se esforzó por librarse del control del vampiro sobre su mente, pero Andre sabía que iba a morir y se aferraba a ella con toda firmeza. Sería su última venganza. Con cada golpe que Andre recibía, con cada herida ardiente que Mihail le causaba, Raven sentiría el mismo dolor. El vampiro podía al menos regodearse con ese dolor.

Raven entendió el plan con claridad, sabía que Mihail sentía el acceso inicial de agonía que la abrumaba. Apenas podía respirar pero, puesto que quería ahorrarle esto, intentó romper el contacto con él. Podía sentir la absoluta furia fría, la falta de clemencia, su deseo de batalla, las ganas de matar al renegado. Percibía su repentina indecisión mientras se percataba de lo que estaba haciendo el vampiro.

Raven. Escúchame. Gregori. La calma en el ojo de la tormenta. Su voz era hermosa, hipnótica, sosegadora. *Entrégate a mí. Ahora vas a dormir.*

Gregori no dio a Raven opciones al respecto, pero de todos modos ella se entregó voluntariamente, agradecida a la voz hipnótica, y de inmediato descansó, eliminó la última amenaza de Andre a Mihail.

Un prolongado y lento siseo se escapó de los pulmones de Mihail. Se movió, una mancha demasiado rápida como para ser vista. El cuerpo de Andre salió volando hacia atrás con el golpe. El crujido resonó en el silencio anormal. Andre intentó con esfuerzo ponerse en pie, con los ojos vidriados, buscando con frenesí a su antagonista.

—He vencido. —Escupió un trago de sangre y se llevó una mano temblorosa al pecho—. Ella te ha visto tal y como eres. Lo que hagas ahora aquí no cambia eso. —No apartó su mirada del cuerpo de Mihail, ni siquiera pestañeó, no se atrevía. Parecía imposible que alguien fuera tan rápido, incluso para un carpatiano. Había algo terrible en esos ojos negros y despiadados. Sin Raven despierta y consciente, no había ni una pizca de compasión.

Andre retrocedió un paso con cautela, concentró su mente para apuntar. Una luz abrasadora crepitó con un chasquido y luego golpeó el suelo donde había estado Mihail. El ruido fue tremendo, el golpe sacudió la tierra. El latigazo de electricidad chisporroteó y se replegó, dejando un pedazo de tierra chamuscada y ennegrecida. Andre chilló cuando algo le golpeó en la cabeza hacia atrás y un gran corte se abrió alrededor de su garganta, arrojando brillante sangre carmesí a borbotones.

El cuarto golpe abrió el pecho de Andre, le destrozó los huesos y músculos de protección y le penetró hasta el corazón. Esos ojos negros, inclementes, observaron los de Andre sin compasión mientras le sacaba el corazón del pecho. Mihail tiró al suelo con desprecio el órgano aún palpitante, justo al lado del cuerpo sin vida, asegurándose de que el vampiro no volvería a alzarse. Permaneció al lado de su enemigo caído, esforzándose por controlar la bestia que llevaba en su interior, la salvaje oleada de triunfo, el acceso adictivo de poder que sacudió su cuerpo. No sentía nada de sus antiguas heridas, sólo una absoluta dicha en medio de la noche por su victoria.

El desenfreno creció en él de forma peligrosa, se propagó como un fuego fundido. El viento soplaba con fuerza y transportaba un aroma. *Raven.* La sangre corrió por Mihail con intensidad, los colmillos parecían dolerle, el hambre crecía. Olió a los humanos, al humano que había tocado a su pareja de vida. Su sed de sangre le sacudió, y los carpatianos dieron un paso atrás ante el poder que parecía irradiar del cuerpo de Mihail, ante una necesidad de matar que casi le abrumaba. El viento giraba a su alrededor en un torbellino constante, y el aroma de Raven seguía elusivo y débil. *Raven.* Su cuerpo sufrió una convulsión, ardía en deseo. *Raven.* El viento susurró su nombre y la turbulenta tormenta que rugía en él comenzó a amainar.

La mente de Mihail buscó la luz, el camino de regreso del mundo de la violencia.

—Destruid esta cosa —ordenó de forma escueta a nadie en particular. Tomó energía del cielo y se bañó las manos en ella, eliminando de su cuerpo la sangre sucia. Se movió a una velocidad cegadora para regresar al interior de las ruinas de lo que había sido la guarida del vampiro, se materializó allí, surgiendo de la nada, y se irguió sobre Monique, quien acunaba en sus brazos el cuerpo sin vida de Raven.

16

Poco a poco, Raven tomó conciencia de su entorno. Se encontraba en una cama, su cuerpo no llevaba ropa. Mihail estaba a su lado, con los dedos enredados en su pelo espeso y húmedo. Reconoció el contacto de sus dedos seguros trenzando el pelo, los movimientos calmados, pausados, con toda naturalidad. Aquello la tranquilizaba pese al impreciso recuerdo. Parecía estar en un antiguo castillo, no muy grande y con las inevitables corrientes de aire. Hacía calor en el dormitorio, que Mihail había ambientado con esencias de hierbas balsámicas y el romanticismo de la parpadeante luz de las velas. La había lavado y él también se había lavado, de modo que sus cuerpos sólo olían a ellos mismos y a la fragancia del jabón de hierbas que empleaba. Se tomó su tiempo para trenzar todo el pelo mientras ella intentaba orientarse en el nuevo entorno. Mihail tocó su mente, la encontró confundida, aferrándose con desespero a la cordura. Sentía miedo de Mihail, y aún le asustaba más confiar en su propio criterio.

Raven estudió cada rincón de la habitación, cada pared, cada detalle, mientras su corazón latía frenético, resonaba con fuerza en sus oídos. La habitación era preciosa. Un fuego ardía en la chimenea, y largas y delgadas velas emitían una sutil fragancia que se mezclaba con el aroma relajante de las hierbas. Una Biblia gastada se hallaba en la pequeña mesilla situada junto a la cama. En realidad no reconocía nada aunque, por extraño que pareciera, todo le resultaba familiar en cierto sentido.

El edredón que cubría la cama era grueso y cálido, de un material suave en contacto con su piel desnuda. Se percató por primera vez de que estaba totalmente desnuda. Al instante se sintió vulnerable y tímida, pero de nuevo sintió que pertenecía a ese lugar, junto a él. Las manos de Mihail se deslizaron por su pelo hasta la nuca y allí aplicó un masaje sobre los músculos doloridos. Su contacto era familiar, despertaba intensas sensaciones en su cuerpo.

—¿Qué has hecho con Monique y su esposo? —Ella agarró la colcha, intentando pasar por alto la visible excitación de Mihail al acercarse a ella y entrar sus pieles en contacto. El vello del torso frotó la espalda de Raven y su dura erección presionó con fuerza contra su trasero. Le pareció bien. Él formaba parte de ella.

Mihail le dio un beso en una contusión próxima a la garganta, luego pasó a acariciar con la lengua el pulso revolucionado de ella. La mente de Raven parecía confundida.

—Se encuentran sanos y salvos en su casa, se quieren el uno al otro, como corresponde. No recuerdan nada de Andre ni de las atrocidades que cometió con ellos. Nos consideran buenos amigos. —Le besó en otro moratón, el contacto era ligero como una pluma pero parecía encender una llamarada que se propagaba por su flujo sanguíneo. Movió las manos sobre su cintura, las deslizó sobre su tórax y le tomó los pechos voluminosos. Le tocó de nuevo la mente, pero Raven se protegió mentalmente de él.

—¿Por qué te asustas de mí, Raven? Me has visto en mi peor faceta, como asesino, administrando justicia a nuestra gente. —Le acarició los pezones con los pulgares, un roce lento y erótico que propagó un calor líquido que fue envolviéndola poco a poco—. ¿Crees que soy malo? Toca mi mente, pequeña. Es imposible que yo te oculte algo. Nunca te he ocultado mi verdadera naturaleza. Me miraste en otra ocasión con ojos llenos de compasión y amor. De aceptación. ¿Todo eso está olvidado?

Raven cerró los ojos; sus largas pestañas descendían sobre los altos pómulos.

—Ya no sé que creer.

—Bésame, Raven. Funde tu mente con la mía. Comparte tu cuerpo para que seamos un solo ser. Ya has confiado en mí antes, hazlo ahora. Mírame con los ojos del amor, y perdóname por las cosas que me he visto obligado a hacer, por la bestia que encierra mi naturaleza. No me mires a través de los ojos de alguien que quería destruir a nuestro pueblo y a nosotros. Entrégate a mí. —Su voz sonaba seductora, un encantamiento de magia negra, mientras acariciaba cada centímetro de su querida piel de satén. Había grabado en su memoria cada curva, cada hueco. El cuerpo le quemaba de necesidad y cada vez sentía más hambre. El hambre de ella, la suya. Con ternura, para no alarmarla, Mihail ciñó la colcha en torno a su delgado cuerpo, cubrió con su figura muscular el de ella como si fuera una manta. Era menuda, tan frágil bajo las manos exploradoras de él.

—¿Por qué te has convertido en mi vida, Mihail? Siempre he estado sola, he sido fuerte y me he sentido segura. Parece que te hayas hecho cargo de mi vida.

Él deslizó las palmas sobre la curva de su cuerpo hasta enmarcar el rostro entre sus manos.

—Eres mi única vida, Raven. Admitiré que te aparté de todo lo que conocías, pero no tienes por qué vivir aislada. Sé lo que eso provoca, lo desoladora que puede ser esa vida. Te estaban utilizando, y te hubieran destruido. ¿No notas que eres mi otra mitad, que yo soy tuyo? —Su boca se desplazó sobre sus ojos, sus pómulos, las comisura de su boca—. Bésame, Raven. Recuérdame.

Ella alzó sus largas pestañas e inspeccionó la mirada hambrienta, negra, con sus ojos azules oscurecidos hasta adquirir un intenso color púrpura. Había una ardiente intensidad en el calor de la mirada de Mihail, el calor de su cuerpo.

—Si te beso, Mihail, no podré parar.

Él encontró su garganta con la boca, el valle entre sus pechos, se entretuvo durante un momento sobre su corazón y rozó con los dientes la piel sensible antes de regresar a su boca.

—Soy carpatiano y llevo mucho tiempo en el mundo de la oscuridad. Es cierto que siento muy poco, que mi naturaleza se deleita en la caza, en matar. Para dominar la bestia salvaje tenemos que encontrar a nuestra pareja, nuestra otra mitad, la luz de nuestra oscuridad. Eres mi luz, Raven, mi misma vida. Eso no me exime de mis obligaciones con mi gente. Debo cazar a quienes buscan víctimas entre los humanos, a quienes hacen víctimas entre nuestra gente. Mientras lo hago no puedo sentir, si no mi destino sería la locura. Bésame, funde tu mente con la mía. Quiéreme como soy.

El cuerpo de Raven ardía en deseos. Necesidad. Hambre. El corazón de Mihail latía con toda la fuerza, su piel estaba tan caliente, sus músculos duros contra su cuerpo blando. Cada roce de sus labios producía una sacudida de electricidad que chisporroteaba por toda ella.

—No puedo mentirte —susurró él—. Conoces mis pensamientos, conoces la bestia que habita en mi interior. Intento ser amable contigo, escucharte. Ese desenfreno siempre se desata en mí, pero tú me domas. Raven, por favor, te necesito. Y tú me necesitas. Tu cuerpo está débil, siento tu hambre. Tu mente está fragmentada, déjame curarte. Tu cuerpo reclama el mío igual que el mío reclama el tuyo. Bésame, Raven. No renuncies a lo nuestro.

Los ojos azules de ella continuaron estudiando su rostro y descansaron en su boca sensual. Se le escapó un pequeño suspiro. Los labios de Mihail permanecían inmóviles sobre ella a la espera de una respuesta.

Primero apareció en sus ojos, ese momento de reconocimiento total. La ternura la invadió y le hizo coger la cabeza de Mihail entre sus manos.

—Creo que me asusta que puedas ser producto de mi imaginación, Mihail. Que algo que forma parte de mí de este modo, tan perfecto, no sea real. No quiero que seas lo que he soñado, que la pesadilla se haga real. —Acercó un poco más su rostro y pegó su boca a la de él. Un trueno retumbó en sus oídos y en los de él. El calor candente estalló, danzó centelleante y les consumió a ambos. La mente de Mihail la tocó con ternura, con vacilación, y no encontró resistencia, y entonces les fundió para que su necesidad fuera la de ella, para que su salvaje pasión desenfrenada alimentara la de ella. Para que supiera que era real y que nunca la dejaría sola, que nunca podría dejarla sola.

Mihail se nutrió de su dulzura, exploró cada centímetro de su suave boca, encendiendo llamaradas que finalmente ardieron rugientes. Cogió sus delgadas caderas, tan pequeñas que se adaptaban a sus manos, y la situó debajo de él para poder separarle los muslos con sus rodillas, para que la boca de Raven, tan ardiente y apremiante, deambulara por los duros músculos de su pecho. Pasó la lengua sobre el pulso de Mihail, y aquello convulsionó el cuerpo de él, que ardió y se hinchó hasta que pensó que podría explotar y reventar su piel.

Mihail la cogió por la nuca, por la espesa trenza, y la retuvo pegada a él, mientras sondeaba con la otra mano el sedoso triángulo de rizos. Estaba caliente y pegajosa de necesidad. Murmuró el nombre de Raven en voz baja, se apretó contra el calor cremoso. La lengua de ella volvió a acariciarle con pasadas largas y perezosas. Sus pequeños dientes le arañaban, y el corazón empezó a dar brincos; todo su cuerpo estaba a punto de estallar. Sintió un penetrante y dulce dolor cuando Raven encontró el punto sobre el pulso irregular, y el placer fue ardiente y salvaje cuando él penetró la ajustada y aterciopelada vagina de fuego. Mihail gritó con éxtasis, le sujetó la cabeza contra él mientras se abalanzaba sobre ella, embestía más profundamente, mientras su sangre rica, caliente y poderosa, alimentaba su cuerpo famélico.

Mantenía el control de milagro. Le levantó las caderas con ambas manos para poder crear una fiera fricción que llevó a Raven hasta el clímax en un vaivén salvaje, aferrada a él con sus músculos. Mihail le empujó la boca con suavidad para que ella le soltara y él pudiera hundir sus dientes en la prominencia de su blando pecho. Raven jadeó y atrajo su cabeza mientras él se alimentaba con voracidad, con el cuerpo endurecido y exigente, tomando posesión de ella. Las repercusiones del temor a perderla, de la violencia de aquella noche, las descargó dentro del cuerpo de ella. La excitación no dejó de crecer, ni las llamas de brincar, hasta que los cuerpos estuvieron pegajosos de sudor, hasta que ella quedó adherida a él, seda elástica y calor al rojo vivo, hasta que se convirtieron al final en una única entidad de cuerpo, mente, corazón y sangre. El grito de Mihail sonó ronco y entrecortado, mezclado con los suaves hilos guturales de Raven mientras ambos eran impulsados a tumba abierta sobre el precipicio, desparramándose sobre el mismísimo cielo y el mar ondulante.

No puedo perderte, pequeña. Eres mi mejor mitad. Te amo más de lo que puedo expresar. Mihail frotó su rostro contra el de Raven y le besó el pelo humedecido.

Ella tocó con su lengua una gota de sudor, sonriéndole con cansancio.

—Creo que siempre te reconoceré, Mihail, por muy dañada que esté mi mente.

Él se dio media vuelta, moviendo a Raven consigo para no aplastar su pequeño cuerpo con su peso.

—Así debería ser, Raven. Has sufrido mucho estos últimos días, y el recuerdo permanecerá fresco en tu mente para toda la eternidad. Mañana por la noche debemos marcharnos de esta región. El vampiro ha muerto, pero ha dejado un rastro de destrucción que puede perjudicar a nuestra gente. Tenemos que trasladarnos a una zona más aislada, donde tal vez nuestro pueblo pueda sobrevivir a la persecución que tendrá lugar. —Le levantó el brazo para examinar los largos y profundos rasguños que le había dejado Andre.

—¿Estás tan seguro de que va a producirse?

Una débil sonrisa de amargura se dibujó en su boca mientras apagaba las velas con un movimiento de su mano.

—He visto las señales con demasiada frecuencia en mi vida. Vendrán los asesinos, y carpatianos y humanos por igual sufriremos las consecuencias. Nos retiraremos durante un cuarto de siglo, tal vez medio siglo, y nos daremos tiempo para reagruparnos. —Encontró las furiosas marcas con su lengua y las bañó con su tierno y curativo contacto. A ella le produjo un agradable alivio.

Bajó las enormes pestañas. Sus aromas combinados persistían en la alcoba con una fragancia relajante.

—Te quiero, Mihail, lo adoro todo en ti, incluso la bestia que hay en tu interior. No sé por qué he sufrido tanta confusión. No eres malo, lo veo con toda claridad dentro de ti.

Duerme, pequeña, en mis brazos, en el lugar al que perteneces. Mihail levantó la colcha, la envolvió con sus brazos protectores y atrajo el sueño sobre los dos.

El grupo reunido en la oscuridad del pequeño cementerio en tierra consagrada era pequeño. Jacques estaba pálido, su herida aún era una cicatriz en carne viva en proceso de curación. Rodeó con un brazo los delgados hombros de Raven, balanceándose con cierta inestabilidad. Ella le dedicó una rápida sonrisa tranquilizadora. Detrás de Jaques, Byron permanecía cerca para asegurarse de que su amigo no se desplomara. A un lado se hallaba Aidan, solo, alto y erguido, con la cabeza un poco inclinada.

El camposanto se hallaba en los terrenos del castillo. Viejo, con su exquisita y antigua arquitectura y su pequeña pero hermosa capilla. Los vitrales y la elevada torre creaban una sombra oscura en el pequeño cementerio. Las lápidas esparcidas, los ángeles y las cruces permanecían como testigos silenciosos mientras Mihail hacía un ademán con la mano para separar la acogedora tierra.

Por respeto, Gregori había confeccionado una caja de madera, tallada de forma intrincada con veneradas figuras antiguas. Bajó despacio la caja al interior de los brazos de la tierra y retrocedió unos pasos.

Mihail se santiguó, recitó el ritual funerario, y roció con agua consagrada el ataúd de Edgar Hummer.

—Era mi amigo, mi consejero en momentos de preocupación, y creía en la necesidad de que nuestra raza continuara. Nunca conocí a un hombre, humano o carpatiano, con tanta compasión o luz como él. Dios brillaba en su corazón y a través de sus ojos.

Mihail hizo un ademán con la mano y la tierra volvió a ocupar el agujero como si no se hubiera removido en ningún momento. Inclinó la cabeza, contuvo el inesperado dolor y sintió las lágrimas color rojo sangre que escapaban sin obstáculo. Fue Gregori quien colocó la lápida y también fue Gregori, quien no compartía la misma fe que Mihail, quien pronunció la oración final. Las voces de todos ellos, tan bellas y cautivadoras, se elevaron en un canto en latín en honor al sacerdote.

Mihail inspiró el aire nocturno, comunicó su pesar a los lobos. La respuesta fue un coro de aullidos lastimeros que reverberaron a través del oscuro bosque.

El cuerpo de Gregori fue el primero que se arqueó, las plumas relumbraron iridescentes bajo la luz de la luna. Las alas de dos metros de envergadura se extendieron, y ascendió hasta la alta rama de un árbol próximo, clavando las afiladas garras en la madera. El cuerpo del búho se quedó inmóvil, se mezcló con la noche y se limitó a esperar. Aidan fue el siguiente, con su peculiar color dorado, poderoso y letal, igual de silencioso. La forma de Byron era más pequeña, más compacta; sus plumas conformaban un manto blanco. La forma sólida de Mihail se agitó entre las sombras y se lanzó hacia el cielo nocturno con los otros tres detrás.

En su perfecto entendimiento, remontaron el vuelo batiendo las plumas refulgentes con fuerza, mientras se lanzaban en silencio hacia las nubes, por encima del suelo del bosque. El viento sacudía sus cuerpos, bajo las alas, acariciando las plumas y expulsando cualquier vestigio de tristeza o violencia que el vampiro hubiera dejado.

Se ladeaban y daban vueltas con precisión, cuatro grandes aves en perfecta sincronía. La dicha borró el horror y la pesada carga de responsabilidad del corazón de Mihail, eliminó la culpabilidad y la substituyó por embeleso. Las poderosas alas batían con fuerza mientras se precipitaban juntos por el cielo, y Mihail compartió su dicha con Raven porque era un sentimiento que no podía contener, ni siquiera en el cuerpo poderoso del búho. Le desbordaba como una invitación, una necesidad de compartir un placer más de la vida carpatiana.

Gracias, amor mío. Visualiza lo que pongo en tu cabeza. Confía en mí como nunca antes has confiado. Permíteme que te ofrezca este regalo.

No hubo vacilación por parte de ella. Con fe completa en él, Raven se entregó a su cuidado y buscó con entusiasmo la visualización. La leve incomodidad, la extraña desorientación que notó mientras su cuerpo físico se disolvía, no la perturbó. Las plumas surgieron relumbrantes.

A su lado, Jacques dio un paso atrás, permitió que la pequeña hembra de búho brincara sobre un alto ángel de piedra antes de que su propio gran cuerpo se comprimiera y cambiara de forma. Juntos se lanzaron a la noche, se encumbraron para unirse a otras cuatro aves poderosas que describían círculos encima de ellos.

Uno de los machos rompió la formación, rodeó a la hembra y descendió un poco más para cubrir su cuerpo con su amplia envergadura. Ella también descendió juguetona para apartarse un poco. Los otros machos la cercaron, refrenaron sus travesuras hasta que aprendiera los deleites del vuelo libre. Los búhos machos permanecían en formación cerrada, con la hembra en el centro, describiendo círculos sobre el bosque, encumbrándose en medio de la bruma. Durante un buen rato se dedicaron a bajar en picado, a describir espirales, a jugar. Continuaron remontando el vuelo, descendiendo hacia la tierra y frenando a tiempo para volar entre los árboles y sobre el pesado manto de niebla.

Después, adoptaron un vuelo pausado, una vez más los machos rodeando a la hembra de manera protectora. Mihail notaba que la noche eliminaba todo resto de tensión y lo disipaba en todas direcciones. Se llevaría a Raven lejos del pueblo y le daría tiempo suficiente para aprender las costumbres carpatianas. Ella representaba el futuro para su raza, para él. Ella era su vida, su dicha, su razón de existir. A ella se aferraba para todo lo bueno de este mundo. Su intención era llenar su vida sólo de felicidad.

Mihail descendió un poco más para cubrir el cuerpo emplumado de Raven con el suyo, para tocar su mente y apreciar su dicha. Ella respondió llenando su mente de amor y calor y de una maravillosa risa infantil ante las nuevas visiones, sonidos y olores que estaba experimentando. Le echó una carrera a Mihail por el cielo y su risa resonó en la mente de todos. Era ella su esperanza de futuro.

Otros títulos de

Christine Feehan

publicados en

books4pocket

> > > >

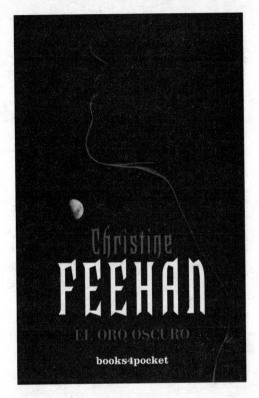

Christine
FEEHAN
EL ORO OSCURO
books4pocket

> Alexandria tiene un solo objetivo en la vida: proteger a su hermano pequeño. Acostumbrada a salir adelante por sí misma, no puede aceptar la abrumadora protección del carpatiano Aidan, a pesar de que éste le ha salvado la vida. Y menos aún la idea de renunciar a su libertad e independencia. Pero, al mismo tiempo, su más íntima naturaleza la empuja hacia los poderosos brazos de Aidan. Alexandria se debate en una terrible lucha interior, mientras fuera, en las sombras, acecha otro peligro...

EL DESAFÍO OSCURO

Christine
FEEHAN

books4pocket

Julian es un ser extraño entre los carpatianos, seres con poderes sobrenaturales que los humanos suelen confundir con los vampiros. Viaja y lucha solo, ocultando el secreto que corroe su alma y que le convierte en un imán que atrae el peligro y la amenaza allá donde va. Muchas veces ha pensado en exponerse a la luz del sol y acabar con todo. Hasta que el destino le lleva hasta Desari, la única que puede salvarle. Y una vez la ha encontrado, nada en la tierra puede mantenerle alejado de ella.